SCHITTERENDE IJSSTER

EERDER VERSCHENEN IN DE AVALON-SERIE

Dicht bij het vuur

Zon over het water

Achter de wolken

Maanlicht over het meer

Droom van een zomer

SUSAN

WIGGS

Schitterende ijsster

Vertaling Sandra ter Weele

HarperCollins

MIX
Papier van verantwoorde herkomst
FSC® C083411
www.fsc.org

Voor het papieren boek is papier gebruikt dat onafhankelijk is gecertificeerd door FSC®
om verantwoord bosbeheer te waarborgen.
Kijk voor meer informatie op www.harpercollins.co.uk/green.

HarperCollins is een imprint van Uitgeverij HarperCollins Holland, Amsterdam.

Oorspronkelijke titel: *Lakeshore Christmas*

Vertaling: Sandra ter Weele
Omslagontwerp: HarperCollins Holland
Omslagbeeld: © Mohann / Pixabay
Zetwerk: Mat-Zet B.V., Huizen
Druk: CPI Books GmbH, Germany, met gebruik van 100% groene stroom

ISBN 978 94 027 1152 3
ISBN 978 94 027 6431 4 (e-book)
NUR 302
Eerste druk in deze editie november 2022

Originele uitgave verschenen bij MIRA® Books, Toronto, Canada.
Deze uitgave is uitgegeven in samenwerking met Harlequin Books SA.
HarperCollins Holland is een divisie van Harlequin Enterprises ULC.

www.harpercollins.nl

Hoofdstuk 1

Aan het einde van een winterse dag kwam de jongen in de schemering bij de rand van de stad aan. Hoewel het nog niet was gaan sneeuwen, was de lucht ijzig koud en leek het leven uit de velden en de bossen te zijn gezogen. Het landschap zag er grijs en grauw uit.

De weg versmalde zich tot één baan en liep over een overkapte brug die op een opeenstapeling van eeuwenoude stenen was gebouwd. Door de jaren heen was het bouwsel verweerd geraakt en plank voor plank vervangen, maar echt veranderd was hij uiteindelijk niet. De afgesleten stenen en de verdorde begroeiing aan de oever van de rivier waren door de zachte adem van de vorst bedekt met een laagje vriesdauw; de bomen in de omliggende boomgaarden en bossen hadden hun bladeren al lang laten vallen. Het was alsof het bevroren landschap ergens op wachtte, alsof alles klaarstond, alsof het podium gereed was.

Een vastberaden kalmte had zich van hem meester gemaakt, in de wetenschap dat zijn taak hier niet gemakkelijk zou zijn. Harten zouden gebroken en weer gelijmd moeten worden, waarheden zouden boven water komen, er zouden risico's moeten worden genomen. Maar, dacht hij, dat was nu eenmaal hoe het leven in elkaar zat – het was rommelig, onvoorspelbaar, vreugdevol, mysterieus, pijnlijk en verlossend.

Een groen-wit bord in de vorm van een schild gaf aan dat hij zich nu in het stadje bevond: AVALON, ULSTER COUNTY. 1325 METER BOVEN ZEENIVEAU.

Verderop waren op een billboard begroetingen te lezen van de Rotary, de Kiwani's en een heleboel andere kerkgenootschappen en buurtverenigingen. Bezoekers werden welkom geheten in Avalon, gelegen in het hart van het natuurgebied Catskills. Er was ook een bord dat toeristen aanraadde om Willow Lake te bezoeken, het 'Juweel van de bergen'. Nu was deze lichte overdrijving kenmerkend voor de vele stadjes gelegen aan een meer in dit gedeelte van de staat New York, maar dit stadje, Avalon, straalde de ernst en charme uit van een plek met een lange en gecompliceerde geschiedenis.

Hij was een van die complicaties. Hij begreep niet helemaal wat hem hier bracht, kon slechts een glimp opvangen van het mysterie van het menselijke hart. Misschien werd hij helemaal niet geacht te begrijpen waarom er juist op dit moment een botsing zou gaan plaatsvinden tussen het verleden en het heden. Misschien volstond het om te weten wat zijn doel was – het rechtzetten van een oude fout. Hoe hij dit precies ging doen wist hij ook niet. Het zou vanzelf wel duidelijk worden, stukje bij beetje, op het juiste moment.

Het hart van het stadje werd gevormd door een mooi gemetseld plein dat was gebouwd rondom een gotisch bouwwerk waarin zich meerdere kantoren en de rechtbank bevonden. Daaromheen bevonden zich gezellig verlichte winkels en restaurants. De eerste kerstslingers en kerstlichtjes sierden de gietijzeren lantaarns op het plein. In de verte lag Willow Lake, als een indigo laken onder de schemerende hemel, het wateroppervlak bedekt door een laagje ijs dat in de loop van de winter steeds dikker zou worden.

Een paar straten verderop bevond zich het treinstation. Er was net een trein aangekomen waar mensen uit stroomden die terugkwamen van hun werk in de grotere steden – Kingston, New Paltz, Albany en Poughkeepsie, enkelen kwamen zelfs helemaal uit New York City. De mensen snelden naar hun auto's om zo snel mogelijk uit de kou te zijn en zich naar huis te begeven, naar hun families. Er waren zoveel manieren om een familie te creëren… maar helaas evenveel manieren om die weer kwijt te raken. Vergeving was echter een pijler van de menselijke natuur, waardoor misschien slechts één woord of één lief gebaar volstond om een verzoening tot stand te brengen.

Het voelde vreemd om na al die tijd terug te zijn. Vreemd en… belangrijk. Er stond iets groots te gebeuren, of mensen dat nu wisten of niet. En hij moest zien te helpen. Vurig hoopte hij dat het zou gaan lukken.

Niet ver van het station bevond zich de lokale bibliotheek, een gebouw in oud-Griekse stijl. De eerste steen was precies negenennegentig jaar geleden gelegd; die datum zou hij altijd onthouden. Om het gebouw heen lag het prachtige stadspark, met een wirwar van voetpaden, omringd door kale bomen. De bibliotheek stond op dezelfde plek als vroeger. Het oude gebouw was een eeuw eerder tot de grond toe afgebrand, waarbij een dode was gevallen. Er waren nog maar weinig mensen die precies wisten wat er toen was gebeurd, of die begrepen wat voor impact die gebeurtenis op het leven in het stadje had gehad.

Met behulp van het geld van een rijke familie die de instelling op waarde had weten te schatten, was de bibliotheek na de brand weer opgebouwd. Gebouwd van een robuuste steensoort, en daardoor zo goed als brandveilig, had de nieuwe Avalon Free Library al bijna honderd jaar aan zich voorbij zien gaan – tijden van overvloedige welvaart en verpletterende armoede, oorlog en vrede, sociale onrust en saamhorigheid. Het stadje was veranderd, de wereld was veranderd. Mensen kenden elkaar niet meer, en toch waren er constante factoren gebleven, zoals de bibliotheek. Voorlopig dan…

Hij slaakte een zucht, zijn adem vormde een wolkje in de lucht terwijl herinneringen hem overspoelden, hem kwelden als een onvoltooide droom. Al die jaren geleden was de eerste bibliotheek vernietigd. Nu was het voortbestaan van deze in gevaar. Niet door een brand, maar door iets wat net zo gevaarlijk was. Hopelijk was er nog tijd om het monument te redden.

Het gebouw had hoge ramen aan alle kanten en een atrium met een glazen overkapping, zodat licht de ruimte in stroomde. Als hij door de ramen gluurde kon hij eikenhouten boekenkasten zien, tafels en studieplekken waar mensen over boeken gebogen zaten. Achterin was de personeelsruimte zichtbaar.

Bij het licht van een tafellamp zat een vrouw hard te werken aan een rommelig bureau. Haar bleke gezicht stond zorgelijk, bijna wanhopig.

Ze stond abrupt op, alsof haar net iets te binnen was geschoten en streek met haar handen over haar bruine rok. Vervolgens greep ze haar jas van een rek, waarna ze zichzelf dik inpakte tegen de kou buiten – laarzen, oorwarmers, een muts, wanten. Ondanks de aanwezigheid van de vele bezoekers leek ze afwezig en heel eenzaam.

De scherpe, droge kou dreef hem naar de gewelfde ingang van het gebouw, met aan weerszijden zuilen waarin in bas-reliëf wijze spreuken waren gekerfd. Hij stond stil om de woorden te bestuderen van de geleerden – Plutarchus, Socrates, Judah ibn-Tibbon, Benjamin Franklin. Hoewel de woorden veel wijsheid bevatten, kon de jongen zich in dit geval alleen door zijn eigen hart laten leiden. Het was tijd.

De vrouw, die met gebogen hoofd haastig kwam aanlopen, botste bijna tegen de jongen op toen ze het gebouw verliet door de zware voordeur.

'O,' zei ze, terwijl ze snel een stap opzij deed. 'Sorry, ik zag je niet.'

'Maakt niet uit,' zei de jongen.

Iets in zijn stem deed haar even stilstaan, waarop ze hem kort opnam door haar dikke brillenglazen. Hij probeerde zichzelf te zien zoals zij hem waarschijnlijk zag – een jongen van amper zestien, met serieuze donkere ogen, een olijfkleurige huid en haar dat al te lang niet meer met de schaar van een kapper in aanraking was geweest. Hij droeg een tweedehands legerjas en een wijde tuinbroek die sjofel maar schoon was. De winterkleren bedekten zijn littekens, de meeste in ieder geval.

'Kan ik je helpen?' vroeg ze, lichtelijk buiten adem. 'Ik sta op het punt om weg te gaan, maar...'

'Ik denk dat ik wel kan vinden waarnaar ik op zoek ben, maar bedankt,' zei hij.

'De bibliotheek gaat vanavond om zes uur dicht.'

'Ik heb niet lang nodig.'

'Hebben wij elkaar al eens eerder ontmoet?' vroeg ze. 'Ik probeer alle bibliotheekbezoekers te leren kennen.'

'Mijn naam is Jabez, mevrouw. Jabez Cantor. Ik ben... nieuw hier.' Het was geen leugen. Niet echt.

Ze glimlachte, hoewel haar blik nog steeds bezorgd was. 'Maureen Davenport.'

Dat weet ik, dacht hij. Ik weet wie jij bent. Hij wist hoe belangrijk ze was, ook al wist zij dat zelf niet. Ze had zoveel gedaan hier in dit stadje, hoewel ze dat zelf wellicht niet besefte.

'Ik ben de bibliothecaresse hier,' legde ze uit. 'Ik zou je een rondleiding willen geven, maar ik moet ergens naartoe.'

Dat weet ik ook, dacht hij.

'Ik zie je vast snel weer, Jabez,' zei ze.

Ja, dacht hij, terwijl ze haastig wegliep. Dat is een ding dat zeker is.

Hoofdstuk 2

De wangen van Maureen Davenport tintelden na de korte wandeling van de bibliotheek naar de bakker. Hoewel ze het heerlijk vond om een frisse neus te halen, was ze dankbaar voor de warmte van de Sky River Bakery. Terwijl ze haar oorwarmers en muts afdeed en haar handschoenen uittrok, bekeek ze de mensen die zich verdrongen om de vitrine met gebakjes. Er kwamen steeds meer stelletjes binnen, die aan de tafeltjes om haar heen plaatsnamen.

Hij was er duidelijk nog niet. Het voelde erg ongemakkelijk om op iemand te wachten die niet wist hoe je eruitzag. Ze overwoog om een grote mok thee of warme chocolademelk te bestellen, maar er stond een rij voor de kassa, dus ging ze zitten en sloeg het boek open dat ze aan het lezen was: Christmas 365 Days a Year. How to Bring the Holiday into Your Everyday Life.

Maureen was altijd aan het lezen. Al sinds ze klein was had ze plezier en troost gehaald uit boeken. Voor haar was een verhaal zoveel meer dan woorden op een pagina. Een boek openslaan was voor haar als een deur naar een andere wereld openen: zodra ze over de drempel stapte, was ze ergens anders. Wanneer ze een verhaal las, werd ze een ander persoon.

Ze hield van alle soorten boeken: romans, non-fictie, kinderboeken, handleidingen. Natuurlijk, aangezien ze de bibliothecaresse van dit stadje was, waren boeken haar werk. Maar omdat ze net zoveel van boeken hield als andere mensen van lekker eten, waren boeken tevens haar leven. Ze probeerde zich echter niet al te veel te laten meeslepen door de bladzijde die ze nu aan het lezen was, aangezien ze tegelijkertijd met een schuin oog in de gaten moest houden of haar afspraak binnenkwam.

Hij. Eddie Haven. En hij was er nog niet.

Terwijl de minuten verstreken, voelde Maureen zich steeds meer paranoïde worden. Wat als hij niet kwam opdagen? Wat als hij haar liet zitten? Kon ze hem dan ontslaan? Nee, dat kon ze niet. Hij was een vrijwilliger, en je kunt een vrijwilliger niet echt ontslaan. Trouwens, de rechtbank had besloten dat hij voor haar moest werken.

Waarom zou een man als Eddie Haven tijd met haar willen doorbrengen als hij daar niet toe werd gedwongen door een gerechtelijk bevel ? Ze probeerde zich niet beledigd te voelen door de gedachte dat de enige reden waarom hij zich in de buurt van iemand als haarzelf zou willen bevinden naar alle waarschijnlijkheid een juridisch vonnis was. Ze pasten totaal niet bij elkaar, dat was een feit, misschien zelfs een natuurwet. Hij was ongelooflijk knap, een beroemdheid (oké, een derderangs beroemdheid, maar toch) en een ontzettend getalenteerde muzikant.

Lang geleden was hij een van de bekendste gezichten van het land geweest; als kindsterretje was zijn roem op jonge leeftijd tot een hoogtepunt gestegen, om daarna weer snel uit te doven. Toch had zijn rol in die ene kaskraker – die nog steeds op televisie werd uitgezonden – ervoor gezorgd dat zijn naam tientallen jaren later nog steeds niet was vergeten. The Christmas Caper, een hartverwarmende film die de hele wereld had veroverd, was een vast onderdeel van de feestdagen geworden. Zijn naam was inmiddels aan die van een heleboel vrouwen gekoppeld; zo nu en dan publiceerde een roddelblad weer een foto van hem met een of ander sterretje in wording. Hij was een tijdje van de radar verdwenen, maar onlangs had hij de geruchtenmolen weer volop laten draaien. De dvd ter gelegenheid van het vijfentwintigjarige jubileum van zijn film was kortgeleden uitgebracht, wat de interesse in hem weer had doen oplaaien.

Maureen had werkelijk niets met hem gemeen. Hun paden hadden elkaar één avond gekruist, iets wat hij zich hoogstwaarschijnlijk niet eens meer herinnerde, terwijl het voor eeuwig in haar geheugen stond gegrift. Hij woonde in New York City, maar tijdens de feestdagen kwam hij altijd naar Avalon, zij het met tegenzin. Ze had gehoord dat hij vrienden had in het stadje, hoewel zij daar niet een van was. Voor zover ze wist had hij nog nooit een voet in haar bibliotheek gezet.

Toch had het bijna als het plannen van een date gevoeld om hun ontmoeting hier te regelen. Het rendez-vous was via e-mail tot stand gekomen… uiteraard. Over de telefoon afspreken had haar veel te intimiderend en gedurfd geleken. E-mailcontact was minder eng; per e-mail kon ze niet van de wijs worden gebracht en kon ze zelfs voorwenden dat ze een boeiende persoonlijkheid was. Ze had hem dus nog niet écht gesproken – waarom zou je elkaar nog spreken als je ook kon mailen? – maar toch had het regelen van hun ontmoeting als het plannen van een date gevoeld. Wat het natuurlijk helemaal niet was, want vrouwen als Maureen Davenport gingen zelden op date.

Behalve misschien in boeken. En in dromen, natuurlijk.

Het gebeurde alleen in dromen dat een doodgewone boekenwurm werd opgemerkt door iemand als Eddie Haven.

Zelfs als die doodgewone vrouw eens zijn leven had gered. Zuchtend schudde ze die pijnlijke herinnering snel van zich af.

Ze was al heel lang niet meer op date geweest. Haar overmatig nieuwsgierige familie en vrienden hield ze voor dat ze nu eenmaal heel kieskeurig was. Ze kromp nog steeds ineen als ze aan haar laatste twee dates dacht: een uitje met een postzegelverzamelaar genaamd Alvin, en een heel slecht concert dat ze vorig jaar bezocht had met Walter Grunion. Ze was thuisgekomen met hoofdpijn en het voornemen om niet meer uit te gaan met mannen enkel en alleen omdat dat van haar werd verwacht. Ze was vastbesloten om geen ja meer te zeggen tegen mannen in wie ze niet geïnteresseerd was, ook al zei iedereen om haar heen dat ze (nog net) een twintiger was en daarom op dates hoorde te gaan.

De mensen die de bakkerswinkel in en uit liepen keken Maureen amper aan, iets waar ze prima mee kon leven. Ze had het nooit fijn gevonden om in het middelpunt van de belangstelling te staan. Lang geleden had ze ervan gedroomd om bekend te zijn. Het leven had haar echter al snel van die wens genezen. Op jonge leeftijd was ze erachter gekomen dat bekend zijn en herkend worden nooit een vervanging konden zijn voor je geliefd en gekoesterd voelen. Maureen was geen opdringerig persoon, dat paste gewoon niet bij haar. Onder de radar blijven kostte haar geen moeite. Ze droeg een T-shirt waar ESCHEW OBFUSCATION opstond en een button die intellectuele vrijheid propageerde, maar de slogans leken niemand op te vallen. Misschien was het hippe shirt te veel weggemoffeld onder haar gebreide vest (een zelfgemaakt cadeau van haar favoriete tante), dat paste bij haar tweedrok, maillot en laarzen. Ze wist dat haar kledingstijl gewoontjes en saai was, maar dat maakte haar niets uit. Mode was voor mensen die op zoek waren naar aandacht.

Zo nu en dan ving ze iemands blik en gaven ze elkaar een vriendelijk knikje. Ze was zo iemand die mensen alleen maar vaag van gezicht kenden, iemand die ze af en toe zagen maar niet echt konden plaatsen.

Dit had Maureen altijd vreemd gevonden, omdat ze zelf een goed geheugen had als het op gezichten en namen aankwam. Zo wist ze bijvoorbeeld dat Kim Crutcher aan een tafel verderop koffie zat te drinken met haar vriendin Daphne McDaniel, die zat te knabbelen aan een donut met spikkels in alle kleuren van de regenboog. Zij bezochten allebei regelmatig de bibliotheek. Net als Mr. Teasdale, die aan de andere kant van het café dromerig uit het raam zat te staren. Hij gebruikte regelmatig de voorzieningen van de bibliotheek voor slechtzienden. Zonder dat het haar moeite kostte kon Maureen de namen opnoemen van alle kinderen die lawaaierig richting de uitgang liepen met de lekkernijen die ze altijd na hun ijshockeytraining kochten: Chelsea Nash, Max Bellamy, AJ Martinez, Dinky Romano.

Ze vroeg zich af of Eddie Haven genoot van zijn bekendheid. Misschien zou ze dat eens aan hem kunnen vragen, nu hij gedwongen was om met haar samen te werken.

Misschien ook niet.

De trieste waarheid was dat ze hem waarschijnlijk niet eens zou durven vragen hoe laat het was, laat staan hoe hij tegen de voor- en nadelen van het beroemd zijn aankeek. Ze wist genoeg over Eddie Haven. Toch kende ze hem niet. Misschien zou dat veranderen in de komende weken voor kerst.

Misschien ook niet.

Ze vroeg zich af of het mogelijk was om iemand te leren kennen zonder dat diegene háár wilde leren kennen. Zou ze dat durven uitproberen?

Ze las een pagina in haar boek en probeerde daarna niet meteen weer op de verlichte klok aan de muur te kijken. Aan een tafeltje naast haar barstten mensen in lachen uit, de opgewonden stem van een blij kind schalde door de drukke lunchroom. Naast de bibliotheek en de Heart of the Mountains Church was de Sky River Bakery een van haar favoriete plekken in de stad. Het was onmogelijk om verdrietig of neerslachtig te zijn in een bakkerswinkel. Er moest iets in de zoete deeggeur zitten waar mensen sereen van werden, want iedereen die Maureen om zich heen kon zien leek gelukkig.

Een meisje met een wit schort voor stond op een krukje op de muur te schrijven welke taarten speciaal voor Thanksgiving waren gemaakt, en wat reeds kon worden besteld voor kerst. Toen ze dat zag, voelde Maureen zich blij vanbinnen worden. Het was bijna kerst, en ondanks alles wat er in haar leven gaande was, was dit haar favoriete tijd van het jaar.

Ze kon de drang niet weerstaan om nog een blik op de klok te werpen. Eddie Haven was nu echt te laat. Zeven minuten om precies te zijn. Niet dat ze dat zo precies bijhield – of eigenlijk wel. Hoelang moest je wachten totdat een ander echt te laat was? Vijf minuten? Tien? Twintig? En wiens verantwoordelijkheid was het om contact op te nemen met de ander? Degene die op zich liet wachten of degene die aan het wachten was?

Met haar hoofd in haar handen steunend keek ze uit het raam. Er waren rond dit tijdstip veel mensen op straat die vanuit hun werk of naschoolse activiteiten naar huis gingen. Een jongen liep voorbij. In een oogwenk herkende ze hem als de jongen die ze eerder die dag bij de bibliotheek had gezien, Jabez. Hij had grote donkere ogen met lange wimpers. De zelfverzekerdheid en formaliteit waarmee hij zich aan haar had voorgesteld hadden Maureen verrast, maar ze wist niet precies waarom. Hij keek naar de broden en gebakjes en voelde met zijn hand in de zak van zijn kakikleurige jack. Na een zucht te hebben geslaakt, waarbij zijn adem leek te bevriezen door de kou, liep hij verder. Ze had de neiging om hem te roepen, hem iets aan te bieden, maar wat? Maureen was niet gewend om sociale impulsen te volgen en ze betwijfelde bovendien of een tiener op een uitnodiging van de lokale bibliothecaresse zat te wachten.

Na negen minuten begon ze zich af te vragen of ze zich misschien vergist had in de tijd, of in de locatie. Voor de zekerheid pakte ze haar klembord erbij en bekeek de uitgeprinte e-mails van haar en Eddie. Nee, ze had het tijdstip niet verkeerd onthouden. Hij was te laat. Er was geen excuus voor.

Toen hij twaalf minuten te laat was, begon ze pas echt nerveus te worden. Misschien moest ze hem toch bellen. Maar ze had zo'n hekel aan telefoneren. Of... Wacht. Ze kon hem een berichtje sturen. Perfect. Een sms. Om hem te vragen of hij nog van plan was om te komen opdagen.

Ja, dat zou hem voor gezichtsverlies kunnen behoeden voor het geval hij hun afspraak was vergeten. Waarom het haar taak was om hem voor gezichtsverlies te behoeden, was weer een heel andere kwestie.

Toen ze haar telefoon pakte, herinnerde ze zich dat mobieltjes eigenlijk verboden waren in de bakkerij. Er hing een bordje aan de binnenkant van de deur, met daarop een plaatje van een telefoon met een rode streep erdoorheen. Zou een sms sturen ook verboden zijn? Maureen stuurde gewoonlijk nooit sms'jes, dus zeker wist ze het niet.

Voor alle zekerheid ging ze buiten staan, waardoor het bijna voelde alsof ze iets geheims aan het doen was. Ze keek met een frons naar het scherm en peinsde over wat ze moest typen. 'Kom op,' mompelde ze binnensmonds, 'het is niet alsof dit in steen gebeiteld gaat worden.' Toch moest ze lang nadenken over de aanhef. Was een aanhef überhaupt nodig? Of moest ze gewoon direct ter zake komen? En hoe moest ze het berichtje afsluiten? Vriendelijke groet? Tot snel? Maureen? M.D.? Nee, dat was raar. Oké. M. Davenport. Zo.

Ze verzond het bericht.

Precies op dat moment knipperde er een icoontje op haar scherm, wat erop wees dat ze een nieuw bericht had. Vreemd. Ze kreeg vrijwel nooit sms'jes.

Dit was van – oeps – Eddie Haven, ongeveer een uur geleden verstuurd.

Ben 15 min later. Sorry. Zie je om 18:15.

Dus nu zou ze overkomen als een neurotische psychopathische stalker, die zeurde over een vertraging van een kwartiertje en te suf was om haar telefoon te checken.

Starend naar het kleine schermpje hoopte ze vurig dat de aarde zou openscheuren om haar te verzwelgen, zodat haar deze ongemakkelijke afspraak bespaard zou blijven. Verzonken in gedachten merkte ze het witte busje dat op haar af kwam rijden niet op, totdat het bijna te laat was. Ze sprong weg van de stoeprand, terwijl het busje een scherpe bocht maakte om een paar meter verderop tot stilstand te komen. Rockmuziek dreunde uit het gekraste en gedeukte voertuig totdat de motor ratelend afsloeg.

Met haar telefoon in haar bevroren vingers geklemd leunde Maureen geschrokken tegen de muur van de bakkerij. Ze hoorde een portier dichtslaan, naderende voetstappen.

Een in het zwart geklede man liep recht op haar af. Ze bekeek hem van top tot teen. Hij had het ruige kapsel van een ouderwetse surfer uit Californië. Hij droeg een gescheurde spijkerbroek en zwarte gympen, een jas met een rits waaraan een skipas bungelde, met daaronder een nauwsluitend zwart T-shirt. Eddie Haven was gearriveerd. Fantastisch. Hij zou haar vast geweldig vinden.

'Wow, dame. Ik zag je niet. Ik reed je bijna omver,' zei hij.

'Ja,' stemde ze in. 'Dat klopt.'

'Ik zag je niet,' herhaalde hij.

Natuurlijk had hij haar niet gezien. Dat was niet de eerste keer. 'Je had beter moeten uitkijken.'

'Dat deed ik ook, ik...' Hij haalde zijn hand door zijn lange haar. 'Jezus, je liet me schrikken.'

'Je moet de naam van de Heer niet ijdel gebruiken,' zei ze en ze kromp direct ineen bij het horen van haar eigen woorden. Sinds wanneer was zij zo belerend?

'Het was geen ijdel gebruik,' reageerde hij. 'Ik meende het oprecht.'

Ze snoof, waardoor de kou nog meer tot haar lichaam doordrong. 'Het is gewoon zo... fantasieloos. En bovendien respectloos.'

'Voelen we ons boven de rest verheven?' vroeg hij met een grijns op zijn ongelooflijk knappe gezicht. 'Nou, het was gezellig, maar ik moet er weer vandoor.' Hij gaf een knikje in de richting van de bakkerij. 'Ik heb een afspraak met iemand.'

Op dat moment klonk er een gedempt geluidje uit zijn spijkerbroek. Hij graaide in zijn broekzak en haalde er een telefoon uit.

Maureen tuurde naar het schermpje van haar eigen telefoon en zag dat haar berichtje was verzonden. Om vervolgens weer op te kijken naar Eddie Haven. Ondanks zijn gevloek was hij onweerstaanbaar. Niet alleen was hij bijna onmenselijk knap; zijn hele uitstraling was bijzonder aantrekkelijk. Hij had een bepaald soort aura om zich heen hangen, als een magneet die alle energie naar zich toe trok. En hij deed niet eens iets bijzonders, hij stond daar alleen maar een sms'je te lezen.

Dit kan nooit goed aflopen, dacht ze.

Met een verbaasde blik drukte hij op een knopje. Haar telefoon rinkelde. Geschrokken liet ze het ding op de grond vallen.

Galant boog hij zich voorover om hem op te rapen en aan haar terug te geven. 'Maureen, toch? Maureen Davenport.'

'Klopt.' Ze zette haar telefoon af en stopte hem in haar zak.

'Gooi je de hoorn er nu al op?' vroeg hij haar plagerig.

'Dat zal wel nieuw voor je zijn, dat een vrouw de hoorn erop gooit.'

'Mijn god, nee hoor. Dat geloof je toch zeker zelf niet?'

Ze huiverde. 'Blijf je de hele tijd zo praten?'

'Pff,' zei hij. 'Ik wist niet dat je zo'n heilig boontje was.'

'In vergelijking met jou is een crimineel nog heilig,' beet ze terug.

'Ik heb inderdaad wel criminelen ontmoet die heiliger waren dan ik. Hé, wacht eens even, ik bén een crimineel.' Hij sloeg zichzelf voor zijn hoofd. 'Betekent dat dat ik heiliger ben dan ikzelf? Jezus, dame, jij weet hoe je een man in verwarring moet brengen.'

'Het is niet mijn bedoeling om je op welke manier dan ook in verwarring te brengen,' sneerde ze.

'Dus... Maureen Davenport,' zei hij terwijl hij naar de bakkerswinkel liep. Hij sprak haar naam uit alsof hij hem wilde proeven. 'Van de bibliotheek.'

'Klopt.' Ze wist niet zeker of hij verrast, teleurgesteld of gewoon neutraal klonk.

Fronsend vroeg hij: 'Hebben wij elkaar niet eerder ontmoet?' Zonder op antwoord te wachten sprak hij verder. 'Het is gek dat onze paden elkaar niet eerder hebben gekruist in zo'n klein stadje. Blijkbaar gaan we niet met dezelfde mensen om.'

Even overwoog ze om hem te vertellen dat hun paden elkaar wel degelijk eerder hadden gekruist, maar dat zij hem simpelweg niet was opgevallen. In plaats daarvan knikte ze maar. 'Blijkbaar.'

'Dit wordt een groot feest,' zei hij, terwijl hij zijn handen ineensloeg en op zijn vingers blies. 'En feesten zijn leuk, toch?'

Ze ging er maar van uit dat hij op die vraag geen antwoord verwachtte.

'Ik ben Eddie Haven,' zei hij.

'Ik weet wie je bent,' zei ze. Hemel, wie wist niet wie Eddie Haven was? Zeker nu zijn jubileum-dvd zo goed liep. Dat wist ze omdat de bibliotheek op dit moment een aantal exemplaren in de collectie had, die stuk voor stuk al wel honderd keer waren uitgeleend. Ze vroeg zich af hoe het voor hem was om zichzelf jaar in jaar uit op televisie te zien.

Er zouden zich vast nog genoeg kansen voordoen om hem dat te vragen, want de komende feestdagen zat ze met hem opgescheept. Samen zouden ze de jaarlijkse kerstshow van Avalon organiseren. Zij had die taak op zich genomen omdat ze het altijd al een keertje had willen doen en omdat ze wist dat ze er goed in zou zijn. Eddie werkte met haar samen omdat de rechter hem een taakstraf had opgelegd. Dus of ze nu wilden of niet, ze zaten met elkaar opgescheept.

'Sorry dat ik te laat ben,' zei hij nonchalant. 'Ik had je gesms't.'

'Ik... Ik heb jou ook een sms gestuurd.' Ze kon zichzelf niet zover krijgen om 'sms'en' als werkwoord te gebruiken. 'En nadat ik het verzonden had, kreeg ik jouw berichtje binnen.'

In de bakkerswinkel werd hij begroet door enkele kennissen die blij waren om hem weer te zien. Sommige andere mensen – vooral vrouwen, viel Maureen op – konden hun blik niet van hem afhouden. Enkele toeristen keken op van hun plattegronden en foldertjes en leunden dichter naar elkaar toe om over hem te fluisteren. Waarschijnlijk bespraken ze of hij opvallend anders was dan ze hadden gedacht. Door de publiciteit rondom zijn dvd was hij weer een vast gespreksonderwerp geworden.

'Daar is onze tafel,' zei ze, alvast doorlopend. Ze voelde zich ontzettend opgelaten. Daar was niet echt een goede reden voor, maar ze kon er niets aan doen.

'Ik krijg het idee dat je al hebt besloten dat je me niet mag,' zei hij, terwijl hij zijn jack uittrok.

Was dat zo duidelijk? 'Ik heb geen idee of ik je ga mogen of niet,' voelde ze zich verplicht om te zeggen. 'Maar ik houd niet van dat taalgebruik. Echt niet.'

'Welk taalgebruik bedoel je? Engels? Het is algemeen beschaafd Engels, dat zweer ik.'

'Juist, ja.' Ze hing haar jas over de stoel en ging zitten. Ze had geen zin om spelletjes te spelen met deze man.

'Je bedoelt het vloeken,' ging hij verder.

'Scherp.'

'Prima. Dan doe ik dat niet meer. Ik zal de naam van de Heer niet meer ijdel gebruiken. Sterker nog, ik zal hem helemaal niet meer gebruiken.'

'Fijn om te horen,' gaf ze toe.

'Het zijn natuurlijk maar woorden.'

'Woorden zijn krachtig.'

'Juist, ja. Wil je weten wat pas erg is?'

'Heb ik een keuze?'

'Geweld is erg. Onrecht, dat is ook erg. Armoede en intolerantie. Dat zijn erge dingen. Woorden zijn maar woorden.'

'Als gebakken lucht,' suggereerde ze.

'Inderdaad.'

'Nu we hebben vastgesteld dat jij vol gebakken lucht zit, kunnen we misschien aan de slag.'

Hij grinnikte. 'Touché. Momentje. Ik haal eerst even koffie.' Hij pakte een versleten portemonnee uit zijn achterzak en liet hem per ongeluk op de grond vallen. 'Verd–' Onmiddellijk onderbrak hij zichzelf. 'Mag ik wel verdomme zeggen?'

'Liever niet.'

'Jezus. Eh, ik bedoel: jemig. Wat zeg jij als je iets laat vallen?'

'Er zijn veel manieren om je ongenoegen te uiten,' antwoordde ze. 'Volgens mij ken jij er genoeg.'

'Maar ik vraag het aan jou. Wat zeg jij als je pissig bent?'

'Ik ben nooit pissig.' Ze moest zichzelf dwingen om dat laatste woord te herhalen; liever had ze het niet gedaan.

Even bleef hij als aan de grond genageld staan; hij leek op het punt een toeval te krijgen. Ik plaats daarvan gooide hij echter zijn hoofd in zijn nek en schaterlachte, wat de aandacht van veel mensen om hen heen trok. 'Je bent hilarisch,' riep hij uit. 'Echt waar.'

Ze probeerde de nieuwsgierige blikken te negeren. 'Hoezo dat?'

'Nou, omdat ik zeker weet dat jij vanaf je geboorte al pissig bent.'

'En jij kunt dat weten,' kaatste ze uitdagend terug, 'omdat jij mensen zo ontzettend goed kunt lezen?'

'Omdat jij niets kunt verbergen,' verklaarde hij.

'Je hebt geen idee of ik iets verberg. Je weet helemaal niets over mij.'

Hij bekeek haar van top tot teen: de praktische laarzen, de eenvoudige jas, haar bril, de stapel boeken en haar klembord.

'Ik weet alles wat ik moet weten,' zei hij.

'En dát is?'

'Ray Tolley zegt dat je de bibliothecaresse bent.'

Ray, die keyboard speelde, regelde de muziek voor de show. Maureen wist niet zeker of ze het wel of geen fijn idee vond dat Ray het over haar had gehad met Eddie Haven. 'Dat is niet bepaald een geheim.'

'Je bent een boekenwurm en zo georganiseerd dat het gewoon griezelig is,' ging Eddie verder, met een blik op haar boeken en papieren.

'Nu maak je een stereotype van me,' zei ze verontwaardigd. 'Bovendien zit je er volledig naast.'

Dat zat hij, toch? Ze schraapte haar keel en keek hem aan. Op dat moment zag ze dat hij een oorbel droeg. Een sexy gouden ringetje in een van zijn oorlellen. Ook had hij een tatoeage die rimpelde wanneer hij zijn arm boog. Ze stelde zich voor hoe dat eruit zou zien als hij over de snaren van zijn gitaar streek. Hij was onmiskenbaar een aandachtstrekker.

'Oké, misschien leid je dan een geheim dubbelleven en werk je 's nacht als sm-meesteres.'

'Dat weet ook iedereen,' zei ze.

Daar moest hij weer om grinniken, waarbij een vrolijke twinkeling in zijn ogen verscheen. 'Juist.' Hij liep naar de toonbank. Halverwege draaide hij zich om. 'Wil jij ook iets?'

'Nee. Nee, dank je,' antwoordde ze, terwijl ze probeerde om niet naar zijn oorbel te staren.

Op één been leunend en met een charmante grijns op zijn gezicht kletste hij met het meisje achter de toonbank, dat glunderde toen ze hem herkende.

Ondertussen ordende Maureen haar papieren en zette haar bril recht. Wat zou ze nu graag willen dat ze geen bril had. Het was zo… bibliothecaresseachtig. Ze had wel lenzen, maar daar raakten haar ogen geïrriteerd van.

Haar zussen en stiefmoeder hadden haar aangespoord om een hip montuur te kopen en er een nieuw kapsel bij te nemen, zodat ze er niet als een wandelend cliché zou uitzien. Ze droeg haar haar echter vaak vast en deed nooit make-up op, met als resultaat dat ze de uitstraling had van een bibliothecaresse die probeerde om er niet uit te zien als een bibliothecaresse, wat natuurlijk lachwekkend was.

Uiteindelijk had ze geaccepteerd wie ze echt was: ze was tevreden met haar gezellige appartementje, haar twee katten en al haar boeken. Dat was niet altijd zo geweest; ze had hard voor haar zelfwaardering moeten knokken. En wanneer er iemand langskwam die daar een bedreiging voor vormde – iemand als Eddie Haven – werd ze defensief.

Hij kwam terug met een kop koffie en een kop warme chocolademelk. 'Voor jou,' zei hij. 'Ik weet dat je zei dat je niets wilde, maar ik wilde het toch proberen.'

'Dank je. Hoe wist je dat ik van warme chocolademelk houd?'

'Wie houdt daar nou niet van?' antwoordde hij met een glimlach die haar het gevoel gaf dat ze de enige vrouw in de zaak was. 'Slagroom?'

'Nee,' zei ze vluchtig, 'dat zou een beetje te veel van het goede zijn.' Opnieuw overviel haar een ongemakkelijk gevoel. De mensen om hen heen vroegen zich vast af wat die knappe man met dat saaie meisje moest. Sommige dingen zouden nooit veranderen. Iedereen die hen samen zag, zou ervan uitgaan dat hij iets zakelijks met haar had te bespreken, niet dat hij met haar aan een tafeltje zat omdat hij haar aantrekkelijk vond. De aandacht die ze van Eddie Haven kreeg, gaf haar het gevoel dat ze het sulligste meisje van de school was dat door de knapste jongen van de klas aan haar paardenstaart werd getrokken – en nog dankbaar voor die aandacht was ook. Ook al was het voor hem waarschijnlijk niet meer dan een plagerijtje.

Na slechts vijf minuten in het gezelschap van deze man te hebben doorgebracht, voelde het al alsof ze weer in de brugklas zat. Even wenste dat ze iemand anders was. Het kon niet gezond zijn om tijd met iemand door te brengen die je een ontevreden gevoel over jezelf bezorgde.

Haar hand gleed over haar klembord. Als iemand je nerveus maakte, was het het beste om maar gewoon ter zake te komen. 'Ik heb kopietjes gemaakt van het auditierooster en de repetitietijden en –'

'Dank je. Ik kijk er later wel naar. Rustig aan een beetje, ik ben net pas gearriveerd.'

'Waar verblijf je?' vroeg ze.

'In een huisje aan het meer. Het is van een paar vrienden van me die elke winter naar St. Croix gaan. Man, ik zou nu wel in St. Croix willen zitten.'

'Ik hoop dat je je snel zult installeren,' zei ze, 'want deze kerstshow moet in heel korte tijd in elkaar worden gezet.'

'En toch lukt dat altijd ieder jaar weer,' reageerde hij. 'Als een klein wonder.'

'Dus volgens jou vindt er ieder jaar een wonder plaats.'

'Tot nu toe wel. Het zou me verbazen als het dit jaar anders was,' zei hij.

Ze was op de hoogte van zijn ervaring met de show, en ook van de overtreding waarvoor hij zijn taakstraf had gekregen. Iedereen in Avalon wist dat Eddie Haven aan de jaarlijkse show meewerkte vanwege een gerechtelijk bevel. Na een verschrikkelijk ongeluk dat op kerstavond had plaatsgevonden, had hij ieder jaar moeten meehelpen. 'Het is mijn ervaring dat wonderen eerder gebeuren als er een gedegen voorbereiding aan voorafgaat en je hard werkt.'

'Ik geloof er heilig in,' zei hij kalm.

'Ben je zo'n kerkganger dan?' vroeg ze sceptisch.

Daar moest hij hartelijk om lachen. 'Jazeker. Je kunt me hier iedere dag in de kerk vinden.' Iets serieuzer vervolgde hij: 'Geloof me, ik kan die show wel aan zonder een ingreep van boven, oké? Hoe kom jij trouwens aan dit klusje? Doe je het vrijwillig of ben je ervoor geronseld? Of ben je wellicht ook een crimineel, zoals ik?'

'Niemand is een crimineel zoals jij.'

'Au,' zei hij. 'Oké, het lijkt me duidelijk dat wij veel lol zullen hebben samen.'

'Het is niet mijn taak om jou te amuseren.'

'Kom op, doe niet zo flauw. Vertel me eens wat meer over jezelf, Maureen.'

'Waarom zou ik? Je hebt al besloten dat ik saai ben, geobsedeerd door boeken en katten...'

'Ik heb je nooit saai genoemd. Ik heb je nooit geobsedeerd genoemd. De boeken leken me overduidelijk en de katten... ik wist helemaal niet dat je die had, maar ach, iedere meid houdt toch van katten. Kom op. Ik wil het echt weten. Kom je hiervandaan?'

Hij had een vreemd effect op haar, realiseerde ze zich. Een magnetisch effect, waardoor ze de drang kreeg om... zich bloot te geven – een klein beetje dan. Wat een heel vreemd gevoel was, en misschien ook wel gevaarlijk. 'Ik ben hier geboren en getogen,' vertelde ze. 'Ik heb in Brockport gestudeerd, maar daarna ben ik teruggekomen en de bibliothecaresse van dit stadje geworden.' Ze slikte. 'Nu snap ik waarom je me saai noemde.'

'Hé. Ik heb je nooit saai genoemd. En het klinkt alsof je gewoon niet ver hebt hoeven zoeken om je idealen te bereiken.'

Dat had ze wél moeten doen, maar dat ging ze nu niet toegeven. Niet aan hem.

'En jij?' vroeg ze in een opwelling. 'Zijn jouw idealen al bereikt?'

'Ik weet waar mijn hart naar verlangt. Ik moet het alleen nog zien te vinden.'

'O ja? En wat is dat dan?'

'Ik heb je net pas ontmoet. Dat ga ik je niet vertellen.'

Tijdens hun gesprek gebeurde er iets onverwachts. Ze begon hem leuk te vinden. Puur om zijn persoonlijkheid. Dus niet alleen omdat hij er waanzinnig goed uitzag en zo onbereikbaar voor haar was dat hij net zo goed op een andere planeet had kunnen wonen.

De planeet van de idolate meisjes, dacht ze, terwijl drie vrouwen op hun tafel afstapten. Ze gaven elkaar kleine duwtjes en giechelden doorlopend.

'Pardon,' zei een van hen. Het was volkomen duidelijk dat ze het niet tegen Maureen had. 'Jij bent... Eddie Haven, toch?'

'Dé Eddie Haven,' verduidelijkte haar vriendin.

'Dat schijnt zo te zijn,' reageerde hij met een ontspannen glimlach.

'Dat dachten we al. Je ziet er hetzelfde uit als in die film.'

'O. Dat klinkt niet goed,' zei hij.

'Jawel, je was hartstikke schattig.' De drie vrouwen glunderden. 'Er was vorige week nog een programma over je op televisie.'

Er kon geen twijfel over bestaan: knappe vrouwen zochten elkaar op. Alle vrouwen in dit groepje zagen eruit alsof ze vroeger cheerleader waren geweest, met grote ogen en een brede glimlach, lange benen in spijkerbroeken, laarzen met hoge hakken en strakke truitjes.

'Dus... zou je met ons op de foto willen?'

'Ik ben eigenlijk met iets bezig en –'

'Gewoon een foto met mijn mobieltje,' zei een van de vrouwen, waarop ze haar telefoon tevoorschijn haalde en die in Maureens hand drukte. 'Hier, wil jij hem maken?'

Voordat Maureen kon reageren, liet de vrouw haar al zien op welk knopje ze moest drukken. De drie vriendinnen drapeerden zich om Eddie heen, terwijl hij in hun midden schitterde als een versierde kerstboom.

'Dank je. Dat was heel aardig van je.' De vrouw praatte tegen Eddie terwijl ze de foto op haar telefoon bekeek. 'Waarschijnlijk zegt iedereen dit tegen je, maar ik vond je geweldig in die film. Dat vind ik nog steeds, iedere keer als ik hem weer op televisie zie.'

'Dank je,' zei Eddie. 'Dat is leuk om te horen.'

Ze gaf hem een visitekaartje. 'Hier heb je mijn telefoonnummer. Als je een keer zin hebt om wat leuks te doen...'

'Super.'

Het drietal vertrok, nog steeds giechelend als schoolmeisjes. Maureen voelde zich een beetje opgelaten. De vrouw had pal voor haar neus met hem staan flirten! Voor hetzelfde geld had ze een date met hem gehad. Dat was natuurlijk niet zo, maar toch. Het pijnlijke eraan – en het stoorde haar dat het pijnlijk was – was het feit dat de vrouwen haar bij Eddie hadden zien zitten, maar dat het blijkbaar geen seconde in hun hoofd was opgekomen dat zij misschien wel... bij hem hoorde. Dat ze zijn date was. Zijn vriendinnetje. In plaats daarvan hadden ze haar behandeld alsof ze zijn assistente of zijn secretaresse was.

'Sorry daarvoor,' zei Eddie. 'Goed, waar waren we gebleven?'

Maureen schudde haar hoofd. 'Geen idee.' Zoiets had ze nog nooit meegemaakt. Het was bijna schokkend geweest, als een soort aanval. 'Dat overkomt je zeker heel vaak? Dat mensen – vrouwen – uit het niets opduiken en met je op de foto willen, of om je handtekening vragen?'

'Ligt eraan wat je heel vaak vindt,' antwoordde hij.

'Is het wel eens eerder gebeurd?'

Zijn gezichtsuitdrukking leek dit te bevestigen.

'Meer dan eens vind ik al heel vaak,' zei ze.

'Ik vond het vervelend dat ze zo onbeschoft tegen je waren,' zei hij.

Het verraste haar dat het hem was opgevallen.

'Ik had er iets van moeten zeggen,' ging hij verder. 'Ik had tegen hen moeten zeggen dat ze onbeleefd waren.'

'Ik ben blij dat je dat niet hebt gedaan,' zei Maureen. 'Dat zou ronduit gênant zijn geweest.'

'En jij laat je niet graag in verlegenheid brengen,' zei hij, haar observerend.

'Jij wel dan? Wie wel?'

'Ik ben mijn hele leven lang een publiek figuur geweest, en of ik het nu leuk vind of niet: regelmatig belachelijk worden gemaakt hoort erbij.'

'Daar heb ik geen ervaring mee,' zei ze. Hemel, gelukkig niet.

'Maar er is geen reden om je gegeneerd te voelen. Ze vonden je schattig.'

'Ik wás ook behoorlijk schattig,' zei hij, zonder een spoortje arrogantie.

'Weet ik. Ik heb The Christmas Caper gezien.' Het was vreemd om meer over hem te weten dan hij over haar wist. Hoewel ze dat natuurlijk wel gewend was, als bibliothecaresse. Zij was nu eenmaal de vrouw achter de balie, de vrouw met wie niemand zich bezighield.

Ze had Eddies film meer dan eens gezien. Ieder jaar werd ze er weer in meegezogen. De nieuwste dvd was al in haar bezit en ook het bonusmateriaal had ze al meerdere malen bekeken, met name de interviews met de Eddie van nu. Iedere scène, ieder liedje kende ze uit haar hoofd. Ze was zo gek op die film dat het lachwekkend was. 'Voel je je oud als ik zeg dat ik in groep vier zat toen ik hem voor het eerst zag?'

'Nee, want ik was zes tijdens de première.'

'O ja.'

'Ja, ik heb gepiekt op mijn zesde, en sindsdien is het alleen maar bergafwaarts gegaan.'

Er was iets bijzonders aan zijn glimlach – iets waardoor Maureen plotseling begreep waarom volwassen vrouwen giechelend op hem afstapten voor een foto. Wanneer hij glimlachte, zag zij het lieve kleine ventje voor zich dat meer dan twintig jaar geleden de harten van alle Amerikanen had veroverd.

Hij had de kleine Jimmy Kringle gespeeld in The Christmas Caper, een film die bekendstond als een van de sentimenteelste kerstfilms ooit gemaakt. Toch was hij boven de clichés uitgestegen; hij had van een afgezaagd en absurd personage een jongetje gemaakt in wie iedereen zich kon herkennen. Nu nog steeds, dankzij de wonderen van HD-technologie, bonusmateriaal op dvd's en kabeltelevisie.

'Het moet niet makkelijk zijn geweest om op zo'n jonge leeftijd een ster te worden.'

'Destijds viel het wel mee. Maar toen kwam internet. En het televisieaanbod van honderden zenders, vierentwintig uur per dag.'

Maureen merkte dat ze veel te geïnteresseerd raakte in zijn persoonlijke leven. 'Laten we dit maar afronden.'

'Je kunt niet wachten om van me af te zijn, hè?'

'Ja. Nee, bedoel ik, maar...' Hij bracht haar compleet van de wijs. Dit was belachelijk. Zij was hier de expert. Toch maakte Eddie Haven haar nerveus, met zijn sexy uitstraling, zijn oorbel en zijn veel te knappe gezicht. Hij vond haar vast een muts. Ze vond het niet fijn om bij iemand te zijn die haar een muts vond, liever was ze liever bij mensen die haar op waarde wisten te schatten. Zoals haar familie. Bibliotheekbezoekers. Kinderen.

'Ik heb je veel te vertellen over deze voorstelling,' zei ze. 'Om te beginnen wordt er een documentaire over gemaakt.' Het voelde nog steeds zo spannend om dat te zeggen. 'Er komt een productiemaatschappij uit de stad om een televisieprogramma te maken over kerstvieringen in kleine stadjes.'

'Cool,' zei hij, maar hij leek niet erg onder de indruk.

'Het verandert niet veel aan onze plannen, maar ik wilde je daar even van op de hoogte brengen.' Ze overhandigde hem een uitdraai. 'Dit is wat ik heb gepland. Je zou er vanavond even naar kunnen kijken.' Ze was weken bezig geweest om het perfecte programma in elkaar te zetten, dat traditiegetrouw zou worden opgevoerd op kerstavond in de Heart of the Mountains Church. Het was een prachtig programma geworden, ontworpen om de magie van kerst tot leven te brengen. Al sinds ze een kind was had ze gefantaseerd over de perfecte voorstelling. Dan zag ze een door kaarsjes verlichte avond voor zich met muziek die de oren streelde. Het zou de belangrijkste viering ooit zijn, eentje die zelfs de meest verbitterde harten zou verzachten; een voorstelling die mensen eraan zou herinneren dat de vreugde van de feestdagen het hele jaar lang kon worden gevoeld.

Hij wierp een vluchtige blik op het script en de lijst met liedjes. 'Oké, prima. Maar er is geen inleiding met engelen,' zei hij. 'Toen Mrs. Bickham de show organiseerde, leidde ze die altijd in met engelen.'

Aha, de geesten van het kerstshowverleden, dacht Maureen terwijl ze het klembord tegen haar borst drukte. Ze zou niet toestaan dat die haar bleven achtervolgen. 'Dit jaar niet.'

'Het is jouw voorstelling,' zei hij. 'Ik hou niet eens van kerst.'

Hij was zo irritant, dacht ze. Maar tegelijkertijd zo belachelijk knap, met zijn ongeschoren gezicht, zijn strakke spijkerbroek en strakke T-shirt. Een dodelijke combinatie. 'Onzin. Iedereen houdt van kerst.'

Eddie stootte een lach uit. 'Juist. Oké, volgens mij begrijp je me niet helemaal.'

'Wat bedoel je?' Ze boog zich naar voren en hing aan zijn lippen, alsof ze een van zijn vele wanhopige fans was.

'Het hele kerstgedoe.'

'Wat is daarmee?'

'Dit zal misschien een verrassing voor je zijn, maar ik ben geen groot liefhebber van die dagen.'

Misschien, mijmerde ze, vond ze hem aantrekkelijk omdat hij haar uitdaagde. Dat had ze al lange tijd niet meegemaakt. 'Doe niet zo mal, iedereen houdt van kerst.'

'Je bent een volhouder, Maureen. Echt waar. Maar nee, niet iedereen houdt van kerst.' Hij liet zijn blik over de lijst met liedjes glijden. 'Ik zie hier niet veel variatie in. Niets nieuws.'

'We zouden The Runaway Reindeer kunnen toevoegen, uit je film. Je fanclub zou dat fantastisch vinden. Zie jij dat zitten?'

'Ik moet bij het idee al kokhalzen.'

Dit gesprek ging zo slecht. Ze wilde dat ze wist hoe ze het weer recht kon trekken. 'Dit is het inschrijfformulier voor de audities.'

'Dat wordt interessant. Iedereen wil een ster zijn.'

'Kennelijk. We gaan proberen om zo veel mogelijk mensen mee te laten doen. Er zijn immers geen kleine rollen –'

'Alleen kleine acteurs,' maakte hij haar zin af. 'Iedereen weet dat dat gelul is.'

Weer kromp ze ineen, zich afvragend waarom hij haar zo moest stangen. Haar vriendin Olivia zou zeggen dat het was omdat hij een oogje op haar had. Die gedachte was veel te verleidelijk. In een poging om haar nervositeit te verbergen, deed ze alsof ze druk bezig was met de papieren. 'Dan gaan we direct door met de repetities. Hier is het rooster.'

'Duidelijk, baas.'

'Probeer je me nu belachelijk te maken?'

'Ja, ik deed een poging.'

'Poging mislukt. Ik laat niet op me neerkijken. Laten we ons doel niet uit het oog verliezen. Het draait niet om ons. De show is bedoeld voor kinderen en verder voor iedereen die de feestdagen wil vieren.' Hoe nerveuzer ze zich voelde, hoe chagrijniger ze klonk.

'Schat, je neemt dit veel te serieus.'

'De kerstviering is niet iets om lichtzinnig over te doen.' O, Maureen, dacht ze. Sinds wanneer ben je zo suf? Olivia zei altijd dat ze wat meer moest ontspannen en lol moest hebben. Maar Olivia was zwanger, en al die hormonen maakten haar erg onbetrouwbaar.

'Duidelijk,' zei Eddie opnieuw. 'Zijn we nu klaar?'

'Ja,' antwoordde ze. 'We zijn klaar.' Na een korte aarzeling probeerde ze haar onzekerheid te overwinnen. Het was geen gemakkelijk begin geweest. Misschien zou een etentje helpen. 'Luister, Eddie, laten we onze samenwerking goed beginnen. De bakkerij gaat bijna dicht, maar misschien kunnen we ergens anders wat gaan eten om verder te praten. Ik ben erg benieuwd naar je ideeën.'

Zo. Ze had het gevraagd. Ze had de knapste man die ooit tegenover haar had gezeten mee uit eten gevraagd. Dit was zo ongewoon voor haar doen dat ze bijna hyperventileerde in afwachting van zijn antwoord.

Er verscheen niet eens een grijns op zijn gezicht. Hij wees haar simpelweg op de meest directe manier af: 'Maureen, bedankt voor de uitnodiging, maar ik kan niet. Ik moet ergens anders naartoe.' Hij wierp een blik op zijn horloge. 'Sterker nog, ik moet nu gaan, anders kom ik te laat. Een andere keer misschien.'

Wat wilde ze graag door de grond zakken. Nu meteen. Weggeblazen worden door de koude wind. Had ze werkelijk gedacht dat hij met haar uit eten wilde? Natuurlijk wilde hij dat niet. Hij was Eddie Haven. Mensen als Eddie Haven gingen niet uit eten met mensen als Maureen Davenport. Zij zou het trouwens ook niet willen. Hij was grof en provocerend; zó niet haar type dat het hopeloos was. De komende weken zouden verschrikkelijk worden.

Op de een of andere manier wist ze nog een flauw glimlachje op haar gezicht te toveren toen hij de deur zowat uit rende.

Waarschijnlijk zou hij zich thuis gaan opfrissen voor een date met een vrouw die niet eens wist wat een bibliotheek was, maar met wie hij wel een leuk gesprek kon voeren. Maureen zag hen al voor zich tijdens hun romantische etentje. Ze zouden elkaar diep in de ogen kijken bij kaarslicht en 'proost' fluisteren terwijl ze hun dure glazen wijn tegen elkaar tikten.

Hoofdstuk 3

'Hallo, mijn naam is Eddie en ik ben een alcoholist.'

'Hallo Eddie,' reageerde de groep in koor. Hun stemmen klonken warm en rustgevend in de kelder van de kerk. Natuurlijk wisten ze al wie hij was. De begroeting was een vast onderdeel van de sessies en de herhaling ervan had een kalmerend effect op de groep. Wanneer hij in Avalon was, bezocht hij deze bijeenkomsten altijd; iedereen kende hem daar, zoals hij hen ook allemaal kende. Sommige mensen kwamen er al jaren. Zo nu en dan zag hij er een paar nieuwe gezichten tussen, maar de kern van de groep bleef hetzelfde. Hij herkende de student met het rode haar die Logan heette, een docent van de middelbare school genaamd Tony en een oudere man, Terry D., wiens steun Eddie door de afgelopen moeizame jaren heen had geholpen.

Toen Maureen Davenport had gevraagd of Eddie een kerkganger was, had hij ja gezegd. Dat was geen leugen geweest; het gebouw was immers een kerk. Maar hij wist dat dit niet was wat zij bedoelde. Hij ging niet naar de kerk om goddelijke spiritualiteit te vinden. Nadat Eddie in het verleden een enorme fout had begaan, had de rechter hem bevolen om deze bijeenkomsten bij te wonen, iets waarvan hij allesbehalve had verwacht dat hij dat nog fijn zou vinden ook. Nooit had hij kunnen vermoeden dat hij zijn diepste gevoelens zou durven onthullen in het bijzijn van een groep vreemden. Maar dat was precies wat er was gebeurd. Het was alsof hij zijn verlossing had gevonden in de vriendschappen met mensen die, net zoals hijzelf, elke dag weer hun best moesten doen om hun heil niet in drank te zoeken.

Eigenlijk was zijn arrestatie voor rijden onder invloed een verkapte zegening geweest. Hierdoor had hij immers een nieuwe start kunnen maken. En een nieuwe manier gevonden om de kerstdagen heelhuids door te komen. Nog steeds had hij er een hekel aan, maar in ieder geval bracht hij die periode nu helder en nuchter door, in plaats van in een dronken roes.

Jaren geleden had hij op kerstavond – zeer tegen zijn zin – door de sneeuw geploegd om naar de eerste bijeenkomst gegaan. Gelukkig leek hij nu niet langer op de verloren, wanhopige man die hij toen was – de man met zijn arm in een mitella, de man die het gevoel had dat iedereen tegen hem was. Maar of hij nu thuis in de stad was of in Avalon, hij ging nog steeds naar deze bijeenkomsten. Voor de steun, de vriendschappen en de kans om andere mensen te helpen. En soms om over dingen na te denken die hem dwarszaten, zoals die avond.

Maureen Davenport was een van die dingen. Het was hem wel duidelijk dat het niet gemakkelijk zou worden om met haar samen te werken. Ze was een strenge, stijve bibliothecaresse, die hij misschien juist daarom had willen plagen. Hij had haar haar willen lostrekken, haar bril willen afdoen om vervolgens te zeggen: 'Maar mevrouw Davenport, u ziet er prachtig uit!'

Zo ging het doorgaans in een romantische film, maar hij betwijfelde of Maureen een dergelijke rol op zich zou willen nemen. Ze zou waarschijnlijk ongeduldig met haar pen tegen haar klembord tikken en erop staan dat ze weer aan het werk zouden gaan. Het voorbereiden van die kerstshow zou een ramp worden.

Hij miste Mrs. Bickham nu al. Mrs. Bickham was degene die zijn taakstraf draaglijk had gemaakt, omdat ze zo meegaand was geweest. Eddie had amper iets hoeven doen voor de show. Die Maureen liet echter niet over zich heen lopen. Misschien zou hij toch echt wat werk moeten gaan verrichten. Nu was hard werken niet erg, hij hield er alleen niet van om door bazige vrouwen te worden gecommandeerd.

Om zich heen kijkend zag hij verschillende mensen van allerlei leeftijden. Ze nipten van hun koffie en luisterden naar wat hij te zeggen had.

'Het onderwerp van vanavond is perspectief,' begon hij. 'Dat kan ik op dit moment wel gebruiken. Ik moet mezelf er namelijk aan herinneren dingen in perspectief te blijven zien. Aanvankelijk ging ik naar deze bijeenkomsten omdat dat moest van de rechter. Ik vond dat ik hier niet thuishoorde en eigenlijk wílde ik hier ook niet thuishoren. Ik wilde niet bij een groep horen die het afkeurde dat je jezelf iedere avond helemaal lam dronk.'

Instemmende geluiden weerklonken in de ruimte.

'De rechter kende mij beter dan ik mezelf kende. Zij wist wat ik nodig had: het opbouwen van levenslange vriendschappen met de fantastische mensen in deze groep.'

Soms deed hij zijn ogen dicht en dan kwamen al die verschrikkelijke herinneringen weer bovendrijven. Hij herinnerde het zich als de dag van gisteren. Nog steeds kon hij de fles in zijn hand voelen. Dom Perignon, uiteraard. Op de avond waarop hij de vrouw van wie hij hield ten huwelijk zou vragen, was alleen het allerbeste goed genoeg. Het was Natalies favoriete champagne geweest. Natalie Sweet. Ze was de perfecte vrouw; een paar jaar ouder dan hij, journalist en – misschien daardoor – veel wereldwijzer. Bovendien had ze al wekenlang laten doorschemeren dat ze er klaar voor was om ten huwelijk te worden gevraagd, daar was hij zeker van geweest.

Vooraf had hij de hele avond uitgestippeld. Avalon was de perfecte locatie, gelegen tussen New York City en Albany, waar Natalies familie woonde. Zij had gedacht dat hij haar naar haar ouders zou rijden voor kerst, dus de werkelijke bestemming zou een grote verrassing voor haar zijn. Kerstavond was de avond waarop hij zich wilde verloven. Voorheen was dit nooit echt een fijne avond voor hem geweest. Tijdens de kerstdagen was hij door zijn ouders, die toerden met een kerstshow, altijd van stad naar stad gesleept. Hij wilde die slechte herinneringen inwisselen voor iets moois. Van het feest dat nare associaties bij hem opriep zou hij iets moois maken door zijn geliefde ten huwelijk te vragen.

Door zijn ouders kende hij Avalon goed. In dit stadje was Kioga gevestigd, het zomerkamp waar zijn ouders hem ieder jaar achterlieten terwijl zij het land door trokken om op historische festivals op te treden. Door de jaren heen was het stadje als een tweede thuis gaan voelen – voor zover hij zich ooit ergens thuis had gevoeld. Hij had er altijd al over gefantaseerd om er een weekendje naartoe te gaan met Natalie. Voor die avond had hij de beste tafel gereserveerd in de Apple Tree Inn, met uitzicht over de Schuyler River. In de winter bedekte een laag ijs het gesteente en lag er sneeuw op de oevers, die glinsterden in het licht dat door de ramen van het restaurant naar buiten viel. Hij had hun favoriete eten besteld en had de restaurantmanager zelfs een lijst met liedjes overhandigd om die avond te draaien.

De uitdrukking op haar gezicht toen ze het dessert proefde – crème brûlée bereid met zachte advocaat – stond in zijn geheugen gegrift, omdat het dezelfde uitdrukking was die ze soms in bed toonde. Haar dromerige uitstraling was voor hem het teken geweest dat dit het juiste moment was.

Hoewel ze al een fles wijn hadden leeggedronken, bestelde hij ook nog champagne. Toen ze haar wenkbrauwen optrok, interpreteerde hij dat als goedkeuring.

Nu, lange tijd later, vreesde hij dat ze hem misschien juist had willen afremmen.

In een roes had hij besloten zijn plan door te zetten. Natalie leek zelfs enigszins naar de achtergrond te zijn verdwenen; híj was die avond de ster van de show. Dat had natuurlijk al een aanwijzing moeten zijn. Het feit dat het niet meer om Natalie ging, en zelfs niet meer om hen beiden, was een teken aan de wand geweest.

De ober had hun glazen volgeschonken. Eddie had een toost uitgebracht terwijl hij iets had gemompeld over hun toekomst en levenslang geluk. Dit zou hét moment zijn.

Eigenlijk was hij een heel traditionele man. Zonder zich iets aan te trekken van de andere restaurantbezoekers was hij op één knie gaan zitten en had hij haar hand in de zijne genomen. Op dat moment werd het bekendste nummer uit The Christmas Caper gedraaid. Als dát geen slecht voorteken was geweest…

Dat liedje had absoluut niet op zijn lijstje gestaan. Misschien had de manager gedacht dat Eddie het leuk zou vinden om die zoete, sentimentele muziek nogmaals te horen. De meeste mensen namen aan dat die door velen geliefde film ook door hemzelf geliefd was, maar hij had het vreselijk gevonden dat dat verstikkende lied dit bijzondere moment moest onderbreken en verpesten.

Het was ook nog eens de verschrikkelijkste uitvoering van het nummer geweest, gezongen door een a-capellagroep die zichzelf de Christmas Belles noemde en een internetsensatie was geworden. Hun versie was zó mierzoet dat hij er bijna van moest kokhalzen.

Maar hij zat op één knie. Hij was er klaar voor. Hij moest dit doorzetten. Terugkrabbelen was geen optie.

Van tevoren had hij opgeschreven wat hij zou gaan zeggen, om het vervolgens uit zijn hoofd te leren zodat het niet al te ingestudeerd zou overkomen. 'Ik hou van je. Ik wil voor altijd bij je zijn. Zou je alsjeblieft mijn vrouw willen worden?'

Op dat moment hoorde zij in tranen uit te barsten van puur geluk, zou ze overweldigd moeten zijn door emoties zodat ze een paar tellen niets zou weten uit te brengen en alleen maar kon knikken: ja, ja, ja, natuurlijk wil ik met je trouwen. Alle mensen in het restaurant zouden een dromerige zucht slaken.

Dan zou hij het kleine fluwelen juwelendoosje openen en zou zij door een nieuwe golf emoties worden overspoeld.

Het zou perfect zijn. Onvergetelijk. Kerst zou voortaan de mooiste tijd van het jaar zijn.

Er was alleen één probleem. Natalie hield zich niet aan het script. Er waren geen tranen van geluk. Er was geen wederzijdse liefdesverklaring. Er was alleen een geschrokken uitdrukking op haar gezicht.

'Magic can happen, if only you belieeeeeeeeve,' zongen de Christmas Belles op de achtergrond.

Natalie had niet geknikt. Ze had gekeken alsof ze zich misselijk voelde worden en had haar hoofd geschud. 'Dat kan niet, sorry,' waren haar woorden geweest, waarna ze was opgestaan om zich naar de garderobe te haasten.

Nadat Eddie boos en teleurgesteld een stapeltje bankbiljetten op tafel had gegooid, was hij met de champagnefles onder zijn arm vertrokken, ook al wist hij dat het verboden was om een open fles drank mee naar buiten te nemen.

Het had hem niets kunnen schelen.

Zo snel als Natalie kon was ze naar het station gelopen.

'Kunnen we er in ieder geval over praten?' had hij gevraagd toen hij haar had ingehaald.

Ze was blijven doorlopen. 'Sorry als ik je ooit de indruk heb gegeven dat ik openstond voor een aanzoek.'

'Mijn hemel, je gaf aan de lopende band signalen af,' zei hij. 'Wat moest ik daar dan van denken?'

'Ik heb geen idee waar je het over hebt.'

'Nou, het spijt me dat ik je geloofde toen je zei dat je van me hield.'

'Ik hield ook van je,' zei ze. 'Ik hóú van je. Maar ik ben er niet klaar voor om te trouwen, en jij zeker niet.'

'Je hoeft mij niet te vertellen waar ik wel en niet klaar voor ben.'

'Oké, dan niet. Maar weet je wat ik denk? Ik denk dat jij niet zozeer wil trouwen, maar dat je gewoon niet alleen wil zijn.'

'Hé, het is één ding om me af te wijzen, maar psychoanalyse is een ander verhaal.'

Vanaf dat moment was de ruzie uitgemond in een herhaling van wederzijdse verwijten, en pas nadat Natalie alleen op de trein naar Albany was gestapt, had hij aan zichzelf durven bekennen dat ze waarschijnlijk gelijk had en dat hij te snel was geweest met zijn aanzoek.

Tegen de tijd dat hij terug was op de parkeerplaats van het restaurant, voelde hij zich niet langer gekwetst, maar boos. Op haar, maar vooral op zichzelf. Waarom had hij er zo'n heisa van moeten maken? Waarom had hij zichzelf zo'n blunder laten begaan?

De straten van Avalon lagen er verlaten bij toen hij erdoorheen reed. De meeste mensen waren vroeg naar huis gegaan om op kerstavond bij hun familie te zijn. Sommige mensen waren in de kerk om samen te zingen en te bidden.

Eddie besloot de rest van de avond door te brengen met zijn goede vriend Dom Perignon. De fles was toch al open, dus hield niets hem tegen om eruit te drinken terwijl hij reed. Wat maakte het uit; het was kerstavond en er was geen kip op straat. Hij was zojuist gedumpt en wilde niets liever dan de pijn en woede verzachten. Toch reed hij langzaam, hij hoefde immers nergens heen. Zijn ouders hadden hem uitgenodigd om hen op Long Island te bezoeken, net als ieder jaar, maar vanwege Natalie had hij een perfect excuus gehad om die uitnodiging af te slaan. Nu had hij geen excuus meer.

De sneeuwstorm begon met kleine sneeuwvlokjes die op zijn voorruit dwarrelden. Binnen een paar minuten waren de vlokjes veranderd in dikke vlokken, waar hij als betoverd naar bleef staren. Hij besloot om langs de Hilltop Tavern te rijden, om te kijken of er nog iemand was. Een paar oude vrienden van hem, die hij nog kende van het zomerkamp, woonden in Avalon. Het kleine stadje veranderde nooit. Hij reed langs gezellig verlichte huizen, bedrijven die allemaal dicht waren, de countryclub op de top van een heuvel. Het indrukwekkendste wat hij onderweg zag, was echter de Heart of the Mountains Church, die aan de oever van het meer stond.

Het rechthoekige gebouw straalde door de uitgebreide kerstverlichting op het dak. Naast de weg stond een grote kerststal in de sneeuw. Hij draaide zijn raampje omlaag om de ijzige kou te voelen. Grote sneeuwvlokken vlogen onmiddellijk het busje binnen.

Het gedempte geluid van klokken in de verte drong nu tot hem door – het eenzaamste geluid dat hij ooit had gehoord. Hij verdreef het geluid door de radio harder te zetten, waarop op dat moment Never Say Die van Black Sabbath werd gedraaid.

Voor Eddie was muziek meer dan geluid. Het was een vertrouwde en veilige plek om naartoe te vluchten. Tijdens de chaos en onzekerheid van zijn jeugd was muziek zijn steun en toeverlaat geweest. Door de jaren heen was hij er alleen maar meer van gaan houden. Toen hij een tiener was, was naar muziek luisteren voor hem de enige manier geweest om zich minder verward te voelen. Muziek was bijna net zo kalmerend geweest als het stelen van bier uit de koelkast van zijn ouders. Later, als student aan Juilliard, werd muziek voor hem een manier om zichzelf te uiten. Perfect in combinatie met de wijn die hij graag voor, tijdens en na zijn optredens dronk.

Hij hoorde altijd muziek in zijn hoofd. Het verbaasde hem dat dat niet voor iedereen gold. Misschien was hij wel gek.

Jaren later, toen hij terugkeek op de gebeurtenissen van die avond, was hij niet echt meer in staat te onderscheiden wat er in zijn herinnering en wat er in werkelijkheid was gebeurd. Zo herinnerde hij zich een vreemd ritmisch geluid, als de draaiende rotor van een helikopter, en een gevoel alsof de donkere lucht nog zwarter werd. Op dat moment had iets zijn pad gekruist. Een dier? Een tak van een boom?

Puur uit automatisme maakte hij een scherpe bocht om het te ontwijken.

Dat lukte.

Daarna was hij echter alle controle verloren. Het busje kwam op glad ijs terecht en raakte van de weg af, waarna het door een dikke laag sneeuw van een steile helling begon af te rollen.

Remmen of sturen had geen zin meer. Met een enorme vaart stoof hij het kerkplein op. Alles in het busje – geluidsmateriaal, cd's, de lege champagnefles – werd door elkaar geschud.

Toen het voertuig de kerststal ramde en vervolgens op de kerk af denderde, kon hij nog maar één ding denken: Alstublieft, God, laat me niemand pijn doen.

'Die nacht veranderde alles voor me,' vertelde hij de groep. 'En daar ben ik dankbaar voor. De komende weken zal ik mezelf daaraan blijven herinneren. Want iets in me zegt dat ik opnieuw de nodige obstakels zal moeten overwinnen. Dat is altijd zo rond deze tijd van het jaar.'

'Bedankt, Eddie,' mompelden de aanwezigen in koor, waarna ze doorgingen met de volgende spreker.

Zijn leven was begonnen op de avond dat het bijna was geëindigd. Op dat moment had hij immers onder ogen gezien dat hij moest stoppen met drinken. Zowat alles aan zichzelf had hij onder handen genomen. Muziek was nog steeds zijn leven, maar nu werkte hij achter de schermen, als componist en producer. Daarnaast werkte hij als vrijwilliger bij een naschools programma voor kinderen uit een achterstandswijk in Lower Manhattan. Hij was tevreden met zijn leven zoals het was, een leven waarin hij niet al te veel in de schijnwerpers stond.

Vanwege het oude, maar nog steeds lopende contract bij de filmmaatschappij van de film waarin hij had gespeeld, ontving hij maandelijks royalty's, maar een vetpot was het zeker niet. Tot op de dag van vandaag begreep hij niet hoe zijn ouders dat hadden kunnen toestaan. Hetzelfde contract dwong hem om nog steeds actief deel te nemen aan de promotie van de film, wat betekende dat hij op al het bonusmateriaal van de dvd te zien was.

Eerder dit jaar, tijdens de opnamen van die fragmenten, had hij zich gerealiseerd waarom hij er zo'n hekel aan had om beroemd te zijn: hij leek in geen enkel opzicht meer op de man die mensen op het scherm zagen; door contractuele verplichtingen moest hij zijn eigen ik verbergen.

Muziek bleef weliswaar een deel van zijn leven omdat hij als componist werkte, maar tot zijn grote tevredenheid bleef hij daarin vrijwel anoniem en maakte hij alleen nog filmmuziek en jingles voor anderen. Hij vond het tegenwoordig vreselijk wanneer mensen hem herkenden, iets wat door het uitbrengen van die laatste dvd alleen maar erger was geworden. Het was te hopen dat ook die hype weer snel voorbij zou zijn.

Toch was er nog een klein deel van hem dat het heerlijk vond om op te treden, en dat deed hij dan ook soms nog. Regelmatig bezocht hij Avalon om met een groep vrienden muziek te maken in een band genaamd Inner Child, die af en toe optrad op lokale festivals of bij buurtverenigingen. Dit jaar zou hij invallen als presentator bij een lokale radiozender, Catskills Morning, waar hij vijf dagen per week het nieuws zou voorlezen, gesprekken zou voeren en muziek van zijn keuze zou draaien, tijdens het zwangerschapsverlof van de vaste presentatrice.

Zijn huidige leven leek in niets meer op de orgie van roem en geld waarvan hij ooit had gedroomd, maar paste veel beter bij hem.

De bijeenkomst eindigde op dezelfde manier als altijd: met een sereen gebed en het afwassen van de koffiemokken. Daarna maakte Eddie zich klaar om naar huis te gaan. Hij stopte onderweg bij Wegmans om zijn favoriete avondeten te halen: een broodje met kaas en pepertjes, augurken, een zak chips en wat alcoholvrij bier. Toen hij naar buiten liep, stuitte hij op een van de eerste signalen dat de feestdagen waren begonnen: iemand van het Leger des Heils die een bel luidde.

Het voortdurende klingelen van de bel was irritant en onmogelijk om te negeren. Eddie haalde een verkreukeld bankbiljet uit zijn zak en stopte het in de rode collectebus.

'Bedankt,' zei de persoon met de bel. Hij was jong, nog maar een tiener. Eddie twijfelde of hij hem ergens van kende. Misschien kwam het doordat hij leek op een paar van zijn leerlingen in de stad; arm maar trots. Misschien had hij aan de vorige kerstvoorstelling meegedaan. Maar nee. Eddie wist zeker dat hij dat lange donkere haar, die ogen vol emotie en die bijzondere glimlach dan wel zou hebben herkend.

'Ik ben Eddie Haven,' stelde hij zich voor.

De jongen knikte. 'Jabez Cantor.'

'Ben je nieuw hier?' vroeg Eddie.

'Soort van. Ik ben een tijdje weggeweest. Ben net pas teruggekomen.'

'O, ik ook.'

Er kwam nog een jongen de winkel uit, die zo gefixeerd was op een spelletje op zijn telefoon dat hij geen oog had voor zijn omgeving. Zodra Eddie besefte waar hij op afliep, was het al te laat. 'Kijk uit!' riepen hij en Jabez in koor, maar de jongen was al tegen de standaard van de collectebus op gelopen, waardoor die kletterend op de grond viel.

'Sorry,' zei hij, waarna hij zijn telefoon in zijn zak propte en neerknielde om de munten op te rapen. 'Ik keek niet goed uit.'

'Kan gebeuren,' zei Jabez, die zich vooroverboog om te helpen.

Ook Eddie raapte wat munten van de grond op. Hij merkte daarbij de littekens op Jabez' hand op. Ze zagen eruit als oude brandwonden die niet goed waren genezen.

Een oudere man met grijs haar en een lange winterjas liep op hen af. 'Cecil,' zei hij afkeurend, 'wat is hier aan de hand?'

'Ik liep tegen dit ding aan,' antwoordde de jongen, die blijkbaar Cecil heette. 'Sorry, opa.'

De oudere man leek woedend. Cecil raapte de munten sneller bijeen, terwijl Jabez de standaard overeind zette. Een paar minuten later stond alles weer op zijn plek. De grootvader liep met grote stappen terug naar zijn glanzende, dure auto. De jongen maakte aanstalten om achter hem aan te gaan, aarzelde toen even en viste een dollarbiljet uit zijn zak, dat hij in de collectebus stopte. Jabez bedankte hem, maar dat hoorde de jongen waarschijnlijk niet meer, zo snel was hij achter zijn grootvader aan gerend.

Jabez keek hen bedachtzaam na, terwijl Eddie hem bestudeerde. Er stonden meerdere mensen naar de dure auto te staren – zo'n auto zag je immers niet iedere dag – maar Jabez leek meer gefocust op de oudere man.

'Ik ken hem ergens van,' zei Jabez.

'Gaat het wel?' vroeg Eddie.

'Ja, hoor,' zei de jongen.

'Heb je trek?' Eddie stak de zak chips naar hem uit.

'Nee, hoor. Dat is niet nodig. Maar bedankt.'

Eddie had geleerd om niet te veel door te vragen. Dat kon ervoor zorgen dat een kind de benen zou nemen en niet meer terugkwam. 'Vind je het leuk om vrijwilligerswerk te doen?'

De tiener gebaarde naar de collectebus van het Leger des Heils. 'Zoals je ziet.'

'Mooi. Ik ga vrijdagavond met een groep de kerststal opzetten, weet je wat dat is?'

De jongen grinnikte. 'Ja, ik weet wat een kerststal is.'

'Ik vraag het maar voor de zekerheid. In ieder geval kunnen we nog wel wat vrijwilligers gebruiken.' Hij krabbelde een tijd en plaats op het papieren zakje waar zijn broodje in had gezeten en gaf dat aan Jabez. 'Misschien zie ik je daar dan.'

Jabez stopte het zakje in zijn borstzak. 'Misschien wel.'

Hoofdstuk 4

Na haar ontmoeting met Eddie Haven was Maureen van twee zaken overtuigd. Ten eerste: Eddie zou een enorm obstakel voor haar gaan vormen gedurende de komende weken. Ten tweede: hij was nog niet eens het grootste probleem dat ze deze week kon verwachten.

De volgende dag bleef ze tot laat in de bibliotheek werken. Ze voelde zich ongelooflijk gespannen, want er zou na sluitingstijd een belangrijke bestuursvergadering plaatsvinden, en hoewel ze geen bestuurslid was, had ze een grote rol in deze bijeenkomsten. Wachtend op de komst van het bestuur, doorliep ze de gebruikelijke routine om het gebouw af te sluiten. Bij de hoofdingang aangekomen stapte ze naar buiten om wat frisse lucht in te ademen.

Wat sneeuw zou nu wel mooi zijn geweest, dacht ze, starend naar het park. Onder een oude taxusboom stond een steen met een gedenkplaat erop. Het was een bescheiden monument voor de onbekende jongen die honderd jaar geleden bij de bibliotheekbrand was omgekomen.

De bomen hadden hun gekleurde bladeren al lang laten vallen. Het gras was dor geworden en zag eruit alsof het nooit meer zou gaan groeien. Er hing een soort somberheid in de lucht; het stadje leek ergens op te wachten. Een goede sneeuwbui zou alles veranderen. Omdat Avalon ten oosten van Willow Lake lag, viel er meestal in het begin van de winter al veel sneeuw. Maar de winter nam dit keer zijn tijd, zonder rekening te houden met haar wensen.

Genoeg gepiekerd, zei ze tegen zichzelf. Zelfs Eddie Haven en een fiasco op haar werk zouden haar kerst niet kunnen verpesten.

Tijd om naar binnen te gaan en zich gereed te maken voor de vergadering. Bij de ingang van de bibliotheek, met zuilen aan weerszijden, merkte ze dat ze zich nog steeds kon verwonderen over de schoonheid ervan. De ingang wist iedere bezoeker te inspireren. Er stond een spreuk in het bas-reliëf gekerfd: MAAK VAN UW BOEKEN UW METGEZELLEN. LAAT UW BOEKENKASTEN EN BOEKENPLANKEN UW SPEELTUIN ZIJN – JUDAH IBN-TIBBON (TWAALFDE EEUW). Met andere woorden, dacht Maureen, het was helemaal niet erg dat ze geen leven had.

Kom, nu was ze iets te hard voor zichzelf. Ze had wel degelijk een leven; een leven waarin boeken en een liefhebbende familie het middelpunt vormden. Dat was al meer dan de meeste mensen hadden, en ze was er dankbaar voor.

Ze pakte een bakje yoghurt uit de kleine koelkast in de personeelsruimte, dat ze leegat terwijl ze een nieuw zelfhulpboek las dat een uitgever had opgestuurd, genaamd Passionate Living for Shy People. Het boek stond vol adviezen die geen weldenkend persoon ooit zou opvolgen, zoals je inschrijven voor salsalessen of aanraaktherapie. Het was zoveel veiliger om over zulke dingen te lezen dan om ze te doen. Zodra ze zich verloor in een boek leek haar wereld vaak weer langzaam in balans te komen, maar ditmaal werkte het niet. Tegen de tijd dat ze haar yoghurt ophad, voelde ze zich echt nerveus. Het onderwerp van de bijeenkomst van vandaag was de begroting, en ze wist dat er geen goed nieuws zou zijn.

Nadat de bestuursleden van de bibliotheek waren gearriveerd, begaven ze zich naar de vergaderkamer met hun laptops en aktetassen. Zwijgend en met bezorgde gezichten zaten ze op een rij aan de grote tafel toen Maureen binnenkwam.

Ze hing haar jas over de rug van de stoel. 'Er is geen goed nieuws, of wel?'

Er viel een ongemakkelijke stilte. Mr. Shannon, de bestuursvoorzitter, vouwde zijn handen ineen boven op een stapeltje papieren dat er officieel uitzag. 'We hebben erg slecht nieuws,' zei hij toen. 'Tenzij er een wonder gebeurt, is het voorbij. We zullen de bibliotheek waarschijnlijk aan het einde van dit jaar moeten sluiten.'

'Alstublieft, Miss Davenport, gaat u zitten,' zei een ander bestuurslid.

Ze liet zich op een stoel zakken en vouwde haar handen ineen in haar schoot. Ze wist dat de bibliotheek al lang in het rood stond. Niemand had het kunnen voorkomen; het was simpelweg het gevolg geweest van de rampzalige financiële crisis die ook in Avalon had toegeslagen, waardoor de stijgende kosten en de geldproblemen van de bewoners de situatie in een neerwaartse spiraal hadden gebracht. Zodra de inkomsten daalden, moesten er moeilijke beslissingen worden genomen. De prioriteit lag natuurlijk bij de belangrijkste organisaties van het stadje – de politie, de brandweer, de Spoedeisende Hulp. De bibliotheek mocht dan wel door Maureen als onmisbaar worden gezien voor het stadje, maar de meeste inwoners, die al moeite hadden het hoofd boven water te houden, gaven voorrang aan heel andere zaken.

Mr. Shannon gaf een korte samenvatting van het dilemma ten behoeve van de notulen. Nadat het oorspronkelijke gebouw was afgebrand, was de bibliotheek herbouwd door Jeremiah Byrne. Hoewel het gebouw eigendom van de familie was gebleven, had Byrne een huurcontract voor negenennegentig jaar opgesteld voor de bibliotheek. Vervolgens was het de taak geweest van een zekere Warren Byrne om het huurcontract te verlengen.

Dat had hij gedaan, maar er waren bepaalde voorwaarden aan verbonden. Het contract zou niet worden verlengd totdat de bibliotheek in staat was zichzelf financieel te bedruipen, wat inhield dat er voor het einde van ieder jaar een sluitende begroting moest zijn opgesteld. Het bestuur had daarvoor een subsidie gekregen van de stad, die was opgeteld bij de donaties en het belastinggeld, waardoor de crisis een tijdje was afgewend. Maar een eventuele bijdrage voor het volgende fiscale boekjaar was nog niet toegekend; bovendien was er minder belastinggeld te besteden, waardoor er op korte termijn flink bezuinigd moest worden. De bibliotheek was van de subsidielijst geschrapt.

Maureen probeerde zich te concentreren op de woorden van de bestuursvoorzitter. Of eigenlijk probeerde ze er juist niet naar te luisteren.

'Er is geen geld meer' kon immers maar op één manier geïnterpreteerd worden.

Haar hart bonkte in haar keel. De bibliotheek sluiten? Het was onmogelijk om zich Avalon zonder bibliotheek voor te stellen. Een bibliotheek was een van de belangrijkste faciliteiten van een stadje, en die van Avalon had altijd speciaal geleken. Na de brand die de jongen van zijn leven had beroofd, hadden de verslagen bewoners eendrachtig samengewerkt aan de bouw van een nieuwe bibliotheek, als een monument dat hun veerkracht zou symboliseren. Gedurende de negenennegentig jaar die daarop volgden had het gebouw weten te overleven, het leek even permanent als de rotsformaties rondom Willow Lake. Het bleek nu echter allemaal een illusie te zijn geweest. Binnenkort zou heel Avalon weten dat het honderdjarig bestaan van de bibliotheek zou worden gevierd met de aankondiging van de definitieve sluiting van het gebouw.

'Ik wist dat er een begrotingscrisis was,' zei ze terwijl ze probeerde om niet in paniek te raken. 'Maar ik wist niet dat het zo nijpend was.' Nijpend. Dat was niet een woord dat ze iedere dag gebruikte. Helaas was het wel van toepassing op deze situatie. Met een geforceerde glimlach op haar gezicht vervolgde ze: 'We kunnen een oproep doen. Nog een benefiet organiseren. Een complete campagne, wellicht. Kunnen we geen brandbrief naar de gemeente sturen? Een veiling organiseren, of een evenement...' Haar glimlach vervaagde toen ze de sombere gezichtsuitdrukking van de bestuursleden zag. 'Sorry... ik weet het. Dat hebben we allemaal al eerder geprobeerd.'

'Om eerlijk te zijn hebben we niet eens genoeg geld om een brief te versturen,' zei de penningmeester.

'En het noodfonds van de gemeente? Of dat van de staat...'

'Hoewel wij dit zelf als een noodtoestand ervaren, is het natuurlijk geen bosbrand of een overstroming. Onze kosten overstijgen ruimschoots onze inkomsten, en dat is al langere tijd het geval.' Hij wees op een felrood diagram. 'We gaan het niet redden.'

'Er moet iets zijn wat we kunnen doen,' hield ze vol. 'Wat als we nogmaals in overleg gaan met Mr. Byrne over de voorwaarden van het contract? Of om uitstel vragen totdat we wel met het geld op de proppen kunnen komen?'

'Warren Byrne? Hij is de gierigste man van de stad.'

'En de rijkste,' merkte ze op.

'Hij is zo rijk omdat hij zo gierig is. Hij heeft nooit een cent aan de bibliotheek gegeven.' Mr. Shannon schudde zijn hoofd. 'We hebben het hem gevraagd, maar hij heeft geweigerd. Het geld dat we nodig hebben is niet binnen ons bereik, zo simpel is het. Onze donateurs zijn zeer vrijgevig geweest, maar er zit een limiet aan wat er bereikt kan worden met behulp van particuliere financiering. Zonder subsidie hebben we geen opties meer,' zei hij met een vermoeide zucht. 'In tijden als deze kunnen zelfs onze vrijgevigste donateurs niet meer genoeg opbrengen. Misschien zouden we niet in deze situatie zijn beland als die laatste lening was goedgekeurd, maar de mensen hebben daartegen gestemd.'

Maureen klemde haar kaken op elkaar. Een klein maar mondig groepje betogers had de bewoners van Avalon ervan weten te overtuigen dat de bibliotheek het niet waard was om te worden gered, zeker niet als dat zou betekenen dat ze meer belasting zouden moeten betalen.

'Onze afgevaardigde heeft een aanpassing van de begroting aangevraagd, net als de gemeente,' legde Mr. Shannon uit. 'Maar er is geen geld... niet hiervoor. Er zijn andere zaken die voorrang krijgen.'

De penningmeester deelde het laatste rapport uit. 'Onder deze omstandigheden kunnen we nooit aan het benodigde geld voor volgend jaar komen. We hebben tot het einde van het jaar om onze deuren te sluiten en alle spullen te verhuizen naar de hoofdvestiging.'

Maureen zag haar eigen wanhoop gereflecteerd in de blikken van de anderen. 'Wat gaat er met dit gebouw gebeuren?'

'Het grootste deel van de collectie en de inventaris zal worden verspreid over de andere vestigingen. Het gebouw zal waarschijnlijk worden verkocht aan een projectontwikkelaar. Omdat het wettelijk gezien niet vernietigd mag worden, zal de ruimte voor iets anders worden gebruikt.'

'Waarvoor?' vroeg ze. Ze zag al voor zich dat het prachtige gebouw zou veranderen in een winkel of een bed and breakfast. Niet dat ze daar iets op tegen had, maar dit was een bibliothéék.

'Dus jullie geven op,' zei ze. 'Zomaar ineens.'

'Niet zomaar ineens,' zei Mr. Shannon vermoeid. 'We hebben echt alles geprobeerd. U weet dat we keihard hebben gewerkt.'

'Ja, dat weet ik. Sorry. Maar...' Haar stem brak. 'Dit is de bibliotheek.' Ze gebaarde naar de muren, die vol hingen met foto's die de geschiedenis van het gebouw verbeeldden. Door de deuropening kon ze de grote zaal zien. Een smalle straal licht viel op de nette rijen boeken en de glanzende eikenhouten tafels.

'Dat is het probleem,' zei Mr. Shannon terwijl hij zijn jas aantrok. 'De bewoners geven er niet genoeg om. De meeste mensen zien het sluiten van een bibliotheek niet als een grote ramp. Het betekent alleen maar dat ze een stukje verder moeten rijden om boeken te halen, of moeten wachten tot de bibliobus langskomt. Niet bepaald de grootste catastrofe die je je kunt voorstellen.'

Hoewel er een rilling over haar rug liep, wist ze dat hij gelijk had. 'Natuurlijk, dit is maar één bibliotheek, maar dezelfde situatie komt overal voor. Ze hebben de bibliotheek in Salinas, de stad van de grote auteur John Steinbeck, maar net kunnen redden. Philadelphia heeft afgelopen jaar elf vestigingen moeten sluiten. In Oregon hebben hele gebieden helemaal geen bibliotheek meer. Het wordt steeds erger. Wanneer zal het stoppen?'

'De gemeente moet haar geld aanwenden voor de algemene veiligheid,' legde Mr. Shannon uit. 'Moeten ze zedendelinquenten in de gaten houden of de rekeningen van de bibliotheek betalen? Ze hebben weinig keus.'

'Ik begrijp het,' zei ze. 'Dat probeer ik, in ieder geval.'

'Fijn dat u erbij kon zijn,' zei hij. 'Ik wilde u het slechte nieuws graag persoonlijk vertellen.'

Ze stond op en liep met hen mee naar de deur. 'Dat stel ik op prijs.' Ze voelde zich in shock, alsof ze net een ernstig ongeluk had meegemaakt. Altijd had ze gedacht dat ze haar hele carrière hier zou kunnen doorbrengen, in dienst van het instituut waarvan ze hield. Nu, realiseerde ze zich, zou ze binnen een paar weken zonder werk zitten.

Mrs. Goodnow, de secretaresse, zei: 'We zijn een etentje aan het plannen voor na de sluitingsceremonie aan het einde van het jaar.'

Maureen voelde haar benen slap worden. 'Ja, oké,' wist ze uit te brengen, waarna ze de dubbele deur van de vergaderkamer achter zich sloot.

Mr. Shannon bleef bij de uitgang stilstaan en wikkelde een sjaal om zijn hals. 'Komt u ook?'

'Nee, ik blijf nog even. Ik moet mijn mail nog checken en wat dingen in mijn rooster aanpassen.'

'Zorg goed voor uzelf, Ms. Davenport.'

'U ook, Mr. Shannon.'

Aarzelend bleef hij nog even staan. 'U ziet er niet zo goed uit.'

Ze voelde zich misselijk worden van verdriet. 'Deze bibliotheek vormt het fundament van ons stadje. We kunnen niet zomaar sluiten.' Ze dacht aan de kinderen die langskwamen om voorgelezen te worden. De ouderen die langskwamen voor hun boekenclubjes en computerlessen. Het alfabetiseringsprogramma voor volwassenen. Met pijn in haar hart probeerde ze zich voor te stellen hoe het zou zijn als de bibliotheek werkelijk voorgoed zou moeten sluiten. Iets in haar leek te breken.

'Kan ik iets voor u doen voordat ik ga?' vroeg Mr. Shannon. 'Hebt u een glas water nodig, of –'

'Ik heb een wonder nodig,' zei ze met een flauwe glimlach. 'Een wonder zou nu erg goed van pas komen.'

In de verlaten stilte van de bibliotheek checkte ze haar mail niet. Ze kwam niet eens in de buurt van haar bureau. In plaats daarvan liep ze langs de boekenkasten, streek met haar hand over de ruggen van de boeken. Ze had de bibliotheek altijd als een heilige plek beschouwd, een plek voor grootse ideeën en kunst, een veilige plek om weg te dromen.

Bibliotheken – en deze bibliotheek in het bijzonder – hadden haar altijd een sereen gevoel bezorgd. Ze waren als kathedralen, waar iedereen zich thuis kon voelen. Ze was praktisch opgegroeid in dit historische gebouw, met de marmeren gangen en glas-in-loodramen, de gepolijste mahoniehouten trapleuningen en raamkozijnen. In het midden van het gebouw was een atrium onder een glazen koepel, waarin zich een wenteltrap bevond die naar de zaal met kinderboeken leidde. Als kind had het magisch gevoeld om die trap op te lopen, alsof ze op weg was naar de hemel.

Het was dan ook de meest logische stap voor haar geweest om hier uiteindelijk te gaan werken. Er was echter een periode geweest op de universiteit waarin ze een passie voor theater had ontwikkeld. Even had ze van een toekomst op het podium gedroomd, alsof een meisje zoals zij dat soort dingen ooit zou kunnen bereiken.

Een rampzalig avontuur in het buitenland had haar van die wens genezen. Zelfs nu, jaren later, huiverde ze nog als ze terugdacht aan haar semester in Parijs. De levensles die ze daar had geleerd was als een klap in haar gezicht geweest. Ze was er al snel achter gekomen dat een rustiger en voorzichtiger leven meer bij haar paste. In de bibliotheek vond ze die rust. Hier kon ze werk verrichten dat belangrijk was, waarbij ze zich nodig, zelfverzekerd en... veilig voelde.

Maar binnenkort zou deze plek niet meer bestaan. De gemeente zou haar misschien in de bibliobus laten werken, dacht ze, waarbij er een rilling over haar rug liep. Ze had ooit wat diensten gedraaid in de bibliobus als stagiaire en was er wagenziek van geworden. Misschien kon ze een baan vinden in een andere stad, of op de universiteit in New Paltz, maar het werk in de bibliotheek was zoveel méér dan een baan voor haar. En nu zou het haar worden afgenomen.

Ze kon zich geen leven voorstellen zonder deze bibliotheek. Wat zou ze iedere dag moeten doen? Waar zou ze heen gaan? Wie zou ze zijn? Ze zag het niet voor zich. Misschien verkeerde ze nog in de ontkenningsfase. Het werd echter tijd om de harde realiteit onder ogen te zien: aan het einde van dit jaar zou de bibliotheek sluiten. Ze kon niet op een wonder blijven hopen.

Toen ze haar jas had aangetrokken en op het punt stond om weg te gaan, liet ze haar blik nog eenmaal over de zacht verlichte boekenkasten gaan. Daarin bevonden zich jaren van wijsheid, filosofen, wetenschappers, dichters, toneel- en romanschrijvers, de inspirerendste geesten die ooit hadden geleefd. Zou ze de oplossing voor haar problemen niet in een van de boeken kunnen vinden?

Terwijl ze langs de boekenplanken liep, voerde ze een ritueel uit dat ze als klein kind had verzonnen. Als ze een probleem of een belangrijke vraag had waar ze erg mee zat, deed ze haar ogen dicht en pakte ze een willekeurig boek uit de kast. Met gesloten ogen had ze het boek open laten vallen en haar vinger op een willekeurige passage gelegd. Pas dan had ze haar ogen opengedaan om het advies van het boek te lezen. Hoewel het natuurlijk maar een spelletje was geweest, was het toch wonderlijk geweest hoeveel ze had geleerd door simpelweg een boek zomaar ergens open te slaan.

Ze kon zich niet voorstellen dat er een boek was dat haar advies kon geven over het oplossen van haar huidige problemen, maar ze besloot het toch te proberen. Met gesloten ogen liet ze een vinger over de ruggen van de boeken gaan. Uiteindelijk trok ze een boek uit de rij. Ze hoorde een ander boek uit de kast vallen, dat op haar voet terechtkwam.

'Au!' riep ze, waarbij haar ogen openschoten.

Nu was er een dilemma: welk boek was willekeuriger, het boek in haar handen of het boek op haar voet?

Ze liet het boek in haar handen zonder te kijken openvallen en gleed met haar wijsvinger over de pagina. Toen las ze wat het boek haar te vertellen had.

> Er bestaat een theorie die stelt dat als iemand ooit precies ontdekt waartoe het universum dient en waarom het bestaat, het onmiddellijk zal verdwijnen en worden vervangen door iets dat nog wonderlijker en onbegrijpelijker is. Er bestaat een andere theorie die beweert dat dit al is gebeurd.'

'Bedankt, Douglas Adams,' mompelde ze, waarna ze het boek omdraaide om de foto van de overleden auteur te bekijken. 'Aan jou heb ik ook niets.' Ze zette het boek weer netjes terug op de eikenhouten plank. Daarna pakte ze het boek op dat op de grond was gevallen: Words to Live By: A Compendium.

Dat boek hoorde niet eens in deze sectie te staan. Iemand moest het verkeerd hebben teruggezet, iets wat vaak gebeurde in de bibliotheek. Al waren er ook altijd geruchten rondgegaan over geesten die hier rondwaarden. In een gebouw als dit, vol marmeren gangen en ritselend papier, kon je dat soort verzinsels niet tegenhouden.

Terwijl ze vluchtig naar het gangpad liep waar het boek hoorde te staan, keek ze naar de bladzijde waarop het was opengevallen, en las de regel bij haar duim. Als je iets nog nooit hebt gedaan, verzamel dan moed. Dat levert plezier op, en plezier is goed.

Dat was een citaat van Theodore Seuss Geisel – beter bekend als de wereldberoemde kinderboekenschrijver Dr. Seuss.

Plezier is goed. Haar nekhaartjes gingen overeind staan. Misschien wees haar duim eigenlijk naar het volgende citaat: Het leven slinkt of breidt zich uit evenredig aan iemands moed. – Anaïs Nin.

Ze sloeg het boek dicht, zette het terug en verliet de bibliotheek via de personeelsdeur, die ze achter zich op slot deed.

Toen ze de donkere nacht in liep klonk de ringtone die ze speciaal voor haar zus Janet had ingesteld: Shattered van de Rolling Stones. Met haar tanden trok ze haar handschoen uit, viste haar telefoon uit haar zak en nam op. 'Hoi.'

'Hoi, zus. Ik vroeg me af of je al had gegeten.'

Maureen had een enorme knoop in haar maag en kon zich niet voorstellen dat ze ooit nog iets zou willen eten. 'Ja, ik heb al gegeten.'

'O. Ik dacht dat je misschien wel zin zou hebben om hiernaartoe te komen en samen iets te eten. Karl is pas vanavond laat thuis, dus ik ben helemaal alleen.'

Typisch Janet. Haar jongere zusje was de baby van de familie. Ze was enorm loyaal en liefhebbend, maar kon er niet tegen om alleen te zijn. Ze was vanuit haar studentenhuis direct in het huwelijksbootje gestapt en was nu al in verwachting van haar eerste kind.

'Dan zou ik een uur onderweg zijn, Jan,' zei Maureen. Janet en Karl waren dichter bij de grote stad gaan wonen zodat Karl niet zo ver hoefde te reizen voor zijn werk.

'Er is geen sneeuw voorspeld.'

Het had Maureen altijd dwarsgezeten dat mensen er vaak automatisch van uitgingen dat zij wel beschikbaar zou zijn. Zodra een familielid behoefte had aan gezelschap, werd zij gebeld.

Ze belden nooit Meredith, haar oudste zus. Zij was dokter in Albany, had altijd dienst of kon opgeroepen worden, en iedereen ging er standaard vanuit dat zij het te druk had. Renée, de op een na oudste, had drie kinderen, wat betekende dat zij drieduizend redenen had om geen tijd te hebben. Hun broer, Guy, was... nou ja, een man. Reden genoeg om hem met rust te laten. Dus was alleen Maureen nog over, de middelste. Zij werd gebeld als iemand plotseling iets nodig had – gezelschap, een boodschap, iemand om aan de telefoon mee te kletsen, een babysitter.

Ze werd er helemaal gek van – niet omdat zij degene was die werd gebeld, maar omdat ze er allemaal van uitgingen dat ze niets beters te doen had.

'We kunnen eten laten bezorgen en grappige oude kerstfilms kijken,' probeerde Janet haar over te halen. 'Kom op, dat is toch leuk? Je kunt toch wel wat plezier gebruiken? Plezier is goed.'

'Wat?'

'Ik zei –'

'Laat maar. Ik heb al plannen voor vanavond,' liet ze Janet weten.

'Echt? Wat dan? Heb je een date? O, mijn god, je hebt een date!' riep haar zus uit zonder haar de kans te geven om te antwoorden. 'Met wie? Walter Grunion? Nee, ik weet het al. Ned Farkis. Karl kwam hem in de trein tegen en hij vroeg naar je. O, mijn god, je gaat op date met Ned Farkis!'

Maureen lachte hardop. 'Fijn dat je mijn avond al helemaal voor me hebt uitgestippeld. Ned Farkis? Alsjeblieft, zeg.'

Ned was apothekersassistent bij de lokale apotheek, en hij had haar al meerdere keren mee uit gevraagd. Ze had nooit duidelijk nee gezegd, maar ze had ook nooit ingestemd. Meteen voelde ze zich schuldig over haar toon, omdat ze wist dat er genoeg mannen waren die hetzelfde over haar zouden zeggen: Maureen Davenport? Alsjeblieft, zeg.

'Nee,' zei ze tegen Janet. 'Ik heb afgesproken met Olivia. We gaan naar de kerk om te helpen met het opzetten van de kerststal.'

'O, ik wist niet dat je ook al in die werkgroep zit.'

'Zit ik ook niet. Niet officieel, in ieder geval. Maar omdat ik toch bezig ben met de show –'

'Ik snap het al. Eerst de show, vervolgens de wereld.'

'Erg grappig. Je zou ons kunnen helpen,' suggereerde Maureen.

'Ons?'

'De vrijwilligers van de kerk.'

'Dat zou nogal een lange rit voor me zijn.'

Toch had Janet gedacht dat Maureen diezelfde rit wel voor háár zou hebben overgehad. Ach ja. 'Nog een fijne avond, Janet,' zei ze.

'Komt goed. Hou van je!'

Ze had maar geluk met een familie waarin iedereen van elkaar hield. Haar ouders hadden elkaar op de universiteit ontmoet en waren naar Avalon verhuisd, waar ze kinderen hadden willen krijgen die ze konden opvoeden in het veilige stadje, omgeven door prachtige natuur. Al hun vijf kinderen woonden nu nog steeds in of rondom Avalon.

Dat wilde niet zeggen dat het leven makkelijk was geweest voor de Davenports. Helemaal niet. Haar moeder was overleden aan een virus dat razendsnel haar hart had aangetast. Stan Davenport, hoofd van een middelbare school, was achtergebleven met een huis vol kinderen. Maureen was pas vijf geweest toen dat was gebeurd. Ze kon zich de snijdende pijn vanwege het verlies nog herinneren, een herinnering die zo sterk was als het zien van een oude foto. Meredith had zo hard gehuild dat ze ervan had moeten overgeven, en Guy had alleen nog maar 'mama, mama, mama' kunnen snikken. Hun vader had schokschouderend aan de eettafel gezeten, zijn hoofd in zijn handen. Janet en Renée hadden zich aan hem vastgeklampt, te jong om te kunnen begrijpen wat er precies was gebeurd, behalve dat hun leven plotseling was ingestort. Hoe jong Maureen ook was geweest, ze had de ernst van de situatie precies aangevoeld. Haar vader was bijna onherkenbaar geweest. Als een volslagen vreemde die het verkeerde huis in was gelopen, van de verkeerde familie.

In de jaren die erop volgden hadden ze allemaal weer leren lachen, weer plezier gevonden in het leven. Uiteindelijk was hun vader hertrouwd met Hannah, die gek was op de kinderen en hen liefdevol beschermde, alsof ze haar eigen vlees en bloed waren. Een van de redenen waarom Maureen zoveel van kerst hield, was omdat Hannah er altijd voor zorgde dat er rond die tijd een moment werd vrijgemaakt waarop de kinderen hun moeder konden herdenken. Dat betekende dat er tranen werden gelaten, soms werd er zelfs iemand boos, maar bovenal betekende het dat hun moeder voortleefde in hun harten, ook al was ze er niet meer.

Nu Maureen volwassen was, kon ze Hannahs ruimhartigheid pas echt op waarde schatten. Ze waren een hechte familie, en rond deze tijd van het jaar besefte ze altijd weer hoe gezegend ze was. Zelfs nu haar de grootste ramp van haar carrière te wachten stond, voelde ze zich nog gezegend.

Ze hield van alles wat met kerst te maken had: de kou buiten, het knisperende geluid van sneeuw onder je voeten. De geur van versgebakken koekjes en de stralende lichtjes in de etalages van winkels en als versiering aan dakgoten. De oude liedjes die op de radio werden gedraaid, de sentimentele films op de televisie, de stapels kerstboeken op de tafels in de bibliotheek, de kindertekeningen die ze altijd ophing. Het geluid van muntjes die in de collectebus van het Leger des Heils werden gegooid, de groepjes mensen die samenwerkten aan kerstprojecten.

Al die dingen gaven haar het gevoel dat ze ergens bij hoorde. Dat ze veilig was. Ja, ze hield van kerst.

Hoofdstuk 5

Eddie Haven kon kerst niet uitstaan. Voor hem was het een hel. Zijn aversie had zich al op jonge leeftijd ontwikkeld en was alleen maar gegroeid door de jaren heen. Toch was hij nu onderweg naar de Heart of the Mountains Church, waar hij een kerststal op ging zetten.

In ieder geval hoefde hij er niet alleen naartoe; hij had drie broers meegenomen die nog op de middelbare school zaten en bestempeld waren als 'risicojongeren'. Eddie had het niet zo op dat label. Volgens hem was de puberteit voor iedereen riskant. Deze avond zat hij met deze drie jongens in hetzelfde schuitje, en momenteel zaten ze te kibbelen om niets, zoals broers altijd leken te doen. Het was zijn taak om de jongens bezig te houden. Een van de belangrijkste redenen dat dit soort jongens een risico vormden, was dat ze te weinig omhanden hadden, zo luidde zijn theorie. Als ze wat hamers en hooibalen in hun handen gedrukt zouden krijgen, konden ze wat productiefs doen en zouden ze geen tijd hebben om in de problemen raken.

'Hé, Mr. Haven,' zei Omar Veltry, de jongste. 'Ik durf om vijf dollar te wedden dat ik weet hoe u aan die kistjes komt die u draagt.'

'Wie zegt dat ik vijf dollar heb?' vroeg Eddie.

'Doet u mee?' vroeg Omar opgewonden. 'Misschien verlies ik wel, dan krijgt u vijf dollar van mij. Ik wed om vijf dollar dat ik u kan vertellen hoe u aan die schoenen komt.'

'Hemel, ik weet zelf niet eens meer waar ik ze vandaan heb. Dus ga je gang.'

'Ha. Met uw voeten, man.' Omar stuiterde bijna van de achterbank van het lachen. Hij gaf zijn broers een high-five, waarna ze zaten te grinniken als een stel dwazen.

Zucht. Toen ze voor een stoplicht stonden te wachten, haalde Eddie vijf dollar uit zijn zak. 'Man. Je bent veel te slim voor me. Jullie zijn een stelletje wijsneuzen.'

'Ja, hè?'

'Ik durf te wedden dat je slim genoeg bent om die vijf dollar in de collectebus van de kerk te stoppen,' zei hij erachteraan.

'O, man.' Omar liet zich achterovervallen.

De Heart of the Mountains Church stond op een heuvel met uitzicht over Willow Lake. De slanke toren stak boven de bomen uit, en de weg ernaartoe boog naar links zodra je het kerkplein naderde. Als je niet op tijd rekening hield met de bocht, kon dat rampzalige gevolgen hebben. Eddie minderde snelheid. Hoe vaak hij deze bocht ook maakte, hij huiverde altijd weer bij de herinnering aan het ongeluk. Hier waren de twee helften van zijn leven – het verleden en de toekomst – op elkaar gebotst, op een koude winteravond, tien jaar daarvoor.

Nu was de weg leeg en droog. De iconische kerk zag er sereen uit, met ramen die glansden in de schemering. Het indrukwekkende landschap eromheen leek te wachten op sneeuw. Dit was het ideale decor voor droombruiloften, buurtevenementen – en natuurlijk voor bijeenkomsten van de AA.

Hij parkeerde zijn busje voor de kerk. 'Nu ben ik blut. Bedankt daarvoor.'

'Ik heb gehoord dat u vroeger een filmster was,' zei Randy, de oudste broer. 'Iedereen weet dat filmsterren rijk zijn.'

'Ja hoor, ik ben steenrijk,' zei Eddie spottend.

'Volgens mij bent u wel rijk geworden door die film,' zei de middelste broer, Moby. 'Ik zag u laatst nog op tv. "Er zit magie in kerstmis, als je er maar in gelooft."' Hij citeerde een van de belangrijkste zinnen uit The Christmas Caper, die een onweerstaanbaar schattige kleine Eddie destijds met grote ogen had uitgesproken. Die stomme film werd elk jaar rond de feestdagen weer eindeloos herhaald.

'Nu begin je op mijn zenuwen te werken,' zei hij. 'En trouwens, ik ben niet rijk geworden van die film. Helemaal niet, zelfs.'

'Huh?' zei Moby ongelovig. Moby was zijn bijnaam. Niet vanwege zijn omvang, maar omdat zijn eerste naam Richard was, oftewel Dick. 'Het is zo'n bekende film. Hij komt iedere kerst op tv.'

'Dat kan wel wezen, maar ik zie er niets van terug.'

'Bedoelt u dat u geen deel van het geld krijgt of zo?'

'Jeetje, kijk me niet zo aan. Ik was nog maar een kind, oké? En mijn ouders waren niet zo goed in het beheren van de financiën.' De Havens waren ongelooflijk naïef geweest. Tegen alle logica in waren ze er niet in geslaagd om geld te verdienen aan een van de succesvolste films van het jaar.

Misschien ontweek hij daarom altijd zijn ouders rond de feestdagen. O, laat dat alsjeblieft niet de reden zijn, dacht hij. Zo oppervlakkig wilde hij niet zijn. Maar hij wilde ook niet te lang nadenken over wat dan de reden was dat hij zijn familie uit de weg ging met kerst.

'Het ligt ingewikkeld,' zei hij. 'Om een lang verhaal kort te maken: ze hebben destijds wat contracten ondertekend zonder echt te weten waar ze voor tekenden, en we hebben er geen cent aan verdiend. Maar dat is al een hele tijd geleden,' voegde hij eraan toe. 'Daar denk ik niet meer aan.'

'U bent toch in een communie opgegroeid of zo?' vroeg Moby. 'Dat hoorde ik in ieder geval.'

Eddie lachte. 'In een commune, niet in een communie. Dat zijn twee verschillende dingen.' Zijn ouders waren beïnvloed geweest door de radicale jaren zestig en hadden zich een tijdlang afgezet tegen de maatschappij. Ze hadden de jaren zeventig doorgebracht in een commune op het platteland, ervan overtuigd dat een eenvoudig leven waarin ze in hun eigen onderhoud zouden voorzien tot spirituele vrijheid zou leiden. Hij was ter wereld gebracht door zijn moeder en een vroedvrouw, omringd door neuriënde doula's, in een hutje dat zijn ouders zelf hadden gebouwd, zonder stromend water of elektriciteit. Hij vroeg zich af hoe de Veltry's zouden reageren als ze zouden weten welke naam op zijn geboortecertificaat stond. Die kwam niet eens in de buurt van Eddie. 'Een commune is gebaseerd op het idee dat een hele gemeenschap de kinderen opvoedt, niet alleen de ouders,' legde hij uit. 'Ik ging ook niet naar school, ik kreeg thuis les. De groep is uiteindelijk een beetje uit elkaar gevallen, maar tegen die tijd reisden mijn ouders al rond met hun show. We waren altijd onderweg.'

'Dat moet wel stom voor u geweest zijn,' zei Randy.

Hij had het inderdaad stom gevonden, maar nu hij met kinderen als de Veltry's werkte, besefte hij dat alles relatief was. Vergeleken bij de drie broers stelden Eddies problemen niets voor. Zijn ouders waren in ieder geval altijd in zijn leven geweest. Volgens Eddies vriend Ray Tolley, die voor de lokale politie werkte, gingen de Veltry-broers van het ene naar het andere pleeggezin. Hij wist de precieze reden daarvan niet en hij wilde ze niet lastigvallen met moeilijke vragen. Ze hadden hun vader in ieder geval nooit gekend en hun moeder kwam steeds weer in de gevangenis terecht.

Toen Eddie zo oud was geweest als zij, had hij zich alleen maar zorgen gemaakt over hoe hij zijn ouders en het Haven-erfgoed zou kunnen overleven. De showbusiness zat in de familie, en dat ging vele generaties terug, tot aan Edvard Haszczak, een circusacrobaat uit een Baltische staat die als verstekeling aan boord was gegaan van een vrachtschip. Toen hij in Amerika was aangekomen, had Edvard zijn onuitspreekbare achternaam veranderd en een familie van entertainers gesticht. Eddies overgrootouders waren variétéartiesten geweest, zijn grootouders volkszangers en zijn ouders een semiberoemd stel dat in de jaren zestig – toen ze zelf nog tieners waren – een ietwat flauwe komische show opvoerde, Meet the Havens genaamd.

In hun rebelse jaren hadden zijn ouders overal afstand van genomen, maar toen ze eenmaal een kind hadden om op te voeden waren ze tot het besef gekomen dat ze niet op de commune zouden kunnen rekenen als het ging om geld voor doktersrekeningen of kleren voor hun kind. Dus op jonge leeftijd, te jong om zelf een beslissing te kunnen nemen, was Eddie meegesleurd in de familietraditie van de showbusiness. Na in een paar reclames te hebben gespeeld – inclusief eentje waarin hij als blote baby te zien was – had hij in een kaskraker gespeeld die ieder jaar weer eindeloos werd herhaald. De vertederende teksten en zijn uitvoering van het onvergetelijke liedje The Runaway Reindeer hadden hem wereldberoemd gemaakt.

Hoewel hij daarna nog een paar andere filmrollen had gehad – in een horrorfilm, een vreselijke musical, als stemmetje in een cartoon – werd hij nog altijd als kindsterretje gezien. Hij was als het ware opgegroeid in de schaduw van een klein kind dat geen idee had gehad waar het mee bezig was toen het die fameuze woorden voor de camera uitsprak.

Zijn ouders waren blijven optreden en hadden hem bij hun acts betrokken om meer publiek te trekken. Rond kerst waren ze altijd op tour. Daardoor had Eddie alleen maar onplezierige herinneringen aan de feestdagen. Zijn ouders hielden vol dat kerst de ideale tijd van het jaar was om shows op te voeren. Mensen werden dan vaak nostalgisch, en in de ban van de kerstsfeer waren ze eerder geneigd om hun portemonnee te trekken. Reeds sinds zijn vroege jeugd was Eddie verplicht geweest om de dag na Thanksgiving met zijn ouders mee op pad te gaan, waarna ze iedere avond in een ander tentje optraden, tot aan nieuwjaarsdag. Ze hadden in onpersoonlijke motels gelogeerd en niet zelden hun avondeten moeten overslaan, omdat kort daarop de show begon.

Hoewel hij er een hekel aan had gehad, was hij toch iedere dag weer met een glimlach op zijn gezicht het podium opgestapt. Het had zijn herinneringen aan kerst niet bepaald positief beïnvloed, maar dat liet hij niet merken aan de Veltry-jongens. Hij wilde oprecht dat zij dezelfde fijne associaties zouden hebben bij kerst als alle andere mensen die die avond hun warme huizen hadden verlaten om de kerststal op te zetten; een gedetailleerd en levensecht kunstwerk dat toeristen vanuit de hele staat trok. Dit was een van de populairste bezienswaardigheden in Avalon in deze tijd van het jaar, en de kerk trok er in samenwerking met de Kamer van Koophandel alles voor uit de kast.

Een aantal vrijwilligers was al druk bezig; er werden plekken gemarkeerd, kabels en lampen tevoorschijn gehaald, hout en gereedschap aangesleept. De drie jongens liepen erop af met een stoere uitstraling die aan de kerkgangers voorbijging. Wat niet aan ze voorbijging waren hun afgezakte broeken en oversized capuchontruien met vreemde symbolen erop.

Ray Tolley kwam op hen afgelopen. 'Goed gezelschap,' mompelde hij tegen Eddie. Ray was een van Eddies beste vrienden, hoewel ze niet méér hadden kunnen verschillen. Ray kwam uit een stabiel gezin. Hij was geboren en getogen in Avalon, was een goede keyboardspeler, een middelmatige pooler en gek op grappen uithalen.

Ook was hij Eddies reclasseringsambtenaar.

Ze hadden elkaar ontmoet op zomerkamp, toen ze nog jongens waren geweest. Daarna waren ze elkaar opnieuw tegen het lijf gelopen als volwassenen, op de avond van het ongeluk. Ray, die toen nog een groentje was geweest bij de politie, had Eddies verklaring moeten opnemen.

Eddie had destijds met relatief lichte verwondingen in het ziekenhuis gelegen en was niet in staat geweest om veel uit te brengen. Ray had niets willen horen over zijn liefdesverdriet of zijn kersttrauma's en had zich uitsluitend tot de harde feiten willen beperken. Achteraf gezien was het heel bijzonder geweest dat ze vrienden waren geworden, laat staan dat ze nu in dezelfde band zaten.

Eddie stelde de Veltry-jongens voor aan Noah Shepherd, een vriend van hem die ook in de band speelde. Noah was dierenarts en had daardoor toegang tot heel veel hooi. Hij had zijn stiefzoon, Max Bellamy, meegenomen. Dat kind was het afgelopen jaar een heel eind de lucht in geschoten, het was nu een lange slungel die de ongemakkelijke puberteitsjaren had bereikt. 'Deze jongens zullen je helpen met het uitladen van het hooi,' zei Eddie, waarna hij Omar, Randy en Moby voorstelde.

'Top,' zei Noah. 'In de auto liggen werkhandschoenen voor jullie.'

Een dure, glimmende auto kwam tot stilstand op de parkeerplaats, en het mollige jongetje dat Eddie de vorige avond was tegengekomen stapte uit. Zodra de auto wegreed, werd hij lastiggevallen door een paar tieners die hem plaagden en aan zijn capuchon trokken.

'Dat is Cecil Byrne,' zei Omar, die zag dat Eddie geïnteresseerd toekeek. 'Hij is hier net komen wonen en hij is zeg maar het rijkste kind van de stad. Iedereen heeft een hekel aan hem.'

'Omdat hij hier nieuw is? Of omdat hij rijk is?'

Omar haalde zijn schouders op. 'Hij is een beetje een nerd. Daar kunnen mensen niet tegen.'

'Doe me een lol,' zei Eddie tegen Randy. 'Zou je hem willen vragen of hij mij kan helpen met de transformators?'

Randy knikte en liep op de jongen af. De andere tieners gaven hem meteen de ruimte; sommige begroetten hem en bevestigden zo Eddies vermoeden dat de Veltry-jongens als cool werden beschouwd. Randy, met zijn zelfverzekerde uitstraling, zei simpelweg: 'Yo, Cecil, we kunnen wel wat hulp gebruiken met de transformators.'

Cecil knikte en volgde Randy, overduidelijk opgelucht. Hij zag eruit als een buitenbeentje, als een kind dat niet erg tevreden was met zichzelf. De middelbareschooltijd was een moeilijke tijd voor zulke kinderen.

Een paar jongens waren de elektriciteit aan het aansluiten en liepen rond met lange oranje verlengsnoeren. Een van de vrijwilligers, een lokale winkelier die nogal een hekel leek te hebben aan Eddie – zonder dat deze wist waarom – boog zich naar Eddie toe en zei: 'Kijk eens wie er weer terug is. Mr. Runaway Reindeer.'

Eddie blies hem een kusje toe. 'Altijd fijn om jou weer te zien, Lyall.'

De man gebaarde in de richting van de Veltry-broers. 'Moet je die kleine crimineeltjes zien,' zei hij tegen zijn vrienden. 'Houd je gereedschap maar goed in de gaten.'

'Kom op, Lyall,' zei Eddie met een grimas op zijn gezicht. 'Doe niet zo idioot.' De twee kenden elkaar nog van lang geleden, van het zomerkamp, toen hij een meisje had afgepakt van Lyall.

'Als jij ophoudt met het meebrengen van schorem is er helemaal geen probleem.'

Eddie staarde naar de grond en telde langzaam tot tien. Probeerde zichzelf te kalmeren. Ontspande zijn handen, inmiddels gebald tot vuisten. 'Laten we dit niet doen, Lyall.'

'Prima. We doen niets. Houd alleen die kinderen in de gaten.'

Verdorie, dacht Eddie terwijl hij weer begon te tellen. Waarom deed hij dit zichzelf aan? Hij zou nu ook gewoon in de stad kunnen zijn, lekker aan het gitaarspelen, of –

Een autodeur werd dichtgeslagen. 'Hallo,' klonk een zangerige vrouwenstem. 'We hebben warme chocolademelk meegenomen.'

Hij keek op en zag Maureen Davenport naast een hoogzwangere vrouw staan. Ze begonnen bekertjes warme chocolademelk uit een thermoskan in te schenken en uit te delen. De blonde zwangere vrouw was best knap, maar al zijn aandacht was gericht op Maureen. Strenge, kleine Maureen, met haar grote oorwarmers en haar ogen achter dikke brillenglazen verscholen.

Hij liep naar haar toe. 'Ik wist niet dat je hier ook zou zijn. Blijkbaar kun je geen genoeg van me krijgen.'

Ze schoof haar oorwarmers opzij en schonk hem een klein glimlachje. 'Juist. Je bent zo onweerstaanbaar. Wat doe jij hier, meneertje Ik-kan-kerst-niet-uitstaan?' Zonder op antwoord te wachten gebaarde ze naar de andere vrouw. 'Dit is mijn vriendin, Olivia Davis.'

'Hé, Lolly.' Een grote man in een parka kwam bij hen staan en gaf Olivia een kus op haar wang. 'Connor Davis,' stelde hij zich voor. 'En dit is mijn broer, Julian Gastineaux. Hij studeert aan Cornell en is hier op bezoek dit weekend.'

Ze zagen er niet uit als broers; Connor leek op een houthakker, terwijl Julian duidelijk een kind van een gemengd koppel was – lang en slank als een marathonloper. Hij droeg een grote nepbontmuts die er beetje maf uitzag, maar desondanks leek elk tienermeisje dat aanwezig was voor hem te vallen.

'Ik ben Eddie Haven.' Hij draaide zich naar de blonde vrouw toe. 'Lolly. Hebben wij elkaar niet eerder ontmoet?'

'Lolly Bellamy is mijn meisjesnaam,' zei ze. 'We hebben elkaar op Kioga ontmoet, zo'n honderd jaar geleden.'

'Ik wist niet dat jij ook op dat kamp hebt gezeten,' zei Maureen.

'Vijf zomers achter elkaar,' zei hij. 'De beste zomers van mijn leven.'

'Olivia en Connor hebben er een resort van gemaakt dat het hele jaar door open is.'

'Goed om te weten,' zei Julian met een plagerige grijns tegen Olivia. 'Ik verwacht morgenochtend ontbijt op bed.'

'Ha,' zei ze. 'Die service is alleen voor betalende gasten.' Ze reikte Eddie een papieren bekertje aan. 'Warme chocolademelk?'

Hij bedankte haar, waarop ze wegliep met haar man en haar zwager. Eddie richtte zich weer tot Maureen. 'Ik ben hier voor de gratis drank, en jij?'

'Ik wil helpen.'

‘Laten we in ieder geval eerlijk aan elkaar toegeven dat we niet alleen wilden zijn vanavond en dat we allebei niets beters te doen hadden.’

Ze fronste haar voorhoofd en leek niet zeker te weten of hij dat serieus had bedoeld of niet. ‘Wie zegt dat ik niets beters te doen had?’

‘Is dat zo dan? Welk aanbod heb je afgeslagen om hier een kribbe te komen bouwen?’

‘Dat gaat je niets aan.’

‘Je probeert me te slim af te zijn,’ beschuldigde hij haar.

‘Ja hoor, natuurlijk. Als je me nu wilt excuseren… Er moet een schaap worden uitgepakt.’

Overal klonk nu het geluid van getimmer. Eddie hield zich bezig met het licht en geluid, want daar had hij verstand van. Tegelijkertijd hield hij een oogje op de Veltry-broers. Niet omdat hij dacht dat ze iets zouden stelen, maar omdat ze nogal snel afgeleid waren. Hij gebood Max en Omar om de stal vanuit alle hoeken te belichten en de grote schijnwerper die erboven hing op de kribbe te richten. Er dan waren er ook nog de kilometerslange snoeren met kerstlichtjes waar de hele buitenkant van de kerk mee zou worden versierd.

Maureen hield het geheel in de gaten. ‘We liggen een beetje achter op de planning,’ zei ze, terwijl ze met een schuin hoofd kritisch de uitstalling bekeek.

‘Mensen bevriezen bijna,’ merkte hij op. ‘Het is moeilijk om hard te werken als je het ijskoud hebt.’

‘Inderdaad, het is behoorlijk koud. De barometer gaf min zes aan,’ beaamde ze. ‘Laten we wat kerstmuziek opzetten.’

‘O, alsjeblieft.’

‘Niet iedereen heeft zo’n hekel aan kerst als jij.’

'En niet iedereen houdt zoveel van kerst als jij,' kaatste hij terug.

'Muziek,' zei ze stellig.

'Wat jij wilt.' Hij liep naar zijn busje en haalde de geluidsapparatuur eruit, waarna hij een zelf samengestelde cd uitkoos waarvan hij zeker wist dat die haar zou irriteren. Vlak daarna schalde Superfreak van Rick James uit de speakers.

Het was het alleen al waard geweest om de woede op Maureens gezicht te zien. Maar ze zei niets, omdat alle andere mensen er heel anders op reageerden. Het dreunende ritme en de belachelijke tekst waren pakkend, zoals hij al had verwacht. Muziekselectie was iets waar hij goed in was; hij voelde prima aan waar mensen behoefte aan hadden.

Superfreak was een van die liedjes die niemand kon weerstaan. Zelfs de Veltry-broers, die van hiphop hielden, gingen er harder van werken.

Maureen legde haar hoofd in haar nek en staarde naar de donkere lucht. Haar sceptische gezichtsuitdrukking sprak boekdelen.

'Wat is er nu weer?' vroeg hij haar.

Ze wees naar een jongen op een ladder. 'Dat is Jabez,' zei ze. 'Er is iets aan die jongen, maar ik kan mijn vinger er niet helemaal op leggen. Het is een bijzondere knul,' voegde ze eraan toe. 'Heb jij hem al ontmoet?'

'Heel kort,' zei hij. Hij vond ook dat er iets was aan die jongen, iets wat aan hem bleef knagen. Misschien kwam het gewoon door Jabez zelf. Hij had iets indringends en intens. De andere jongeren leken ook wel geïntrigeerd door hem te zijn en reikten hem klossen en snoeren aan terwijl hij op de ladder stond. Het dak van het bouwsel leek nogal breekbaar te zijn, en toch wist hij er met gemak de ster van Bethlehem aan op te hangen, die ongeveer net zo groot was als hijzelf.

'Klaar voor het licht,' riep iemand.

Eddie zette de hoofdschakelaar om, waardoor de kerststal tot leven kwam. Al snel ging de muziek over in Hallelujah van Leonard Cohen. In het warme licht zag Jabez er nog opvallender dan anders uit. Maureens blik veranderde. Verzachtte, alsof ze ergens door was geraakt. Eddie had nog nooit iemand zoals zij ontmoet. Er was iets aan haar dat hem ontroerde; niet alleen haar volledige toewijding aan kerst, maar haar uitstraling van... wat was het precies? Optimisme misschien. En ernst. Hij voelde een diepe aantrekkingskracht, die hij niet kon verklaren, maar ook niet kon ontkennen. Toen hij een kind was geweest, had hij gedroomd van een kerst die niet echt bestond – niet voor hem, in ieder geval. Op dezelfde manier deed Maureen hem denken aan een vrouw die niet echt bestond – niet voor hem, in ieder geval.

Op dat moment gingen de lichten weer uit. Ze kneep haar ogen samen en keek rond. Vrijwilligers waren het gereedschap aan het opbergen. 'Waar is Jabez gebleven?'

'Weet ik niet. Heb je hem ergens voor nodig?'

'Ik wilde hem een flyer geven over de audities. Misschien vindt hij het leuk om mee te doen.'

'Sorry dat ik je dit moet vertellen, maar meespelen in een kerstshow is niet bepaald cool voor kinderen van zijn leeftijd.'

'Daarom heb ik deze flyers gemaakt.' Ze gaf er een paar aan hem. 'Voel je vrij om ze uit te delen.'

Hij wierp een blik op het papiertje. '"Met een originele compositie van Eddie Haven"?' las hij hardop voor. 'Sinds wanneer?'

'Sinds jij de muziek die ik had uitgezocht saai vond. Een stuk van jouw hand zou wel verfrissend zijn.'

'En het kwam niet in je op om dat eerst aan mij te vragen?'

'Ik vraag het je nu. Wil je het doen?'

'Ik bedoel vóórdat je besloot het op deze flyer te vermelden.'

'Als je nu nee zegt, zul je je schuldig gaan voelen.'

'Hemel, en ik begon je net aardig te vinden,' zei hij. 'Ik ga me heus niet schuldig voelen als ik jou afwijs, hoor.'

'Weet ik. Het gaat om de kinderen en om iedereen die een fantastische kerstshow verwacht dit jaar,' zei ze. 'Naar hen toe zul je je schuldig voelen.' Ze liep met vastberaden pas weg om de lege bekertjes te verzamelen en op te ruimen.

'Ik ben er zojuist bijgelapt,' zei hij tegen Ray.

'Door Maureen? Maak je niet druk, dat doet ze bij iedereen.'

'Wat?'

'Haar zin doordrijven. Ik ken haar al jaren, en dat is gewoon hoe ze werkt. Niets nieuws.' Ray liep naar zijn truck.

'Ze heeft een oogje op u,' zei Randy Veltry toen ze met de speakers aan het sjouwen waren.

'Wat?'

'Die vrouw. Met wie u aan het praten was. Die heeft absoluut een oogje op u.'

'Juist, ja.' Eddie lachte schamper en probeerde de opmerking van zich af te schudden. Een oogje op hem? Maureen Davenport? Onmogelijk. Ze had duidelijk gemaakt dat ze hem niet kon uitstaan. Zij die een oogje op hem had – dat was wel het laatste wat hij kon gebruiken.

En toch vond hij haar bazige houding en dat strakke knotje wel leuk. Het was een vreemd gevoel.

'U moet haar mee uit vragen,' spoorde Moby hem aan.

'Nee. Geen sprake van. We werken samen aan een kerstproductie, dus we horen het zakelijk te houden.'

'Watje,' zei Omar met een grijns.

'Nee. Het is gewoon... ik heb nooit succes met vrouwen rond deze tijd van het jaar. Weet je hoe ik kerstmis noem? Ex-mis. Ik ben drie keer gedumpt rond de feestdagen.' Dat was waar, hij had zijn lesje niet geleerd na Natalie. Hoewel hij na haar nooit meer iemand ten huwelijk had gevraagd, hadden zijn volgende twee vriendinnetjes er ook allebei een punt achter gezet rond kerst.

'Och, wat zielig toch,' zei Randy plagend.

'Dan weten jullie dat.'

'U zoekt gewoon een excuus.'

Hij keek de drie broers aan. Als hij nadacht over hun achtergrond en hun huidige problemen, verbaasde het hem dat ze nog ruimte hadden om zich met zijn liefdesleven bezig te houden. 'Jullie zijn een stelletje wijsneuzen,' zei hij. 'Dat zijn jullie.'

'Hoor je dat?' zei Omar. 'We zijn wijsneuzen, alle drie.'

'Wat me eraan herinnert dat jullie auditie gaan doen voor de kerstvoorstelling.'

'Haha, heel grappig.'

'Denk je dat ik een grapje maak? Ik maak heus geen grappen over iets wat zou inhouden dat jullie drie keer per week een uur eerder weg mogen van school.'

Dat was genoeg om ze te overtuigen. De Veltry-jongens werden thuisgebracht door Noah en Max, terwijl Eddie achterbleef om samen met de andere vrijwilligers de boel op te ruimen. De aanwezige ouders vertrokken druppelsgewijs samen met hun kinderen, die het gezeur van hun ouders over klusjes en huiswerk stoïcijns negeerden en in plaats daarvan hun mobiel checkten om te kijken of ze nog iets belangrijks hadden gemist.

Gelukkig hoefde hij zich om al die dingen geen zorgen te maken, dus bleef hij nog even om de belichting af te maken. Na een tijdje realiseerde hij zich dat hij alleen met Maureen Davenport was achtergebleven.

'Wat is het koud vanavond,' zei hij om de stilte op te vullen.

'Ik hoop dat het binnenkort gaat sneeuwen,' zei ze. 'Het is altijd zo fijn als het sneeuwt met kerst. Het voelt alsof de feestdagen dan pas echt zijn aangebroken.'

'Ik ben er niet zo dol op. Maar maak je geen zorgen, de sneeuw kan nu elk moment komen.'

'Nee, er is geen sneeuw voorspeld voor vandaag.'

'Dat kan wel wezen, maar het gaat toch sneeuwen. Vanavond,' zei hij.

Ze schudde haar hoofd. 'Ik heb het weerbericht meerdere keren gecheckt. Geen sneeuwvlokje te bekennen.'

'Heb een beetje vertrouwen, Miss Davenport.'

'Ik heb genoeg vertrouwen,' reageerde ze pinnig.

'Oké.'

Indringend keek ze hem aan. 'Wat is dat toch met jou en kerst? Komt het door die avond?'

Hij zag de nieuwsgierigheid op haar gezicht. Dus ze had de verhalen gehoord. Misschien was ze wel in de kerk geweest toen zijn busje de kerststal omver had gereden. Hij vroeg zich af hoeveel ze wist. 'Dat was niet mijn beste avond.'

'Ik heb gehoord dat het een wonder was dat je het er levend van af hebt gebracht,' zei ze.

'Ja hoor, ik ben een kerstwonder. Ach ja, mensen mogen geloven wat ze willen.'

Na het ongeluk was hij in een dikke laag sneeuw terechtgekomen, een paar meter van de auto vandaan. Kerkgangers waren in paniek naar buiten komen rennen en hadden hem daar gevonden, dronken en stinkend naar alcohol.

'Misschien was het geen wonder, maar had je gewoon geluk,' suggereerde ze. 'Ik hoorde dat je geen gordel droeg, en dat dat je heeft gered.'

'Heb je dat gehoord?'

'Is het niet waar dan?'

Het politierapport over het ongeluk was een dik boekwerk geworden, omdat zoveel mensen het hadden zien gebeuren. Getuigen hadden gezegd dat ze het busje met hoge snelheid uit de bocht hadden zien vliegen en door een berg sneeuw hadden zien knallen, waarop het de kerststal had geramd en in brand was gevlogen – dit alles binnen een paar seconden.

Dat moest de waarheid wel zijn geweest, aangezien er te veel verschillende getuigen waren geweest die beweerden hetzelfde te hebben gezien. Wat niemand echter had gezien – wat niemand kon verklaren – was hoe hij het had overleefd. Zonder ernstige verwondingen.

Onderzoekers waren met de theorie gekomen dat hij door de botsing met de kerststal uit zijn busje was geslingerd en dat de sneeuw zijn val had gebroken. Experts hadden gezegd dat dit een van die zeldzame gevallen was waarin het een voordeel was geweest dat de bestuurder geen gordel om had gehad.

Het rapport was vele pagina's lang en stond vol met verklaringen van getuigen, politie en onderzoekers, alles nauwkeurig gepresenteerd.

Over het belangrijkste feit was echter heen gekeken: hij had die avond wél zijn gordel gedragen.

Hoewel hij dat meerdere keren tegen de onderzoekers had gezegd, hadden ze dat deel van zijn verklaring direct van tafel geveegd. Om de een of andere reden voelde hij nu de neiging om zijn theorie op Maureen te testen. 'Nee,' zei hij dan ook. 'Het is niet waar. Ik had wel een gordel om.'

Duidelijk hoorbaar blies ze haar adem uit en ze drukte een want tegen haar mond. 'In de krant stond anders dat dat de enige reden was dat je uit het voertuig was gevlogen voordat het explodeerde.'

'Ik weet zeker dat ik het me goed herinner,' hield hij vol. 'En kijk me niet zo aan, ik heb gelezen wat er in het politierapport staat. En ik weet dat ik in shock was omdat mijn schouder uit de kom was geraakt. Ik heb ook gelezen hoeveel alcohol ik in mijn bloed had. Zo gek is dat niet eens voor iemand op kerstavond. Heb jij nooit een glaasje te veel achterovergeslagen op kerstavond?'

'Nee,' zei ze stellig.

'Nou, dat zou je misschien wel gedaan hebben als je net zo'n avond als ik achter de rug had. Ik kan het me nog prima herinneren. Al zou ik willen dat dat niet zo was, want het liefst zou ik die hele avond vergeten.'

'Waarom precies?'

'Het zou me deze hele avond kosten om dat uit te leggen. Tegen die tijd zijn we al lang bevroren. Het doet er verder ook niet toe, maar ik ben er heel zeker van dat ik mijn gordel omhad.'

'Waarom is dat je zo sterk bijgebleven?'

'Ten eerste is het een gewoonte die ik mezelf van jongs af aan heb aangeleerd, net als de meeste mensen. Ik heb mijn halve jeugd in auto's doorgebracht. Maar de reden waarom ik het me zo goed kan herinneren, is omdat ik die bewuste avond juist minutenlang in de auto heb zitten dubben of ik mijn gordel wel of niet zou omdoen. Het was een bewuste beslissing.'

'Waarom twijfelde je zo?' vroeg ze.

'Om een lang verhaal kort te maken, een vrouw had het die avond met me uitgemaakt. Ik was nog jong genoeg om te denken dat dat het einde van de wereld betekende. Een deel van me wilde dood, maar tegelijkertijd was ik er ook weer niet aan toe om de rest van mijn leven moeten missen, begrijp je?'

Ze keek naar beneden. 'Grappig hoe dat werkt.'

'Ja, het is eigenlijk een beetje als een carrièrekeuze. Alleen dan eentje die je niet meer terug kunt draaien – dus deed ik mijn gordel om.' Hij kon de koude band van de gordel nog voelen. Hij kon de klik nog horen. Er was absoluut geen sprake geweest van een vergissing.

Alleen had het politierapport zijn bewering volledig tegengesproken.

'Heb jij je ooit wel eens zo gevoeld?' vroeg hij aan Maureen. 'Heeft iemand je wel eens zoveel pijn gedaan dat het je niet meer uitmaakte of je doodging of niet?' Zo had hij zich die avond gevoeld, met Natalie. Achteraf had hij zich gerealiseerd dat het aanzoek op zich belangrijker voor hem was geweest dan de vrouw zelf.

Hij verwachtte dat Maureen iets praktisch zou gaan zeggen, bijvoorbeeld dat het onzinnig was om iemand anders zoveel macht over je te geven, maar ze verraste hem door langzaam te knikken en 'ja' te zeggen.

'Ja?'

'Dat zeg ik toch?'

'Wanneer dan?'

'Dat is privé.' Ze keek weg en richtte zich op een verlengsnoer dat opgeruimd kon worden. 'Geen wonder dat je zo verbitterd bent in de liefde,' merkte ze uiteindelijk op, waarschijnlijk om hem uit de tent te lokken.

‘Wie zegt dat ik verbitterd ben in de liefde?’ vroeg hij.

‘Je hebt er bijna je leven door verloren. Dat moet de laatste keer geweest zijn dat je iemand je hart hebt toevertrouwd.’

‘Misschien leer ik mijn lesje niet snel genoeg. Gedumpt worden met kerst is daarna zo’n beetje traditie geworden.’

‘Weet je wat ik denk?’ vroeg ze, waarna ze doorging zonder op zijn reactie te wachten. ‘Ik denk dat jij iedere keer weer probeert om Kerstmis voor jezelf te saboteren.’

‘Hé –’

‘En raad eens? Dit jaar zul je daar niet mee wegkomen. Dit jaar zul je een fantástische kerst beleven.’

‘Omdat ik hem met jou zal doorbrengen?’ Oeps, dacht hij meteen toen hij de blos op haar gezicht zag. Geen goede opmerking. ‘Ik plaag je maar,’ zei hij.

‘Nee, je bent gemeen. Dat is iets anders.’

‘Het spijt me, oké? Het was echt niet mijn bedoeling om je te kwetsen.’

Ze leek zich te verschuilen achter de glazen van haar bril. ‘Al goed.’

Hij wist niet precies wat ze daarmee bedoelde. ‘Luister, ik beloof je –’

‘Wat beloof je me?’ vroeg ze sarcastisch.

Goede vraag, dacht hij. Het was zo lang geleden dat hij voor het laatst iemand iets had beloofd. ‘Dat het zal gaan sneeuwen,’ zei hij snel, toen hij enkele nog bijna onzichtbare sneeuwvlokjes bespeurde. ‘Dat is iets wat ik kan beloven.’

‘Volgens het weerbericht –’

‘Vergeet het weerbericht. Kijk omhoog, Maureen. Kijk naar de hemel.’

Maureen had op het punt gestaan om naar haar auto te lopen en zo aan Eddie te ontsnappen, toen ze een magische flikkering in de lucht opmerkte. Nee, het was geen magie. Het was sneeuw. In tegenstelling tot wat het weerbericht had voorspeld, viel de eerste sneeuw van het jaar nu, zoals Eddie had beloofd. Het begon met kleine, haast doorzichtige kristalletjes die snel groter werden. Binnen een mum van tijd was de lucht gevuld met vlokken zo groot als bloemblaadjes.

'De sneeuw heeft netjes gewacht tot wij uitgepraat waren,' zei Eddie.

'Ga je nu niet "ik zei het toch" zeggen?'

'Nee, je bent al genoeg geïrriteerd door mij.'

Ze snoof. 'Ik ben niet geïrriteerd.'

'Oké. Wil je me die kabel even aangeven?' Hij was nog steeds bezig met de belichting. Voor iemand die een hekel had aan kerst, had hij wel erg hard gewerkt aan de kerststal. Ze vroeg zich af of hij het als een soort inlossing van zijn schuld beschouwde.

Aangezien ze geen haast had om naar huis te gaan, hielp ze hem. Franklin en Eloise, haar katten, konden elkaar zolang gezelschap houden. Zou Eddie huisdieren hebben? Of een huisgenoot, in New York? Ook vroeg ze zich af of hij zich de avond daarvoor echt zo snel uit de voeten had gemaakt omdat hij een date had gehad, of dat dat slechts een hersenspinsel van haar was geweest. Boos waarschuwde ze zichzelf dat ze haar nieuwsgierigheid naar deze man een beetje moest indammen, maar ze kon het toch niet laten om te blijven speculeren.

Na een paar minuten was de sneeuwbui in alle hevigheid losgebarsten. De hemel stortte dikke vlokken over hen uit – een plotselinge uitbarsting die kenmerkend was voor de ligging van het stadje, pal aan het meer. De parkeerplaats van de kerk, die nu leeg was op twee auto's na, raakte al snel bedolven onder een dik pak sneeuw. In het licht van de straatlantaarns veranderde de omgeving in een sprookjesachtig wit landschap.

Ze liepen naar hun auto's. Alle geluiden werden nu gedempt door de sneeuw. Even bleef Maureen stilstaan. 'Ik hou van de eerste sneeuw van het jaar,' zei ze. 'Alles is zo stil en schoon.' Ze deed haar bril af en legde haar hoofd in haar nek om de vlokjes op haar gezicht te voelen dwarrelen. Sneeuw deed haar altijd denken aan plezier en uitbundigheid, veiligheid en lol. Toen zij en haar broer en zussen klein waren, had hun vader bij sneeuw altijd zo snel mogelijk gezorgd voor een dag vrij van school. De hele familie ging dan naar Oak Hill Cemetery, waar ze liggend in de verse sneeuw sneeuwengelen hadden gemaakt, sneeuwbalgevechten hadden gehouden en waren gaan sleeën als het pak sneeuw dik genoeg was. Niemand had ooit opgemerkt dat het misschien een beetje vreemd was om de eerste sneeuw te vieren op een begraafplaats. Het was Stan Davenports manier om zijn vijf kinderen dichter bij hun overleden moeder te laten zijn. Daarover gingen mensen niet met hem in discussie.

Omdat Maureen haar moeder had verloren toen ze vijf was, gingen de meeste mensen ervan uit dat ze geen herinneringen had aan haar, maar die had ze wel degelijk. Soms, zoals wanneer de sneeuw dik en geluidloos uit de hemel viel, werd ze er zelfs door overspoeld. In een heldere flits wist ze dan plotseling weer alles: de warmte van haar moeders handen, hoe ze naar seringenzeep had geroken, het geluid van haar lach, de keren dat ze op het bed dat Maureen met Renée deelde was geploft om hun hun favoriete kinderboeken voor te lezen. Hoe ze haar altijd hadden gesmeekt om nog een verhaaltje voordat hun moeder hen instopte en welterusten kuste.

De herinneringen van zich afschuddend, merkte ze dat Eddie naar haar keek. En hoewel ze het zich waarschijnlijk maar inbeeldde, leek het alsof hij haar met een nieuw soort interesse bekeek, misschien zelfs met een soort verlangen. Het was de manier waarop een man naar een vrouw keek vlak voordat hij haar ging kussen. Dat betekende dat ze óf een heel slecht inschattingsvermogen had, óf dat hij een onverwachte smaak had in vrouwen.

'Gaat het?' vroeg hij.

Ze hoopte dat het te donker was op de parkeerplaats voor hem om haar blos te zien. 'Ik ben een beetje vreemd als het op sneeuw aankomt,' zei ze. 'Nou en.'

'Ik vind je niet vreemd,' zei hij. 'Je ziet er alleen... anders uit zonder bril.'

'Iedereen ziet er anders uit zonder bril,' zei ze, waarop ze de hare weer opzette. 'Ik zie je bij de audities.'

'Ik kan niet wachten,' zei hij.

Dat was uiteraard spottend bedoeld. Een moment daarvoor had ze zijn blik dus totaal verkeerd geïnterpreteerd. Dat zou niet nog een keer gebeuren.

'Ik ook niet,' reageerde ze met een glimlach.

'Rij voorzichtig.'

'Natuurlijk.' Ze startte haar auto, liet de motor warmdraaien en de ruit ontdooien terwijl de ruitenwissers hun werk deden. De schoonheid van sneeuw benam haar altijd weer de adem. Ze hield van de eerste sneeuwval. En ze hield met hart en ziel van kerst, dat was altijd al zo geweest. Het was de tijd van het jaar die haar samenbracht met haar vrienden en familie, een tijd waarin ze vol hoop was, het gevoel had dat alles mogelijk was. Dat zou ze niet door Eddie Haven laten verpesten.

Hij leek niet te weten wat haar rol was geweest op de avond van zijn ongeluk. Blijkbaar kon hij zich niet eens herinneren dat ze erbij was geweest. Opmerkelijk hoezeer haar herinnering aan die avond verschilde van die van hem.

De Heart of the Mountains Church was de kerk die ze haar hele leven al bezocht, en dat jaar was die plek belangrijker dan ooit tevoren voor haar geweest. Haar langverwachte semester in het buitenland was vroegtijdig tot een verschrikkelijk eind gekomen. Als haar familie er niet voor haar was geweest, had ze het waarschijnlijk niet overleefd. En toch had niemand haar in de daaropvolgende jaren ooit gevraagd wat Eddie haar zojuist had gevraagd: heeft iemand je wel eens zoveel pijn gedaan dat het je niet meer uitmaakte of je doodging of niet?

Ze had die avond extra haar best gedaan bij het zingen in het kerkkoor. Er was niets zo krachtig en helend als thuiskomen bij je familie, had ze zich ook dat jaar weer gerealiseerd. Ze was ervan overtuigd dat kerst wonderen met zich meebracht. Zo was er het jaar nadat ze hun moeder hadden verloren een wonder gebeurd voor hun vader, waardoor hij voor het eerst weer had kunnen lachen, voluit had kunnen leven. Tijdens een etentje op kerstavond had hij Hannah ontmoet, de vrouw met wie hij uiteindelijk zou trouwen, de vrouw die hun gezin weer compleet had gemaakt.

Dat jaar zou het Maureens beurt zijn geweest.

Met moeite had ze haar wanhoop opzij weten te zetten, en hoewel ze wist dat ze de herinneringen aan haar tijd in het buitenland altijd met zich mee zou dragen – het avontuur, de romance, haar hart dat gebroken werd – had ze ook geweten dat ze het zou overleven. Dat was al heel wat. Als je wist dat je het onverdraaglijke kon overleven, wist je dat je de hele wereld aankon.

Daar had ze wel hulp bij gekregen. Hoewel ze niet echt in bovennatuurlijke verschijnselen geloofde, leek het universum haar soms bepaalde signalen te geven. Met een verbrijzeld hart had ze haar laatste geld uitgegeven aan een vliegticket naar huis. Op het vliegveld aangekomen had ze nog slechts een paar euro in haar portemonnee gehad. Daar was haar blik gevallen op de rijen boeken die bij een kiosk verkocht werden. Haar fysieke ontsnapping was één ding geweest, maar ook haar geest had willen ontsnappen aan de harde werkelijkheid – en hoe kon dat beter dan door het lezen van een boek?

Het had haar persoonlijk dan ook niet verrast dat een detectiveroman haar redding was geweest. Dat een simpel fictief verhaal haar ervan had weerhouden een psychisch wrak te worden. Sommige mensen hadden een doktersrecept nodig, zij een boekwinkel. Op het vliegveld had ze een detective van een bekende auteur gekocht, waardoor ze zich onmiddellijk had laten meeslepen. Terwijl ze aan het lezen was, was alles om haar heen naar de achtergrond verschoven en was ze onderdeel geworden van een duistere en gevaarlijke wereld, waarin zich een reeks spannende gebeurtenissen afspeelde. Bij thuiskomst in Avalon had ze een fantasyboek aangeschaft dat ging over het redden van een vergeten wereld. Daarna had ze zich op een boek van Edith Wharton gestort, omdat iemand ooit tegen haar had gezegd dat je haar boeken moest lezen in geval van een gebroken hart, al was het alleen maar om je eraan te herinneren dat het allemaal nog veel erger had kunnen zijn. Haar volgende boek was een internationale spionagethriller geweest over een antiek kunstwerk waar een vloek op rustte.

In de periode nadat ze was ingestort, had ze boeken gelezen op de manier waarop een verslaafde pillen slikte. Ze had het ene boek na het andere verslonden, in een wanhopige poging om de realiteit op afstand te houden. Uiteindelijk, toen ze had beseft dat ze haar leven weer zou moeten oppakken en inrichten op basis van haar vernieuwde kijk op de wereld, was ze er sterker en met een duidelijk doel uitgekomen.

'Je gaat een opleiding tot bibliothecaresse volgen?' had haar zus Renée gevraagd.

'Jazeker.'

Haar vader had gestraald. 'We hebben nog nooit een bibliothecaresse in de familie gehad.'

De opleiding bleek perfect te zijn voor haar, zo perfect dat het haar had verbaasd dat ze er nooit eerder was opgekomen om in een bibliotheek te gaan werken.

En die kerstavond, omringd door familie, vrienden en andere kerkgangers, had ze haar stem laten samenvloeien met de andere stemmen in het koor, waardoor haar hart was opgebloeid. Ja, iemand had haar pijn gedaan, heel erg zelfs. Niets zou haar echter klein krijgen. Het leven was simpelweg te mooi – en kerst te magisch – om verdrietig te blijven.

Vanaf dat moment zou alles beter gaan, zo had ze gezworen. Het zou allemaal –

Juist op die avond, midden in haar moment van bezinning, was er een auto geëxplodeerd. Het licht in de kerk was uitgevallen en iedereen was in paniek geraakt. Vrouwen hadden geschreeuwd en kinderen hadden gehuild. Ouders hadden hun kinderen verzameld en in veiligheid gebracht. Mensen waren op de grond gedoken of waren gevlucht door de nooduitgangen, want niemand wist op dat moment wat er precies was gebeurd.

Uiteindelijk waren de mensen naar buiten gerend om de vuurbal te aanschouwen die door de kerststal was gevlogen en tegen het gebouw was geknald. Was er een meteoor ingeslagen?

Terwijl een ijskoude bries langs haar gezicht had gestreken, had ze gezien wat iedereen had gezien: het brandende wrak van een busje. Het brandde als een fakkel, waardoor het hout bij de ingang van de kerk ook vlam had gevat.

Er had een sissend geluid geklonken toen de sprinklers aangingen.

Een aantal mensen was in actie gekomen, er werd paniekerig in mobiele telefoons geschreeuwd. Een jongen die verkleed was geweest als herder had zijn herdersstaf gebruikt om het glas voor de brandblusser te breken, waarna het alarm door de donkere avond had gegierd.

Kinderen in hun zondagse kleding hadden in een grote groep staan staren naar het vuur. Enkele mensen hadden geprobeerd om het busje in te komen, maar de dodelijke vlammen hadden hen daarvan weerhouden.

'Lieve God, wees genadig,' had iemand gezegd. 'Zorg alstublieft dat die arme zielen in het busje het redden, wie het ook zijn.'

'Niemand kan dit ongeluk hebben overleefd,' had iemand anders vastgesteld. 'Dat ding moet onmiddellijk in vlammen zijn opgegaan.'

Maureens hart had in haar keel gebonkt. Het feit dat het kerstavond was, had de aanblik van dit fatale ongeluk alleen maar gruwelijker gemaakt.

Na een paar minuten hadden er sirenes geklonken en was er hulp gearriveerd. De sneeuw was rood en blauw gekleurd door de lichten van de politiewagen, de brandweer en ambulance.

Hoewel ze niet bepaald de aangewezen persoon was om

iemands leven te redden, had ze toch de neiging gevoeld om dichterbij te komen. Iemand – waarschijnlijk een brandweerman – had haar laten weten dat het een bergingssituatie was, geen reddingsoperatie. 'Het zou een wonder zijn als iemand die vuurbal heeft overleefd,' werd haar verteld.

Toen die mededeling eenmaal tot haar was doorgedrongen, had ze zich misselijk gevoeld, waardoor ze zich snel een weg door de sneeuw had gebaand en de plek des onheils de rug had toegekeerd. Vreemd genoeg voelde ze zich schuldig als ze terugdacht aan hoe gelukkig en vredig ze zich een halfuurtje eerder nog had gevoeld. Het voelde vreselijk om zich te realiseren dat het leven van iemand anders beëindigd was op het moment dat zij juist op het punt had gestaan om eindelijk haar leven weer te omarmen. Ze voelde zich verbonden met het ongeluk. Eerder die avond in de kerk had ze tranen in haar ogen gekregen van dankbaarheid en opluchting over het feit dat ze een familie had om naar terug te keren, een familie die haar troost kon bieden. Hoe was het mogelijk dat dat nog maar zo kort geleden was? Het voelde zoveel langer. Bezorgd was ze naar haar familie op zoek gegaan en ze had al snel opgelucht kunnen constateren dat iedereen ongedeerd was: haar vader en stiefmoeder, die elkaar somber vasthielden, haar zussen, haar broer en zijn familie. Iedereen was veilig.

Nadat ze haar kerkkoorgewaad nog strakker om zich heen had geslagen, had ze zich tussen de menigte begeven. Kinderen stonden of zaten nog steeds te huilen. Andere mensen stonden te bidden. Weer anderen probeerden wanhopig te helpen. Twee mannen kibbelden over de vraag of ze de mensen weer in het kerkgebouw konden toelaten. Alles was daar immers achtergebleven; jassen, tassen, kledingstukken, autosleutels. Pastoor Hogarth had de mensen in de kapel uitgenodigd, een kleine ruimte naast de kerk die geen waterschade had opgelopen door de sprinklerinstallatie. Hij wilde samen bidden voor de nog onbekende slachtoffers van het ongeluk. De stemmen van de aanwezige mensen hadden haar leeg en hol in de oren geklonken; niemand had haar rechtstreeks aangesproken. Was haar kerkkoorgewaad soms een onzichtbaarheidsmantel? De zilverkleurige stof van het gewaad was jaren geleden uitgekozen door Mrs. Bickham, die de metallic glans wel feestelijk had gevonden. Maureen was altijd van mening geweest dat ze er in die kleur uitzag als een nachtclubzangeres uit Las Vegas, maar misschien lag dat aan haar. Hoe dan ook, die avond had ze zich van alle stemmen, geluiden en sirenes afgesloten door een stukje te gaan lopen.

De zwaailichten van de ambulances hadden bloedrode flitsen uitgezonden. Daarnaast gebruikten hulpverleners zaklampen en gaven de politieauto's een blauwachtig licht af, waardoor het hele plein in een zee van kleuren baadde. Hier en daar had ze brokstukken van de kerststal zien liggen; bergjes hooi en gebroken hout, onherkenbare stukjes beeldhouwwerk en gebarsten schijnwerpers.

Vreemd genoeg had er één snoer gelegen waarvan de lichtjes nog brandden. Het had in de sneeuw gelegen en het pad verlicht waarop de bestuurder de controle over het busje was verloren.

Arme bestuurder. Zou hij bang zijn geweest? Zou hij in paniek zijn geraakt, of zou het allemaal zo snel gebeurd zijn dat hij geen tijd had gehad om iets te voelen?

Ze hoopte zo dat dat laatste het geval was geweest, dat het niet vreselijk traumatisch was geweest. Even was ze blijven staan om een kort schietgebedje te doen, haar wangen vochtig van de tranen.

Toen ze even later het kindeke Jezus had gevonden met zijn hoofd voorover in de sneeuw, had ze het bij zijn gipsen armpje opgetild. Ieder jaar was dezelfde baby gebruikt, voor eeuwig bevroren in dezelfde positie; zijn armen gespreid, zijn handpalmen naar boven en een gouden stralenkrans om zijn hoofd. Op de achterkant van de pop stond in het Spaans te lezen dat hij gemaakt was in Mexico.

Het had een beetje vreemd gevoeld om de gipsen baby achter te laten, maar niemand zou er wat aan hebben gehad als ze hem met zich had meegezeuld, dus had ze hem op een hoopje sneeuw gelegd.

Inmiddels was het kouder geworden, sneeuw bedekte haar zilverkleurige gewaad en haar bruine haar. Op dat moment was ze bijna over een van de drie Wijzen gestruikeld. Of was het een herder geweest, of misschien de arme Jozef? Ze had zich voorovergebogen om het beter te kunnen zien en had toen een gilletje van schrik geslaakt, geschrokken achteruitdeinzend. Haar hart had een slag overgeslagen. Dit moest een hallucinatie zijn.

Vervolgens had ze, naar adem snakkend, moeten constateren dat haar ogen haar helemaal niet hadden bedrogen. Dit was niet een van de drie Wijzen. Dit was helemaal geen pop. Het was een man. Een verwarde en gewonde man, half verborgen in de sneeuw, zijn ogen gesloten. Er liep een dun straaltje bloed over zijn voorhoofd. Hij zag er jong uit en had vrij lang licht haar en een gezicht dat ze vaag herkende.

'Hé,' had ze met trillende stem gezegd. 'Hé, hallo?'

Ze had zacht tegen zijn arm getikt en luid geroepen dat ze hulp nodig had, haar blik nog steeds op de vreemdeling gericht. Zonder na te denken had ze zijn wang gestreeld.

Warm. Hij was warm geweest.

'Mijn hemel,' had ze gemompeld. 'Wees alsjeblieft wie ik denk dat je bent. Wees alsjeblieft de enige die in de auto zat.'

Toen waren zijn ogen opengeschoten. Door het onnatuurlijke licht had ze niet kunnen zien welke kleur ze hadden, maar ze had een vage glimlach op zijn gezicht opgemerkt. Waarom glimlachte hij? Naar haar?

'Nog een engel?' had hij gemurmeld. 'Deze plek zit vol met engelen.'

'Wat?' Ze had om zich heen gekeken en had niemand opgemerkt. Blijkbaar had niemand haar horen roepen. 'Waar?'

Hij was met veel moeite rechtop gaan zitten, steunend op een arm. Zijn andere arm had in een rare hoek gelegen en had er niet goed uitgezien. Daarnaast had hij wat sneeën gehad op zijn voorhoofd en kin, en eentje op zijn rechterjukbeen, net onder zijn oog. Maar hij leefde tenminste, hij kon praten. Gezien de status van zijn voertuig was dat een wonder.

Hij had haar fronsend aangekeken. 'Sorry. Ik dacht even dat je een engel was.'

Ondanks de omstandigheden had ze zich warm voelen worden. Ze werd immers niet iedere dag door een man voor een engel aangezien. Al snel stond ze echter weer met beide voeten op de grond. 'Was jij de bestuurder van het busje?' had ze gevraagd. 'Een wit busje?'

'Ja.' Hij had gefronst. 'Inderdaad.'

'Was je alleen?' Zeg alsjeblieft ja. Zeg alsjeblieft ja. 'Zat er nog iemand bij je in de auto?'

'Ik was alleen,' had hij gezegd. Toen waren zijn tanden gaan klapperen. 'Helemaal alleen.' Daarna had hij paniekerig om zich heen gekeken. 'Heb ik iemand pijn gedaan? O, god, heb ik iemand geraakt?'

'Nee,' had ze hem gerustgesteld. 'Er is niemand gewond geraakt. En met jou komt het ook wel weer goed.'

Godzijdank, had ze gedacht, waarna er een opgelucht glimlachje op haar gezicht was verschenen. De woorden van de ambulancebroeder echoden nog na in haar hoofd: het zou een wonder zijn als iemand die vuurbal heeft overleefd.

'Je hebt een heel mooie glimlach,' had het wonder gezegd.

Hoofdstuk 6

Daisy Bellamy zette haar kind van twee op schoot bij de kerstman en deed met ingehouden adem een stapje terug. Het decor zag er prachtig uit dit jaar; voor een schattig peperkoekhuisje zat een kerstman op zijn troon met enthousiaste kinderen op zijn schoot, die hij de mooiste cadeaus beloofde. Net als alle andere ouders hoopte Daisy vurig dat haar peuter lang genoeg stil zou blijven zitten om goed op de foto te komen.

Schiet op, gebood ze het als elf verklede hulpje binnensmonds. Maak de foto. Nu. Alles kwam aan op een goede timing.

De elf hield een piepend stuk speelgoed in zijn ene hand en de cameraflitser in de andere. 'Lach eens naar het vogeltje,' zei hij met een zoet stemmetje.

Charlies ogen, die gewoonlijk vrolijke tevredenheid uitstraalden, werden nu groot van schrik. Zijn blik schoot heen en weer tussen de vreemde man met de volle baard op wiens schoot hij zat en de elf met het piepende dingetje in zijn hand. Hij zoog een diepe teug lucht naar binnen en was even muisstil.

Maak de foto, maak de foto, dacht Daisy.

De elf drukte af op het moment dat paniek zich van Charlie meester maakte. Op zijn kleine T-shirt stond weliswaar SANTA LOVES ME, maar met zijn ogen leek hij te vragen: 'Wie is deze engerd?' Hij slaakte een kreet die door merg en been ging.

Daisy sprintte naar voren en redde hem. Snikkend klampte hij zich aan haar vast, drukte zijn natte gezichtje tegen haar borst en klauwde met zijn vingertjes in haar trui. Toen ze probeerde om hem zijn jasje aan te trekken, weigerde hij nog steeds om haar los te laten, dus hing ze de jas maar losjes om zijn schouders. 'Zo vat je waarschijnlijk wel kou,' mompelde ze.

'Sijnlijk,' papegaaide hij met een verdrietig snikje.

Om bij de uitgang te komen moest ze eerst met haar getraumatiseerde kind langs de ellenlange rij lopen. Zo op het eerste gezicht leken er alleen maar brave kinderen in de rij te staan, samen met hun voetbalmoeders en forenzenvaders. Het zou haar niets verbazen als ze haar veroordeelden omdat ze vermoedden dat ze haar peuter te veel snoep had gegeven of vooraf geen dutje had laten doen. Wat allebei waar was, maar toch. Dat was het probleem met tienermoeders, zouden ze tegen elkaar zeggen. Ze zijn er gewoon nog niet klaar voor om een goede ouder te zijn.

Daisy was geen tiener meer, maar ze zag er nog wel zo uit – vooral in haar versleten spijkerbroek en oude parka die ze na college snel had aangeschoten om Charlie op tijd te kunnen ophalen bij de oppas. Ze was zwanger geraakt op haar achttiende en moeder geworden op haar negentiende. In korte tijd was ze veranderd van een leerling van een privéschool in Manhattan in een alleenstaande moeder in een klein stadje, waar ze naartoe was verhuisd om dichter bij haar familie te kunnen zijn. Nu was Charlie tweeënhalf en zij eenentwintig. Dat klonk jong, maar er waren tijden dat ze zich als alleenstaande moeder oeroud voelde.

Vanuit haar ooghoek zag ze een vrouw op hooggehakte laarzen en met een modieuze leren jas aan, die zich vooroverboog om de strik in het zijdezachte haar van haar dochtertje te perfectioneren. Zowel moeder als dochter zag eruit alsof ze rechtstreeks uit een tijdschrift was gestapt. Hoe deden ze dat toch, vroeg Daisy zich af. Hoe konden die moeders zo kalm en beheerst blijven, terwijl het er in haar leven altijd zo chaotisch aan toe ging en ze altijd wel iets leek te zijn vergeten?

Rustig blijven ademen, zei ze tegen zichzelf. Hoewel ze was gezegend met de liefde en steun van haar vrienden en familieleden, had ze er bewust voor gekozen om op zichzelf te gaan wonen, en dat maakte alles wel moeilijker. Haar familie had weliswaar genoeg geld, maar met haar autonome karakter wilde ze daar liever niet afhankelijk van zijn. Charlie was gezond, zelf was ze op weg om haar diploma te behalen – al ging dat langzaam – en verdiende ze af en toe wat bij met fotografie, haar vakgebied aan de State University in New Paltz. De feestdagen kwamen eraan, de eerste sneeuw was gevallen en het leven was prima. Ze herinnerde zichzelf eraan dat ze die mooie momenten moest koesteren.

'Ach,' zei ze tegen Charlie. 'Wat maakt het ook uit dat we geen foto hebben met de kerstman.'

'Kerstman!' zei Charlie, waarop hij haar met grote, stralende ogen aankeek. 'Kerstman is lief.'

'Juist. Die foto bewijst hoe dol je op hem bent.' Ze stond stil en trok hem zijn jas aan, omdat ze nog een heel stuk over de parkeerplaats zouden moeten lopen. 'Ik maak die kerstfoto zelf wel,' zei ze. 'We hebben die stomme kerstman niet nodig.'

'Kerstman!' riep Charlie verrukt uit, klappend in zijn handjes.

'We proberen het volgend jaar nog wel een keer,' zei ze. 'Dit jaar wordt het een gefotoshopte kerstman.'

'Ja, mama,' zei hij.

'Maakt niet uit.' Een foto creëren van Charlie met de kerstman zou haar hooguit een avondje kosten. Van kinds af aan was ze al dol geweest op fotografie. Drie dagen per week reisde ze naar de universiteit om colleges te volgen, de rest van haar tijd deed ze freelancewerk en zorgde ze voor Charlie.

Nadat ze hem stevig had ingepakt, duwde ze de deur open en stapte de kou in.

Elk jaar werd een deel van Blanchard Park omgetoverd in Kerstland, en vandaag was de openingsdag, waar altijd veel mensen op afkwamen. Het was koud, maar helder weer; het soort weer waar de Kamer van Koophandel ieder jaar op hoopte maar zelden kreeg. Kerstland vormde de hoofdattractie van het stadje dat na de kerst een lange, donkere winter moest zien door te komen. Misschien was dat de reden waarom vrijwilligers altijd met groot enthousiasme alles uit de kast haalden om de boel te versieren. Volgens het lokale krantje werd dit jaar een recordaantal toeristen verwacht.

Kinderen die op donkere, koude schooldagen met geen stok hun bed uit waren te krijgen, hadden zich die ochtend waarschijnlijk vliegensvlug aangekleed, klaar om in de rij te gaan staan voor de kerstman. Mensen die gewoonlijk een vermoeide zucht slaakten bij het zien van het pak sneeuw op straat zagen er nu weer even de magie van in. De kerstvakantie was afgetrapt met een massaal pannenkoekenontbijt op de brandweerkazerne. Overal op straat stonden kraampjes die de meest uiteenlopende dingen verkochten, van warme wafels tot vetbollen voor de vogeltjes. In Galahad's Gallery was een selectie van foto's van plaatselijke kunstenaars opgehangen. Die van Daisy Bellamy hingen er ook tussen. Haar winterse natuurfoto's werden steeds populairder. Enkele minuten na de opening van de tentoonstelling waren al twee van haar werken verkocht: een panorama van het skiparcours dat door de winterse bossen slingerde en een foto van de Schuyler River die onder de overkapte houten brug van het stadje door stroomde.

Het deed haar goed dat mensen bereid waren om te betalen

voor haar foto's; het idee dat iemand haar kunst mooi genoeg vond om aan te schaffen maakte haar gelukkig.

'Charlie, Charlie, Charlie,' zei ze hoofdschuddend terwijl ze wegreed van Kerstland.

'Mama, mama, mama,' reageerde hij blij vanuit zijn kinderzitje achterin. Wat was het toch een kleine charmeur.

In dat opzicht leek hij op zijn vader.

Ze reed naar de bibliotheek om wat nieuwe boeken voor het ventje uit te zoeken. Niets maakte hem gelukkiger dan te worden voorgelezen, dus was zij altijd op zoek naar nieuwe boekjes. Dankzij alle voorleesuurtjes die ze met Charlie in de bibliotheek had doorgebracht, was ze bevriend geraakt met Maureen Davenport, de bibliothecaresse.

'Boeken,' zei Charlie tevreden toen hij doorhad waar ze naartoe reden.

'Reken maar. Jij mag kiezen welke boeken je wil.'

'Zes boeken,' zei hij. Hij had geen idee hoeveel dat er waren, maar hij kende het cijfer zes.

'Klopt. We mogen zes boeken tegelijk lenen.' Toen ze uit de auto stapte, zag ze een jongen langs de bibliotheek lopen, zijn rugtas over één schouder. Haar blik viel op zijn versleten jas en zijn nonchalante tred.

Hij liep niet zoals de meeste mensen door de sneeuw liepen; voorovergebogen met hun handen diep in hun zakken, maar soepel, met een licht verende pas en zijn lichaam kaarsrecht als de bomen om hem heen, alsof de kou hem niet deerde. De jas, de bomen en de sneeuw vormden een opvallend kleurenpalet, dus haalde ze haar camera uit haar tas. Tijdens haar studie leerde ze op het juiste moment foto's te maken, en dit zou wel eens een mooi plaatje kunnen opleveren.

Charlie maakte ongeduldige geluidjes op de achterbank. 'Wacht even,' zei ze, waarna ze snel een paar foto's maakte. Daarna stopte ze haar camera weg en haalde haar zoon uit zijn zitje. Met zijn armen gespreid alsof het de vleugels van een vliegtuig waren, rende hij de bibliotheek in.

Er hing een groot affiche bij de ingang met daarop een noodoproep voor donaties. HELP ONS DE BIBLIOTHEEK TE REDDEN, stond erop. WE KUNNEN HET NIET ZONDER JOU! Daisy voelde in haar zak en viste er tien dollar uit. Ze had toch geld bespaard door de foto met de kerstman niet te kopen. En nog veel meer door alle boeken die ze wilde lezen hier te lenen.

Eenmaal in de zaal met kinderboeken deed ze Charlies jasje uit. Ze waren de enige bezoekers in de zaal, wat maar goed was ook, want met andere kinderen om zich heen werd Charlie altijd veel te uitgelaten en luidruchtig; nog zoiets dat hij had geërfd van zijn vader en de Ierse kant van zijn familie. Ze moest hem altijd sussen op locaties als de bibliotheek en de kerk.

Maureen liep voorbij met een karretje vol boeken om terug te zetten op de planken. Er was geen aparte kinderbibliothecaresse in de Avalon Free Library. Gezien de vraag om donaties bij de ingang, ging Daisy ervan uit dat daar geen budget voor was.

'Hoi Maureen,' fluisterde ze. 'Hoe gaat het?'

'Prima, dank je,' antwoordde Maureen met een vrolijke glimlach, al oogde ze een beetje moe. Bezorgd, waarschijnlijk. Daisy vroeg zich altijd af hoe oud de bibliothecaresse precies was. Afgaand op haar kledingstijl kon ze net zo goed vijfentwintig als vijfendertig zijn. Vrouwen die effen truien en middellange rokken droegen, werden vanzelf een beetje leeftijdloos. Toch was Maureen een ontzettend knappe vrouw, ook zonder veel aandacht aan haar uiterlijk te besteden. Dat was iets wat Daisy bewonderde in haar. Voordat ze Charlie kreeg, was ze een emotioneel wrak vol onzekerheden geweest. Ze had altijd uren besteed aan het perfectioneren van haar uiterlijk door de perfecte outfits te dragen en ervoor te zorgen dat haar haar precies goed zat. Ook haar make-up was onberispelijk geweest. Misschien had haar leven er nu heel anders uitgezien als ze zichzelf wat meer rust had gegund, haar haar af en toe in een rommelige knot had laten zitten en een simpele trui had aangetrokken.

Natuurlijk zou het er dan anders hebben uitgezien. Ze zou Charlie niet hebben gehad. Logan zou nooit naar haar hebben omgekeken als ze zichzelf niet aan zijn voeten had geworpen in dat ene wilde weekend.

De gedachte aan een leven zonder Charlie was echter zo onverdraaglijk dat ze dit alles snel uit haar hoofd zette.

'Dit boek is net binnengekomen,' zei Maureen, waarna ze een exemplaar van de plank trok. 'Prachtige sneeuwplaatjes.'

'Dank je.' Ze bekeek het boek en bewonderde de gedetailleerde tekeningen. Charlie duwde ondertussen een boek over Thomas de Trein over de vloer terwijl hij stoomtreingeluiden probeerde na te doen.

'Ik zie dat Charlie in de voertuigenfase zit.'

'Nogal, ja.'

'Hoe gaat het met jou?' vroeg Maureen.

'Wel goed, dank je,' antwoordde ze. 'Ik heb mijn tentamenweek overleefd. Dit is de tijd van het jaar waarin ik er steevast spijt van heb dat ik me voor zoveel vakken heb ingeschreven.'

'Heb je nog plannen voor de kerst?'

Daisy aarzelde. Het was rond deze tijd van het jaar altijd lastig om iets te regelen met zowel haar eigen familie als die van Logan.

Toen Charlie net was geboren, hadden de O'Donnells niets met hem te maken willen hebben, dus toen was de keuze waar hij de feestdagen zou doorbrengen nog eenvoudig geweest.

Maar Logan zelf had – tegen alle verwachtingen in – het vaderschap omarmd. Hij respecteerde Daisy's rol als de belangrijkste ouder, maar stond erop om Charlie regelmatig te zien. Dit had iedereen verbaasd, aangezien ze hem altijd hadden gekend als een stuurse en ongedisciplineerde tiener, die alles kon bereiken met zijn uiterlijk en charmes, maar de verleiding van drank en pillen niet had kunnen weerstaan. Toen Charlie eenmaal was geboren, was Logan echter abrupt afgekickt en had hij het vaderschap onmiddellijk serieus genomen. Al snel waren de O'Donnells net zo gek op Charlie als de Bellamy's.

Dat was fijn voor Charlie – geweldig zelfs – maar het maakte de organisatie rond de feestdagen soms lastig.

En ongemakkelijk voor haar. Want hoeveel de O'Donnells ook van Charlie hielden, ze waren niet zo dol op haar. Als de moeder van hun geliefde kleinzoon werd ze weliswaar getolereerd, maar ze had niet bepaald hun harten veroverd door – zoals zij het noemden – hun zoon van zijn toekomst te beroven. Vader en moeder O'Donnell hadden hoge verwachtingen gehad van hun enige zoon. Al sinds zijn vroege jeugd hadden ze besloten dat voor hem alleen de allerbeste opleiding goed genoeg zou zijn. Van hem werd immers verwacht dat hij later de leiding over de scheepvaartmaatschappij van de familie zou overnemen en dat hij uiteindelijk een eigen gezin zou stichten, om daar een rijk en chic leven mee te leiden.

In plaats daarvan had hun wonderkind een meisje zwanger gemaakt, moest hij naar een afkickkliniek en was hij een tienervader geworden.

Daisy bekeek haar zoon – roodharig, met vrolijke ogen en appelwangetjes, onschuldig. Dat zal jou nooit gebeuren, dacht ze.

Natuurlijk wist ze wel dat de O'Donnells dat waarschijnlijk jaren geleden ook over hun eigen roodharige zoontje hadden gedacht. Het was wel begrijpelijk dat ze niet weg waren van haar, dacht Daisy. Hoewel ze hun sceptische houding eerder had verfoeid, begreep ze als jonge moeder nu wel waar die houding vandaan kwam. Het idee dat een of ander meisje – wie dan ook – op een dag met haar kleine Charlie aan de haal zou gaan, was gekmakend. Natuurlijk een volkomen irrationele gedachte, maar ze kon er niets aan doen. Als je zoveel van iemand hield zoals zij van Charlie, was er geen ruimte voor rationaliteit. Ze nam aan dat de O'Donnells zich exact zo voelden over Logan.

'Mijn plannen voor deze kerst zijn nog niet helemaal rond,' zei ze tegen Maureen. 'En die van jou? Wat ga jij doen dit jaar?'

'Wij vieren het altijd met de hele familie. Daarnaast heb ik het dit jaar extra druk met het regisseren van de kerstvoorstelling in de Heart of the Mountains Church.'

'Wauw, dat klinkt als een groot project.'

'Enorm. Maar ik heb er zin in. Het is iets wat ik altijd al heb willen doen. Ik deed ieder jaar mee aan de voorstelling als kind, en toen ik wat ouder was zong ik in het koor. Toen Mrs. Bickham met pensioen ging, heb ik onmiddellijk aangeboden om de regie over te nemen.'

Het organiseren van een kerstshow leek Daisy ongeveer even leuk als parkeerboetes uitschrijven, maar ze zei niets. Ieder zijn ding.

'Je zult het ook wel druk hebben met het redden van de bibliotheek,' zei ze.

Maureen sloeg haar ogen neer. 'Wat dat betreft gaat het niet zo goed. Zoals het er nu naar uitziet, zal de bibliotheek aan het einde van het jaar moeten sluiten.'

'Sluiten? Dat meen je niet.' Het idee dat dit stadje zonder bibliotheek zou komen te zitten ging er bij haar niet in. 'Sorry, maar dat is gewoon verkeerd.'

'Iedereen aan wie ik het vertel denkt er zo over, maar het is de financiële realiteit.'

'Ik zal al mijn familieleden vragen om een steentje bij te dragen.'

'Dank je, maar ik moet me voorbereiden op het ergste.'

'Wat is het ergste?'

'Dat we echt moeten sluiten, en dat ik mijn baan kwijtraak.'

'Wat ga je dan doen?'

Er verscheen een flauw glimlachje op Maureens gezicht. 'Misschien kan ik op de bibliobus gaan werken, al heb ik last van wagenziekte. Ik heb mijn cv online gezet. We zien wel of er iets van komt. Ondertussen probeer ik me op de voorstelling en de feestdagen te richten. Kerst heeft me nog nooit teleurgesteld.'

'Je zult het vast fantastisch doen,' probeerde Daisy haar gerust te stellen. 'Als ik ergens mee kan helpen, achter de schermen of zo; ik studeer fotografie en werk daarnaast als freelancer. Ik zou bijvoorbeeld een poster kunnen maken?'

'Echt? Dat is erg aardig van je. Het lijkt me geweldig als je wat foto's zou willen maken van het evenement. Een poster of flyer zou helemaal fantastisch zijn.'

'Daar kan ik je mee helpen,' zei ze. Ze grabbelde een visitekaartje uit haar tas en gaf het aan Maureen.

'Super. En ik zal ervoor zorgen dat jij en Charlie vipkaarten krijgen voor de show.'

Daisy's maag trok samen. 'Alleen voor mij dan,' zei ze. 'Charlie is bij zijn vader deze kerst.' Alleen dat hardop te zeggen deed al pijn.

'O. Dat zal wel veel voor Charlie betekenen, en voor zijn vader,' reageerde Maureen diplomatiek. Ze keek naar de peuter, die nu boven een ander boek over treinen de geluidjes aan het nabootsen was. 'Hij is een van mijn favoriete bezoekers, weet je.'

Alsof hij begreep waarover werd gesproken, keek het jongetje met grote ogen naar haar op en strekte zijn armen uit, de grijns van een toekomstige hartenbreker op zijn gezicht.

'Je hebt mijn hart al veroverd,' zei Maureen.

Hij hield het boek omhoog alsof het heilig was. 'Lezen,' zei hij.

Daisy liep naar hem toe. 'We bekijken het boek en dan nemen we het mee naar huis, goed?'

Een teleurgestelde uitdrukking verscheen op zijn gezicht. 'Lezen.'

'Ik heb wel even de tijd,' verzekerde Maureen haar, waarna ze het karretje met boeken opzijschoof. 'Er is altijd tijd voor een verhaaltje. Dat is een van mijn regels als bibliothecaresse.'

'Zeker weten?'

'Geloof me. Ik ben een professional.' Ze zette Charlie op haar schoot.

Haar gezichtsuitdrukking was een beetje somber. Verdrietig. Daisy vroeg zich af waarom, hoewel ze het wel kon raden.

'Dan is hij helemaal van jou,' zei ze. Op dat moment trilde haar telefoon. Een nieuw bericht.

In een mum van tijd zat Charlie vredig tegen Maureen aan geleund, zachtjes meezingend met de locomotief uit het boek.

Eenmaal buiten haalde Daisy haar telefoon uit haar zak.

Hallo daar. Hoe is het met mijn jongen?

Die staat op de lijst met stoute kinderen. Vond de schoot van de kerstman niet fijn. stuurde ze terug.

Zo ken ik mijn jongen weer. Heb die dikzak ook altijd een engerd gevonden. Wil met je praten over kerst. Wanneer?

Vanavond kan. Rond zeven uur, kan je hem meteen in bad doen.

Met een tevreden gevoel stopte ze haar telefoon weg. Zij en Logan hadden geen formele omgangsregeling laten vastleggen. Die van hen was gebaseerd op de gedeelde liefde voor hun zoon. Logan woonde in New Paltz, waar zij studeerde, niet zo ver van Avalon vandaan. Tegen de wensen van zijn ouders in had Logan ervoor gekozen om daar naar de openbare universiteit te gaan, zodat hij dichter in de buurt van Charlie kon zijn.

Ondanks een stroeve start als grootouders, waren de O'Donnells uiteindelijk ook hun steentje gaan bijdragen. Dit jaar hadden ze voor het eerst gevraagd of Logan Charlie wilde meenemen naar hun huis op Long Island op kerstavond, waarna ze hem weer terug zouden brengen op eerste kerstdag.

Ze had er lang over moeten nadenken. Charlie wegbrengen op kerstavond? De meest magische avond van het jaar? Kon ze dat wel?

Uiteindelijk was het haar zoontje geweest die haar de knoop had doen doorhakken. Zo dol als hij was op zijn vader verdiende hij het tenslotte om evenzeer deel uit te maken van de familie O'Donnell als van de Bellamy's.

Toch deed het haar pijn dat ze kerstavond dit jaar zonder hem zou moeten doorbrengen. Ze herinnerde zichzelf eraan dat ze een liefdevolle familie had om haar te steunen. Haar ouders en stiefouders waren geweldig. Eerder die dag had ze helaas slecht nieuws ontvangen. Sonnet, haar beste vriendin die momenteel in Duitsland studeerde, had besloten om daar nog een semester te blijven en de feestdagen door te brengen bij haar gastgezin.

Haar telefoon ging opnieuw, nu met een ringtone die haar hart een slag deed overslaan. Het was een liefdesliedje dat ze maar voor één persoon als ringtone had ingesteld: Julian Gastineaux.

Julian was de ware. De jongen aan wie ze al vijf jaar lang dacht en die waarschijnlijk nooit meer uit haar hoofd zou verdwijnen.

Ze nam op. 'Hé.'

'Hé. Ik ben in Avalon. Gisteravond aangekomen. Heeft Olivia of Connor je dat al verteld?'

Leunend tegen het gebouw verscheen er een glimlach op haar gezicht. 'Ik heb mijn nicht nog niet gesproken. Jeetje, ik kan niet geloven dat ze me niet heeft gebeld. En ik kan niet geloven dat jíj niets hebt gezegd.'

'Ik moet vanavond weer terug. Wanneer kan ik je zien? Het is vier uur rijden naar Cornell, dus hoe eerder hoe beter.'

Ze sloeg haar armen om zichzelf heen. Zijn woorden klonken haar als muziek in de oren, muziek waarop ze wilde dansen. Julian. Er was een zomer geweest, vóór alle gekte, vóór Charlie, vóór alles, waarin Julian het belangrijkste in haar leven was geweest. Natuurlijk waren ze toen allebei jong geweest, ze hadden nog op de middelbare school gezeten, maar iedere keer dat ze samen waren had ze gedacht dat het voor altijd zou zijn. Samen hadden ze iets krachtigs, iets bijzonders gedeeld. Een passie. Een toekomst, wellicht.

Maar als je zestien bent, doe je domme dingen. Zij in ieder geval wel. Aan het einde van de zomer waren ze allebei hun eigen weg gegaan. Zij naar een exclusieve privéschool in Manhattan en hij naar Chino in Californië, voor een leven waarover hij nooit veel had losgelaten. Ondanks hun diepe verlangen naar elkaar hadden ze paden gekozen die elkaar vrijwel nooit meer kruisten.

Maar wanneer dat wel gebeurde… Godzijdank waren zijn halfbroer, Connor Davis, en haar nicht, Olivia, getrouwd. Dat betekende dat zij en Julian familie waren, wat er ook gebeurde. En hoewel hij het nog niet wist, zou hij dit jaar haar kerst gaan redden.

Vaak dook hij onverwachts op, meestal wanneer zij hem het hardst nodig had. Iedere keer wanneer ze elkaar zagen sloeg de vonk weer over. Ze had zichzelf verboden om zich eraan over te geven. Om zich aan hém over te geven. Hij studeerde aan Cornell University, met een beurs van de luchtmacht. Iedere vrije seconde leek hij in training te zijn.

Ze besloot er nu niet te veel over na te denken. Julian was terug. 'Waar ben je?' vroeg ze. 'Hoe snel kunnen we –'

'Draai je eens om, Daze.'

Haar hart sprong bijna uit haar borstkas. Ze liet haar tas vallen en rende op hem af, het verlangen om zijn armen om zich heen te voelen plotseling zo groot dat ze zich bijna op hem stortte.

'Hé,' zei hij lachend, met zijn warme adem in haar haar, terwijl hij haar tegen zich aan drukte. 'Hé, meisje.'

Ze maakte zich los uit zijn omhelzing. Dit was altijd een ongemakkelijk moment: blijven we elkaar vasthouden? Laten we los en doen we een stap terug? Kussen we elkaar vol passie? Ze wist nooit zeker wat ze moest doen, omdat ze nooit zeker wist waar ze precies aan toe waren. Dus deed ze een stap terug en voelde de koude wind tussen hen door waaien. Andere mensen hoefden haar niet in het openbaar met Julian te zien zoenen. Er werd waarschijnlijk al genoeg over haar geroddeld. Die arme meid van Bellamy, zo'n teleurstelling voor haar familie…

'Hoe heb je me gevonden?' vroeg ze.

'Ik zag je auto op de parkeerplaats staan,' antwoordde hij met een grijns. 'Die is nogal moeilijk te missen.'

Toen ze haar trouwfotobedrijfje was begonnen, had haar vader haar magnetische logo's gegeven voor op haar auto. Ze had het logo niet erg overtuigend gevonden – laat staan mooi – maar haar vader had haar die auto cadeau gegeven, dus ze kon er niet al te kritisch over zijn.

'Dus, heb je tijd om samen koffie te drinken?' vroeg Julian 'Of...'

Ze wilde samen koffiedrinken. En ze wilde de 'of...'. Maar geen van beide waren op dit moment een optie. 'Was dat maar waar,' zei ze, met een handgebaar naar het gebouw. 'Charlie zit binnen, hij wordt voorgelezen.'

'Vanavond dan,' zei Julian. 'Kun je dan? Het maakt me niet uit hoe laat ik moet terugrijden.'

Ze dacht aan Logans berichtje van een paar minuten daarvoor en slaakte een diepe zucht. 'Helaas kan ik vanavond niet.' Verdorie, dacht ze. Het leek nooit goed uit te komen voor haar en Julian. 'En ik wil niet dat je 's avonds laat nog door de sneeuw moet rijden. Hè, hadden we maar wat meer tijd samen.'

'Je bedoelt meer dan vijf minuten?' zei hij. 'Ja, zeg dat wel.'

Hij had de meest magische glimlach op aarde. Daarnaast was hij lang en ongelooflijk knap, zelfs nadat hij zijn dreadlocks had afgeschoren voor de luchtmacht. Toch was het niet alleen zijn uiterlijk dat haar aantrok. Ze vond hem fascinerend, bovendien was hij altijd ontzettend loyaal en beschermend geweest.

'Dus... dan zie ik je in ieder geval met kerst,' zei ze. Godzijdank, dacht ze. Aangezien Charlie bij de O'Donnells zou zijn, leek haar kerstavond even uit te lopen op een ramp. Maar als Julian er was... Ze zag hen tweeën al tegen elkaar aan geleund op de bank zitten, met zachte muziek op de achtergrond. Eindelijk tijd om bij te kletsen of om elkaar gewoon stevig vast te houden. Voor ze het wist, flapte ze eruit: 'Je hebt geen idee hoe hard ik je nodig heb op kerstavond, Julian. Ik was even bang dat ik die avond in mijn eentje zou moeten doorbrengen.'

'Daisy –'

'Ik zag er zo tegen op,' ratelde ze verder. 'Logan neemt Charlie mee om die avond met zijn familie door te brengen, en het wordt vreselijk voor me als hij weg is, zelfs al is het maar voor een avond. Dat hij er niet is wanneer ik opsta op kerstochtend...'

'Daisy, daar kan ik niets aan doen.' Julian keek verdrietig.

'Weet ik, maar als jij er bent, is het in ieder geval te verdragen.'

'Ik probeer je juist te vertellen dat ik er niet zal zijn. Ik heb een training in Florida in de kerstvakantie.'

Het duurde even voordat ze besefte wat hij had gezegd. 'Een training. Je moet trainen als het kerst is.'

'Het is verplicht,' zei hij.

'Met kérst?'

'Zo werkt de luchtmacht nu eenmaal,' zei hij. 'Ik krijg achtenveertig uur vrij, maar dat is niet genoeg om heen en weer te gaan. Het is niet anders. Zij financieren mijn opleiding, het is een eerlijke deal. Ik zou er heel graag willen zijn met kerst, maar dat gaat nu eenmaal niet. Met het oog op mijn toekomst moet ik dit volhouden. Ik ben helemaal onderaan begonnen, zonder dat ik Cornell kon betalen. Dit is de enige manier waarop ik een goed leven kan opbouwen. Dat weet je. Het is belangrijk.'

Ben ik dan niet belangrijk, vroeg ze zich af. Zal ik dat ooit zijn?

Starend naar de grond besloot ze hem niet lastig te vallen met haar onzekerheden. 'Je hebt gelijk,' zei ze zachtjes, waarbij ze al haar zelfbeheersing moest aanwenden om haar verlangen en spijt te onderdrukken. 'Jij moet doen wat nodig is. En ik ook.'

'Het spijt me,' zei hij.

'Je hoeft je niet te verontschuldigen. Het is niemands schuld. Ik zie je... later dan wel weer, toch?' Ze forceerde een brede glimlach. Toen keek ze op haar horloge. 'Luister, ik wil niet dat de bibliothecaresse denkt dat ik Charlie heb achtergelaten. Ik moet maar weer eens naar binnen.'

'Oké.' Hij pakte haar hand en drukte die kort tegen zijn borst aan, naast zijn hart. Zijn ogen vertelden haar dingen die hij nooit zou uitspreken. Toen boog hij zich voorover om haar op haar mond te kussen. 'Dag, Daisy. Ik hoop dat jij en Charlie een fijne kerst hebben.'

Nog een keer, dacht ze. Kus me nog een keer.

Maar dat deed hij niet, dus deed ze een stap naar achteren. 'Jij ook, Julian. Bel me, oké?'

'Natuurlijk.'

Of beter nog, vraag me om nú meer tijd voor je vrij te maken. Maar dat deed hij ook niet. Ze probeerde niet te snel naar de bibliotheek terug te lopen; het mocht niet lijken alsof ze vluchtte. In de gang bleef ze stilstaan om zichzelf te kalmeren. Met haar ogen dicht slaakte ze een zucht. 'Ik hoop dat jij en Charlie een fijne kerst hebben.' Ze stuurde haar zoon naar zijn andere familie met kerst. Sonnet zou niet thuiskomen. Julian was er niet. Hoe fijn kon het worden?

O, en Logan wilde praten over kerst vanavond. Wat had dat te betekenen?

Met een klein kind was het gewoon onmogelijk om langer dan een paar uur vooruit te plannen. Haar vrienden waren op deze leeftijd de wereld rond aan het reizen, nieuwe mensen aan het ontmoeten, dromen die ze van kinds af aan hadden gehad aan het verwezenlijken.

Haar leven was anders. Het draaide volledig om Charlie en al het andere kwam op de tweede plaats. Toch had ze nog steeds haar dromen, hoewel ze die tegenwoordig liever op afstand hield. Zo wilde ze nog steeds haar passie voor fotografie en kunst volgen.

En ze wilde verliefd zijn. Ze wilde een liefde ervaren die zó sterk was dat het pijn deed. Hetzelfde gevoel als wanneer Julian haar hand tegen zijn hart drukte en zijn ogen liet spreken. De scheidslijn tussen liefde en pijn was echter heel dun.

Mensen zeiden altijd dat je het kon voelen als het echte liefde betrof.

Was dat echter wel zo?

Door Charlie had ze geleerd dat er veel verschillende soorten liefde bestonden. Er was de liefde die ze voor haar kind had, die voelde als een vreugde zó intens dat er licht van af leek te stralen. In een mum van tijd kon die vreugde echter in pure angst omslaan, bijvoorbeeld wanneer Charlie ziek was. Tegelijkertijd riep die liefde een enorme beschermingsdrang op, die haar zo sterk maakte dat ze zonder één seconde twijfel op leven en dood voor hem zou strijden.

Daarnaast waren er de gevoelens die ze voor Logan had. Hoewel hij de vader van haar kind was, was hij nooit haar vriendje geweest. Ze waren samengekomen door een combinatie van hormonen, verwarring en onzekerheden die bij de tienerleeftijd hoorden, onder invloed van wiet en pillen. Een paar weken later had zij staan trillen van ochtendmisselijkheid en was hij in een afkickkliniek beland.

Niemand, en vooral zij niet, had verwacht dat hij zijn steentje zou gaan bijdragen als vader. Ze had bewondering voor zijn toewijding. Maar was dat hetzelfde als liefde? Het feit dat ze Charlie samen hadden gemaakt, van wie ze meer hield dan van wie dan ook op de wereld, zorgde voor een krachtige band. Het was een soort liefde. Ze wist alleen niet of het het soort liefde was waar ze voor de rest van haar leven niet meer zonder zou kunnen.

Ze hadden het er nooit over gehad. Niet echt, in ieder geval. Vreemd genoeg ging ze op dezelfde manier met Julian om. Het was een ongeschreven regel dat ze geen label op hun relatie plakten. Als je niet wist wat iets was, als je niet toegaf aan een gevoel, dan kon het je ook geen pijn doen.

Toch?

Hoofdstuk 7

Nadat Daisy en haar zoontje waren vertrokken, rook Maureen naar babyshampoo en wegwerpluiers.

Niet dat ze dat erg vond. Ze hield van kinderen, waarschijnlijk meer dan mensen verwachten. Dat kwam gewoon omdat ze haar niet echt kenden; ze praatte zelden met anderen over haar verleden. Dit was niet iets waar ze van tevoren voor had gekozen; het was gewoon wie ze was. In tegenstelling tot sommige mensen zag zij Daisy niet als een meelijwekkend persoon. Natuurlijk had ze mensen wel eens over haar horen fluisteren. Soms werd de kritiek zelfs hardop geuit. Wat zonde, had ze mensen horen zeggen, zo'n slimme meid uit een goede familie die zichzelf zo in de nesten heeft gewerkt. Het leven had haar al op jonge leeftijd op de proef gesteld.

Zo zag Maureen het helemaal niet. Voor zover zij kon beoordelen ging het prima met het meisje. Er waren zelfs momenten dat ze jaloers was op vrouwen zoals Daisy, ook al kon het niet eenvoudig zijn om een alleenstaande moeder te zijn. Ongehuwde vrouwen werden vaak in categorieën ingedeeld. Een vrouw van in de twintig was simpelweg single. Ongebonden. Daar zat geen stigma aan vast; van twintigers werd zelfs verwácht dat ze vrijgezel en ongebonden waren. Het was interessant, dacht ze, dat mensen hier anders over gingen denken zodra de dertig in zicht kwam. Twintigers die geen relatie hadden werden als normaal beschouwd. Misschien ook omdat het werd gezien als iets tijdelijks. Zij was nu nog in de twintig, maar dat zou nog maar een paar maanden duren.

Naar vrijgezelle dertigers werd al heel anders gekeken. Vrienden voelden zich vaak verplicht om hen te gaan koppelen. De druk om te trouwen, of in ieder geval om een vaste relatie te hebben, begon dan toe te nemen. Als een vrouw van in de dertig vrijgezel bleef, gingen mensen zich zorgen maken. Dat was zeker niet iets waar Maureen naar uitkeek.

Zodra een vrouw de veertig bereikte, werd het verdacht. Niet dat er iets mis was met veertig zijn, maar vrijgezelle veertigers werden meestal bestempeld als oude vrijsters of als lesbiënnes die nog niet uit de kast waren gekomen. Vijftigers zonder relatie wekten medelijden op – is het leven aan haar voorbijgegaan? – maar als je als zestiger nog steeds ongebonden was, werd je ineens weer gerespecteerd en gezien als een onafhankelijk persoon die van haar vrijheid genoot. Als iemand die niet opgescheept zat met een saaie echtgenoot, een verbitterde ex of volwassenen kinderen die ervandoor gingen. Je had gewoon je eigen leven, dat je naar eigen inzicht kon inrichten, met wellicht een hele rits liefhebbende neefjes en nichtjes. Toch kwam er op iedere leeftijd wel iets van medelijden bij kijken; een ongehuwde vrouw was helemaal alleen, op haar eventuele katten na.

Voor mannen waren de regels anders. Niemand leek zich er druk om te maken als een man vrijgezel was, om het even hoe jong of oud hij was. Als je George Clooney was, mocht je doen wat je wilde. Als je Eddie Haven was… Resoluut zette ze iedere gedachte aan hem uit haar hoofd.

Naast een stapeltje prentenboeken voor Charlie had Daisy een paar zelfhulpboeken geleend over hoe je een relatie kon laten slagen. Maureen had er niets over gezegd en geen oordeel geveld; ze probeerde er ook niet te veel over te speculeren. Het was erg belangrijk voor haar dat de privacy van haar bezoekers werd gerespecteerd. Toch had ze bewondering voor Daisy's toewijding. In veel opzichten was de zelfhulpsectie van de bibliotheek de belangrijkste afdeling. Eigenlijk was de hele bibliotheek er natuurlijk om mensen te helpen, om hun levens te verbeteren en te streven naar vooruitgang. Nog een reden waarom het zo ondenkbaar leek om het instituut te sluiten.

Een van haar favoriete vrijwilligers was de ingeleverde boeken aan het opruimen. Maureen liep naar haar toe om haar een handje te helpen. 'Hoe gaat het met u, Mrs. Carminucci?' vroeg ze de oudere vrouw. Penelope Carminucci baatte een ouderwets pension uit dat Fairfield House heette, maar ze maakte ook altijd tijd vrij om een paar uur in de bibliotheek te werken. 'Heeft u uw kerstinkopen al gedaan?'

'Hemel, nee,' antwoordde Mrs. Carminucci. 'Ik heb nog helemaal geen tijd gehad om aan de feestdagen te denken. Waarschijnlijk raak ik een paar dagen van tevoren totaal in paniek. Dat is mijn gebruikelijke routine. En u?'

Maureen legde wat boeken op een karretje; een stel thrillers en een boek over de kracht van yoga. 'Ik denk de hele tijd aan kerst,' zei ze, terwijl ze een boek met recepten voor koekjes bekeek.

Even pauzerend wreef Mrs. Carminucci over haar arm. 'Ik vind het zo naar van de bibliotheek, Miss Davenport. We zijn er allemaal kapot van.'

'Dank u.' Ze had zich niet gerealiseerd dat haar gevoelens zo duidelijk van haar gezicht af te lezen waren.

'Ik heb overwogen om mijn hele kerstcadeautjesbudget te doneren.'

'Ik wou dat meer mensen er zo over dachten.'

'Hoe waarover dachten?' vroeg een bezoeker.

'Hé, jongens!' riep Maureen. Er verscheen een grote glimlach op haar gezicht toen ze haar zus Renée en haar drie kinderen zag staan.

‘Tante Maureen! Hoi tante Maureen!’ riep haar vijfjarige nichtje Wendy vrolijk uit.

‘Sst,’ waarschuwde Renée haar. ‘Binnen praten we zachtjes, weet je nog?’

‘Hoi tante Maureen,’ fluisterde Wendy nu.

‘Hoi Wendy,’ fluisterde ze terug. ‘Hoi John, hoi Michael. Hoe is het met het beste nichtje en de beste neefjes van de wereld?’

‘Goed,’ zeiden haar neefjes, een tweeling van zes, in koor, zonder op te kijken van hun speelgoedautootjes die ze over de balie lieten rijden.

‘Ik heb een boek over engelen, kijk maar!’ Wendy hield een groot prentenboek omhoog. ‘Ik zag een engel in de leeszaal.’

‘Echt waar? Wat fantastisch.’ Maureen wisselde een blik uit met haar zus, die in haar tas aan het rommelen was op zoek naar haar bibliotheekkaart. ‘Hoe wist je dat het een engel was?’

Haar nichtje haalde haar schouders op. ‘Wimpers.’ Ze sloeg het boek open om een illustratie te laten zien van een sereen gezicht met enorm grote ogen, omrand door perfecte wimpers. Zo overdreven, dacht Maureen. Als een make-upreclame.

‘Heb je met de engel gepraat?’ vroeg ze, terwijl ze de boeken voorzag van een stempel met de datum van vandaag.

‘Jep.’ Wendy pakte het boek terug en stormde naar de uitgang. ‘Ik praat met iedereen.’

‘Tja, wat zal ik er eens van zeggen. Ik heb een kind dat engelen ziet,’ zei Renée, waarna ze voor de jongens een paar boeken over – uiteraard – auto’s liet afstempelen, en een boek over timemanagement voor zichzelf.

‘Ze is een groot liegbeest,’ riep Michael.

'Sst,' suste Renée hem. 'Als je zusje zegt dat ze een engel heeft gezien, dan is dat zo.'

'Ik wil de engel ook zien,' zei John.

'Vraag maar aan je zus,' zei zijn moeder. Ze grijnsde naar Maureen. 'Dus... loopt hier een engel rond, of loopt mijn dochter over van fantasie? Zeg jij het maar.'

'Hé, ik heb een nichtje dat engelen ziet. Ik ben de laatste die dat uit haar hoofd gaat praten.'

'Dank je, Maureen.' Renée stopte haar bibliotheekkaart weer terug. 'Zien we elkaar zondag bij papa en Hannah?'

'Uiteraard.' Het familiediner op zondagavond was een vaste traditie die nog steeds heilig was. Iedereen die erbij kon zijn, was erbij. De zondagmiddagen waren als een oase, even vrij van de drukte van werk en school. Niet dat er veel werk van werd gemaakt; de Davenports maakten gewoon wat tijd vrij om met elkaar door te brengen. Afhankelijk van het weer maakten ze een wandeling, speelden ze met de kinderen, organiseerden ze een potje tafeltennis of een scrabblecompetitie. Daarna droeg iedereen zijn steentje bij aan het bereiden van een vroege avondmaaltijd. De enige regel was dat niemand over werk of school mocht praten of nadenken zolang ze bij elkaar waren. Voor de meeste Davenports was dit het meest gekoesterde moment van de week. Maureen keek ernaar uit om een middagje niet aan het bibliotheekfiasco te hoeven denken.

Aan het einde van iedere werkdag werd de bibliotheek op dezelfde manier afgesloten. Vijf minuten voor sluitingstijd knipperden de lampen om aan te geven dat de bezoekers moesten afronden waar ze mee bezig waren – het uitprinten van huiswerk, het lenen van boeken, het spelen van computerspelletjes of het lezen van kranten en tijdschriften.

Het was haar favoriete moment van de dag. Het voelde goed om alles nog een laatste keer te controleren voordat ze afsloot. Nadat ze nog wat dingen had opgeruimd en wat laatste zaken had kortgesloten met de andere vrijwilligers, wenste ze de vertrekkende bezoekers een fijne avond. Die dag sloten ze om zes uur. Ze had liever gewild dat de bibliotheek veel langer kon openblijven, maar dat liet het budget niet toe, helaas al geruime tijd niet meer. Ze had de crisis kunnen zien aankomen, maar ze had er simpelweg niet bij stil willen staan.

Door de druk op haar schouders voelde ze haar hoofdpijn toenemen. Even overwoog ze om een van de sterke pillen tegen migraine te nemen die haar dokter haar een tijdje geleden had voorgeschreven. De migraine stak vooral de kop op in stresssituaties.

Eerst maar de deuren sluiten voor vandaag. Ze had haar sleutels in haar hand toen ze een schaduw achter zich bespeurde.

'Jabez! Ik realiseerde me niet dat er nog iemand was,' zei ze, waarna ze een stap opzij deed om hem door te laten.

'Sorry, het was zes uur voor ik er erg in had. Ik was nogal verdiept in iets in de leeszaal.'

'Wil je niet iets lenen?' bood ze aan, terwijl ze onbewust haar slapen masseerde.

'Nee,' zei hij. 'Maar bedankt.' Er viel een stilte. 'Hoe gaat het met u, Miss Davenport?' vroeg hij toen.

'Ik heb hoofdpijn, maar dat gaat wel weer over. Aardig dat je het vraagt. Hoe vind je het in Avalon?'

'Prima,' antwoordde hij. 'Tot later.' Hij gaf haar een knikje ten afscheid en liep weg. Zijn gezicht was mooi, met die bijzondere olijfkleurige huid en grote ogen, afgezet met donkere wimpers.

'Fijne avond,' zei ze en ze keek hem na terwijl hij de schemering in liep. Met zijn versleten jas en zijn hoge gympen was hij bij lange na niet warm genoeg gekleed voor het weer, maar het zag er niet uit alsof hij er last van had.

'Hé, je hebt iets laten vallen,' riep ze hem na, waarna ze zich vooroverboog om het op te rapen. Het was een sleutel aan een touwtje.

Hij liep terug en pakte de sleutel aan. Zijn hand bleek verrassend warm toen die langs die van haar streek. 'Fijn, bedankt,' zei hij, en hij verdween.

Maureen liep terug naar haar bureau en opende een lade om er een doosje pillen uit te halen. Aarzelend hield ze het doosje in haar hand. Vreemd, de hoofdpijn leek te zijn verdwenen. Dankbaar borg ze de pillen weer op en ruimde haar kantoor op. De ruimte was niet veel groter dan een bezemkast. Wat had ze graag een fatsoenlijk kantoor gehad, liefst een ruime kamer boven in het gebouw, waar het licht binnenstroomde en ze uitzicht had op zowel het atrium als op de straat. Keer op keer had ze zo'n kantoor ontworpen in haar hoofd. Achteraf had ze die tijd en energie beter in andere dingen kunnen stoppen.

'Genoeg is genoeg,' mompelde ze tegen zichzelf. 'Het is niet alsof er iemand dood is.' Toch herkende ze het pijnlijke rouwgevoel maar al te goed. 'Denk aan iets anders,' beval ze zichzelf. Ze zou haar pensioengeld kunnen uitgeven aan een decadente vakantie. Ja, een vakantie, dat was wat ze nodig had.

Sinds haar semester in het buitenland, waar ze nu aan terugdacht als haar 'ramp in het buitenland', was ze nooit meer ergens naartoe gereisd. Het was de hoogste tijd om de pijnlijke herinneringen te vervangen door nieuwe, plezierige herinneringen. Ja, dat zou ze gaan doen, meteen in januari. Ze zou een plek vinden waar ze op een wit zandstrand onder een palmboom kon liggen. Daar zou ze in een warm briesje dat langs haar huid streek urenlang dikke romans verslinden, een drankje met een kleurig parasolletje erin binnen handbereik. Ja.

'Dat doe je toch niet,' mompelde ze hoofdschuddend, omdat ze wist dat ze het waarschijnlijk niet zou durven. Ze probeerde haar angsten te rationaliseren, zoals ze altijd deed. Waarom zou ze haar familie achterlaten om op vakantie te gaan? Hoe zou ze in haar eentje ooit een leuke tijd kunnen hebben? Waarom zou ze haar geld over de balk smijten terwijl ze werkeloos was? Ze wist dat ze haar familie toch doorlopend zou missen, dat ze hen constant zou bellen en mailen. Dat was geen manier om een vakantie door te brengen.

Ze sloot alles af en liep naar de auto. Terwijl ze over de parkeerplaats liep, kwam er een donkere auto aanrijden. Er stapte een man uit, wiens lange, elegante jas wapperde in de wind terwijl hij naar haar toe liep. 'Miss Davenport?'

'Hallo Mr. Byrne. Ik ben bang dat de bibliotheek al afgesloten is.'

'Ik zie het,' zei hij. Even leek hij afgeleid door een figuur verderop in de straat, zijn schouders opgetrokken tegen de kou. 'Wie was dat?' vroeg hij.

'Een jongen die Jabez Cantor heet. Hij is nieuw hier.'

Mr. Byrne fronste. 'Hij kwam me even bekend voor…' Toen schudde hij zijn hoofd. 'Laat maar. Ik ben hier om u te spreken. Heeft u even?'

Ze vroeg zich af wat hij van haar wilde, en hoelang ze het zou kunnen volhouden om beleefd tegen hem te zijn. Ik heb het nu een beetje druk, zou ze willen zeggen, maar zodra u de bibliotheek van dit stadje hebt verkocht, heb ik alle tijd. Alle tijd van de wereld. 'Ik sta op het punt om naar huis te gaan,' zei ze voorzichtig.

'Ik zal u niet lang ophouden,' zei hij. 'Het gaat over de bibliotheek.'

'Is er iets veranderd?' vroeg ze met een sprankje hoop in haar stem.

'Ik hoorde dat u dit jaar de kerstvoorstelling organiseert.'

Ze knikte verward. Wat had dat ermee te maken?

'Mijn zoon is net in Avalon komen wonen met zijn vrouw en zoon. Daar waren Mrs. Byrne en ik zeer verheugd over, want we hebben maar één zoon en één kleinzoon, Cecil. Hij zit hier op de middelbare school. Misschien heb je hem wel eens ontmoet?' Zijn toon verzachtte toen hij het over zijn familie had.

'Misschien. De meeste scholieren zijn regelmatig in de bibliotheek te vinden.' Ze kon het niet nalaten om daaraan toe te voegen: 'Het is een belangrijk onderdeel van hun educatie.'

Hij hapte niet. 'Ik zal net zo direct zijn als u lijkt te zijn, Miss Davenport. Cecil kan moeilijk zijn draai vinden op school. Hij voelt zich nog niet helemaal op zijn plek. Maar hij is een groot podiumtalent. Ik denk dat zijn zelfvertrouwen een flinke opkikker zou krijgen als hij de hoofdrol kreeg in het kerstspel. Geef hem een kans om wat vrienden te maken.'

Er zat niets anders op dan Mr. Byrne eerlijk te vertellen dat spelen in een toneelstuk nou niet de beste manier was om cool te worden gevonden op de middelbare school. 'Geloof me, meneer, ik zou hem geen grote gunst doen door hem de hoofdrol te geven,' zei ze, waarbij ze aan haar eigen middelbareschooltijd terugdacht. Ze had bij het schooltoneel gezeten, iets wat de meeste mensen destijds niet achter haar hadden gezocht. Inmiddels had ze haar dramatische kant ver achter zich gelaten.

'Ik ken mijn eigen kleinzoon,' zei de oudere man.

'Dan hoop ik dat hij naar de audities komt.'

'O, daar is geen twijfel over mogelijk. Zeker weten.'

'Mooi.' Ze liep naar haar auto, enigszins in verwarring gebracht door het gesprek. 'Eh... Een fijne avond nog, Mr. Byrne.'

'Dus we begrijpen elkaar. Cecil krijgt de hoofdrol.'

Ze stond stil en draaide zich naar hem om. 'Dat kan ik nu nog niet zeggen. De hoofdrol zal gaan naar degene die de beste auditie neerzet.'

'Precies. En dat is Cecil.'

Ze kon de toewijding van de man aan zijn kleinzoon wel begrijpen, maar dit ging te ver. 'Zoals ik al zei –'

'Miss Davenport, u begrijpt vast wel dat ik in de positie ben om u te helpen.'

'Meneer, we hebben al genoeg vrijwilligers voor de voorstelling.'

'Niet op die manier,' zei hij, waarna hij zijn keel schraapte. Hij had nadruk gelegd op ieder woord.

'Pardon, Mr. Byrne, kunt u misschien uitleggen wat u bedoelt?'

'Zeker,' zei hij. 'Miss Davenport, de bibliotheek moet sluiten vanwege een financieel tekort.'

'Daarin moet ik u corrigeren,' zei ze, verrast door haar eigen lef. 'De bibliotheek gaat sluiten omdat u weigert het huurcontract te verlengen zonder de garantie dat de begroting voor het komende jaar sluitend zal zijn.'

'En nu vertel ik u dat daar misschien wel wat flexibiliteit in zit. Ziet u, we hebben elkaar iets te bieden.'

'Dus als ik het goed begrijp, hoef ik Cecil alleen maar de hoofdrol aan te bieden, en dan krijgt de bibliotheek nog een kans. Dat is te gek voor woorden!' riep ze uit, waarna ze onmiddellijk haar hand voor haar mond sloeg. 'Ik bedoel –'

‘Het is… anders. Mensen die zoveel geld hebben als ik worden als anders beschouwd. Aan het geluk van de mensen van wie je houdt kun je geen prijskaartje hangen.’

‘En toch heeft u dat zojuist gedaan. Mr. Byrne, luister eens naar wat u zegt. U biedt aan om een rol in het kerstspel te kopen. Dat is zo… onethisch.’

‘Onethischer dan het sluiten van de bibliotheek? Het is een simpele deal. Mijn kleinzoon wil de hoofdrol. U wilt de bibliotheek redden.’

Ze vond het idee vreemd en ongemakkelijk, maar ook erg verleidelijk. ‘Dat maakt het nog niet juist.’

‘En is het sluiten van de bibliotheek het juiste om te doen?’

‘In dit geval lijkt het mij juist als u de behoeften van de inwoners van Avalon boven die van uw kleinzoon stelt.’

‘Draait het in het leven niet om loyaal zijn aan je familie?’

Een simpele ruil. Zo gek was het toch niet? Hoofdrollen in balletuitvoeringen en opera’s gingen zo vaak naar de kinderen van de grootste sponsors. Ze zou alles doen om de bibliotheek te redden. Alles. En toch… ‘Mr. Byrne, als uw kleinzoon auditie doet, net als de rest, krijgt hij vast wel een rol –’

‘De hoofdrol.’

‘Hoe weet u zo zeker dat Cecil dit wil? Heeft u het hem gevraagd?’

‘Ik ken mijn eigen kleinzoon.’

‘Dan zou u moeten weten dat u hem hiermee niet het goede voorbeeld geeft.’

‘Hij weet dit niet. En hij hoeft het ook nooit te weten, tenzij u het hem vertelt.’

Hoofdstuk 8

Op de ochtend van de audities parkeerde Maureen haar auto op een gereserveerde parkeerplek voor de kerk. Hoewel ze als regisseur alle recht had om daar te parkeren, voelde het toch vreemd om dat soort privileges te hebben. Dit was een nieuwe sensatie voor haar, aangezien ze niet vaak privileges had. Nooit, eigenlijk.

Misschien was het een teken. Misschien zouden er dingen gaan veranderen. Ze bleef even zitten om over haar nieuwe machtspositie na te denken. Mr. Byrne had haar een kans gegeven, en niet zomaar een. Zou hij het echt menen? Of speelde hij maar een spelletje, zodat ze zijn kleinzoon extra aandacht zou geven? Het was allemaal ronduit bizar. En toch was de verleiding groot. Als ze deed wat hij van haar vroeg, zou de bibliotheek toch gered kunnen worden. Het regisseren van het kerstspel bood haar ook nieuwe mogelijkheden: de kans om iets te creëren, om dromen werkelijkheid te laten worden. Ze was vastbesloten haar uiterste best te gaan doen.

Voor sommige mensen was dit simpelweg een kerstspel; een avond vol theater, muziek en vermaak. Maar voor haar was het zoveel meer – een viering van alles wat goed, liefdevol en heilig was in de wereld; een kans voor mensen om zich over te geven aan een diep en prachtig geloof.

Ze rommelde in haar tas en werkte in haar hoofd een lijstje af. Script, check. Klembord, check. Partituur, check. Extra potloden en notitieblok, check. Ze had overal aan gedacht. Dat was ook logisch, want ze had haar hele leven al meegedaan aan het kerstspel. Toen ze zes maanden oud was had ze het kindeke Jezus gespeeld, ingepakt in een sjaal die haar oudtante had geweven. Ieder jaar daarna had ze een rol gehad. Dankzij het kerstspel had ze een passie ontwikkeld voor acteren, en die passie had haar beziggehouden tot het derde jaar van haar studie. Het jaar waarin haar wereld in was gestort.

Ze stond op het punt om de auto uit te stappen toen ze ineens twijfelde of ze niet beter andersom kon parkeren, zodat ze later gemakkelijker weg zou kunnen rijden. Het weerbericht had droog weer voorspeld, maar het was altijd goed om het zekere voor het onzekere te nemen. De nacht waarin ze de kerststal hadden opgezet was daarvan het perfecte voorbeeld geweest. Er was geen sneeuwvlokje voorspeld, en toch was ze die avond in een sneeuwstorm naar huis gereden. Ze startte de motor. Het was al irritant genoeg dat de weerman het bij het verkeerde eind had gehad, maar nog irritanter dat Eddie Haven wél gelijk had gekregen.

Nadat ze haar auto achteruit had ingeparkeerd knoopte ze haar jas goed dicht, wikkelde een zelfgebreide sjaal om haar nek en deed haar muts op en haar handschoenen aan.

Een paar seconden lang boog ze devoot haar hoofd, dankbaar voor deze dag, deze glorieuze kans om zo'n belangrijke functie te hebben bij het organiseren van de kerstviering. Het leek haar problemen – die ze zeker had – ietwat naar de achtergrond te verschuiven, voorlopig in ieder geval. Ze voelde zich vol energie en leven. Het was een stille winteravond, alsof de natuur zijn adem inhield, een stilte die tot diep in de ziel doordrong. Er hing een knisperende winterkou in de lucht, die bijna te ruiken was. Alles leek gereed te zijn voor een nieuw begin.

Bedankt voor deze dag, dacht ze. Ze had er zo lang naar uitgekeken.

Het witte busje van Eddie kwam de parkeerplaats op rijden, waarbij harde rockmuziek uit de speakers schalde.

Hij sprong er lenig uit en stopte de sleutels in zijn zak. Onder zijn jas, die openhing, droeg hij alleen een donker T-shirt op een strakke spijkerbroek, verder geen muts of handschoenen. Aan zijn voeten prijkten zwarte motorlaarzen met zilveren kettingen eromheen. 'Hoi Maureen.'

'Hallo Eddie. Ben je klaar om aan de slag te gaan?'

'Ja, hoor.' Hij had niets bij zich, zag ze. Helemaal niets. De enige dingen die hij standaard in zijn busje had liggen, waren waarschijnlijk zijn gitaar en een krat bier.

'Je kunt misschien beter andersom parkeren,' zei ze. 'Voor het geval het gaat sneeuwen.'

'Volgens het weerbericht zou het droog blijven. Het gaat niet sneeuwen,' zei hij stellig.

'De laatste keer dat we over het weer kibbelden, ging je lijnrecht tegen het weerbericht in,' merkte ze op.

'De laatste keer dat we over het weer kibbelden, had ik gelijk,' kaatste hij terug.

Ze liet het onderwerp maar rusten. Het kwam haar plotseling wat kinderachtig voor om het constant met elkaar oneens te zijn. 'Doe je je busje niet op slot?' vroeg ze.

'Deze plek staat niet bepaald bekend om de hoge misdaadcijfers. Bovendien zal geen weldenkende dief het in zijn hoofd halen om in de buurt van mijn busje te komen. Die stereo-installatie is minstens vijftien jaar oud. Speelt nog cassettebandjes af.'

Heel hard, dacht ze. Hij speelt ze heel hard af.

Met grote passen liep hij in de richting van het gebouw. 'Jezus, wat is het koud. Mijn ballen vriezen er zowat af.'

Ze fronste om zijn taalgebruik. 'Je moet altijd je jas goed dichtdoen. En een muts dragen. Misschien ook een sjaal.'

'Ja, goed idee. Bedankt, mam.'

Ze wist dat hij haar maar plaagde.

En dat hij daarin slaagde.

'Kun je me hier even mee helpen?' vroeg ze. Misschien zou ze kunnen voorkomen dat hij haar ging irriteren door hem meteen aan het werk te zetten. Ze opende de achterbak van haar auto, waarin een aantal dozen met spullen stond.

'Man, je hebt genoeg spullen meegenomen om een Broadwayshow op te zetten,' riep Eddie uit.

'Ik ben graag goed voorbereid,' liet ze hem weten. 'Ik heb de koster gevraagd om de verwarming aan te laten, dus binnen moet het aangenaam zijn,' zei ze. 'Kom op, laten we beginnen.'

'Ik kan niet wachten.'

Even voelde ze een steek, hoewel zijn opmerking waarschijnlijk niet persoonlijk was bedoeld. Toen begon ze zich zorgen te maken. Moest ze met deze man een kerstspel organiseren? Vastbesloten om er toch maar het beste van te maken, volgde ze hem naar de kerk. Ze liepen naar de ingang – de zuil ernaast was gerestaureerd nadat Eddie ertegenaan was gereden. Zou hij daar altijd aan moeten denken wanneer hij hier binnenliep?

Nadat ze deur van het slot had gehaald, hield hij hem galant voor haar open. 'Dames gaan voor.'

Hoewel ze zichzelf had voorgenomen om niet meer onder de indruk te raken van zijn uiterlijk, kon ze het betoverende blauw van zijn ogen en dat glimlachje om zijn lippen toch moeilijk weerstaan. Hemel. Even zag ze het gezicht weer voor zich dat al die jaren geleden de harten van zoveel mensen in Amerika had veroverd. Toch was hij veranderd. Authentieker, zo leek het wel. Misschien had hij zijn leven als tieneridool ingeruild voor het echte leven. Hoog op zijn voorhoofd, bij zijn haarlijn, had hij een smal litteken, een overblijfsel van de avond waarop hun levens met elkaar in botsing waren gekomen. De avond die hij zich zo anders herinnerde dan zij.

Ze wendde haar blik af en liep de kerk binnen. Die was op dit moment van de dag helemaal leeg. De grote, koele ruimte was perfect symmetrisch ingericht, met een lang middenpad en rijen kerkbanken aan weerszijden.

Bij die aanblik vergat ze haar irritaties, haar zorgen en de onuitgesproken ontevredenheid die ze vaak voelde. Hier zou het gaan gebeuren – harmonieus zingende stemmen, harten die opleefden van vreugde.

'Daar zijn we dan,' zei Eddie, die op zijn laarzen door het gangpad stampte. 'Wanneer beginnen de audities?'

'Over ongeveer een halfuur. Dat staat op het schema dat ik je heb gegeven.'

'Ik heb nog geen tijd gehad om ernaar te kijken. Je bent wel erg georganiseerd.'

Natuurlijk was ze dat. Niemand zou zo'n productie aankunnen zonder georganiseerd te zijn. Het was haar doel om een kerstspel op de planken te brengen dat maximaal zou bijdragen aan de feestvreugde rond kerst.

Nadat ze haar spullen had neergezet, knoopte ze haar jas los. Eddie was niet de eerste die haar expertise om de plaats van Mrs. Bickham in te nemen in twijfel trok. Eerlijk gezegd begreep ze al die bewondering voor het werk van haar voorganger niet echt. Natuurlijk had Mrs. B. de afgelopen dertig jaar goed werk verricht. Adequaat werk. Ze had altijd geprobeerd om zo vernieuwend mogelijk te zijn en met de laatste trends mee te gaan. Haar filosofie was geweest dat mensen zich beter met de voorstelling zouden kunnen identificeren wanneer die elementen bevatte die ze herkenden uit hun eigen leven. Zo hadden er in de afgelopen jaren diverse hedendaagse iconen op het podium gestaan, zoals Troetelberen en Flintstones. Shrek was eens een van de drie Wijzen geweest, terwijl in de stal pinguïns hadden rondgedribbeld. De engelen hadden in uiteenlopende muziekstijlen gezongen, van country tot hiphop, en Joy to the World was wel eens gebracht door personages uit Harry Potter. Mrs. B. was in haar producties zo'n beetje alle thema's afgegaan – ridders, het Wilde Westen, disco. Maureens vader had altijd gegrapt dat het een kwestie van tijd was voordat het thema 'kerst in de hel' aan bod zou komen.

Maureen had zo haar eigen ideeën. Zij geloofde sterk in traditie. Het tot leven brengen van het belangrijkste verhaal dat ooit was verteld voelde als een heilige taak voor haar, en ze wilde dat niet verpesten – of de boodschap tenietdoen – door te proberen om hip te zijn. Dit jaar zou ze bewijzen dat tradities belangrijker waren dan trends, en dat dit de krachtigste manier zou blijken om de boodschap van kerst over te dragen. Ze wilde oude gewoonten nieuw leven inblazen, ze weer relevant maken. Zou ze daar samen met Eddie in slagen?

Dan zou hij zich moeten kunnen vinden in haar visie.

Terwijl ze haar jas uittrok, voelde ze ineens twee warme handen op haar schouders.

'Laat mij maar,' zei Eddie en hij pakte haar jas aan.

Overrompeld liet ze hem begaan, 'dank je wel' mompelend. Ineens leek het behoorlijk warm te worden in de koele ruimte.

Op dat moment arriveerde de documentaireploeg: een cameraman genaamd Chet, zijn assistent Garth en een producer die Josie heette. 'Probeer te vergeten dat we hier zijn,' zei de laatste. 'Negentig procent van wat we filmen komt er uiteindelijk toch niet in. Hoe meer we filmen, hoe meer materiaal we hebben om mee te werken.'

'Prima. We zullen het toch al snel te druk krijgen om jullie op te merken,' zei Maureen, wijzend op de binnendruppelende kinderen. Het viel haar op dat Eddie zich van de camera had afgewend en bezig was met het geluidsmateriaal bij het podium. 'Cameraschuw?' vroeg ze.

'Ja, je kent me.'

'Weet je hoe het geluidssysteem werkt?'

'Ik ga een poging wagen.'

'Kan ik helpen?' bood ze aan. 'Ik ben best handig met deze apparatuur.'

'Bibliothecaresses,' zei hij. 'Jullie zijn een soort superhelden.' Lachend om haar gezichtsuitdrukking, vervolgde hij: 'Maak je geen zorgen, maak het in orde.'

Ze kon alleen maar hopen dat de camera niet juist op haar blozende gezicht gericht stond. Eddie was natuurlijk muzikant, dus hij wist vast wel waar hij mee bezig was. Daarom liet ze hem alleen met de geluidsapparatuur. Het zag ernaar uit dat ze nu al heel verschillende manieren van werken hadden. Hij ging meteen aan de slag, ervan overtuigd dat hij vanzelf wel zou uitpuzzelen wat de beste aanpak was. Zij zou daarentegen eerst uitgebreid de gebruiksaanwijzing hebben gelezen, maar goed, misschien zou het wel een perfecte samenwerking blijken te zijn.

Ze legde een evaluatieformulier op haar klembord en gaf hem ook een exemplaar. 'Er staan twee kolommen bij iedere naam; in de eerste kolom kun je mogelijke rollen voor die persoon noteren en in de tweede kolom eventuele opmerkingen.'

Hoewel hij knikte, nam hij het klembord niet aan. 'Oké. Dat heb ik niet nodig.'

'Waarschijnlijk zullen er voor elke rol meerdere mensen auditie komen doen. Hoe ga je iedereen onthouden?'

'Dat doe jij toch al,' merkte hij op.

'Ik hecht waarde aan jouw mening.'

'Mijn mening is dat ik mensen niet ga beoordelen op een papiertje.'

'Heb je hier serieus iets op tegen, of probeer je me alleen op mijn zenuwen te werken?'

'Ik heb er iets op tegen,' zei hij abrupt. 'Dat het jou op je zenuwen werkt is slechts een bonus.'

Dat antwoord verraste haar. 'Wat is het probleem dan?'

'Het is al moeilijk genoeg om te moeten presteren op een podium. Dat je dan ook nog wordt beoordeeld door een stel suffe mensen met klemborden maakt het alleen maar erger.'

'Je spreekt uit ervaring, of niet soms?' vroeg ze.

'Doet dat ertoe? Luister, waarom doe jij het niet gewoon op jouw manier en ik op de mijne, dan vergelijken we achteraf onze bevindingen.'

Net toen ze tegen hem in wilde gaan, kwam Ray Tolley binnen. Ray, die keyboard speelde, was direct uit zijn werk gekomen en had zijn uniform nog aan. De ogen van de kinderen vergrootten zich tot schoteltjes bij het zien van het politie-uniform. Sommige scholieren leken er zelfs ongemakkelijk door te worden. Zou Eddie zich ook ongemakkelijk voelen in het gezelschap van Ray? Dat leek niet het geval, want Eddie liep meteen op hem af om hem te helpen met zijn keyboard.

Niet lang daarna ging ze bij de deur staan om de mensen te verwelkomen die auditie kwamen doen: ouders met kleine kinderen, die de bevolking van Bethlehem zouden spelen, en oudere scholieren die de grotere rollen en zangsolo's op zich zouden nemen. Ze was tevreden met het aantal scholieren dat was komen opdagen, hoewel ze besefte dat enkelen slechts mee wilden doen omdat ze dan vrij kregen van school en bovendien studiepunten konden verdienen. Ze vroeg zich af of Cecil Byrne zich onder de scholieren bevond. Was hij de stille jongen in de geblokte trui? De jongen met de hese stem in het ijshockeyshirt? De jongen met de kuif? Ze hoopte dat hij de hartenbreker was die omringd werd door adorerende meiden, maar afgaand op wat Mr. Byrne haar had verteld, was dat niet erg waarschijnlijk.

Na een chaotisch begin slaagde ze er uiteindelijk in de ouders achterin te laten plaatsnemen en de kinderen op de voorste rijen, gesorteerd op leeftijd, zodat de jongsten het eerste klaar zouden zijn. Zoals beloofd bleef de cameraploeg discreet op de achtergrond, hoewel de camera's wel alles registreerden.

Ze ging voor de groep staan en tikte tegen de microfoon. 'Ik ben blij dat iedereen er is. Iedere aanwezige krijgt een rol. Aan de hand van de auditie zullen we kijken welke rol het beste bij je past.' Dat stukje had ze van tevoren ingestudeerd. Het was haar doel om iedereen op de een of andere manier bij de voorstelling te betrekken. Dat was een andere insteek dan die van Mrs. Bickham, die haar cast altijd klein had gehouden.

'Meende je dat?' vroeg Eddie nadat ze de microfoon had uitgezet. 'Dat je iedereen wil laten meedoen?'

'Als ik het niet meende, had ik het niet gezegd.'

De audities begonnen met de jongste kinderen, die in groepjes van drie optraden, omdat ze hoopte dat dat minder intimiderend voor ze zou zijn dan een solo-optreden. De meeste kinderen herkende ze uit de bibliotheek. Andersom was dat echter niet het geval. Kinderen herkenden haar meestal niet buiten de bibliotheek. Als ze achter haar eikenhouten bureau zat of in de grote stoel voor het voorleesuurtje natuurlijk wel. Maar in de supermarkt of ergens anders in het stadje zelden.

Het duurde even om alles op orde te krijgen. Op speelse wijze zette ze de kleintjes in rijen achter op het podium. Daarbij schakelde ze de hulp in van een van de ouders, Andrea Hubbell. 'Je bent zo goed met kinderen,' merkte Mrs. Hubbell op. 'Zou je ze zelf niet willen?'

Maureen weerstond de neiging om te lachen om die brutale vraag. Dit soort vragen werden veel te vaak gesteld aan alleenstaande ongebonden vrouwen van haar leeftijd – alsof het feit dat ze negenentwintig was betekende dat haar persoonlijke leven ineens publiek goed was geworden. In eerste instantie overwoog ze om Mrs. Hubbells opmerking gewoon te negeren, maar dat zou onbeleefd zijn. Het feit dat ze uit een groot en hecht gezin kwam, versterkte waarschijnlijk de verwachting dat ze elk moment zelf aan kinderen zou willen beginnen.

'Ieder kind dat door de bibliotheekdeuren naar binnen komt is eventjes mijn kind,' zei ze; haar standaardantwoord op deze veelvoorkomende vraag. 'Het is een van de leukste dingen aan het werken in een bibliotheek.'

'Wel de lusten, niet de lasten,' zei Eddie. 'De schattigheid zonder dat je de rotzooi hoeft op te ruimen.'

'Heel grappig,' zei Maureen, verrast dat hij het gesprek had opgevangen. Waarom vielen mensen mannen nooit lastig met vragen over kinderen? Het was een dubbele standaard. Er zou tegen iedereen evenveel over gezeurd moeten worden. Ze klapte in haar handen om de aandacht te vragen. 'Oké, we zijn klaar om te beginnen.'

Ray begon een kerstliedje te spelen.

De eerste drie kinderen stonden schouder aan schouder en zagen er erg klein uit op het lege podium. Maureen gaf ze een bemoedigende glimlach. Ze heetten Emily, Ginger en Darla.

'Oké, meiden,' zei ze met een knikje naar Ray. 'Jullie zijn aan de beurt.'

Volgens haar planning zou dit ongeveer drie minuten duren, maar de kinderen stonden daar als aan de grond genageld, met wit weggetrokken gezichtjes, zonder iets te doen.

'Is alles in orde?' vroeg ze.

Geen reactie. De meisjes keken elkaar aan terwijl Ray het nummer opnieuw inzette. Op het podium bleef het stil. Het middelste meisje, Emily McDaniel, boog zich naar het meisje naast haar en fluisterde iets in haar oor.

'Is er iets aan de hand?' vroeg Maureen.

Emily rende over het podium naar haar toe en fluisterde in haar oor: 'Darla moet plassen.'

'O.' Ze keek naar Darla. 'Moet je heel nodig?'

Met grote ogen schudde Ginger haar hoofd. 'Ik denk niet meer.'

'O, man. Ze heeft geplast!' riep een jongetje. 'Moet je zien, ze heeft geplast!'

'Ze heeft echt geplast,' riep een ander jongetje hem na.

Darla barstte in tranen uit. De andere meisjes snikten met haar mee. Er ontstond chaos; sommige kinderen moesten huilen, andere begonnen te lachen, weer andere renden achter elkaar aan. Darla's moeder verschoonde snel haar dochter, terwijl Maureen ineenkromp bij het idee dat er geplast was op de vloer van de plek waar zij elke zondag kwam om te bidden. Terwijl Chets camera het hele gebeuren filmde, voelde ze de neiging om ook in huilen uit te barsten.

'Wat komt er nu?' fluisterde ze tegen Eddie. 'Flauwvallende kinderen? Ze zijn doodsbang. Ben ik zo angstaanjagend?' Ze bestudeerde zijn gezichtsuitdrukking. 'Geef daar maar geen antwoord op.'

'Ik wilde me al op mijn zwijgrecht beroepen. Sorry, Maureen, maar je hebt ze neergezet als veroordeelden die wachten op het vuurpeloton.' Voordat ze daarop kon reageren, stond hij op om zijn gitaar te pakken. Toen hij langs haar heen liep, kwam hij zo dichtbij dat hun lichamen elkaar kort raakten. Ze voelde zijn warmte, snoof zijn mannelijke geur op, en even was zij degene die bijna flauwviel.

Zijn blauwe ogen twinkelden ondeugend. 'Pardon,' zei hij. Hij liep het podium op en zag eruit als een reus in een zee van kleine mensen. Zacht speelde hij enkele noten op zijn gitaar. Het was alsof Elvis het gebouw was binnengelopen, iedereen keek hem als betoverd aan. Daarna haalde hij uit een doos tamboerijnen, triangels en sambaballen tevoorschijn en begon die uit te delen. Vervolgens begon hij een bekend kinderliedje in een modern jasje te spelen. Minuten later waren alle kinderen aan het meezingen en over het podium aan het springen. Maureen voelde zich boos en tegelijkertijd opgelucht. Ze durfde niet naar de ouders te kijken. Wat moesten die er wel niet van denken dat zij op de allereerste dag alle controle al was verloren?

Na het eerste liedje ging Eddie in het midden zitten en speelde wat akkoorden. Er gebeurde iets bijzonders; zijn gezichtsuitdrukking en houding veranderden, alsof de muziek hem meevoerde naar een andere plek. Hij leek een ander persoon te worden toen hij zachtjes begon te zingen. De kinderen deden mee. De magie van kerst leek alles over te nemen. Hun ogen glansden, terwijl hun stemmetjes de ruimte vulden. Wat was hij fantastisch met hen; de stukjes die hij ze liet zingen kwamen recht uit hun hart.

Het spektakel fascineerde haar zodanig dat ze vergat om aantekeningen te maken. Niet dat dat erg was, ze wist dat het helemaal goed zou komen met de liedjes als Eddie haar zou helpen. Met een zucht legde ze haar klembord naast zich neer en luisterde alleen nog maar.

Natuurlijk had ze wel geweten dat hij kon zingen; iedereen wist dat Eddie Haven kon zingen. Ze had hem echter nooit van dichtbij live in actie gezien. Ray Tolley kwam naast haar zitten. Ze kende Ray haar hele leven al, maar slechts oppervlakkig. Hij was een paar jaar ouder dan zij, en kennelijk al langer bevriend met Eddie.

'Je lijkt verbijsterd,' stelde hij vast.

'Ik wist niet dat hij...' Haar stem stierf weg. Ze kon deze nieuwe Eddie nog niet helemaal plaatsen.

'Ja, hij is goed met kinderen. Werkt ook met tieners aan een of ander muziekprogramma in de stad. Wist je dat?'

'Hij klinkt te mooi om waar te zijn.'

'Begrijp me niet verkeerd, hij kan net zo goed een zak zijn als iedereen. Maar hij verdient zeker waardering voor zijn werk met kinderen.'

'Het wordt een geweldig kerstspel,' mompelde ze.

'Daar heeft niemand ooit aan getwijfeld.'

O, jawel, dacht ze. Zelf had zij wel degelijk haar twijfels over Eddie gehad.

Na een kwartiertje oefenen met de kinderen kwam hij weer naast haar zitten, en nam Ray het over.

'Dank je,' zei ze.

'Ik doe gewoon mijn werk.'

Na het eerste uur van de auditie voelde Maureen zich geweldig. Ze zag talent en enthousiasme onder de scholieren en dat gaf haar goede hoop voor de voorstelling. Enthousiast pakte ze haar klembord er weer bij en begon te schrijven. Bij haar notities tekende ze sterretjes en smileys. Er kwam een duidelijk plan tot stand, vol engeltjes, herders en zangers. Ze zag dat Eddie nog steeds niets opschreef. In plaats daarvan leunde hij achterover met zijn handen achter zijn hoofd en luisterde aandachtig. 'Weet je zeker dat je geen aantekeningen wil maken?' vroeg ze hem.

'Ik hoef geen aantekeningen te maken,' zei hij. 'Ik onthoud degenen die ik goed vind wel. Mrs. Bickham werkte altijd met een kleine cast.'

'Dat weet ik.'

'Dat maakte de repetities een stuk gemakkelijker.'

'Het is niet mijn doel om dingen zo gemakkelijk mogelijk te maken voor mezelf,' zei ze. 'Mijn doel is om een gebeurtenis te vieren die de hele wereld heeft veranderd.'

Grijnzend leunde hij met zijn voeten tegen de kerkbank voor hen. 'Ja, succes daarmee.'

De volgende audities zouden doorslaggevend zijn. Nu moesten ze de scholieren kiezen die de hoofdrollen gingen vertolken. Dit jaar zouden er geen populaire trends zijn om zich achter te verschuilen, alleen een eeuwenoude traditie. Hoopvol luisterde ze naar de eerste meiden die auditie kwamen doen. Gelukkig waren er bij hen geen tranen en hadden ze genoeg talent.

De invulling van de mannelijke rollen zou waarschijnlijk meer moeite kosten. Bovendien moest ze steeds denken aan het voorstel van Warren Byrne. Hij wilde zijn kleinzoon Cecil in de rol van de engel die aan de wereld zou verkondigen dat de Verlosser was geboren.

Dat was uiteraard een cruciale rol, en als de jonge Cecil een ramp was, zou hij de hele voorstelling kunnen verpesten. Als hij het echter aardig deed, of misschien zelfs goed, dan zou ze hem kunnen kiezen, om zo de bibliotheek nog een kans te geven. Het voelde alsof ze een pact met de duivel sloot, maar was dat wel zo? Wat was er erg aan om een keuze te maken voor de bibliotheek?

Drie grote jongens slenterden het podium op. Eddie ging op het puntje van zijn stoel zitten. 'O, mooi,' zei hij. 'Dat zijn de Veltry-broers. Ik heb ze gevraagd om auditie te komen doen.'

Maureen kende het soort jongeren wel; tieners die rondhingen in de bibliotheek om anderen te irriteren met hun gegrinnik en lawaai. Twee van de drie moesten nodig naar de kapper en de derde had een gebroken voortand. Toen ze het podium op liepen, mompelde Ray: 'Ze zitten nu in verschillende pleeggezinnen. Eddie en ik houden een beetje een oogje op ze.'

Die informatie bezorgde haar een steek in haar hart.

'Mogen we samen zingen?' vroeg een van de jongens. 'We kunnen meerstemmig zingen.'

'Tuurlijk, ga ervoor,' zei Eddie voordat zij kon reageren.

De jongens knipten met hun vingers en begonnen te improviseren op de melodie van een traditioneel kerstlied.

De glimlach op Eddies gezicht weerspiegelde precies wat Maureen voelde: dit waren natuurtalenten. Na afloop vroeg ze hen om een passage voor te lezen. Daar ging het mis. Het waren geen goede lezers; ze struikelden over de woorden, stotterden en mompelden.

'Bedankt, jongens,' zei Eddie. 'Goed gedaan.'

Een mollige jongen met een ernstige uitdrukking op zijn gezicht en een slechte huid stapte het podium op. 'Cecil Byrne,' zei hij stijfjes.

Oké, dacht ze. Dit is het moment van de waarheid. 'Ga je gang.'

De jongen schraapte zijn keel. Hij liep rood aan, zijn handen tot vuisten gebald.

O nee, dacht ze. Het zag er niet goed uit voor Cecil. Wie noemde zijn kind trouwens Cecil? Er was op zich niets mis met die naam, maar het was typisch een naam waar een kind mee geplaagd zou worden.

Hij ademde diep in en uit en begon. Aarzelend kwamen de eerste klanken over zijn lippen.

De moed zonk haar in de schoenen. Ze had zo graag gewild dat hij fantastisch was, maar dat was hij niet. Hij –

Een grote hand raakte de hare aan. Het was die van Eddie, die niet zozeer probeerde om haar hand in de zijne te nemen maar om haar ervan te weerhouden ongeduldig met haar pen op het klembord te tikken.

Met moeite dwong ze zichzelf kalm te blijven en haar gezichtsuitdrukking om te vormen in iets wat hopelijk op bemoediging leek.

Hoewel de noten er onzeker uitkwamen, waren ze wel zuiver. Dat was tenminste iets. Daarna werd zijn stem steeds sterker.

Gezeten op het puntje van haar stoel besloot ze dat hij eigenlijk helemaal niet slecht was. Hij klonk... heel behoorlijk. Best goed, eigenlijk. En hij las zijn tekst vervolgens zonder moeite of gestotter voor.

Toen hij eenmaal het podium af was gesneld, dacht ze dat deze jongen precies was wat ze nodig had: een kind dat het verdiende en dat de rol prima zou kunnen vertolken. Hij hoefde bovendien niet eens briljant te zijn, want hem kiezen had een groot voordeel: zijn grootvader was toevallig in de positie om de bibliotheek te redden.

Dit zou een bijzonder mooi kerstfeest worden.

'Bedankt, Cecil. We maken de uitslag van de audities morgen bekend.' En er staat je goed nieuws te wachten, dacht ze erachteraan.

Na nog enkele audities kwam ze tevreden tot de conclusie dat ze voldoende goede kandidaten had voor iedere rol. Door hard te repeteren zouden ze een betekenisvolle en memorabele kerstvoorstelling op de planken kunnen brengen. Zelfs als de Engel des Heren van middelmatige kwaliteit was, zouden andere rollen de aandacht daarvan kunnen afleiden. En alle foutjes zouden uit het filmmateriaal voor de documentaire kunnen worden geknipt. Dat hoopte ze in ieder geval.

Terwijl ze haar spullen bij elkaar pakte, realiseerde ze zich dat ze zich helemaal niet aan haar schema had gehouden. Eigenlijk was dat er vanaf de eerste auditie al bij ingeschoten. Om de een of andere reden vond ze het niet eens erg. 'Productieve avond,' zei ze tegen Eddie, terwijl iedereen aanstalten maakte om naar huis te gaan. Ze stond net op het punt om hem te vragen of hij haar wilde helpen met het verdelen van de rollen, toen er nog een jongen binnenkwam.

'Sorry dat ik te laat ben,' zei Jabez Cantor.

Het was de jongen van de bibliotheek. De innemende jongen met de indringende ogen. Hij stond niet op haar lijst, maar vanaf het moment waarop ze hem had ontmoet, was ze al benieuwd geweest of hij getalenteerd zou zijn.

'Ga je gang,' zei ze dan ook. 'Het podium is van jou.'

'Ik zal beginnen met de tekst, als dat goed is.' In tegenstelling tot de andere scholieren leek hij helemaal niet nerveus te zijn. Het leek eerder alsof hij nergens anders wilde zijn. Hij citeerde de tekst uit zijn hoofd: 'Buiten in het veld waren herders, die bij hun kudde de wacht hielden...'

Maureen luisterde als gehypnotiseerd. De jongen, met zijn ouderwetse kapsel en plechtige houding, leek niet van deze wereld. Hij was een natuurtalent in het vertellen van verhalen, zo bleek. De eeuwenoude woorden leken opnieuw tot leven te komen. Het was alsof ze de passage voor het eerst in haar leven hoorde. Het was zo prachtig dat ze niet kon wachten om de rest te horen. Wat nergens op sloeg, want ze kende het verhaal van begin tot eind uit haar hoofd. Sommige dingen waren nu eenmaal niet te verklaren, dacht ze.

Met een tersluikse blik op Eddie probeerde ze vast te stellen of de voordracht hetzelfde effect op hem had. Omdat hij alleen maar heel geconcentreerd naar de jongen zat te kijken, kon ze niet precies inschatten wat hij dacht.

Jabez beëindigde zijn voordracht met een verlegen lachje dat verried dat hij nog maar een kind was. Toen begon hij te zingen, en dat was het moment dat haar wereld volledig op zijn kop werd gezet.

Zodra Jabez begon te zingen, voelde Eddie een rilling over zijn rug lopen en wist hij onmiddellijk dat hij naar een buitengewoon talent zat te luisteren. Mensen die bezig waren geweest met opruimen, bleven stilstaan om te luisteren. Zelfs de drukke kinderen draaiden hun hoofd naar het podium en luisterden verwonderd. Deze jongen was geweldig. Hij wist zelf niet eens hoe geweldig hij was. Hij zou de hele opvoering in zijn eentje kunnen doen, zonder enige hulp van anderen. De casting was compleet. Met deze jongen op het podium zou alles goed komen.

Chets camera bleef lopen tot Jabez klaar was en de mensen aanstalten maakten om te vertrekken. Ray Tolley bood aan om de Veltry-broers naar huis te brengen. Een ritje in een politieauto vonden ze te interessant om af te slaan.

In de tussentijd begon Eddie de kabels bij elkaar te rapen en de apparatuur op te ruimen. De cameraploeg irriteerde hem, hoewel ze relatief discreet te werk waren gegaan. Alleen al het feit dat ze er waren herinnerde hem aan zijn zeer publieke jeugd. Toch besloot hij er geen probleem van te maken. Hoe meer je je ertegen verzette, hoe meer ze zich zouden opdringen. Dat lesje had hij wel geleerd in zijn leven.

'Let maar niet op ons,' zei de producer met een nonchalant handgebaar. 'We verzamelen gewoon wat materiaal van het castingproces.'

Hoe boeiend kon dat zijn, dacht hij. Hij wierp een blik op Maureen. Die zou vast op en top tevreden zijn; hoe vaak kwam het immers voor dat een jongen met een stem en een uitstraling als die van Jabez auditie kwam doen? Er bevond zich echter een diepe frons op haar voorhoofd, terwijl ze verwoed op het gummetje van haar potlood kauwde. Waar zou ze zich zorgen om maken? Misschien was ze gewoon een beroepspiekeraar.

Mrs. Bickham was helemaal geen piekeraar geweest. Toen zij de leiding had gehad, waren de castingkeuzes altijd snel gemaakt. 'Wie vind jij geschikt voor deze rol?' had ze hem meestal gevraagd. Hij gaf dan antwoord, en daarmee was de kous af geweest.

Iets zei hem dat dat niet het geval zou zijn bij Maureen.

Ook had Mrs. Bickham er geen bezwaar tegen had gehad als hij ergens in een hoekje op zijn gitaar zat te tokkelen terwijl zij aan het werk was. Maureen Davenport leek daadwerkelijk iets van hem te verwachten. Wat een bak.

Onder het opruimen namen ze de rolverdeling door. Dat wil zeggen, zij praatte en maakte aantekeningen, en hij ruimde op.

Dat gaf niet, want hij had toch niet zoveel te zeggen. Hij voelde zich nog steeds enigszins overweldigd door het optreden van Jabez. Die jongen was simpelweg spectaculair. Na afloop van zijn optreden was Eddie voor het eerst blij geweest om deel uit te maken van dit project. Kerst was misschien niet de beste tijd van het jaar voor hem, maar hij vond het wel een fijn idee om deel uit te maken van iets wat groter was dan hijzelf. En alles was beter dan rondhangen bij zijn ouders om herinneringen op te halen aan hun kerstverleden: de goede tijd die ze met elkaar hadden gehad, zoveel plezier, zoveel avontuur… Geloofden ze dat echt, of zeiden ze maar wat? Mensen logen zichzelf constant voor om hun leven draaglijker te maken.

'…precies goed voor die rol, denk je niet?' vroeg Maureen hem.

'Sorry,' zei hij. 'Wat zei je?'

'Chelsea Nash,' herhaalde ze. 'Voor de rol van Maria.'

Wild haar, een beugel, een bril, prettige stem. Die herinnerde hij zich nog wel. 'Oké,' zei hij, waarna hij weer verderging met het oprollen van kabels.

'Heb je enig idee over de drie Wijzen?' vroeg ze.

'Ja, volgens historisch onderzoek kwamen zij pas anderhalve week na de geboorte opdagen.'

Met opgetrokken wenkbrauwen keek ze hem aan.

'Dat ik geen bibliothecaris ben, wil nog niet zeggen dat ik niets weet,' zei hij.

'Wie zou je die rollen willen geven, bedoelde ik.'

'Ik weet wat je bedoelde; ik wilde gewoon even opscheppen.'

Er verscheen een blos op haar wangen, en met een ongemakkelijke blik op de camera vroeg ze: 'Dus, wie gaan ze spelen, denk je?'

'De Veltry-jongens. Zonder twijfel,' antwoordde hij abrupt.

Ze plukte een potlood uit de knot in haar haar en tikte ermee tegen haar klembord. 'Ze kunnen mooi zingen. Maar hun voordracht was... problematisch.'

'Ze zullen het fantastisch doen, let maar op.' Hij hoopte vurig dat dat waar zou zijn. Ray had gezegd dat de jongens het moeilijk hadden, maar iets vertelde hem dat ze hun best zouden doen. Anders zou hij daar wel voor zorgen.

'En ik dacht...'

Hij zou weer niet gehoord hebben wat ze had gezegd als ze op dat moment niet had geaarzeld.

'Wat dacht je?'

'Jabez zou de rol van Jozef kunnen krijgen en Cecil die van de Engel des Heren.'

Terwijl hij verderging met het uit elkaar halen van de geluidssnoeren zei hij: 'Andersom, bedoel je. Jabez is de Engel en... hoe heet die ander? O ja, Cecil. Arme jongen, hij was zo onzeker. Hij kan inderdaad Jozef wel spelen.' Met die woorden zette hij de speakers op een karretje en reed het naar de opslagruimte. Toen hij terugkwam, zei ze nog steeds niets. Ze had een gepijnigde blik in haar ogen.

'Ik bedoelde het niet andersom.'

Hij fronste. Zo ver kon ze er toch niet naast zitten? 'Natuurlijk wel. Jozef hoeft maar één zin te zeggen en een duet met Maria te zingen. Dat kan die Byrne-jongen wel aan. Maar de hele productie staat of valt met de rol van de Engel, dat weet je. We hebben

Jabez allemaal gehoord. Hij kan de ster van de show zijn. Iedereen omver blazen.'

'We kennen die jongen helemaal niet. Wat als we hem de rol geven en hij ineens verdwijnt?'

'Dat zal niet gebeuren. Ik heb een goed gevoel bij Jabez,' zei hij.

'Een gevoel. Moeten we de hele productie baseren op jouw gevoel?'

'Waarom doe je zo koppig? Je hebt hem zelf gehoord, Maureen. Je weet dat ik gelijk heb. Hij is ontzettend getalenteerd.'

'Dat is niet het enige waar we rekening mee moeten houden. Er spelen een hoop andere zaken mee.'

'Zoals?'

Ze opende haar mond en deed hem toen weer dicht. Het was alsof er iets veranderde in haar blik – die werd plotseling wantrouwend en afstandelijk. Wat was er aan de hand?

'Het is een lokaal evenement,' zei ze. 'Ik moet doen wat het beste is voor de gemeenschap.'

'Wat is er beter dan een geweldig kerstspel? Ik zie geen nadelen.'

Hij kon niet verklaren waarom ze ineenkromp. Weer een zorgelijke blik.

'Kom op, Maureen. Heb een beetje vertrouwen.'

'Ik heb genoeg vertrouwen,' zei ze beledigd.

'Dat zei je ook over de sneeuw. Volgens mij wed jij het liefst op meerdere paarden.'

Nu leek ze nog meer beledigd. Aarzelend zei ze: 'Stel dat ik akkoord ga en we het op jouw manier gaan doen…'

'Klinkt goed,' zei hij, waarop hij het klembord uit haar handen pakte en Jabez' naam op de castinglijst krabbelde. 'Zo. Klaar. Nu kun je de uitslag ophangen zodat iedereen het morgen kan zien.'

Even leek het alsof ze zou… Ja, wat? Flauwvallen, misschien. Voor het eerst keek ze recht in de camera. Daarna liep ze naar de vestibule, waar ze, nog steeds een beetje wit weggetrokken, de lijst op het prikbord hing. Met samengeknepen ogen keek ze hem vervolgens aan. Hij kon zien dat haar hersenen op volle toeren draaiden. 'Vergeet niet om dat nummer te schrijven voor de uitvoering,' zei ze.

'Wat?' vroeg hij, hoewel hij haar wel had gehoord. De cameraploeg helaas ook. Ze waren natuurlijk voortdurend op zoek naar conflicten tussen de regisseur en haar assistent; dat zou voor een spannendere documentaire zorgen.

'Wat ik op de flyer heb vermeld. Een nieuw lied, geschreven en uitgevoerd door Eddie Haven.'

'O, dat wilde ik je nog zeggen: dat gaat niet gebeuren.'

Verdedigend sloeg ze haar armen over elkaar. 'Je verwacht van mij dat ik dingen op jouw manier doe, maar je wilt niet eens een liedje schrijven? Weet je wat ik denk? Ik denk dat je bang bent.'

'Ah, je bent weer lekker aan het psychologiseren.'

'Voor alle duidelijkheid, jouw psyche interesseert mij niets. Niets aan jou interesseert mij, behalve je muzikale talent.' Ze keek hem recht aan. 'Ik denk dat je bang bent om dat deel van jezelf te laten zien.'

'Ten eerste, waarom ga je ervan uit dat ik überhaupt iets heb om te laten zien? En ten tweede, waarom denk je dat mensen daarin geïnteresseerd zouden zijn?'

'Die vrouwen in de bakkerij waren anders flink geïnteresseerd.'

'Dat soort mensen komt niet naar jouw kerstspel.'

'Ze zouden wel komen als ze wisten dat jij optrad.'

Nu kon hij niet anders dan in de lach schieten. 'Je bent hilarisch, Maureen. Echt waar. Noemen mensen je wel eens Mo?'

'Niet in mijn gezicht.'

'Kom op, het is een bijnaam.'

'Ik heb nog nooit een bijnaam gehad.'

'Nu heb je er één. Ik ga je vanaf nu Mo noemen.'

Haar gezicht werd rood, hoewel hij niet wist of dat uit woede was of omdat ze bloosde. 'Je probeert van onderwerp te veranderen,' zei ze beschuldigend, alsof zij eerder niet precies hetzelfde had gedaan. 'Ik wil gewoon zeker weten dat je aan dat nummer gaat werken. Wil je het doen?'

'Voor jou doe ik alles, Mo.'

'Nu drijf je de spot met me.'

'Ik zeg wat je wilt horen. Wat is daar spottend aan?'

Daar gaf ze geen antwoord op, maar ze perste haar lippen op elkaar en keek hem lang aan. Haar blik was zo geconcentreerd dat het bijna sexy werd.

Dat gevoel kwam als een volslagen verrassing voor hem. Ze was zijn type niet, helemaal niet zelfs. Hij viel meestal op meiden met grote borsten en een uitbundige persoonlijkheid; meiden wier namen op een i eindigden, en die hartjes in plaats van puntjes op die i tekenden. Meiden die hem niet constant in twijfel trokken en uitdaagden.

Maar hier stond Maureen, een bibliothecaresse met een hoog dichtgeknoopt vest, die hem aankeek. Hem uitdaagde terwijl ze werden gefilmd. En tegen alle logica in wond het hem op.

Hoofdstuk 9

'Gelukt. Hij slaap als een roos.' Logan O'Donnell stapte uit Daisy's slaapkamer met de triomfantelijke uitdrukking op zijn gezicht van een ouder die zijn kind zojuist in slaap heeft weten te brengen. 'Er waren drie boeken voor nodig, waarvan er eentje twee keer moest worden voorgelezen.'

Daisy glimlachte naar hem. Niet alleen het feit dat hij als twee druppels water op Charlie leek, maar ook zijn innemende jongensachtige uitstraling maakte hem onweerstaanbaar. Mensen noemden het zijn Ierse charme. Daar beschikte Logan O'Donnell absoluut over, iets wat tegelijkertijd een zegen als een vloek was. Het had altijd gemakkelijk vrienden gemaakt, en meisjes aan de haak slaan had hem ook nooit veel moeite gekost. Beloften nakomen en nuchter blijven daarentegen... Toch was Logan op het moment druk bezig zijn leven te beteren, speciaal voor Charlie. Hij zat nu in het derde jaar van zijn studie en woonde in een studentenhuis waar drinken en roken absoluut verboden waren.

Al bleef het natuurlijk wel een studentenhuis. De bewoners waren net zo gek en feestten net zo graag als de studenten uit huizen waar drank wel was toegestaan. Logan was nog altijd even populair bij de meiden, iets waar Daisy zich terdege bewust van was, ook al woonde ze zelf niet op de campus. Ze probeerde er niet al te zeer mee te zitten, maar soms knaagde het wel aan haar. Wat als hij serieuze gevoelens zou krijgen voor een meisje? Dat meisje zou dan heel belangrijk worden in Charlies leven, zonder dat Daisy ook maar enige controle zou hebben over wie het was of wat voor invloed ze zou hebben op haar zoontje.

Als ze over dit soort dingen sprak met haar beste vriendin Sonnet, vond die steevast dat Daisy er te veel over piekerde. 'Maak je daar niet nu al zorgen om,' zei ze dan. Gemakkelijker gezegd dan gedaan. Daisy wist wel dat die angsten uit haarzelf kwamen en niet werden veroorzaakt door Logan of door een of ander dispuutmeisje met wie hij omging. Zij had nu eenmaal de neiging om te verlangen naar dingen die ze niet kon krijgen. Haar ontmoeting met Julian had dat alleen maar bevestigd. Soms werd ze midden in de nacht wakker en voelde ze zich zo eenzaam dat ze dacht dat ze zou stikken. Het leven had haar zoveel moois gegeven – familie, vrienden en vooral Charlie – maar toch leek er soms een groot gat in haar hart te zitten. Diep vanbinnen wist ze hoe ze dat gat zou kunnen opvullen.

'Ik wil je iets vragen,' zei Logan, die naast haar op de bank kwam zitten.

'Wat?' Ze trok haar benen op en keek hem aan, in de hoop dat haar gepieker niet van haar gezicht af te lezen was. 'Of ik een brave meid ben geweest dit jaar?'

'Uiteraard,' zei hij met een plagerige grijns. 'Dat is precies wat ik me afvroeg.'

'Eens kijken. Ik heb genoeg studiepunten gehaald dit jaar, dus ik ben officieel over naar het tweede jaar. O, en mijn gemiddelde cijfer? Een acht. Niet gek, hè?'

'Je bent briljant. Dat heb ik altijd al geweten.'

Ze was niet briljant. Ze was iemand die iedere avond thuisbleef bij haar kind, zodat ze die tijd net zo goed kon gebruiken om te studeren. Daarnaast werkte ze. Afgelopen jaar had ze op diverse bruiloften gefotografeerd, dus had ze genoeg geld verdiend om de huur te betalen en in Charlies onderhoud te voorzien. Financieel ging het haar aardig voor de wind. Haar ouders betaalden haar collegegeld en Logan droeg bij in de kosten voor Charlie.

Natuurlijk was het een groot geluk om je geen zorgen te hoeven maken om geld. Het schiep echter ook verplichtingen.

'Even serieus, ik wil je echt iets vragen,' zei Logan. 'Het voelt voor mij niet goed om Charlie zomaar mee te nemen op kerstavond.'

Jíj voelt je niet goed, dacht ze, waarna ze op haar tong beet.

'Het voelt verkeerd om niet als familie bij elkaar te zijn met kerst,' ging hij verder.

Je meent het.

'Dus wil ik je uitnodigen om kerst met mijn familie op Long Island te vieren.'

O, hemel, dacht ze.

'Wat kijk je vreemd,' merkte hij op.

'Weten je ouders hiervan?' vroeg ze, en ze dacht aan hoelang het de O'Donnells had gekost om haar te accepteren.

'Ja, ze weten ervan; je bent van harte welkom. Je bent Charlies moeder. Daardoor hoor je bij de familie.'

Met haar ogen wantrouwend samengeknepen, vroeg ze: 'Wat is het addertje onder het gras?'

'Er is geen addertje. We willen je erbij hebben.'

Sinds ze had beloofd dat Charlie met Logan mee mocht op kerstavond, had ze er al als een berg tegen opgezien. Haar zoon was nooit langer dan een paar uur bij haar vandaan geweest. Een hele avond en nacht zou zeker een marteling worden voor haar. En misschien ook wel voor Charlie. Logans voorstel speelde in op haar diepste verlangen: om bij haar zoontje te zijn op kerstavond.

Er zat echter wel degelijk een addertje onder het gras – namelijk haar eigen familie. Ze zou haar ouders en haar broer moeten achterlaten in Avalon. Dat zou pijnlijk zijn. Ze hield immers van kerstavond met haar familie – haar twee families nu. Haar vaders en haar moeders. Op de een of andere manier verliep het altijd heel harmonieus. Een etentje in het restaurant bij Willow Lake, dat werd gerund door haar vader en stiefmoeder, en daarna naar de voorstelling in de Heart of the Mountains Church met haar moeder, Noah en hun kinderen. Vervolgens zouden ze een lange wandeling door het stadje maken, om alle versieringen te bekijken en de stille magie van kerst op te zuigen.

Maar kom, ze was geen kind meer. Ze had nu zelf een kind, en haar beslissingen hoorden gebaseerd te zijn op wat het beste voor hem was. Naar de O'Donnells gaan was dit jaar het beste voor Charlie.

Even moest ze aan Julian Gastineaux denken. De vluchtige ontmoeting bij de bibliotheek was niet genoeg geweest. Tijdens de vorige kerst was hij in Avalon geweest en hadden ze een middag samen kunnen doorbrengen. Dat was een heerlijke middag geweest. Stel dat Julian deze kerst weer had kunnen komen, zou dat haar beslissing hebben beïnvloed? Diep in haar hart wist ze dat ze Avalon dan niet zou hebben verlaten.

Daar schrok ze van. Gaf ze zoveel om hem? Was ze zo egocentrisch?

Het deed er niet toe. Julian had al gezegd dat hij niet thuis zou komen met de feestdagen. Ze moest hem uit haar hoofd zetten. En uit haar leven. Het zou nooit werken tussen hen, dus kon ze maar beter verdergaan met haar leven, zonder zich steeds af te vragen hoe het eventueel tussen hen had kunnen verlopen.

Dat bracht haar terug naar haar huidige dilemma. Als ze Julian toch niet zou kunnen zien, hield niets haar tegen. Het zou de eerste kerstavond in haar leven zijn die ze niet bij haar ouders en haar broer doorbracht. Zij waren haar familie. Maar Charlie was haar toekomst. Bovendien zou ze op eerste kerstdag terugkeren naar Avalon, op tijd voor de kerstviering met haar familie: een lunch die vooral voor de kinderen bestemd was, samen met haar moeder, Noah en hun twee kleintjes, en daarna een diner met haar vader en Nina in het chique restaurant bij Willow Lake.

Glimlachend naar Logan, die natuurlijk geen idee had van wat er in haar hoofd omging, zei ze: 'Ik zou kerstavond graag bij julie vieren.'

Zijn gezicht klaarde op. 'Mooi. Dat hoopte ik al. Ik weet dat je geen gemakkelijke start had met mijn ouders, maar dat is nu voorbij. Ze houden net zoveel van je als Charlie en ik.'

Misschien was het maar beter om niet te veel achter die woorden te zoeken. Logan had het vaak over 'houden van', maar ze wist niet zeker of hij zich echt bewust was van de diepere betekenis achter die woorden. 'Ik hoop dat je gelijk hebt over je ouders,' zei ze.

'Het wordt hartstikke leuk. Het strand op kerstavond is echt fantastisch. We hebben uitzicht op de vuurtoren, en het strand is kilometers lang.'

'Weet ik.'

'O. Eh... ja.'

Ze hadden Charlie verwekt in het strandhuis op het uiterste puntje van Long Island, een verlaten plek omgeven door wind en de zee. Tijdens hun laatste jaar op de middelbare school, toen ze een moeilijke tijd had doorgemaakt vanwege de scheiding van haar ouders, hadden ze daar een feestje zonder toezicht gehad. Nooit had ze kunnen bevroeden dat dat wilde weekend haar hele leven voorgoed zou veranderen.

Met een ongemakkelijk gevoel stond ze op en liep naar de keuken. 'Wil je iets eten of drinken? Ik kan koffiezetten, of –'

'Bedankt, maar ik moet maar eens gaan. Ik heb morgen al vroeg college.'

Ze benijdde hem om het feit dat hij op de campus woonde. Kunnen uitslapen tot tien minuten voordat je college begon was een luxe die zij nooit had ervaren. Haar ochtenden waren lang en vermoeiend: eerst moest ze Charlie aankleden en te eten geven, daarna moest ze zijn luiers en speeltjes klaarleggen voor de oppas, en na een berg kusjes en knuffels had ze dan ook nog de reis naar de campus voor de boeg. 'Ik zie je snel,' zei ze tegen Logan terwijl ze hem uitliet.

'Ik ben echt blij dat je komt,' zei hij. 'Met kerst, bedoel ik.'

'Lief om me uit te nodigen. Bedankt, Logan.'

'Graag gedaan.' Hij legde haar handen op haar schouders. Voordat ze wist wat er gebeurde, kuste hij haar. Een echte kus; een kus die ze al heel lang niet van hem had gehad. Een paar seconden lang vergat ze alles en liet ze zich meeslepen in een roes waarin ze zich even niet meer eenzaam voelde.

Het benam haar de adem; haar hele lichaam tintelde door zijn aanraking. Haar verlangen beangstigde haar. Was ze misschien zo eenzaam dat ze zich aan iedereen vastklampte die voorbijkwam? Maakte het uit dat het Logan was? Of was ze gewoon wanhopig?

Verward trok ze zich terug. 'Slecht idee, Logan,' zei ze. 'Zo moet je me niet kussen. Je zou me helemaal niet moeten kussen.'

'Waarom niet? Ik vond het fijn. Jij volgens mij ook.'

'De laatste keer dat je me zo kuste, waren we Charlie aan het verwekken.'

Zijn hand verdween in zijn achterzak en haalde zijn portemonnee eruit. 'Maak je geen zorgen, dit keer ben ik voorbereid –'

'Logan,' zei ze, en haar stem brak. Zijn aanraking haalde alle eenzaamheid weer in haar naar boven. 'Logan, ik –'

'Wat is er?' vroeg hij, terwijl hij haar vingers tegen zijn lippen drukte.

Waarom was hij ook zo knap? Waarom had ze zo'n zwak voor dat Ierse uiterlijk; het jongensachtige gezicht, het rode haar, die groene ogen? Het was onmogelijk te negeren dat hij de sterke schouders van een rugbyspeler had, zachte handen die haar lichaam beter kenden dan ze durfde toe te geven.

'Dit gaat om Charlie,' fluisterde ze met een brok in haar keel. Ja, ze was pijnlijk eenzaam. Ja, ze wilde niets liever dan worden aangeraakt en vastgehouden. Hemel, ja, ze verlangde ernaar om de liefde te bedrijven; iets wat ze niet meer had gedaan sinds Charlie was verwekt. Maar niet op deze manier, niet uit eenzaamheid en wanhoop.

'Het mag ook wel eens om jou gaan,' zei Logan.

'En daarom kunnen we nu beter afscheid nemen.'

Zonder boos te worden of aan te dringen, streelde hij haar wang en wreef zachtjes met zijn duim over haar jukbeen. 'Oké,' zei hij, waarna hij zich vooroverboog om een zacht kusje op haar voorhoofd te drukken. 'Dan doen we dat.'

Een paar minuten later reed hij weg, in een wervelwind van sneeuwvlokjes. Ze bleef in de deuropening staan totdat zijn achterlichten in de nacht waren verdwenen. Daarna slaakte ze een diepe zucht, raakte haar lippen aan en vroeg zich af wanneer haar leven zo ingewikkeld was geworden.

Hoofdstuk 10

Maureen werd wakker met de ergste wat-heb-ik-gedaanhoofdpijn ooit. Het was het soort hoofdpijn dat vrouwen hadden na een hele nacht te hebben gefeest, of na wilde seks te hebben gehad met een gevaarlijke man.

Niet dat zij dat ooit had meegemaakt. Maar ze had er boeken over gelezen.

Deze hoofdpijn had te maken met de keuze die ze de dag ervoor had gemaakt. Ze had zich door Eddie Haven laten overhalen om een vreemde de rol te laten spelen die ze aan Cecil Byrne had moeten geven. Wat had haar bezield? Ze had niet nagedacht. Ze had zich zo laten meeslepen door het optreden van Jabez en de overtuigende woorden van Eddie dat ze ermee had ingestemd. De documentaireploeg had alles gefilmd, waardoor ze zich min of meer gedwongen had gevoeld om Jabez de rol te geven.

Snel schoot ze haar kleren aan. Er was nog tijd om het ongedaan te maken. Waarschijnlijk had niemand de lijst nog gezien. Ze zou er simpelweg een wijziging op kunnen aanbrengen. Nee, dacht ze, terwijl ze Franklin en Eloise hun brokjes gaf. De lijst was met pen geschreven, ze zou hem dan helemaal moeten overschrijven.

Terwijl de kou haar in het gezicht sloeg, haastte ze zich naar haar auto, stapte in en reed naar de kerk. Even overwoog ze om sneller te rijden dan was toegestaan, maar nee, dat was niet verstandig nu de wegen glad van de sneeuw en het ijs waren. Het stadje begon langzaam te ontwaken, de eerste forensen haastten zich in dikke jassen naar het station. Fanatieke joggers waren al aan het rennen, hun adem vormde wolkjes in de vrieskou. In de bakkerij en de kiosk brandde al licht. Fascinerend dat er al zo veel activiteit was, zo vroeg in de ochtend.

Welnee, het was niet fascinerend, eerder vermoeiend. Ze begreep al deze vroege vogels niet. Bleven zij dan nooit laat op, in vervoering gebracht door een roman die ze niet konden wegleggen? Dat gebeurde haar zowat iedere avond. Om 's morgens goed wakker te worden had ze minstens twee wekkers en drie koppen koffie nodig. Een van de pluspunten van haar baan was het feit dat de bibliotheek pas om halftien 's ochtends openging; een heel redelijk tijdstip, als je het haar vroeg.

Er stonden nog geen andere auto's bij de kerk. Ook waren er tot haar opluchting geen sporen te bespeuren in de sneeuw. Zo snel ze kon begaf ze zich naar de ingang en gebruikte de sleutel die ze had gekregen om de deur te openen. Toch voelde het alsof ze hier niet hoorde te zijn. Alsof ze iets stiekems deed. Iets verkeerds.

'Goedemorgen,' zei een vriendelijke stem achter haar.

Happend naar adem liet ze de sleutel vallen, terwijl ze zich abrupt omdraaide. 'Jabez, je laat me schrikken.'

'Sorry, dat was niet mijn bedoeling.'

'Wat doe jij hier zo vroeg?'

'Ik ben benieuwd naar de rolverdeling,' zei hij. 'U had gezegd dat u die vandaag in de gang zou ophangen.'

'Ja,' hoorde ze zichzelf zeggen, 'maar het staat nog niet helemaal vast...' Haar stem zwakte af. Nu zat ze in een benarde positie. Jabez keek haar aan met die indringende ogen van hem. Zelfs in het vroege ochtendlicht zag hij er bijzonder en een beetje exotisch uit. Iedere perfecte noot die hij tijdens zijn auditie had gezongen echode nog na in haar hoofd, en ze wist diep in haar hart dat Eddie gelijk had. Deze jongen was geboren om te zingen. Hem op het podium zetten zou een geschenk van onschatbare waarde zijn voor de bewoners van Avalon.

Haar hoofdpijn, die nadat ze wakker was geworden alleen maar was toegenomen, bereikte nu een hoogtepunt. Het behouden van de bibliotheek zou óók een geschenk van onschatbare waarde zijn. Ze vond het vreselijk om te moeten kiezen. Hoe kon je het een nu met het ander vergelijken?

Dat kon niet, concludeerde ze. De avond tevoren had ze haar keuze al gemaakt, toen ze het met pen op papier had gezet. Als ze de rolverdeling nu nog zou wijzigen, zou ze haar eigen beslissing weer in twijfel trekken, zoals Eddie haar al eerder had verweten. Het zou betekenen dat ze het hoofd boog voor Mr. Byrnes chantage. Vastberaden ging ze Jabez voor naar de vestibule.

'Dit is de definitieve rolverdeling,' zei ze kortaf. 'Jij hebt de belangrijkste rol gekregen, dus ik hoop dat je er klaar voor bent.'

Zijn ogen lichtten op en zijn prachtige glimlach leek de hele ruimte te verwarmen. 'Ik ben er zeker klaar voor.'

Nadat ze elkaar de hand had geschud, was de zaak beklonken. 'We zullen elkaar vaak zien tijdens de repetities in de komende weken. Ik zie ernaar uit om je beter te leren kennen.'

Daar leek hij een beetje verlegen van te worden. 'Oké.'

'Je hebt een waanzinnige stem.'

'Bedankt.'

'Heb je zangles gehad?'

Hij lachte zachtjes. 'Nee, mevrouw.' Daarna deed hij zijn rugzak om en liep naar de deur. 'Tot snel.'

'Ja,' zei ze. 'Fijne dag, Jabez. Hé, wil je een lift?'

Waarschijnlijk had hij haar niet gehoord, want hij was in een oogwenk verdwenen. Na zijn vertrek wierp ze nog een laatste blik op de lijst. Er vormde zich een knoop in haar maag. Het zou aan haar zijn om er een fantastische voorstelling van te maken.

Wat een druk. Haar hoofdpijn was echter verdwenen, van de ene op de andere seconde, zo leek het wel.

Met een – misschien misplaatst – blij gevoel liep ze naar de deur. Nu ze toch zo vroeg op was, kon ze er net zo goed het beste van maken.

Naast een fantastische kerstshow moest ze immers ook nog een spetterende campagne voor de bibliotheek zien op te zetten.

Het kwam nu echt allemaal op haar aan. Ze had deze toestand zelf veroorzaakt, dus ze moest zich er zelf uit zien te redden. Het bibliotheekbudget was op. Waar haalde ze in vredesnaam het optimisme vandaan dat het allemaal wel goed zou komen? Omdat er niets anders opzat. Ze móést dit oplossen, dacht ze terwijl ze naar buiten stapte, de koude grijze ochtend in. Vandaag was een nieuwe dag. En een nieuwe dag bood nieuwe kansen, probeerde ze zichzelf moed in te spreken.

Terwijl ze naar haar auto liep, merkte ze iets vreemds op. Fronsend bleef ze staan.

Op dat moment drong het tot haar door. Er liepen voetsporen van haar auto naar de ingang van de kerk, maar die waren van haarzelf. Waar waren de voetafdrukken van Jabez?

Ze keek van links naar rechts en vroeg zich af of er misschien nog een andere uitgang was die ze niet eerder had opgemerkt. Maar nee. Er moest een simpele verklaring voor zijn, maar ze kon er geen bedenken.

Het was kouder geworden en er begon meer sneeuw te vallen, waardoor ze haar verwarde gedachten snel uit haar hoofd zette en zich naar haar auto haastte. Ze sprong erin, zette de verwarming aan en de radio, die op WKSM stond afgestemd, haar favoriete lokale radiozender.

'En ik wens jullie allemaal een prachtige dag toe,' zei Eddie Haven.

Als ze niet net haar gordel had omgedaan, was ze van haar stoel gesprongen. 'Eddie?'

'Neem het van mij, Eddie Haven, aan: doe je kerstinkopen op tijd en koop lokale producten dit jaar. De gemeenschap zal je dankbaar zijn.'

Hyperventilerend mompelde ze: 'Wat in vredesnaam doet –'

'...en bedankt, Zuzu's Petals, voor het sponsoren van dit deel van ons programma,' ging Eddie verder. 'Onthoud: Zuzu's Petals, de meest modebewuste boetiek in jóúw stadje.'

'O.' Ze liet zich achterovervallen. 'Mijn hemel, je bent op de radio.' Ze drukte voorzichtig het gaspedaal in en reed weg. 'Ik ben een idioot,' zei ze tegen de denkbeeldige Eddie. 'Ik haal me dingen in mijn hoofd.' Ze greep naar haar telefoon en belde haar vriendin Olivia Davis, die altijd vroeg wakker was. 'Eddie Haven is op de radio,' zei ze.

'Ook goedemorgen,' zei Olivia.

'Luister je naar WKSM?'

'Natuurlijk, iedere ochtend. Gewoonlijk wordt dit programma gepresenteerd door Jillian Snipe. Maar zij is met verlof en Eddie valt voor haar in. Hij doet het best goed.'

'Ik luister eigenlijk nooit naar de radio op zo'n belachelijk vroeg tijdstip,' bekende Maureen.

'Wat ben je aan het doen?' vroeg haar vriendin.

'Dat is een lang verhaal.'

'Laten we samen koffiedrinken, dan kunnen we even kletsen.'

Maureen glimlachte. Zo'n soort vriendin was Olivia, iemand die alles uit haar handen liet vallen zodra ze dacht dat iemand haar nodig had. Binnenkort zou ze moeder worden. Al Maureens getrouwde vriendinnen volgden elkaars voorbeeld, ze lieten zich meeslepen door het moederschap en hadden weinig oog meer voor wat zich daarbuiten afspeelde. Maureen begreep het helemaal, maar steeds wanneer een van haar vriendinnen of zussen die stap nam, voelde ze een leegte in haar eigen leven.

'Ik bel je later, oké?' Ze hing op en zat in haar verwarmde auto na te denken over Eddies radioprogramma. Ze wist dat het uitgezonden werd vanuit het Fillmore-gebouw op het centrale plein, een oud bakstenen gebouw waar ook de lokale kabel- en internetmaatschappij was gevestigd. Het programma heette Catskills Morning en was een combinatie van nieuws, gebabbel en muziek. Verder wist ze er niet veel van.

Vanaf nu was ze echter van plan om het programma beter te leren kennen. Ze zette het volume hoger terwijl ze naar het plein reed. 'En dan nu een liedje voor de liefhebbers van dwaze liefdesavonturen die maar van korte duur zijn,' kondigde Eddie aan.

'O ja,' mompelde ze terwijl ze zich over het stuur boog. 'Ik ben dol op liefdesavonturen van korte duur.'

Het nummer dat volgde was wel steengoed, dat moest ze toegeven. De zangeres zong solo, onder begeleiding van een akoestische gitaar. Het was een authentiek en oprecht liedje. Daarna luisterde ze tijdens de rit nog naar een paar andere liedjes, die eveneens goed waren. Eddie leek een voorkeur te hebben voor nieuwe artiesten en muziek die niet gemixt was. Ze moest erkennen dat hij een goede muzieksmaak had.

'...gesponsord door Pluggit MIDI Controllers, de keuze van iedere muzikant,' vervolgde hij zijn volgende promo. 'Nu kunnen bands hun songs opnemen voor de prijs van een laptop en overal ter wereld hun album uitbrengen. Een fantastisch cadeau voor muzikanten en muziekliefhebbers.'

'Die zet ik op mijn verlanglijstje,' zei ze tegen zichzelf. 'Beste Kerstman, ik wil graag een Pluggit.'

Op het raam van het radiostation was een groot logo geschilderd: een microfoon waar bliksemschichten uit schoten, met de slogan WKSM: EEN BETER GEZELSCHAP KUN JE JE NIET WENSEN.

'Dat hoop ik maar,' zei ze, waarna ze uit de auto stapte.

Ze kon Eddie door het raam zien zitten. Met een koptelefoon op en een lach op zijn gezicht sprak hij in een gigantische microfoon. Toen hij haar zag, gebaarde hij naar de ingang. Eenmaal binnen zag ze twee jonge vrouwen achter een kleine balie zitten. Volgens hun naambordjes heetten ze Brandi en Heidi, en waren ze producer en technicus. Brandi droeg een geruit minirokje met een naveltruitje waaronder een piercing glinsterde. Heidi, met roze geverfde puntjes in haar haar, droeg een roze coltrui en een zonnebril op haar voorhoofd. Ze hadden beiden namen die bij pornosterren paste en zagen er net zo ordinair uit. Als een dertienjarig jongetje zijn ideale vrouwelijke collega zou moeten beschrijven, zou er waarschijnlijk zo'n type uitkomen. Maureen voelde zich oud en suf in haar eenvoudige broek en wollen trui.

'Ik kom voor Eddie,' zei ze, nadat ze zichzelf had voorgesteld. 'Kun je me laten weten wanneer hij beschikbaar is?'

'Je kunt nu naar binnen gaan,' zei Heidi, die naar de piepkleine studio gebaarde. 'We zijn live, maar er worden nog enkele platen gedraaid.'

'Dank je.'

Toen Eddie opnieuw naar haar gebaarde, wurmde ze zich het kleine kamertje in dat vol stond met apparatuur, waaronder een mengpaneel met daarachter een kruk op wieltjes. Ze ging op de kruk zitten.

Eddie drukte wat knoppen in, deed zijn koptelefoon af en wendde zich tot haar. 'Ben je me aan het stalken, Mo?'

Mo. Waarom klonk dat sexy? 'Ja, ik heb niets beters te doen.'

Hij lachte. Zijn blauwe ogen twinkelden. Hemel, wat konden die ogen twinkelen. Jammer dat niemand hem kon zien op de radio.

'Oké,' zei hij. 'Wat kan ik voor je doen?' Toen hij achteroverleunde, spande het strakke rockshirt dat hij droeg zich over zijn gespierde bovenlichaam.

Ze weerhield zichzelf ervan om ernaar te staren. 'Ik... We... We moeten fondsen werven voor het behoud van de bibliotheek.'

'Tuurlijk, doen we.'

'Fijn dat je niet eens aarzelt.'

'We hebben het hier over de bibliotheek, niet over een wapenwinkel. Iedereen houdt van de bibliotheek.'

'Dat is het hem juist, iedereen houdt van de bibliotheek, maar als het om een financiële bijdrage gaat, kunnen maar weinig mensen iets missen.'

'Het is net als bij een publieke radiozender,' zei hij, waarbij hij gebaarde naar alle mokken en tassen die aan donateurs werden uitgedeeld. 'Iedereen wil alles gratis, en dan maar zeiken als iets ermee op moet houden. Dus, wat ben je van plan?'

'Het is een noodoproep. Het is erop of eronder voor de bibliotheek, en dat is niet overdreven. We zullen moeten sluiten als we aan het einde van het jaar niet genoeg geld hebben.'

'Dat meen je niet.'

'Jawel, ik meen het serieus.'

'Dat is rot. Wat heb je nodig? Wat is het doel?'

Ze legde hem uit dat ze binnen een onmogelijk korte tijd een realistische jaarbegroting gereed moesten hebben, waarop hij tussen zijn tanden floot en vroeg: 'Voor het einde van het jaar? In zo'n klein stadje heb je zeker een jaar nodig, op zijn minst. Misschien wel twee jaar.'

'Die tijd hebben we niet.' Het huilen stond haar nader dan het lachen. Dit was zo belangrijk. Besefte hij niet hoe belangrijk het was?

'Ik wil je niet uit je droom helpen, maar ik denk niet dat het mogelijk is. Zelfs rijke mensen geven niet zomaar zulke bedragen weg.'

'Waarschijnlijk heb je gelijk, maar iemand heeft ooit tegen me gezegd dat ik een beetje vertrouwen moest hebben. Maar misschien heb ik diegene verkeerd begrepen.'

'Touché,' zei hij.

'Ik moet dit proberen. Ik zou niet met mezelf kunnen leven als ik niet alles deed wat in mijn vermogen lag.'

Een lang moment keek hij haar aan. In de geluidsdichte studio kon ze het bonzen van haar eigen hart horen.

'Voor mij geldt hetzelfde,' zei hij toen. 'We gaan ervoor.'

Hoofdstuk 11

Eddie had weer over de engel gedroomd. Hij ging er in zijn droom in ieder geval van uit dat het een engel was. Het was geen persoon, maar een eenheid van licht, een warmte die hij voelde in zijn ziel: een veilig en troostend gevoel. Soms bracht zijn slaap zorgwekkende dromen voort, maar wanneer hij over de engel droomde, voelde hij zich vredig en kalm. Het licht leek soms langzaam te veranderen in het gezicht van iemand die hij kende, maar bereikte dat punt nooit helemaal. Op dat moment werd hij steevast wakker, zich afvragend wie zich achter het licht bevond.

Doezelig bleef hij nog even in bed liggen. Nog een paar minuten, sprak hij in gedachten tot de engel. Nog eventjes. Hij had geen zin om de gouden gloed van diens aanwezigheid te verlaten. Misschien droomden andere mensen regelmatig over engelen, maar hem gebeurde het niet vaak. Hij wist precies wanneer de dromen waren begonnen: op de avond van zijn ongeluk. De dag waarop alles was veranderd. Hij dacht weer terug aan die avond, zichzelf van een afstandje bestuderend, alsof hij een vreemde was. Hij had zowel de controle over zijn leven als over zijn busje verloren; nadat hij de snelheid flink had opgevoerd, had een obstakel op de weg hem gestopt. In zijn geval was het obstakel een grote kerststal geweest. Daar had hij de engel voor het eerst gezien – meer dan één, eigenlijk. Omdat het al vreemd genoeg was om één engel te zien, had hij dit nooit aan iemand verteld.

Een lang moment bleef hij in de droom hangen, totdat die langzaam vervaagde. Hij schrok op door het geluid van de rinkelende wekker, nu ineens klaarwakker. Hij knipperde met zijn ogen, ging rechtop zitten en keek met een frons naar zijn klokje. Toen realiseerde hij zich dat het geluid niet van de wekker kwam, maar van zijn telefoon, die hij onmiddellijk op stil zette.

Daarna staarde hij naar het schermpje, wreef in zijn ogen en keek nog een keer. Nam op.

'Hoi Barb,' zei hij. Hij noemde zijn moeder Barb, want in de commune waarin hij was opgegroeid waren er geen mama's en papa's, geen benamingen die autoriteit of hiërarchie suggereerden. In de commune had zij de naam Moonbeam gehad, maar zelfs toen hij nog een kind geweest was, had hij haar niet zo kunnen noemen. Het had verkeerd gevoeld, en geforceerd, zeker voor een jongetje dat haar het liefste mama wilde noemen.

'Daar ben je, kanjer.'

'Jij bent vroeg op.'

'Mijn nieuwe routine. Ik doe nu aan bikram yoga, om halfzes 's ochtends.'

'O. Eh... oké.' Hij zag haar al voor zich in haar gele keuken op Long Island, gekleed in de nieuwste yogamode.

'Heb ik je wakker gemaakt?'

Hij schudde de herinnering aan de engel van zich af. 'Ik was al wakker. Ik ga zo naar het radiostation.'

'Voor je ochtendprogramma.'

'Ja, ik val in voor de vaste presentatrice.'

'We luisteren naar je via internet, weet je.'

'Dat wist ik niet. Bedankt.'

'Je doet het erg goed. We zijn trots op je, zoon.'

'Bedankt,' zei hij weer. De relatie met zijn ouders was prima, ze ging gewoon niet erg diep. Hoewel hij als herstellende alcoholist had geleerd om vrede te hebben met een verleden dat hij niet kon veranderen, bleef het pijnlijk. Hij kon dan wel doen alsof er niets aan de hand was, maar diep vanbinnen realiseerde hij zich dat hij nog steeds wrok koesterde tegenover zijn ouders over hoe zijn jeugd was verlopen. Vaak probeerde hij het voor zichzelf te verklaren. Zijn ouders waren, net als iedereen, gevormd door hun eigen opvoeding. Ze kwamen allebei uit showbusinessgezinnen en waren in dat leventje meegesleurd voordat ze oud genoeg waren geweest om te bepalen of dit wel echt was dat ze wilden. Hun huwelijk toen ze achttien en negentien jaar oud waren was meer een publiciteitsstunt geweest dan een belofte een levenslange verbintenis aan te gaan. Toch waren ze nu, vijfendertig jaar later, nog steeds bij elkaar. Toen ze net getrouwd waren hadden ze even een populaire variétéshow gehad, daarna hadden ze zich min of meer met de opvoeding van Eddie beziggehouden, al was opvoeding misschien niet het juiste woord. Op sommige punten hadden ze hun verantwoordelijkheid genomen, op andere punten minder. Minder vooral toen ze besloten om hun plichten als ouders naar de achtergrond te schuiven door in een commune te gaan wonen vol oude hippies, jonge idealisten, belastingontduikers, radicale milieuactivisten en buitenbeentjes die niet volgens de normen van de samenleving wilden leven.

'Hoe gaat het, Barb?' vroeg hij. 'Hoe is het met Larry?'

'Het gaat goed met ons,' zei ze. 'Prima. Je vader is momenteel drie dagen per week in de stad, waar hij voice-overs inspreekt voor parfumreclames.'

Zijn vader had een breed scala aan stemmetjes die hij kon opzetten, van een cowboy in een western tot een zwoele buitenlandse minnaar. Voice-overs waren zijn specialiteit, tot grote schaamte van Eddie. Het was altijd heel ongemakkelijk om de radio aan te zetten en zijn vaders stem te horen in een autoreclame of een politieke campagnespot. Maar zo werkte het nu eenmaal in de showbusiness, zoals zijn ouders zouden zeggen. Je wist nooit wat je te wachten stond.

'Ik wilde met je praten over je kerstplannen voor dit jaar,' zei zijn moeder.

Soms wist je echter precies wat je te wachten stond, dacht Eddie. 'Ik luister, Barb.'

'We zijn onze gebruikelijke kerst met elkaar aan het plannen, met oude vrienden en buren.' Ze sprak met die lichte, lieve stem die mensen zo aandoenlijk hadden gevonden, tientallen jaren geleden. Ze klonk nog steeds aandoenlijk. 'O, en de Sheltons komen over uit Florida. Je kent de Sheltons nog wel, toch?'

'Zij hadden die irritante act met honden, jaren geleden.'

'Ik weet niet of het irritant –'

'Jawel.'

'Nou ja, het is een aardig gezin, en ze hebben een heel leuke dochter –'

'Evelyn,' vulde hij aan. Hij herinnerde zich een meisje van zijn leeftijd, met rood haar en de lach van een kindsterretje, zo één waarmee ze haar hele gezicht op commando kon laten stralen. Hij liep naar het raam en schoof het gordijn een stukje opzij. Het was nog donker buiten. Straatlantaarns gaven de buurt een gelige gloed, een buurt die bestond uit een gevarieerde mix van huisjes aan het meer. Aan de ene kant kon hij het meer zien, aan de andere kant het stadje. Enkele auto's bevonden zich al op de besneeuwde wegen.

'Ja,' ging zijn moeder verder. 'Ze is een tijdje in het buitenland geweest en nu is ze terug. Ik dacht dat je misschien –'

'Bedoel je met het buitenland een afkickkliniek? Of echt een ander land?'

'Doe niet zo mal,' zei Barb. 'Met het buitenland bedoel ik het buitenland. Het gaat een leuke avond worden. We gaan kerstliedjes zingen met elkaar en een bezoekje brengen aan een daklozenopvang. Om die mensen ook een beetje feestvreugde te bezorgen, dat kunnen ze zeker wel gebruiken.'

'Zeker,' mompelde hij, terwijl hij zich op het knipperende neonlogo van de Hilltop Tavern in de verte focuste.

'En natuurlijk houden we daarna bij ons thuis een feestje voor ons allemaal. En we zetten jouw film op, zoals we elk jaar doen. Het zou gewoon geen kerst zijn zonder The Christmas Caper. Dat is mijn favoriete onderdeel van de avond. Iedereen vindt het altijd zo leuk om die film weer te zien.'

'O, ja.' Hij sleepte zichzelf naar de keuken en zette koffie.

'Dit jaar is het nog specialer, omdat die jubileum-dvd zo fantastisch is. We hopen dat je erbij kunt zijn. Het zou zo'n speciale verrassing voor iedereen zijn als je er was. We hebben het altijd zo leuk – spelletjes, advocaat, een heerlijk diner. Natuurlijk hoef je je geen zorgen te maken om je, eh... probleem.'

De manier waarop ze een lagere stem opzette irriteerde hem. 'Je kunt het gewoon zeggen hoor, Barb. Ik ben een alcoholist.'

Natuurlijk zei ze het niet. Dat deed ze nooit. Als ze zijn verslaving een naam zou geven zou ze die immers erkennen, en dan zou ze er misschien zelfs wat verantwoordelijkheid voor moeten nemen. 'Ik heb een recept gevonden voor een heerlijke punch van frisdrank en limoensorbetijs. Klinkt dat niet geweldig?'

'Het water loopt me in de mond.'

'O, en ik heb al onze oude foto's laten inscannen, dus we hebben ze digitaal. Ik heb er op de computer speciaal een slideshow van gemaakt, met bijpassende muziek. Het begint met een foto van je vaders overgrootvader bij het circus, en zo gaan we door de tijd heen. De meeste foto's zijn natuurlijk van jou. De mensen worden gek als ze zien hoe schattig je was. Helemaal gek. Het zou natuurlijk het allermooiste zijn als je erbij kunt zijn.'

Ik steek nog liever een vork in mijn oog, dacht hij.

Hij zag zijn ouders en hun vrienden al voor zich: mensen van middelbare leeftijd die hun glas hieven op hun te gekke jonge jaren. Vandaag de dag woonden de Havens en de andere voormalige bewoners van de commune in bescheiden huizen op Long Island, ze luisterden naar het nieuws op de radio en verzamelden gezonde recepten. En woonden kennelijk yogalessen bij.

'Misschien bouw ik wel een website om die foto's aan de wereld te tonen,' ging zijn moeder verder. 'Een officiële website voor Meet the Havens. Misschien wordt dat mijn project voor volgend jaar.'

Die vork werd steeds verleidelijker. Hij wenste dat hij kerst voorgoed uit zijn geheugen kon wissen.

Voor hem geen rooskleurige herinneringen aan het zingen van liedjes rondom de piano, familiefeesten, sokken met cadeautjes erin en pakjes onder de kerstboom. De meeste mensen associeerden kerst met warme, liefdevolle gevoelens. Voor de Havens betekende kerst dat ze onderweg waren. Volgens zijn ouders was het feestseizoen niet alleen de lucratiefste tijd van het jaar voor hun show, maar was het ook de perfecte manier om het commerciële gedoe rondom kerst te ontlopen. Daarom ontweken ze dan ook alles wat ervoor zou kunnen zorgen dat Eddie van de feestdagen zou genieten. Zijn kerstdagen bestonden uit lange dagen rondhangen op trein- en busstations, of rondrijden in een geleend busje. Afhaalmaaltijden als kerstdiner. Hotelkamers waarin een vreemde geur hing. Niet weten welke dag het was – zelfs niet als het eerste kerstdag was.

Zijn ouders hadden nooit enig idee gehad hoe vervelend dat was voor een kind.

In zijn herinnering zat hij urenlang uit het raam van het busje te staren naar de grijze lucht die boven stadjes hing die stuk voor stuk onbekend voor hem waren. Ze traden iedere avond ergens anders op, gingen alle stadjes af waar hun act populair was.

Meet the Havens concentreerde zich rond Eddie zelf. Sinds zijn film hem beroemd had gemaakt op zesjarige leeftijd, was hij een bekend gezicht geweest. Jammer genoeg was zijn ster net zo snel gevallen als dat hij was gerezen. Destijds was hij te jong geweest om dat allemaal te bevatten, wat misschien maar goed was ook.

Zijn moeder had het 'dolletjes' genoemd en had in de auto vaak liedjes gezongen en geschreven tussen het onderwijzen van Eddie door. Zijn moeders lessen hadden vooral uit spelling bestaan, vandaag de dag kon hij nog steeds zo'n beetje alles spellen.

Op een typische toerdag werd hij wakker in een motelkamer met een versleten vloerkleed en een tafel vol lege flessen en aangebroken doosjes paracetamol. Het ontbijt bestond meestal uit donuts dat ze kochten bij een tankstation, altijd de eerste stop van de dag. Dit was uiteraard voordat er mobiele telefoons bestonden, dus zijn moeder gebruikte daar altijd de telefooncel om hun volgende boeking te bevestigen.

Zijn vader controleerde ondertussen het oliepeil en de banden van het busje en gooide de tank vol. Ondertussen at Eddie de donuts op, vaak gevolgd door een zakje gezouten pinda's, dat hij wegspoelde met melk of sap uit een pakje.

'Wij hebben iedere dag weer een andere kerst,' zei zijn moeder dan, als ze na het telefoongesprek weer plaatsnam in het busje. 'Hoe leuk is dat?'

Al snel was hij erachter gekomen dat ze op die vraag geen antwoord verwachtte. Ze zongen met zijn drieën terwijl ze van plaats naar plaats reisden en oefenden de liedjes die ze zouden opvoeren in Scranton, Saranac, Stamford of een van de tientallen andere stadjes waar ze optraden. Zijn moeder deed altijd grote krulspelden in en föhnde in de wc van een tankstation met haar meegebrachte föhn haar haar, vlak voordat hun act begon.

De plekken waar ze optraden hadden uiteengelopen van aula's van middelbare scholen tot buurthuizen en countryclubs. Hun repertoire bestond voornamelijk uit de standaardgrapjes en praatjes van zijn ouders, die om de een of andere reden de mensen nooit leken te vervelen.

'Vanavond nodigen we jullie uit om een stap terug te doen, diep in te ademen en aan de simpele vreugden van de feestdagen te denken,' had zijn vader altijd gezegd; woorden die hij benadrukte met zacht gitaarspel.

Iedere keer dat hij die woorden uitsprak had Eddies vader zo kalm als een zenmeester geklonken. Niemand in het publiek zou ooit hebben vermoed dat ze bijna te laat waren gekomen vanwege een lekke band. Of dat ze de verkeerde afslag hadden genomen, of dat Larry per ongeluk een half blikje bier over zijn shirt had gegooid. Al die chaos vervaagde zodra ze het podium betraden.

Soms had Eddie het publiek vanwege de felle lampen niet kunnen zien en waande hij zich tijdens het optreden in een andere wereld. Soms had hij wel mensen zien zitten en dan had hij zich voorgesteld hoe het zou zijn om deel uit te maken van een ander gezin. Om broers en zussen te hebben, om gewoon naar school te gaan, om iedere avond in hetzelfde huis thuis te komen. Zijn ouders hadden hem verzekerd dat dat hem snel zou gaan vervelen. Ze hadden beweerd dat broers en zussen altijd je spullen inpikten en je de schuld gaven van dingen die ze zelf hadden gedaan.

De Havens waren altijd tot aan nieuwjaarsdag onderweg geweest, maar het hoogtepunt van het seizoen, financieel gezien, was kerstavond. Dat hadden zijn ouders in ieder geval altijd beweerd. Op kerstavond waren mensen extra gul en vriendelijk. Soms had Eddie tijdens zijn optreden het publiek bestudeerd om te kijken of hij vriendelijkheid op de gezichten kon bespeuren. Daarbij had hij altijd een steek in zijn hart gevoeld bij het zien van kinderen die die avond in hun eigen bed zouden slapen en wakker zouden worden op een kerstochtend die hij alleen uit films kende. Hij had het fascinerend gevonden dat er daadwerkelijk kinderen waren die thuis een kerstboom hadden staan, een gevulde kerstsok, kaneelbroodjes in de oven en cadeautjes waarnaar ze zo lang hadden verlangd onder de boom.

Toen hij een kind was, had Eddie gehoopt dat zijn kerstwensen zouden uitkomen. De beroemdste zin in zijn film was: 'Wonderen bestaan, als je er maar in gelooft.' En kleine Jimmy Kringle uit The Christmas Caper werd uiteindelijk inderdaad herenigd met zijn familie. Eddie had zijn uiterste best gedaan om er echt in te geloven, ook al hadden zijn ouders de Kerstman afgedaan als een symbool van materialistische hebzucht. Hij had stiekem brieven geschreven en gepost waarin hij de Kerstman vroeg om de dingen die ieder klein jongetje wilde: een nieuwe fiets, een modelraket, een puppy, een aquarium vol felgekleurde vissen. Die dingen had hij echter nooit gekregen. Iedere kerstochtend was hij wakker geworden in een of andere onpersoonlijke hotel- of motelkamer. Terwijl zijn ouders nog sliepen, keek hij naar de kerkdienst op tv en at alles op wat hij kon vinden, vaak een rol koekjes met felgekleurd glazuur die een producer of technicus hem had gegeven. Meestal stonden Larry en Barb na een tijdje op om een fles drank uit de koelkast te vissen en daaruit te drinken totdat ze een vrolijke bui hadden. Het drankje heette Cold Duck, rook vreemd en smaakte vreselijk.

Nooit had hij iets tegen hen gezegd over de Kerstman, omdat hij wist dat ze daar niet in geloofden en het niet zouden goedkeuren. Het gebrek aan cadeautjes onder de boom – niet dat er een boom was – had dat benadrukt.

'Sorry dat ik jullie moet teleurstellen,' zei hij tegen zijn moeder aan de telefoon. 'Maar ik zit hier vast in Avalon, net als ieder jaar met kerst, om mee te werken aan de kerstshow.'

Er viel een stilte. 'Je bent inmiddels toch wel klaar met je taakstraf?' vroeg zijn moeder toen.

'Nog niet,' zei hij. Wat niemand wist was dat hij zijn taakstraf lang geleden al had afgerond. Hij bleef ieder jaar terugkomen omdat hij – stom genoeg – ondanks alles weer in kerst wilde geloven.

'Mijn hemel. Je hebt al meer dan genoeg gedaan. Wat bezielde die rechter?'

Ieder jaar voerden ze min of meer dezelfde discussie. Zijn moeder wilde dat hij kerst met hen doorbracht, en hij wrong zich vervolgens in alle bochten – indien nodig met een leugentje om bestwil – om eronderuit te komen. De reden dat hij jaar in, jaar uit aan de kerstvoorstelling meewerkte was simpel: dan hoefde hij niet iets te doen waar hij een nog grotere hekel aan had.

'Ik zal jullie daarna een keer opzoeken,' zei hij, zoals ieder jaar.

'De Sheltons zullen zo teleurgesteld zijn. Ze hebben duidelijk laten doorschemeren hoezeer ze ernaar uitkeken om je te zien.'

Hij klemde zijn kaken op elkaar. Dacht ze nu echt dat hij zich na al die tijd zou bedenken? Dat hij ineens gezellig zou gaan doen met de mensen die zijn feestdagen altijd hadden verpest? 'Zeg maar dat ik het ook jammer vind om hen mis te lopen,' zei hij. 'Zeg maar dat ik in het buitenland zit.'

Weer viel er een korte stilte. 'Nou ja. Wat een teleurstelling. We zullen je missen,' zei zijn moeder vervolgens. 'Kerst is gewoon niet hetzelfde zonder jou, zoon.'

'Ik zal jullie ook missen, Barb,' zei hij. 'Doe de groeten aan Larry.'

Hij hing op en wenste dat hij onder de dekens kon kruipen om terug te keren naar zijn engel. Maar dat kon niet. Terwijl hij zijn kleren aantrok en op weg ging naar het radiostation, kostte het hem moeite om de hoopvolle toon die in zijn moeders stem had doorgeklonken uit zijn hoofd te zetten. Het was helemaal geen fijn gevoel om haar teleur te stellen, maar een kerstavond moeten meemaken waarop zowel zijn film als een slideshow van zijn jeugdfoto's zou worden vertoond, met bijbehorende cocktails en advocaat, was te veel van het goede. Hij kon zich dan al jaren zonder alcohol redden, maar als er iets was wat hem weer aan de drank kon krijgen, dan was het wel zo'n avond.

Later die dag parkeerde hij zijn auto naast de sporthal en liep naar het handbalveld. Hoewel hij niet zo'n atleet was, vond hij deze sport best leuk, bovendien had hij afgesproken met zijn vriend Bo Crutcher. Bo was een professionele honkbalpitcher en volgde in de winter een strikt trainingsrooster waaraan hij zich fanatiek hield. Volgens Eddie hoorde een honkbalpitcher niet echt thuis op het handbalveld, maar volgens Bo was het een goede training.

Bo was aan het gewichtheffen. 'Klaar om verslagen te worden?' vroeg Eddie hem.

'Ja, ik sta nu al te trillen van angst.'

'Kom op dan. Ik heb nog veel te doen. Dingen voor de kerstvoorstelling,' zei hij. 'Met mijn nieuwe baas, Maureen Davenport.'

'Maureen Davenport,' herhaalde Bo langzaam. 'Wat voor type is dat?'

Dat was een interessante vraag waar Eddie de laatste tijd veel over had nagedacht. Wat voor type was Maureen? 'Bazig,' antwoordde hij. 'Een vrouw die de touwtjes stevig in handen neemt.'

'Is ze single?' vroeg Bo. Tot voor kort was hij altijd de vrouwenmagneet van de groep geweest. Tegenwoordig was hij echter gelukkig getrouwd, dus probeerde hij nu zijn flirterige gedrag over te dragen op zijn vrijgezelle vrienden.

'Sorry dat ik je moet teleurstellen, maar dat heb ik haar niet gevraagd,' zei Eddie. Dat was niet nodig geweest, dacht hij erachteraan.

'Vast wel. Dus, wat voor type is het?'

'Ze is een bibliothecaresse, oké? Ze is het type... bibliothecaresse.'

'Wat is het type bibliothecaresse?'

'Je weet wel, slim en zo. Betweterig, haar haar in een knot met eetstokjes of breinaalden erin gestoken, een bril.' Tijdens de audities had hij een paar keer naar Maureen gekeken en een glimp opgevangen van de aantrekkelijke vrouw die ze was. Als ze lachte of naar muziek luisterde was ze ongelooflijk mooi. Bovendien – dit wist hij niet zeker, want hij had niet onbeschoft willen zijn – vermoedde hij dat er onder haar trui misschien wel een goed figuur school. Niet dat dat iets hoorde uit te maken, maar op dat soort dingen lette hij meestal bij een vrouw.

Bo bewoog zijn wenkbrauwen op en neer. 'Lijkt me echt iets voor jou.'

'Ik organiseer het kerstspel met haar. En ik help haar met het opzetten van een grote inzamelingsactie voor de bibliotheek.'

'Je doet wel veel moeite voor een meid die je niet eens leuk vindt,' zei Bo.

'Ik heb niet gezegd dat ik haar niet leuk vind,' protesteerde Eddie. 'Ik vind haar wel leuk. Maar, je weet wel... niet op die manier.'

'Op welke manier?' vroeg Bo, die deed alsof hij dom was. Dat deed hij wel vaker.

'Je weet best op welke manier.'

'De manier waarop ik díé meid niet leuk vind?' Bo stopte met gewichtheffen om te wijzen naar een lange vrouw met rood haar die als een model op hen af kwam lopen. Ze zag er beeldschoon uit in haar strakke yogatopje en nauwsluitende broek die zo laag op haar heupen hing dat je een stukje van haar platte buik en een navelpiercing kon zien.

Nadat ze Bo uitgebreid van top tot teen had bekeken, liep ze naar hem toe en drukte een lange kus op zijn mond.

Eddie was niet geschokt of verbaasd, alleen jaloers. De roodharige was Bo's vrouw Kimberly.

'Ja,' mompelde hij. 'Op die manier. Op die manier vind ik Maureen Davenport niet leuk.'

'Hoi Eddie,' zei Kim. 'Zei je wat?'

'Ja, ik heb me laten strikken om geld in te zamelen voor de bibliotheek.'

'Goed zo. Je kunt van ons een donatie verwachten. Een grote. Iedereen houdt van de bibliotheek.'

'Dat geloof ik. Maar genoeg om het benodigde bedrag op te

halen? Wacht even, misschien hebben jullie dat bedrag wel. Een topsporter? Het zou me een hoop moeite besparen –'

'Hoeveel?' vroeg Bo.

Eddie haalde een formulier uit zijn sporttas en wees op het streefbedrag dat erop vermeld stond.

'Zó succesvol ben ik nu ook weer niet,' zei Bo. 'Man, dat is nogal een bedrag. Dat geld heb ik niet.'

'Ik dacht dat honkbalspelers rijk waren,' reageerde Eddie met een grijns.

'Net als filmsterren,' kaatste Bo terug.

'In theorie zouden we allebei in het geld kunnen zwemmen.'

Maar geen van beiden zwom ergens in. Bo's carrière was nog maar net begonnen, die van Eddie was al lang voorbij.

'Daarom beginnen we een campagne,' zei hij. 'We kunnen het niet in ons eentje voor elkaar krijgen. Maar als iedereen bijdraagt, moet het lukken.'

Kim had een grote glimlach op haar gezicht. 'We zullen doen wat we kunnen. Laat ons maar weten hoe en wat.'

'Dank je. Zodra er een plan is, laat ik het jullie weten. Ik zal het ook op de radio aankondigen.'

'Je doet wel veel voor een vrouw die je niet op díé manier leuk vindt,' merkte Bo plagend op.

Maureen hielp een groep vrijwilligers en kinderen met het versieren van de kerstboom in de bibliotheek. Ieder jaar doneerden Gail en Adam Wright, eigenaars van een plantenkwekerij aan Lakeshore Road, een grote spar. Een paar brandweermannen hadden in hun vrije tijd geholpen om de zes meter hoge boom neer te zetten in het atrium, een grote ruimte die werd verlicht door een witte wintergloed die door het dakraam naar binnen viel.

Renée was er ook met haar drie kinderen. Daisy Bellamy hield een oogje op de kleine Charlie terwijl ze foto na foto maakte. Nadat de lichtjes waren opgehangen, hing ieder kind een handgemaakte kerstversiering in de boom. Vrijwilligers op ladders vulden de bovenste takken, terwijl de kleintjes gefascineerd naar ze opkeken.

Gail Wright had drie kinderen. De jongste was George, wiens bijnaam Bear was. Zijn versiering was een slordig afgewerkte engel met een toiletrol als lijf en vleugels die gemaakt waren van ijsstokjes. 'Deze heb ik voor mijn vader gemaakt,' zei hij tegen Maureen. 'Hij is in dienst. Hij zal deze kerst niet thuis zijn.'

'Ik zal een foto van je maken,' zei ze en ze pakte zijn hand. 'Dan kun je die naar hem opsturen, goed?'

Fronsend keek hij haar aan. Zijn vader was weg, een foto zou dat niet beter maken. Er ging een steek door haar hart wanneer ze dacht aan die kleine jongen, zijn moeder en haar andere kinderen. Adam Wright had zich aangemeld bij de nationale reserve om de inkomsten van hun boerderij in mindere tijden aan te vullen. Hij had verwacht dat hij zou worden ingezet om de gemeenschap te helpen tijdens overstromingen en bosbranden, of om hulp te bieden bij plaatselijke ongevallen. In plaats daarvan vocht hij nu in de frontlinie in een gevaarlijk buitenland.

'Je hoeft niet te glimlachen,' zei Daisy, die voor Bear neerknielde. 'Je vader zal dat best begrijpen. Ik heb een vriend in het leger en hij begrijpt ook dat ik me soms zorgen om hem maak.'

'Mijn vader zegt dat ik de allerbeste lach heb,' zei Bear.

'Wil je die dan laten zien?' vroeg Daisy.

De poging van het jongetje resulteerde in een treurig trillen van zijn kin en een grimas, maar Maureen wist dat zijn vader de foto zou koesteren op de verre buitenpost waar hij verbleef.

De kerstboom werd steeds mooier naarmate er meer versieringen in werden gehangen. 'Het is tijd voor de engel,' zei Maureens nichtje Wendy. 'Wie zet de engel erbovenop?'

'Maureen moet het doen,' zei Daisy, die al klaarstond met haar camera.

Maureen protesteerde. 'Nee, ik kan niet –'

'We staan erop,' zei Mr. Shannon, de bestuursvoorzitter, waarop hij de bijzondere versiering, gemaakt van zijde en bruin glas, uit de doos haalde. 'U krijgt de eer om de engel erbovenop te plaatsen. Ik verzeker u dat de ladder stevig staat.' Wat hij niet zei, maar wat ze allebei wisten, was dat het misschien wel de laatste keer was dat ze de kerstboom in de bibliotheek konden optuigen.

'Kom maar,' zei Renée. 'Ik hou de ladder wel stevig vast terwijl jij omhoogklimt.'

Maureen was te trots om toe te geven dat ze hoogtevrees had. Ze pakte de engel aan en klom de eerste paar treden op. Halverwege de ladder maakte ze de fout naar de vloer te kijken, die plotseling heel ver weg en heel hard leek. Oeps. Terwijl ze zich met beide handen stevig vasthield, hield ze het touwtje van de engel tussen haar tanden, wat er waarschijnlijk niet erg charmant uitzag. Stapje voor stapje klom ze naar boven, zich concentrerend op de prachtige handgemaakte versieringen in de boom, zodat ze niet naar beneden hoefde te kijken. Deze versieringen waren door de jaren heen met veel geloof, hoop en liefde door de kinderen gemaakt. Sommigen hadden er blije gezichtjes en boeken op getekend. Anderen hadden er iets opgeschreven: IK HOU VAN DE BIBLIOTHEEK. LEZEN IS LEUK. Er waren zelfs een paar portretten van Maureen bij. Zo te zien bestond ze in de ogen van de kinderen voornamelijk uit een bril en een gigantische knot, maar er prijkte ook altijd een glimlach op haar gezicht, dat was tenminste iets. Toen ze bijna boven was, herkende ze een heel oude versiering die ze zelf had gemaakt toen ze nog een schoolmeisje was. Het was een klein rendiertje van keramiek waar KERST IS MAGIE op stond geschreven. Het was het rendier uit Eddies film. Toen al, dacht ze.

Eenmaal op de bovenste tree van de ladder kon ze de engel op de top van de kerstboom plaatsen. Op dat moment keek ze echter toch weer naar beneden, waardoor ze vervolgens de ladder met geen mogelijkheid meer los durfde te laten.

Renée riep iets, maar Maureen luisterde niet. Al het geluid werd gedempt door de golf van paniek die door haar lichaam ging. Ze werd duizelig.

'Gaat alles goed daarboven?'

Bij het horen van die bekende stem zonk alle moed haar in de schoenen. Eddie Haven. Wanneer was hij gearriveerd? Met het touwtje van de engel nog steeds tussen haar tanden wierp ze weer een blik naar beneden – om daar onmiddellijk spijt van te krijgen. Eddie stond onder aan de ladder, waar eerst Renée had gestaan. Hij leek precies onder haar rok te kunnen kijken.

'Prima,' mompelde ze met opeengeklemde kaken. Hoeveel mensen zouden beweren dat het prima met ze ging vlak voor een fataal ongeluk, vroeg ze zich af. Ze probeerde zichzelf wijs te maken dat haar rok lang genoeg was en haar panty donker genoeg om het netjes te houden. Langzaam bevroor ze, niet alleen uit pure angst, maar ook uit schaamte.

'Hulp nodig?' vroeg hij.

Ze wist bijna zeker dat hij een grijns op zijn gezicht had. 'Het lukt wel,' zei ze kortaf. Haar hoogtevrees werd verdrongen door de gêne die ze voelde over het feit dat Eddie Haven onder aan de ladder stond en onder haar rok kon kijken. Ze boog zich voorover en zette de engel boven op de boom.

Het probleem was echter dat de takken van de spar nogal buigzaam waren. De bovenste tak boog door onder het gewicht van de engel. Die kukelde meteen naar beneden, en viel langs de onderste takken op de grond, waar hij in stukken brak op de marmeren vloertegels.

Een moment lang zei niemand iets. Toen constateerde Wendy: 'Je hebt de engel kapotgemaakt.'

Dat maakte iets los in de aanwezige kinderen: 'Miss Davenport heeft de engel kapotgemaakt.' Een van de meisjes begon te huilen, wat een kettingreactie tot gevolg had: verontwaardigd gemompel, iemand die vroeg om een stoffer en blik, vermaningen om het glas niet aan te raken. Maureen – de kluns, de engelenbreker – klom verslagen de ladder af.

'Ik kan gewoon niet geloven dat ik dat heb gedaan,' zei ze tegen haar zus.

'Het was een ongelukje,' zei Renée loyaal. Volgens de familielegende waren Renées eerste woorden 'Ik ga het zeggen!' geweest. Nu hield ze rustig haar kinderen weg bij het glas en gaf Maureen een klopje op haar arm.

'We hebben zo snel mogelijk een nieuwe engel nodig,' zei Eddie. Hij had het tegen Bear, die zijn versiering nog steeds niet in de boom had gehangen. 'Mogen we die van jou lenen?'

Met grote ogen en open mond gaf Bear hem zijn toiletrol-engel. Eddie klom behendig de ladder op, in één keer, waarbij Maureen en haar zus hun uiterste best deden om níét naar zijn billen te staren, die er perfect uitzagen in zijn gebleekte spijkerbroek.

'Vlug,' fluisterde Renée, 'herinner me eraan dat ik een gelukkig getrouwde vrouw ben.'

'Je bent een gelukkig getrouwde vrouw,' fluisterde Maureen terug.

'Jij niet. Je zou –'

'Ik ben gelukkig alleenstaand,' reageerde Maureen verontwaardigd, waarbij ze vergat te fluisteren. Ze voelde mensen naar haar staren en kon wel door de grond zakken. Had Eddie haar gehoord? Hij vond haar waarschijnlijk toch al belachelijk. Haar opmerking zou die mening alleen maar versterken.

Gelukkig leek hij druk bezig te zijn met het vastzetten van de engel. Nadat hij het touwtje stevig om de tak had gebonden, kwam hij weer naar beneden. 'Kan iemand de lichtjes aandoen?' vroeg hij, waarna hij zich weer tot Bear richtte: 'Misschien wil jij dat doen?'

Iemand liet het jongetje zien waar de hoofdschakelaar zich bevond waarmee hij de lichtjes kon aanzetten. De grote boom kwam tot leven. Mensen begonnen spontaan te applaudisseren. Bear leek zelf ook licht te geven, stralend van trots. Daisy nam nog een foto van hem.

'Dank je wel. Dat is de eerste echte lach op zijn gezicht in weken,' zei zijn moeder tegen Eddie.

'Je hebt je goede daad voor vandaag verricht,' zei hij tegen Maureen.

'Wat?' Ze voelde zich nog steeds opgelaten in zijn bijzijn.

'Het breken van de engel. Uiteindelijk heeft het iets moois opgeleverd.'

'O. Eh... ja, misschien wel.' Ze durfde geen oogcontact te maken met haar zus. Renée stond druk te gebaren. Wat wilde ze precies? Dat Maureen met hem zou flirten? Met Eddie Haven? Juist, ja. 'Wat doe jij hier?' vroeg ze hem.

Na een korte aarzeling zei hij: 'Ik heb je ingepland voor een radio-interview in verband met de inzamelingsactie voor de bibliotheek. Je kunt maandag tijdens de ochtendspits je oproep doen.'

'Dank je.' Ze pakte het schema aan dat hij haar overhandigde. 'Ik zal er zijn maandag.'

'Afgesproken,' zei hij.

'Eerlijk waar,' zei Renée, die Eddie nakeek terwijl hij wegliep. 'Je bent TOVW.'

'Sorry?'

'Te onnozel voor woorden. Hij wilde je echt graag zien. Waarschijnlijk zou hij je mee uit hebben gevraagd als je hem ook maar half de kans had gegeven.'

'Onzin. Hij kwam me alleen dat schema brengen.'

'Dat had hij je ook kunnen mailen, sufferd. Maar dat deed hij niet. Hij kwam het persoonlijk brengen. Waarop jij hem zo'n beetje hebt weggejaagd.'

'Ik was beleefd.'

'Wat doe jij hier?' herhaalde Renée. 'Dat vroeg je. Noem je dat beleefd?'

'Doe niet zo mal. Eddie Haven en ik werken samen aan een project. Je zoekt er te veel achter.'

'Aha.'

'Het is Eddie Haven, nota bene.'

'Wat dan nog? Jij bent Maureen Davenport.'

Hoofdstuk 12

Maureen liep het gebouw van de radiozender binnen en begroette Brandi en Heidi, de producer en de technicus. Vandaag zou de aftrap zijn van de laatste poging om de bibliotheek te redden. Hoewel ze het niet wilde toegeven, maakte de gedachte dat ze live op de radio te horen zou zijn haar een beetje nerveus. Dit was niet iets wat ze gewoonlijk zou doen, maar de bibliotheek kon alle hulp goed gebruiken. Aangekomen in de kleine studio ging ze tegenover Eddie zitten. Nadat hij haar had laten zien hoe de koptelefoon werkte, zette hij een pluizige microfoon voor haar neer.

'Het is weer eens een koude, koude ochtend in Avalon,' begon hij met zijn lage, warme stem. 'Het is momenteel dik min negen, dus pak jezelf goed in voordat je naar buiten gaat. Of nog beter, schenk een extra kop koffie in en blijf wat langer binnen. We hebben vandaag een speciale gast in de studio. Maureen Davenport, Avalons eigen bibliothecaresse, heeft belangrijk nieuws voor ons. Welkom, Maureen.'

'Hallo, bedankt voor de uitnodiging.' Ze klonk stijfjes en ongemakkelijk. Lang geleden had ze toneellessen gevolgd, zowel op de middelbare school als op de universiteit. Ze zou moeten weten hoe dit moest; hoe ze zich kon ontspannen en zichzelf kon zijn. In plaats daarvan had ze het benauwd en slaagde ze er niet in enige samenhangende gedachten te formuleren.

Eddie stelde zich op als een meelevende professional, de gastheer die de gast op haar gemak probeerde te stellen. 'Vertel ons eens iets over de bibliotheek. Hoe zit het daarmee en wat kunnen onze luisteraars doen om te helpen?'

Zijn intens blauwe ogen stelden haar allesbehalve op haar gemak. Gelukkig had ze spiekbriefjes meegenomen. Ze zag hem ineenkrimpen toen ze met veel geritsel en gekraak in de microfoon haar papieren openvouwde. 'Eh... sorry,' zei ze, waarop ze zich direct wel voor het hoofd kon slaan. De luisteraars zochten op dit moment waarschijnlijk al naar een andere zender. Vermanend sprak ze zichzelf toe, dit mocht ze niet verpesten. De bibliotheek zou er niet onder mogen lijden dat Eddie Havens ogen haar hersenen in pudding veranderden.

Starend naar haar papieren gaf ze een uitleg over het verlies van de subsidie, het negenennegentigjarige huurcontract en de onvermijdelijke beëindiging ervan. Ze benadrukte dat de enige hoop op redding van de bibliotheek een toereikende begroting voor het komende jaar zou zijn, alsmede een garantie voor financiering in de toekomst. Ze besprak de mislukte beleggingen en legde uit dat de prioriteiten van de gemeente ergens anders lagen.

Terwijl ze aan het praten was, gaapte Eddie overdreven.

'Om een lang verhaal kort te maken,' vatte ze samen, 'onze bibliotheek zal voorgoed worden gesloten, tenzij we met het geld op de proppen komen. Zo snel mogelijk.'

Hij stak zijn duim op. Ze had het door. Hou het simpel.

'Vertel ons eens wat voor impact het op de gemeenschap zal hebben als de bibliotheek verloren gaat,' spoorde hij haar aan.

'Weet je, de impact zal minder duidelijk zijn dan bij sommige andere diensten en instanties. Niemand zal zonder elektriciteit komen te zitten. Niemands huis zal afbranden. De sneeuwschuivers zullen nog steeds iedere dag hun werk doen. Met andere woorden, het leven zal doorgaan. Maar het is alsnog een verlies. De gemeenschap zal een bron van culturele rijkdom en kennis verliezen. Dat is misschien niet zo urgent als het onderhoud van onze wegen en bruggen, maar evengoed een verlies dat een diep gat zal slaan in onze samenleving. Een gemeenschap zonder bibliotheek is immers een gemeenschap die het risico loopt te worden ontmanteld.'

'Kun je uitleggen wat je bedoelt met ontmanteld?' vroeg Eddie. 'Op wat voor manier?'

'Nou, naar mijn mening is de waarde van een gemeenschap af te lezen aan de toevluchtsoorden die er voor de mensen zijn. Een kerk of een tempel, dat zijn toevluchtsoorden voor de ziel. Een ziekenhuis of een daklozenopvang zijn toevluchtsoorden voor het lichaam. Een bibliotheek is een toevluchtsoord voor de geest.' Ze wierp weer een blik op haar notities. 'Het is de bedoeling dat onze scholen hun leerlingen ieder jaar hoger laten scoren op de leestoetsen. Hoe kunnen ze dat bereiken zonder de bibliotheek?'

Hij krabbelde iets op een stukje papier en gaf het aan haar. Er stond maar een woord op: verhaal.

Goed, dacht ze. Diep inademen. Vertel een verhaal.

'De bibliotheek van ons stadje bestaat omdat de bevolking van Avalon hem heeft gebouwd. In 1909 is het oorspronkelijke gebouw afgebrand. Daar is zelfs een jongen bij omgekomen. Niemand wist wie hij was. Er werd aangenomen dat hij een zwerfjongere was. Triest genoeg gebeurde dit op kerstavond; mensen vermoedden dat hij in de kelder van het gebouw had geschuild en een vuurtje had gestookt om zich warm te houden. Het verlies moet verschrikkelijk zijn geweest, maar iedereen kwam samen om de jongen een waardige begrafenis te geven. Een man die met zijn hele hart van de gemeenschap hield, Mr. Jeremiah Byrne, financierde de bouw van een nieuwe bibliotheek, en zo is het huidige gebouw tot stand gekomen.'

Eddie maakte een wegwuifgebaar met zijn hand. Kennelijk begon ze hem weer te vervelen. Hemel, die man stelde behoorlijk hoge eisen als luisteraar.

'In een klein stadje als dat van ons is de bibliotheek zoveel meer dan een plek om boeken te halen. We houden er bijeenkomsten. Het is een plek voor kinderen om na schooltijd naartoe te gaan. We bieden internettoegang. Een galerie waar lokale kunstenaars gratis kunnen exposeren. Met het verlies van de bibliotheek zullen we ook de komst van nieuwe bedrijven gaan mislopen. Geen bedrijf wil een vestiging openen in een stad zonder bibliotheek.' Nu ze er eenmaal inzat, rolden de woorden als vanzelf over haar lippen. 'Een goed voorbeeld van de noodzaak van onze bibliotheek is het programma dat we aanbieden aan volwassen laaggeletterden.'

Eddie staarde haar geconcentreerd aan.

'Een van onze vaste klanten wilde niet als analfabeet door het leven gaan, maar schaamde zich er te veel voor om daar hulp voor te zoeken. Dankzij de bibliotheek kan ik hem privéles geven. Hij behoudt zijn privacy én leert lezen.'

'Deels dankzij jou,' merkte Eddie op.

Blozend antwoordde ze: 'Het punt is dat deze bezoeker mij niet zou hebben benaderd als de bibliotheek niet bestond.' Ze schakelde over op een ander voorbeeld. 'Iedere woensdagochtend houden we een kinderuurtje. Mensen nemen hun kinderen mee, die dan op een kleed rondom een antieke schommelstoel zitten die al vijftig jaar op dezelfde plek staat. Iemand leest ze een verhaal voor. Dat heeft bijna iets magisch. Zelfs een kind dat gewoonlijk niet kan blijven stilzitten, slaagt erin ademloos te luisteren. De kinderen worden meegesleurd in het verhaal, het voert ze als het ware mee naar een andere wereld. Zonder de bibliotheek zouden kinderen nog steeds wel worden voorgelezen op de crèche, thuis of in de boekwinkel, maar er is iets speciaals aan die oude schommelstoel in de bibliotheek. Dat kun je niet ontkennen.'

Weer kreeg ze een opgestoken duim van Eddie.

'Een tijdje geleden nam een vrouw haar kleindochter Katy mee naar het voorleesuurtje,' ging ze door, zonder nog een blik op haar spiekbriefjes te werpen. 'Ze vroeg of ik een klassieker wilde voorlezen: Mike Mulligan and His Steam Shovel, een boek dat sinds de eerste publicatie in 1939 voortdurend wordt herdrukt. Er is nooit een woord aan veranderd, de afbeeldingen zijn exact hetzelfde gebleven, en toch is het iedere keer dat een kind dat boek openslaat weer een nieuw verhaal. Later vertelde de grootmoeder mij dat ze zich dat boek had herinnerd uit haar eigen jeugd. Als klein meisje ging zij ook al naar het voorleesuurtje, in hetzelfde gebouw, in dezelfde ruimte. Ze vond het geweldig om de traditie voort te kunnen zetten met haar kleindochter.'

'Daar sla je de spijker op zijn kop,' zei Eddie. 'Iedereen kan de website bezoeken om te zien welke gratis diensten de bibliotheek aanbiedt. Maar om echt te weten wat de bibliotheek voor ons kan betekenen, hoeft u alleen maar na te denken over wat Maureen Davenport ons zojuist heeft verteld. Wees alstublieft gul tijdens deze feestdagen. U kunt doneren via de telefoon, via e-mail, op de website, of beter nog: door naar de bibliotheek te gaan. Dan kunt u zelf zien dat die het waard is om te worden gered.'

'Bedankt voor het luisteren,' zei Maureen.

Eddie voegde toe: 'Bedankt voor uw aandacht. En ik hoop dat iedereen de aankomende inzamelingsactie voor de bibliotheek op dit moment in zijn of haar agenda noteert. Laten we dit uur afsluiten met wat liedjes die aansluiten bij ons thema van vandaag. Nu eerst Who Wrote the Book of Love van Monotones uit 1962, daarna Paperback Writer van The Beatles uit 1966.'

'Goed gedaan,' zei hij, nadat hij de microfoons had uitgezet. 'Denk je dat het zal helpen?'

'Het kan geen kwaad. Elke donatie is er een. Bedankt, Eddie.' Haar gevoelens voor hem gingen op en neer. Steeds wanneer ze besloot hem niet leuk te vinden, deed hij weer zoiets, waardoor hij alleen maar leuker werd.

Zodra ze de uit de studio kwam, kapten Brandi en Heidi hun gesprek af en viel er een stilte. Ze kreeg een gevoel dat ze niet meer had gehad sinds de middelbare school – het gevoel dat populaire, knappe meisjes haar achter haar rug uitlachten. Dat er over haar geroddeld werd.

Natuurlijk was het niet helemaal hetzelfde als toen, en hun gefluister had waarschijnlijk niets met haar te maken, maar het herinnerde haar er wel aan dat ze hier eigenlijk niet thuishoorde.

Na een hele dag in de bibliotheek te hebben doorgebracht, zat haar werkdag er nog niet op. Haar telefoon rinkelde, en de naam die op het schermpje te lezen was, zorgde voor een glimlach op haar gezicht: H. LONIGAN. 'Lonnie!' zei ze toen ze opnam.

'Hoe is het met mijn favoriete bibliothecaresse?' Zijn diepe, mannelijke stem deed haar denken aan smeltende chocolade.

'Die heeft zin om je te zien,' zei ze. 'Ik heb je gemist.'

'Ik ben net pas terug. Ben in de mijnen geweest in Noord-Canada. Eerste keer dit seizoen.'

Ze kromp ineen bij de gedachte aan Lonnie die in zijn truck over smalle, ijzige bergweggetjes reed om diesel te brengen naar mijnen op verlaten plekken. 'Ik ben blij dat je veilig terug bent,' zei ze, in de wetenschap dat het zinloos was om hem te wijzen op de gevaren van zijn baan. Hij was van beroep chauffeur van gevaarlijke stoffen – een man die het gevaar uitlachte, en daar bovendien goed voor betaald kreeg. 'Wanneer kan ik je zien?' vroeg ze.

'Wat dacht je van nu?'

Na een blik op de klok op haar bureau zei ze: 'Perfect. Ik ben hier net aan het afronden. Waar?'

'Bij jou?' stelde hij voor.

Iets aan de klank in zijn stem verraadde hem. Toen ze opkeek, zag ze hem met zijn grote lichaam de hele deuropening in beslag nemen.

'Lonnie!' riep ze, waarna ze hem stevig omhelsde. 'Ik wist niet wanneer je terug zou komen. Ik heb iets voor je.'

Met een verbaasde blik vroeg hij: 'O ja?'

Ze maakte aanstalten om een krukje naar een hoge boekenplank te schuiven, maar hij was haar voor. Met zijn lengte kon hij er gemakkelijk bij. 'Zocht je deze?' vroeg hij terwijl hij een stapel boeken van de plank pakte.

Glimlachend ging ze hem voor naar een lange tafel in de leeszaal voor volwassenen. 'Het moet handig zijn om boomlang te zijn.'

'Soms,' zei hij. 'Zijn we… helemaal alleen?'

'Natuurlijk,' verzekerde ze hem. 'Ga zitten, Lonnie.' Ze sloeg een van de boeken open. 'Ik denk dat je dit wel leuk zult vinden.'

Hij deed zijn houthakkersjas uit, ging zitten en bestudeerde de titelpagina. 'Are…' begon hij, waarna hij een vragende blik op haar wierp, en zij hem bemoedigend toeknikte. 'Arena. T-Tan... go. Tango. Delta. Arena Tango Delta.'

'Goed zo. Het is het eerste boek van een serie. Het speelt zich af in de toekomst en gaat over een man die een expert is in militair transport. Hij komt in allerlei gevaarlijke situaties terecht.'

Lonnie knikte. 'Klinkt als mijn soort boek.'

Dat hoopte ze maar. Deze makkelijk te lezen boeken over interessante onderwerpen waren speciaal geschreven voor mannen als Lonnie; beginnende lezers wier vaardigheden zouden verbeteren door veel te oefenen. Ze keek op de klok. 'Laten we beginnen. Heb je je spullen meegenomen?'

Hij legde een ringmap op tafel vol formulieren die hij leerde in te vullen, van een enquête tot een aanvraag voor een lening. Terwijl Maureen erdoorheen bladerde, liet hij zijn schouders hangen. 'Ik heb onderweg niet echt de kans gekregen om veel te doen.'

'Dat geeft niet. We doen dit in jouw tempo. Zoals altijd.'

Hoewel hij knikte, leek hij nog steeds gespannen. Een grote, gespierde man met een hart van goud, die meer op zijn gemak was wanneer hij methaangas vervoerde dan wanneer hij werd omringd door boeken.

'Probeer je te ontspannen,' zei ze 'Het is een alfabetiseringsprogramma voor volwassenen, geen geheim genootschap.' Maar het was wel een geheim, zoals ze ook had verteld op de radio. Wat de doorslag had gegeven, was het moment waarop Lonnie een boete had gekregen voor een verkeersovertreding en de bon niet had kunnen lezen. De politieman van dienst – Ray Tolley – was naast Maureen de enige die van het probleem afwist. 'Het zou sneller gaan als je wat lessen zou volgen op de –'

'Ik ga geen lessen volgen,' zei Lonnie stellig. 'Ik heb tot aan de vierde klas op school gezeten en heb daar nooit iets geleerd.'

'Nu ben je ouder,' zei ze. 'Waar ben je zo bang voor?'

'Vroeger was ik bang dat kinderen me zouden pesten, weet je wel. Dat ik voor schut zou staan. Nu ben ik bang dat ik nooit goed zal worden in lezen en schrijven, waardoor ik mensen zal teleurstellen.'

'Je wordt er steeds beter in,' verzekerde ze hem. Ze werkten al een jaar samen in gestolen uurtjes, als geheime minnaars, omdat hij zich zo schaamde voor het feit dat hij niet kon lezen. 'Maar Lonnie, ik weet niet hoeveel langer ik dit met je zal kunnen doen.'

'Wat is er aan de hand dan?'

'Zoals het er nu voorstaat, zal de bibliotheek aan het einde van het jaar sluiten. Ik zal een andere baan moeten zoeken en ik weet op dit moment nog niet wat dat voor onze lessen betekent.'

'Hoe bedoel je, sluiten? De bibliotheek kan niet sluiten.'

Ze legde de financiële crisis aan hem uit. 'We proberen nog geld in te zamelen, maar het ziet er niet goed uit.'

'De bibliotheek kan niet sluiten,' herhaalde hij. Hij duwde het Tango Delta-boek opzij en trok een blaadje uit zijn map. 'Ik heb hier hulp bij nodig. Ik wil een brief schrijven.'

'Wat voor brief?'

'Je weet wel, naar de krant. En... misschien kunnen we er kopietjes van versturen naar de stad en de gemeente en de staat. Alles wat kan helpen.'

'Goed, Lonnie,' zei ze. 'Wat wil je zeggen in de brief?'

Er viel een stilte. Hij pakte een pen op, die bijna in zijn geheel verdween in zijn grove hand. 'Ik ga zeggen dat toen ik een jaar geleden voor het eerst naar de bibliotheek ging, ik niet eens goed genoeg kon lezen en schrijven om het aanvraagformulier voor de bibliotheekkaart in te vullen. Ik ga vertellen hoe jij me vervolgens hebt geholpen, en dat ik nu een stuk beter kan lezen. Dat ik zelfs binnenkort ga deelnemen aan die algemene kennistoets. En dat dat allemaal niet mogelijk zou zijn geweest als de bibliotheek niet bestond.'

'Dat zou een erg krachtige boodschap zijn,' zei Maureen. 'Maar ik moet erbij zeggen dat niemand je brief zal lezen of publiceren als je je naam er niet onder zet. Ze kunnen hem misschien wel anoniem publiceren in de krant als je dat wilt, maar ook dan zul je de brief moeten ondertekenen met je naam.'

'Met andere woorden, ik word ontmaskerd.' Hij liet de pen wiebelen tussen zijn vingers.

'Als je wilt dat iemand je brief serieus neemt wel, ja.'

'Verdorie.'

'Lonnie, je hoeft niet –'

'Ik ga het doen. Ik zal mijn naam eronder zetten. Hemel, een jaar geleden kon ik mijn naam amper schrijven.'

'En je geheim dan?'

'Daar ben ik klaar mee,' zei hij. 'Vanaf nu. Je vroeg me waar ik bang voor was en ik heb daar eigenlijk niet echt een antwoord op. Ik was bang dat mensen zouden zien wie ik echt ben, maar weet je wat? Ik ben geen slechte man. Alleen een slechte lezer.'

Ze glimlachte. 'Je wordt steeds beter.' Toen ze zag dat hij langzaam Aan de redactie boven aan het blaadje schreef, kreeg ze een brok in haar keel. 'Bedankt, Lonnie,' fluisterde ze.

Even stopte hij met schrijven en hij glimlachte verlegen naar haar. 'Geen dank.'

In een impuls leunde ze naar hem toe en gaf hem een kus op zijn wang. 'Je bent een topper.'

Eddie besloot om nog even langs de bibliotheek te gaan om Maureen het overzicht van de donaties na de radio-uitzending te geven. Ze zou wel blij zijn met de cijfers. Het was een goed begin. Eerlijk gezegd had hij haar de resultaten ook kunnen mailen, maar hij wilde haar liever persoonlijk opzoeken, zodat hij haar gezicht kon zien wanneer hij haar de cijfers toonde.

Het was volkomen onlogisch dat hij haar wilde zien. Of dat hij haar goed nieuws wilde bezorgen. Ze was stekelig, behoedzaam en bazig. Bovendien had ze te snel haar oordeel klaar en was ze geobsedeerd door kerst. Objectief gezien zou ze zijn grootste nachtmerrie moeten zijn. Maar ze had iets – iets waar hij zijn vinger nog niet op kon leggen, maar wat hij verder wilde ontdekken.

De meiden met wie hij bij de radio werkte, Brandi en Heidi, hadden meteen gemerkt dat Maureen Davenport geen gewone gast was geweest die ochtend. Hij had de twee erover horen fluisteren nadat ze was vertrokken. 'Je hebt een oogje op dat meisje,' had Brandi gezegd. 'De grote Eddie Haven; zo hard voor haar gevallen dat hij in duizenden stukjes is gebroken.'

'Dus?' had hij uitdagend gevraagd, zonder het te ontkennen.

'Dus, wat ga je ermee doen?' had Heidi even uitdagend teruggekaatst.

Die vraag had de hele dag door zijn hoofd gespeeld. Het was nu bijna etenstijd. Zijn busje moest naar de garage voor een onderhoudsbeurt. Misschien kon Maureen hem een lift aanbieden. Ja, dat zou een goed excuus zijn om wat tijd met haar door te brengen. Hij reed naar de bibliotheek, in de hoop dat ze er nog was. Haar auto was een van de twee auto's op de parkeerplaats; de andere was een vrachtwagen waar HUGO LONIGAN TRUCKING op stond. Een verhuiswagen? Waren ze het gebouw nu al aan het leeghalen? Die gedachte raakte hem meer dan hij had verwacht. Wat voor stadje was dit, dat zomaar haar bibliotheek opgaf?

De voordeur zat dicht, maar hij ging ervan uit dat ze hem wel zou horen als hij er lang genoeg op zou bonken. Hij hief zijn vuist op en zag toen beweging in de grote leeszaal. Maureen zat naast een man – een heel grote man – aan tafel. Hun schouders raakten elkaar, hun hoofden waren naar elkaar toegebogen.

Wat in 's hemelsnaam…

Hij zag haar in het oor van de man fluisteren. Hoewel hij het niet zeker wist, dacht hij haar hem te zien kussen. Het woord dat hij uitspuugde zou Maureens oren hebben doen bloeden als ze het had gehoord. Daarna propte hij het overzicht in de brievenbus en liep met grote passen terug naar zijn busje.

Hoofdstuk 13

Nadat hij zijn busje bij de monteur had achtergelaten, liep Eddie naar de Hilltop Tavern, zijn schouders opgetrokken tegen de sneeuwstorm en zijn akoestische gitaar in een koffer op zijn rug. Mensen die zijn geschiedenis kenden vroegen hem soms of het niet moeilijk was om als herstellend alcoholist in een kroeg rond te hangen. Hij verzekerde hen dan altijd dat het niet moeilijk was. In een kroeg rondhangen om jezelf in coma te drinken, dat was pas zwaar geweest. De angst, verwarring en schaamte die hij had gevoeld wanneer hij zich weer eens niet herinnerde wat hij tijdens een black-out had gedaan, hoe belachelijk hij zichzelf had gemaakt. Dát was moeilijk geweest. Daarmee vergeleken was nuchter zijn een makkie. Uiteraard had hij ook zijn mindere momenten, maar in het algemeen bleef hij dankzij de bijeenkomsten en zijn vrienden gefocust op zijn herstel.

De reden dat hij die avond een bezoekje aan het café bracht was creatief van aard. Samen met drie andere mannen zat hij in een band, Inner Child geheten. Wanneer hij het stadje bezocht, speelden ze samen. Hij als gitarist en leadzanger, Noah Shepherd als drummer, Bo Crutcher als bassist en Rayburn Tolley als toetsenist. Eddie en Ray maakten al heel lang samen muziek. Door de jaren heen hadden veel mensen Eddie afgeschreven, maar Ray was daar niet één van. Zelfs niet in tijden dat Eddie had gewénst dat hij hem zou afschrijven.

Hoewel de vier mannen niet spectaculair succesvol waren,

hadden ze het prima naar hun zin wanneer ze optraden voor een vertrouwd publiek in de kroeg of op lokale festivals.

Eddie stapte de knusse kroeg binnen. 'Mannen,' begroette hij zijn vrienden en hij pakte een doekje om de sneeuw van zijn gitaarkoffer te vegen. In de gezellige ruimte rook het naar bier en haardvuur.

Maggie Lynn, de eigenaar van de Hilltop, had net een verse pot koffie gezet. Ze leek altijd precies te weten waar Eddie aan toe was. Met een grote glimlach keek hij haar aan. 'Jij,' zei hij, 'bent een engel.'

'Ja, hoor,' zei ze. 'Probeer mijn ex daar maar eens van te overtuigen.'

'Liever niet,' zei hij, waarop hij begon met het opstellen van de apparatuur. Er waren nog maar een paar mensen in het café – een verliefd stelletje had zich afgezonderd op een bank in de hoek en twee jongens zaten aan de bar naar een ijshockeywedstrijd op tv keken.

'Hoe staan de zaken ervoor met Little Miss Sunshine?' vroeg Ray terwijl hij een kabel uitrolde.

'Maureen Davenport, bedoel je,' verbeterde Eddie hem grommend.

'Ik had verwacht dat je haar inmiddels wel in bed had weten te krijgen met je gladde praatjes.'

'Ten eerste is ze mijn type niet. Ten tweede heeft ze al een ander.'

Ray trok zijn wenkbrauwen op. 'O ja? Wie dan?'

'Ik ken hem niet, maar volgens mij werkt hij voor Lonigan Trucking.'

'Lonnie?' Ray viel even stil. 'Er is niets gaande tussen hen. Niets romantisch, in ieder geval.'

‘Hoe weet je dat?’

Hij haalde zijn schouders op. ‘Dat weet ik gewoon.’

‘Kom op, dit is niet het moment om de discrete politieagent uit te hangen. Hoe weet je dat?’

‘Hé, als je mij niet gelooft, vraag het dan aan haar. Vraag het aan Maureen. Of nog beter, vraag haar mee uit, dan loop je tenminste niet langer met je ziel onder je arm.’

‘Ik loop niet –’

‘Jongen,’ zei Ray met een grijns, ‘echt wel. Zo, hou nu je kop en zing wat.’

Het irriteerde Eddie dat mensen dachten dat hij een oogje had op de bibliothecaresse. Het zou toch voor iedereen overduidelijk moeten zijn dat ze helemaal zijn type niet was? Doorgaans had hij nu eenmaal weinig gemeen met die serieuze, slimme, hardwerkende types. ‘Laten we beginnen, oké?’

Ze begonnen met wat oude klassiekers bij wijze van warming-up en gingen daarna door met nieuwer materiaal. Eddie had recentelijk samen met zijn leerlingen een nummer geschreven dat Ax to Grind heette, en dit was de eerste keer dat hij het voor een publiek uitprobeerde. Het applaus van Maggie Lynn en de cafébezoekers na afloop was enthousiast. Enkele vrouwen uit een vriendinnengroep die rondom een hoge tafel stonden probeerden zijn blik te vangen. Gewoonlijk zou hij ervoor zijn gegaan, maar die avond had hij andere dingen aan zijn hoofd.

‘Lekker melodietje,’ zei Ray. ‘Je zou in een echte band moeten spelen.’

‘Ha, ha,’ zei Eddie.

Omdat er niet zo veel klanten in het café waren, besloten ze hun optreden vroeg af te ronden. Bo en Noah – die allebei sinds kort getrouwd waren – haastten zich naar huis. Eddie en Ray waren nog een potje pool aan het spelen toen Ray hem ineens porde met zijn keu. 'Niet meteen kijken, hartenbreker, maar je hebt bezoek.'

Eddie draaide zich om naar de deur. Daar stond Maureen Davenport, met opgetrokken neus alsof ze iets vies rook, dik ingepakt tegen de kou. In zijn hoofd hoorde hij zijn vrienden en collega's plagerig zeggen: 'Je hebt een oogje op haar, je vindt haar leuk...' En tegen alle logica in hadden ze gelijk. Behalve soms een beetje stekelig, was Maureen kwetsbaar en oprecht. In meerdere opzichten dus het tegenovergestelde van het type meisjes waar hij normaal gesproken op viel. Toch vond hij haar leuk. Met opgestoken hand gebaarde hij haar dichterbij te komen. 'Jij bent nog laat de hort op,' zei hij. 'Alles goed?'

Terwijl ze haar sjaal afdeed en haar jas uittrok, keek ze om zich heen met een blik alsof ze in een drugshol was beland. Bij het zien van de groep vrouwen in strakke jeans trok ze automatisch de zoom van haar trui omlaag. Het was duidelijk dat ze niet vaak in dit soort gelegenheden kwam. 'Het is niet laat. Ik ben een nachtdier,' zei ze, waarbij ze haar bril omhoogduwde op haar neus.

Hij vond het vleiend dat ze haar veilige omgeving had verlaten enkel om hem te zien. Dat moest haast wel betekenen dat ze ook een oogje op hem had. Misschien kon ze de hele dag wel aan niets anders denken. Dat hield in dat Ray gelijk had gehad toen hij hem verzekerde dat ze niets had met die vrachtwagenchauffeur, Lonigan.

'Je hebt net ons optreden gemist,' zei hij. 'Volgende keer moet je vroeger komen.'

'Ik ben hier niet om vermaakt te worden,' zei ze. 'Ik vroeg me af hoe het met je nummer gaat.'

'Je bent hierheen gekomen om me te vragen of ik mijn huiswerk wel heb gedaan?' Hij lachte, hoewel hij het niet bepaald grappig vond. Dat betekende immers dat ze niet speciaal voor hem was gekomen, iets wat hem meer stoorde dan hij wilde toegeven.

'Is het lied al klaar?' vroeg ze, terwijl ze zich omdraaide naar Ray. 'Hij gaat een zelfgeschreven lied opvoeren in de kerstvoorstelling dit jaar.'

'Dat is onze Eddie. Het is zo'n schatje,' zei Ray.

'Rot op,' mompelde Eddie.

'Hé, dat jij nou allergisch bent voor kerst wil nog niet zeggen dat de rest van de wereld dat ook is,' zei Ray.

'Ik ben niet allergisch voor kerst.'

'Wees maar voorzichtig met deze jongen,' waarschuwde Ray Maureen. 'Hij heeft echt problemen met kerst.'

'Onzin,' protesteerde Eddie. 'Het is gewoon net als iedere andere dag.'

'Zie je?' merkte zijn vriend met een betekenisvol knikje naar Maureen op.

'Kerstontkenning,' beaamde ze.

'Precies.'

'Ik dacht dat we vrienden waren,' klaagde Eddie.

'Wat nou? Ik noemde je net toch een schatje?' Ray wierp een blik op de klok. 'Ik moet ervandoor. Late dienst op het bureau. We moeten de wereld beschermen tegen kersthaters.'

'Hé,' zei Eddie. 'Ik heb een lift nodig, weet je nog? Mijn busje staat bij de garage.'

'Ik kan je wel een lift geven,' zei Maureen. 'Ga maar, Ray.'

Tolley was binnen een paar seconden vertrokken. Ongemakkelijk schraapte Eddie zijn keel. 'Ik pak mijn gitaar even.'

Zwijgend liepen ze even later samen naar buiten. Het voelde alsof hij haar gevangene was.

'Wat zit je nu weer dwars?' vroeg hij terwijl hij zijn gitaar op de achterbank legde. Haar kleine auto was volgepropt met cd's met taallessen, breinaalden en wol, conservenblikken voor de voedselbank en zakjes vogelvoer.

'Waarom denk je dat me iets dwarszit?' vroeg ze, waarop ze snel een wegwuifgebaar maakte. 'Laat maar, geef daar maar geen antwoord op. Het kan alleen maar beledigend zijn.'

'Zie je, ik wist het wel. Iets zit je dwars. Nog meer dan gewoonlijk, bedoel ik.'

Zwijgend opende ze het portier, nam plaats in de auto en zette de verwarming hoog. Nadat ze beiden hun gordel hadden omgedaan, reed ze echter niet weg. In plaats daarvan draaide ze zich naar hem toe. 'Hoe ben je van plan om een teder, liefdevol kerstlied te schrijven als je kerst haat?'

Daar moest hij om lachen. Dat zat haar dus dwars. 'Zoals ik al mijn andere liedjes schrijf: noot voor noot. Ik hoef zelf niet achter mijn teksten te staan.'

'Niet?'

'Het is maar een liedje, oké? Muziek en tekst. Met een heel specifiek onderwerp.'

Ze startte de auto en reed de parkeerplaats af.

Nadat hij haar zijn adres had gegeven, vroeg hij zich af of hij haar straks binnen moest vragen. Zou hij haar vragen of ze zin had om nog wat te blijven hangen, misschien om hun gekibbel voort te zetten? Ja, dat zou leuk zijn.

'Heb je het al geschreven?' vroeg ze.

'Nee.'

'We hebben het nu nodig, Eddie. Waarom heb je het nog niet geschreven?'

'Verdomme, Maureen. Ik heb het druk gehad, oké? Ik heb wat ruimte nodig om iets in elkaar te flansen.'

'Hoelang heb je nodig?'

Ze was de irritantste vrouw die hij ooit had ontmoet.

'Wil je een specifieke tijdsduur horen?'

'Ja. Hoelang heb je nodig? Een halfuur? Een uur? Een dag?'

'Hemel, weet ík het.'

'Je weet niet hoelang het duurt om een liedje te schrijven?'

'Het duurt zolang als het duurt. Specifieker kan ik niet zijn.'

Voor een stoplicht draaide ze zich half naar hem toe om hem kort te bestuderen. Daarna zette ze haar richtingaanwijzer aan en reed weg van Willow Street.

'Hé,' zei hij. 'Ik dacht dat je me een lift zou geven naar mijn huis.'

'Ik ben van gedachten veranderd,' zei ze droogjes. 'We gaan naar míjn huis.'

Ze wist dat ze een groot risico nam door Eddie hier mee naartoe te nemen zodat ze met zijn tweetjes zouden zijn, zeker zo laat op de avond. Maar het was nu eenmaal een noodsituatie. Ze had zijn liedje nodig. Het moest perfect worden.

'Dit is de bibliotheek,' zei hij.

'Dat weet ik.' Ze pakte zijn gitaar van de achterbank en gaf die aan hem. Vervolgens viste ze haar sleutels uit haar zak en liep om het gebouw heen naar de personeelsingang.

'Het is elf uur 's avonds.'

'Ik kan ook klokkijken.'

'Ik dacht dat we naar je huis gingen,' zei hij.

'Dit is zo'n beetje mijn huis.'

'Waarom zijn we hier eigenlijk?'

'Omdat jij ruimte nodig hebt. Daar is de bibliotheek een perfecte plaats voor.' Nadat ze het alarm had uitgezet, ging ze hem voor. Ze liepen door een donker kantoor met overvolle bureaus en boekenplanken de bibliotheek in.

'Ik en mijn grote mond ook,' mompelde hij.

Bij een klein kamertje met een hoog raam, een tafel, enkele stoelen en een antieke piano bleef ze stilstaan.

'Dit noemen we de pianoruimte,' legde ze uit. 'De kamer is zo goed als geluiddicht. Hij wordt vooral gebruikt voor studiegroepen en soms voor individuele pianolessen. En nu voor het schrijven van een nummer. Jij bent onze eerste songwriter.'

'Het ziet er meer uit als de bloedbank.'

'Ik weet niet wat dat is.'

'Dat is een plek waar mensen hun bloed verkopen voor geld. Wist je dat je plasma dertig dollar waard is per halve liter?'

Huiverend zei ze: 'Ik wist niet dat mensen hun bloed konden verkopen. Ik dacht dat je bloed doneerde.'

'Je hebt duidelijk nogal een beschermd leventje geleid. Mensen verkopen hun plasma als ze niets anders meer hebben.'

'Hm. De kans bestaat dat ik binnenkort ook geen baan meer heb...' Ze grijnsde. 'Grapje. Misschien zijn de lichten aan het plafond inderdaad wat fel. Wacht even.' Ze liep naar het leeshoekje voor de kinderen en kwam terug met een ouderwetse vloerlamp. Eddie keek zwijgend toe terwijl ze vooroverboog om de stekker in het stopcontact te steken. Toen ze weer rechtop ging staan, verwarde de uitdrukking op zijn gezicht haar. 'Is er iets?' vroeg ze.

'Nee, hoor.'

Ze keek wantrouwig. 'Waarom kijk je me dan zo aan?'

'Laten we zeggen dat ik een erg leuk uitzicht had.'

'Pardon?'

'Ik keek naar je kont,' gaf hij toe.

Het liefst was ze onmiddellijk door de grond gezakt. 'Doe niet zo irritant.'

'Iedere vrouw die vooroverbuigt voor een man kan verwachten dat er naar haar gestaard wordt, zo simpel is het. En mocht je het je afvragen, je hebt fantastische billen. Topklasse, echt waar. Dat was me nog nooit eerder opgevallen.'

Hem aanstarend merkte ze op: 'Dat was ook niet de bedoeling.'

'Je bent een sexy vrouw, Maureen. Waarom probeer je dat te verbergen?'

'Ik probeer niets te verbergen.'

Hij wierp een blik op haar dikke kabeltrui en haar te grote jas. 'Juist, ja. En de man met wie ik je eerder op de avond samen zag, probeerde je hem ook niet te verbergen?'

'Welke man?' vroeg ze fronsend.

'Die met een vrachtwagen.'

O, in 's hemelsnaam, dacht Maureen. 'Dat is Lonnie. En ik ga het niet over hem hebben met jou.'

'Jammer. Ray zei dat ik het moest vragen.'

'Heb je het met Ray over mij gehad? Over Lonnie?'

'Is dat een misdaad?'

'Het is bemoeizie k.'

'Nou en. Heb je iets met hem?'

'Néé.'

'Heb je iets met iemand anders?' vroeg hij.

Verward keek ze op; dit gesprek was wel het laatste wat ze had verwacht. 'Ik probeer helemaal niet te daten,' flapte ze eruit.

'Waarom niet? Dat is toch leuk?'

'Voor sommige mensen. Niet voor mij. Voor mij is daten nog minder leuk dan...' Ze dacht na.

'Dan wat?'

Dan wat dan ook, dacht ze triest, maar dat wilde ze niet aan hem toegeven. 'Dan opgeroepen worden om jurylid te zijn in een rechtszaak,' zei ze uiteindelijk. 'Ik woon nog liever een rechtszaak bij dan dat ik op date ga.'

'Oké, wat nog meer? Naar de kerk gaan. Is dat leuker dan op date gaan?'

'Ik vind het leuk om naar de kerk te gaan, dus ja.'

'Een wortelkanaalbehandeling. Zou je liever een date hebben of een wortelkanaalbehandeling ondergaan?'

In een poging haar gezicht in de plooi te houden, antwoordde ze: 'Ze verdoven je in ieder geval voor een wortelkanaalbehandeling. Op een date worden al je zenuwen juist blootgelegd.'

'Je bent een vreemde meid, weet je dat? Met wat voor types ben jij in vredesnaam uitgegaan? Seriemoordenaars, dictators?'

'Zoals ik al zei, ik heb al lange tijd geen date meer gehad, want ik vind er niets aan. De laatste date die ik had was...' Ze moest even nadenken. '...met een jongen die Walter heette. We gingen naar een waardeloos concert. En daarvoor heeft Alvin Gourd me een keer meegenomen naar een postzegelbeurs.'

Hierop barstte Eddie in lachen uit. 'Geen wonder dat je liever een wortelkanaalbehandeling ondergaat. Een póstzegelbeurs? Bestaan die echt?'

'Sommige mensen zien postzegels als kunst.'

'Mijn hemel.' Met tranen in zijn ogen van het lachen vervolgde hij: 'Trouwens... Alvin Gourd? Wat is dat voor naam? Wie in vredesnaam is Alvin Gourd?'

Het soort man dat met mij op date wil, dacht ze. 'Je moet iemands naam niet belachelijk maken,' zei ze.

'Dat is waar. Ik heb zelf ook een vreemde naam.'

'Eddie? Dat is toch geen vreemde naam?'

'Het is ook niet mijn echte naam. Mijn echte naam is Doobie.'

'Alsjeblieft, zeg.'

'Ik zweer het. Het staat op mijn geboorteakte.'

'Wat voor soort mensen noemen hun kind Doobie?'

'Mensen die zelf Willow en Moonbeam heten.'

'Dat meen je niet.'

'Jawel.'

'Jouw ouders heten Willow en Moonbeam?'

'Toen ze in hun psychedelische fase zaten.'

'Oké, wacht even,' zei ze, waarbij ze haar hand opstak. 'Ik kan je niet aan het werk zetten voordat je me meer hebt verteld over Willow en Moonbeam en hun psychedelische fase.'

'Jeetje, Miss Davenport, ik had niet gedacht dat het u ook maar iets kon schelen.'

Ze gaf hem een speelse duw tegen zijn arm en merkte dat ze zich meer op haar gemak voelde wanneer ze Eddie plaagde dan wanneer hij haar... achterwerk bekeek. 'Vertel.'

'Wie is er nu bemoeizniek?'

'Ik,' gaf ze toe, net zo nonchalant als hij eerder had gesproken.

'Oké. Mijn ouders hebben me opgevoed in een commune vlak bij Woodstock. Ik ging niet naar school, maar kreeg thuis les.'

'Fascinerend,' zei ze. 'Dan heb je een bijzondere jeugd gehad.'

'Vind je?'

'Zeker. Ik heb gelezen dat zo'n soort opvoeding meestal resulteert in kinderen die evenwichtig zijn en een sterke band hebben met hun familieleden en de mensen die hen mede hebben opgevoed.'

'Nou, ík heb er nooit iets over gelezen,' zei hij. 'Het was gewoon mijn leven. En om eerlijk te zijn waren mijn ouders jong en naïef; ze zouden de eersten zijn om toe te geven dat ze geen idee hadden hoe ze een kind moesten opvoeden. Ze modderden maar wat aan in de hoop dat het wel goed zou komen. Ze verbouwden hun eigen voedsel, hun eigen wiet, en zorgden voor de kinderen en het vee, samen met de rest van de commune – met wisselend resultaat, mag ik wel zeggen. Ik ben geboren in een hutje zonder elektriciteit. Door puur geluk ben ik gezond ter wereld gekomen, helaas wel met een ongelukkige naam: Doobie.'

Het klonk allemaal zo bohemien en romantisch in Maureens oren. 'Dus je woonde in een commune en toen werd je een kindsterretje. Hoe was dat?'

'Ik wist niet beter. Wat veel mensen vaak vergeten, is dat kindsterretjes maar zelden eindigen als volwassen sterren. Mensen denken automatisch aan de succesverhalen van succesvolle acteurs die al van kinds af aan in het vak zitten. Week in, week uit staan de roddelbladen echter vol met verhalen over kindacteurs die later helemaal van het rechte pad zijn geraakt. Sommigen hebben een middelmatige carrière, anderen zijn er helemaal mee gekapt. Vooral dat laatste verbaast mensen vaak.'

'Natuurlijk,' gaf ze toe. 'Ik bedoel, als je een personage als Jimmy kan neerzetten, gaat het publiek ervan uit dat het met een geboren ster te maken heeft.'

Grinnikend zei hij: 'Als je je carrière begint op je vijfde, is er niet echt sprake van het volgen van je passie. Je doet gewoon wat je wordt opgedragen. Een pluspunt aan het maken van die film was dat ik mijn naam mocht veranderen. Ook mijn ouders namen hun oude namen weer aan: Barb en Larry.'

Gefascineerd hoorde ze hem aan. Ze had daar wel de hele nacht kunnen blijven zitten om naar zijn verhalen te luisteren. Toen keek hij naar haar, en viel het niet langer te ontkennen dat hij naar haar mond staarde.

'Ik praat hier zelden over,' merkte hij op.

'Ik zal het aan niemand vertellen.'

'Het is geen geheim. Gewoon... het verleden. Maar genoeg over mij.'

'Ja,' stemde ze haastig in. 'Je bent hier om te schrijven. Ik zal je alleen laten.'

'Wacht, ik heb inspiratie nodig.' Nadat hij de felle lichten had uitgedaan, knipte hij de vloerlamp aan, waardoor de ruimte plotseling in een amberkleurige gloed baadde.

'Daar kan ik je niet mee helpen,' zei ze.

'O, jawel,' zei hij, waarbij hij zijn handen op haar schouders legde. 'Dat kun je wel.'

Het was alsof zijn aanraking haar in brand zette. In een mislukte poging het nonchalant weg te lachen, stootte ze een hulpeloos piepje uit.

'Echt waar,' zei hij. 'Dat kun je wel.'

'Wat ben je in 's hemelsnaam aan het doen?'

'Ik probeer wat interessanter te zijn dan een postzegelbeurs.' Teder dwong hij haar een stap achteruit te doen, zodat ze klem kwam te zitten tussen hem en de tafel. 'Zoenen in de bibliotheek. Daar kan ik wel een liedje over schrijven.'

'Dus je gebruikt me alleen voor inspiratie.'

'Nee. Ik wil heel graag met je zoenen.'

Vechtend tegen de verleiding duwde ze hem weg. 'Dit is niet grappig, Eddie.' Haar stem klonk scherp. In zijn oren klonk hij waarschijnlijk kinderachtig en schril.

Met zijn handen in de lucht deed hij een stap achteruit. 'Oké, prima,' zei hij. 'Ik doe al niets meer.'

'Je hebt werk te doen,' zei ze met een ongemakkelijke grijns.

'Werk?'

'Het kerstliedje.'

'Ik heb een hekel aan kerst, weet je nog?'

'Dat heb je me nu al meerdere keren verteld. Ik begrijp alleen niet waarom.'

'En ik begrijp niet waarom jij er zo dol op bent.'

'Het is de tijd van wonderen,' legde ze uit. 'Iedereen is op zijn best – op zijn vriendelijkst, op zijn gulst. In dit stadje heeft kerst een speciaal soort schoonheid. En een speciale betekenis voor mij. Ooit heeft dit feest me door een heel moeilijke tijd in mijn leven geholpen.' Nog voor dat ze die woorden had uitgesproken, wenste ze dat ze ze voor zich had gehouden.

Geïntrigeerd keek hij haar aan. 'Dat verhaal wil ik horen.'

'Nee, dat wil je niet. Waarom kan het je überhaupt iets schelen?'

'Je lijkt me niet het soort persoon dat ooit moeilijke tijden heeft moeten doorstaan.'

'O nee? Wat voor persoon lijk ik dan wel?'

'Iemand die een goede band heeft met haar familie, iedere zondag naar de kerk gaat en nooit een onzuivere gedachte heeft. Iemand die 's avonds graag thuisblijft, in haar pyjama, met haar kat en een goed boek.'

Twee katten, dacht ze, maar ze weigerde toe te geven dat hij gelijk had. 'Jij denkt dat je me helemaal doorhebt, of niet soms?' Gebarend naar een stoel beval ze hem streng: 'Schrijf.'

'Zo werkt dat niet,' wierp hij lachend tegen.

'Vertel me dan eens hoe het wel werkt.'

'Ik moet het nummer eerst voelen.'

'En hoe ga je dat voor elkaar krijgen?'

Even was hij stil. Toen, voordat ze hem ervan kon weerhouden, boog hij zich naar haar toe om een zachte kus op haar mond te drukken. 'Zo. Dat was ik al die tijd al van plan.'

Geschokt deed ze een stap achteruit, niet in staat om iets te zeggen. Ze kon niet geloven wat hij zojuist had gedaan. Het was één ding om Eddie Haven in haar fantasie te kussen, maar iets heel anders om het ook in het echt te doen. Deze echte kus was trouwens zoveel intenser dan ze ooit in haar fantasie zou hebben toegelaten. Hemel, zíj was degene die in gezang wilde uitbarsten, en dat terwijl ze helemaal niet zo muzikaal was. Het was allemaal nogal overweldigend. Normaal gesproken voelde ze zich niet graag overweldigend, maar in het geval van Eddie maakte ze kennelijk graag een uitzondering.

'Ik heb nog nooit zoveel lol gehad in een bibliotheek,' zei hij met een grijns. 'Ik voel me nu al een stuk slimmer.'

Fronsend keek ze hem aan. 'Sorry?' vroeg ze met vlammende ogen. Speelde hij een spelletje met haar? Keek hij gewoon hoe ver hij kon gaan bij die suffe bibliothecaresse? 'Ik zal je nu alleen laten zodat je kunt werken; er ligt nog wat werk voor me op mijn kantoor.' Met die woorden maakte ze zich uit de voeten, wensend dat ze zich niet zo opgelaten zou voelen. Er lag inderdaad nog genoeg werk op haar te wachten; vaak bleef ze tot laat in de bibliotheek om in stilte door te werken. Die avond kon ze zich echter met geen mogelijkheid concentreren.

De onrust in haar binnenste was zó sterk dat ze binnen een recordtijd de boeken uit de retourneerbak had teruggeplaatst op de planken en vervolgens in een vlaag van schoonmaakwoede ook nog haar bureau had opgeruimd. Af en toe kwam er piano- of gitaarmuziek binnendrijven, klanken die ze met moeite probeerde te negeren. Net zoals het feit dat de man die die geluiden voortbracht haar zonet had gekust.

Inclusief Eddie was ze nu in totaal door vijf jongens gekust in haar leven. Hoe triest was dat? Soms maakte ze zichzelf wijs dat dat kwam omdat ze extreem kieskeurig was – op een goede manier. De echte reden was natuurlijk dat ze die situaties meestal probeerde te vermijden. Lang geleden had ze geleerd dat zoenen tot allerlei dingen kon leiden, waardoor je uiteindelijk met een gebroken hart achterbleef.

Terwijl ze de post op haar bureau sorteerde, kwam ze een reactie tegen op een open sollicitatie die ze onlangs had gestuurd. Hoewel ze het geenszins een fijn idee vond om een nieuwe baan te moeten zoeken, wist ze dat dit nu eenmaal de realiteit was. Sommige medewerkers hadden hun contract al opgezegd, nadat ze een baan met meer zekerheid hadden gevonden. De ICT-manager zou in New Paltz gaan werken. Een collega-bibliothecaris had een baantje gevonden in de lokale boekwinkel. De servicecoördinator had besloten om zijn grote droom te gaan verwezenlijken door zich aan te melden voor een koksopleiding in Noord-Californië. Maureen wilde niet alleen achterblijven. Zelfs als de inzamelingsactie een succes werd, zou ze waarschijnlijk niet genoeg opleveren om de bibliotheek draaiende te houden. Dus had ze zich op haar bibliotheeknetwerk gestort, op zoek naar een andere baan. Dat had vrijwel direct effect gehad: een bedrijf in Boston had om haar cv gevraagd.

Het idee dat ze ver weg zou moeten gaan wonen was extreem deprimerend, dus ze zette het even van zich af en ging verder met het opruimen van haar werkplek. Het was geen echt kantoor, meer een afgescheiden hoekje in de personeelsruimte. Ieder jaar probeerde het bestuur een gaatje in de begroting te vinden om een goed kantoor voor haar te kunnen inrichten, maar er was nooit genoeg geld voor geweest. Nu zag het ernaar uit dat het er nooit meer van zou komen.

Ze sloot de lades van haar bureau af en liep naar de boekenplanken. Misschien was het tijd om op haar gebruikelijke manier wat wijsheid te vergaren. Met haar ogen dicht trok ze een willekeurig boek van een plank en liet het openvallen. Het boek had een zware, muffe geur. Met opgetrokken neus wees ze een plek aan op de pagina en deed haar ogen open.

'Romeinse jongeren stormden binnen om de maagden weg te dragen, zij die slachtoffers van goddeloze trouwbreuk waren,' las ze hardop. O, hemel. 'De Sabijnse maagden, wier fouten tot oorlog hadden geleid, begaven zich onverschrokken te midden van de vliegende speren met hun slonzige haar en gescheurde gewaden...'

'Top,' mompelde Maureen. 'Ga ik op zoek naar advies, stuit ik op de verkrachting van de Sabijnse maagden.'

'Hé, kom op, het was maar een kus,' klonk een stem achter haar.

Ze schrok zo hevig dat ze het dikke boek liet vallen terwijl ze zich omdraaide. Het viel op haar voet. 'Au!' riep ze. 'Je laat me schrikken.'

'Heb je je pijn gedaan?' vroeg Eddie, waarna hij zich vooroverboog om het boek op te rapen. Hij keek naar titel. 'De geschiedenis van Rome, door Livius. Dat is me nogal een boek.'

'Geef maar aan mij.' Ze griste het boek uit zijn handen en zette het terug op de plank terwijl ze zijn blik in haar rug voelde branden. 'Wat?' vroeg ze uitdagend nadat ze zich had omgedraaid om hem recht in de ogen te kijken.

'Niets,' zei hij. Wat had hij toch een sexy glimlach. 'Ik probeer er gewoon achter te komen hoe je in elkaar steekt, Mo.'

'Er is niets om te achter te komen. Ik ben wie ik ben.' Zou hij kunnen zien dat ze loog? Ze schraapte haar keel en veranderde snel van onderwerp. 'Dus, heb je het liedje af?'

'Ja.' Hij had inderdaad zijn jas al aan en zijn gitaar zat weer in de koffer.

'En?'

'En, wat?'

'Wanneer ga je dit meesterwerk aan mij laten horen?'

'Ik heb nooit beweerd dat het een meesterwerk zou worden. Het is gewoon een nummer, oké? Gewoon iets wat ik heb geschreven.'

'Laat maar horen dan.'

Nadat hij haar een lang moment had aangestaard, klikte hij langzaam en met een bedenkelijke blik zijn koffer weer open. 'Je bent een behoorlijk koppige vrouw.'

'Dat vat ik maar op als een compliment,' liet ze hem snuivend weten.

Hij ging op de rand van de tafel zitten, pakte zijn gitaar, speelde wat noten en neuriede een melodietje. Zelfs het nonchalante stemmen van zijn gitaar leek onder haar huid te kruipen. Zijn muziek voelde aan als een tedere omhelzing. O, Maureen, dacht ze. Je zit in de problemen.

'Heb je muziek gestudeerd?' vroeg ze, in de hoop dat hij haar gedachten niet van haar gezicht had kunnen aflezen.

Hij knikte. 'Muziektheorie en compositie.'

'Waar heb je gestudeerd?'

'Juilliard,' zei hij, zonder op te kijken van zijn gitaar.

'Wauw. Dat wist ik helemaal niet.'

'Ik dacht dat je alles wel zo'n beetje wist over mij,' zei hij. 'Dat je me gegoogeld had of zo.'

'Waarom zou je daar van uitgaan?' vroeg ze met een afkeurende blik.

'Omdat je een bibliothecaresse bent en zo.'

'Dat zou ik nooit doen. Dat is een schending van je privacy. En onprofessioneel. Ik zou nooit mijn vaardigheden als bibliothecaresse gebruiken om inbreuk te maken op iemands privéleven.'

'Dachten maar meer mensen er zo over.'

Ongeduldig wees ze naar zijn gitaar. 'Het liedje.'

Met een vermoeide zucht concentreerde hij zich op zijn gitaar. 'Prima.' Zijn vingers streken over de snaren en vulden de ruimte met klanken. Zijn stem was zacht van emotie en berusting. De tekst – over bomen in de winter – vertelde op een bescheiden manier een verhaal over de moeizame weg van eenzaamheid naar verbintenis. Muziek vulde de lege bibliotheek; de melodie leek warme wolkjes in de lucht te vormen.

Het was onweerstaanbaar. Altijd raakte ze ontroerd door echt talent, vooral wanneer de passie zo zichtbaar was. Ook nu gebeurde dat. Het ene moment was hij gewoon een man die op zijn gitaar speelde, het volgende moment leek hij haar mee te voeren naar een andere wereld. Fysiek was hij nog aanwezig, maar door zijn muziek leek hij zich in een ander universum te bevinden. Ontroerd zweefde ze met hem mee.

De tekst gaf haar kippenvel. 'Voor mij ben je een engel…'

Had hij dat echt gezongen? De woorden zogen haar terug in de tijd, naar de avond dat ze hem in een berg sneeuw had zien liggen, verdwaasd en gewond, maar nog wel in staat om te praten. Nooit zou ze vergeten wat hij toen tegen haar had gezegd: 'Sorry. Ik dacht even dat je een engel was.'

'Stop,' zei ze abrupt, het liedje onderbrekend. 'Hou op.'

'Hé, jij wilde het liedje zo graag horen.'

'Niet dít liedje.'

'O, sorry hoor. Dan had je wat specifieker moeten zijn.'

'Het is nogal moeilijk om specifiek te zijn over iets wat nog niet geschreven is,' zei ze. 'Luister, jij bent de professional, en je had beloofd dat je een kerstlied zou schrijven.'

'Dit is een kerstlied.' Hij staarde haar aan. 'Wat dacht je dan dat het was?'

'Het klonk als een liefdesliedje.'

'Ieder kerstliedje is een liefdesliedje,' zei hij.

Daar kon ze niks tegenin brengen, maar ze was niet van plan zich zomaar omver te laten praten. 'Er zijn verschillende soorten liefde,' stelde ze.

'Daar zit ik echt op te wachten. Een preek over de liefde van een vrouw die niet eens op date wil.'

'Met jou,' verduidelijkte ze. 'Ik wil niet daten met jou.'

'Prima, met wie wel dan?'

'Dat gaat je niets aan.'

'Waarom wil je geen date met mij?' vroeg hij.

Omdat het me te veel pijn zal doen als je weer weggaat, dacht ze, maar dat zei ze niet hardop. Ze twijfelde er niet aan dat ze halsoverkop verliefd zou worden als ze met hem uit zou gaan. Het zou echter nooit iets kunnen worden tussen hen. Hij zou haar verlaten. Dat deden mannen als Eddie Haven nu eenmaal. Dat overkwam vrouwen als Maureen Davenport nu eenmaal.

'Het liedje,' begon ze, waarmee ze het gesprek weer op het oorspronkelijke onderwerp wilde brengen. 'Het werkt niet voor me.'

'Omdat het over de liefde gaat? Nou, mijn excuses daarvoor, zeg.'

'Het gaat over romantische liefde,' zei ze.

'Dat is jouw mening. Mensen kennen hun eigen betekenis toe aan een liedje. '"Voor mij ben je een engel" is niet per se romantisch.'

Waarom had het haar hart dan in vuur en vlam gezet?

'Het is iets wat een ouder tegen zijn kind kan zeggen,' ging hij verder. 'Of een vriend tegen een vriend. Het ligt aan de context waarin je het zegt.'

'Ik vind gewoon niet dat het bij de voorstelling past.'

'Niets wat ik schrijf zal jou ooit tevreden stellen. Misschien wil je gewoon niet gelukkig zijn.'

'Dat is belachelijk,' zei ze. 'Natuurlijk wil ik wel gelukkig zijn. Dat wil iedereen.' Ze fronste, beledigd door wat hij zojuist had gezegd.

'Oké, bewijs het dan maar,' zei hij.

'Hoe bedoel je?'

'Bewijs me dat je gelukkig wil zijn en niet vast wil blijven hangen in het verleden, steeds teruggrijpend naar iets wat lang geleden is gebeurd.'

Ze bestudeerde zijn gezicht. Wist hij het? Of gokte hij maar wat? 'En hoe zou ik dat dan aan jou moeten bewijzen, mocht ik dat willen?'

Opnieuw die speciale glimlach. De glimlach waarbij er kleine lachrimpeltjes naast zijn ogen verschenen. 'Ga met me uit. Laat me je leren hoe je plezier kan hebben. Word eens wat losser.'

'Ik weet echt wel hoe ik plezier moet hebben,' protesteerde ze.

Hij gooide zijn hoofd in zijn nek en lachte. 'Geweldig,' zei hij.

‘Dan wordt het gemakkelijker dan verwacht. Wat doe je morgenavond?’

‘Dan ben ik te druk.’ Dat was niet helemaal gelogen.

‘Morgenmiddag dan,’ zei hij, waarna hij zijn gitaar oppakte. ‘Morgen na de repetitie? Ja, dat moet lukken. En als je een scène gaat schoppen, haal ik de cameraploeg erbij.’

Hoofdstuk 14

Mijn hemel, dacht Eddie, terwijl de kinderen de kerk uit liepen na hun repetitie op zondagochtend, dat was echt een ramp.

'Ging de repetitie zó slecht?' vroeg Jabez, die even bleef stilstaan op weg naar de deur.

Eddie fronste. Hij had al een paar uur niets gezegd. 'Nogal,' antwoordde hij. 'We hebben nog een hoop werk voor de boeg. Dit is niet meer dan een kladversie van de uiteindelijke voorstelling.'

'Hm.'

'Jij deed het fantastisch, hoor.' Jabez' stem was het hoogtepunt van de ochtend geweest. Zijn zangtechniek was foutloos, puur en fascinerend. 'Heb je zangles gehad? Buiten school om, bedoel ik.'

Na een korte stilte zei Jabez: 'Een beetje, maar dat is al weer lang geleden. Is er iets?' Het was alsof deze jongen gedachten kon lezen.

'Wat zenuwen, maar die gaan wel weer weg,' antwoordde Eddie met een grijns. 'Ik heb een meisje mee uit gevraagd en nu wil ik haar niet teleurstellen.'

De jongen grijnsde terug. 'Als je op dat gebied advies nodig hebt, ben je bij mij aan het verkeerde adres.'

'Heb jij dan geen vriendinnetje?'

Hij stootte een kort lachje uit. 'Nee.'

Dat was apart, dacht Eddie. De jongen had immers een nonchalante knapheid die menig tienermeisje niet zouden kunnen weerstaan. Hij had er een aantal naar Jabez zien gluren tijdens de repetitie.

'Ik heb wel een tip,' zei Jabez. 'Probeer iets nieuws te vinden, iets wat haar blij zal maken. Het is eigenlijk heel simpel.'

'Juist,' stemde Eddie in. 'Simpel. Ik moet uitzoeken wat haar blij maakt.'

'Oké dan. Zie je later.' Jabez ritste zijn jas dicht en liep naar buiten.

Eddie keek hem na. In tegenstelling tot veel andere tieners was de jongen niet met de auto gekomen. Hij leek overal te voet naartoe te gaan. Niemand wist veel over hem, en hij gaf zelf niets prijs. Wanneer hij in de buurt was, leek iedereen zich echter bewust van zijn aanwezigheid; hij was geconcentreerd en toonde interesse in de mensen om zich heen. Buiten aangekomen ging hij naast Cecil Byrne staan, een jongen die in alle opzichten anders was dan hij. Cecil, moest Eddie toegeven, was een beetje een nerd.

Ondanks het advies van Jabez had hij nog steeds geen goed plan voor zijn date met Maureen. Het was een impulsieve daad geweest om haar mee uit te vragen. Nu moest hij iets bedenken om met haar te doen. Om haar plezier te laten hebben. Nee, het was meer dan dat. Hij moest haar gelukkig maken.

Het geluk van iemand anders was geen last die hij graag op zijn schouders droeg. Bovendien besefte hij dat hij niet echt wist wat haar blij zou maken. Iets nieuws... Hij deed een stap opzij toen er een klein kind langs hem heen vloog. In de gauwigheid herkende hij een van Maureens neefjes, die herder 4 speelde in de voorstelling. Zijn moeder liep op een drafje achter hem aan. Misschien zou Maureens zus hem wat tips kunnen geven.

'Heb je even?' vroeg hij haar voordat ze de deur uit was. 'Eddie Haven,' stelde hij zich voor, waarbij hij zijn hand uitstak.

'Renée Quinn,' antwoordde ze. 'En ik weet wie jij bent. Hemel, wie weet dat niet?'

Ze had een lieve glimlach. Een mooi gezicht. Ze leek een wat meer ontspannen en rommeliger versie van Maureen.

'Is mijn reputatie me vooruitgesneld?' vroeg hij terwijl hij met haar terug de kerk in liep. De ruimte was gevuld met ouders en kinderen, moe van de inspannende repetitie en klaar om naar buiten te gaan en van de rest van de dag te genieten.

'Ha. Alsof je dat niet wist.' Ze was al net zo ad rem als haar zus. 'Je bent nog knapper in het echt. Maureen is al gek op je sinds ze klein was, weet je.'

'O ja?' Er verscheen een glimlach om zijn lippen.

'Laat het je niet naar het hoofd stijgen,' waarschuwde ze hem. 'Het is gewoon dat je het weet.'

'Als het me naar het hoofd was gestegen, zou ik je niet om advies vragen,' zei hij.

'Advies waarover?'

'Ik heb haar mee uit gevraagd. Op een date.'

Renée kneep haar ogen wantrouwend samen. 'Waarom?'

'Rustig maar. Ik vind Mo erg leuk –'

'Mo? Noemde je mijn zus nou Mo?'

O nee. Hij had duidelijk te veel gezegd.

Haar gezichtsuitdrukking verzachtte echter. 'Wat lief. Stiekem heeft ze altijd al een bijnaam gewild.'

Aan de andere kant van de zaal zag hij het onderwerp van hun gesprek staan, omringd door kleine kinderen. 'Fijn dat je het goedkeurt.'

'De bijnaam keur ik goed. De date niet echt.'

'Ik bedoel dit niet onaardig, maar dat is niet aan jou.'

'Dat is waar. Maar ik ben beschermend als het op Maureen aankomt. Ik wil niet dat iemand haar pijn doet.'

'Ik vind haar leuk,' herhaalde hij. 'Waarom zou ik haar pijn doen?'

'Ik zeg niet dat je het expres zou doen, maar... mijn zus is vrij gevoelig. Ze zou je dit waarschijnlijk nooit vertellen, maar ze heeft... een slechte periode achter de rug. Sindsdien is onze hele familie extra beschermend naar haar toe.'

Vaag kon hij zich iets herinneren van wat Maureen hem had verteld. Ze had laten doorschemeren dat ze in het verleden wonden had opgelopen, maar daarna was ze acuut dichtgeklapt met de woorden: 'Dat is privé.' Dit onderonsje met haar zus was een mooie kans om hier dieper op in te gaan. 'Wat bedoel je met een slechte periode?' vroeg hij.

'Máham!' Renées zoontje kwam naar de vestibule rennen. 'Wendy heeft net een zakje snoep geruild voor een hamster en daar loopt ze nu in haar zak mee rond.'

Renée trok wit weg. 'Ik moet gaan,' zei ze, waarop ze haastig haar zoon volgde.

Aha, dacht hij terwijl hij zich een weg naar Maureen baande. Zijn instinct was juist geweest; mevrouw had een geschiedenis. Dat maakte haar alleen maar interessanter. 'Hoi, ik heb net je zus ontmoet,' vertelde hij haar. 'Ik heb haar verteld dat je met me op date gaat.'

Drie meisjes uit het engelenkoor, die een paar meter verderop hadden staan kletsen, keken nieuwsgierig om. 'Heb je een date met Miss Davenport?' vroeg Emily McDaniel.

'Zeker weten,' zei hij. 'Als jij het goed vindt, tenminste.'

De meisjes liepen fluisterend en giechelend weg.

'Ho, ho, ik heb nooit gezegd dat ik met je op date zou gaan,' zei Maureen met een roze blos op haar wangen. Er waren een paar plukjes haar losgekomen uit haar haarspeld.

'Je hebt geen keuze meer. Ik heb het namelijk zojuist meegedeeld aan de grootste roddeltante die er is.' Emily was het nieuws inderdaad al druk aan het verspreiden onder haar vriendinnen uit het engelenkoor. 'Dus, we hebben een afspraakje,' stelde hij vast, zonder Maureen de kans te geven om tegen te stribbelen. 'Trek iets warms aan.'

'Een wandeling op sneeuwschoenen?' Vol verwarring keek Maureen naar de schoenen die Eddie haar aanreikte, nadat hij zijn auto aan het begin van een gemarkeerd pad had geparkeerd.

'Jep,' zei hij nonchalant. 'Ik ging ervan uit dat je dat nog nooit eerder had gedaan.'

'En niet zonder reden.'

'Ik vind het niet erg om je eerste keer te zijn, Maureen.' Die typische glimlach verscheen weer op zijn gezicht, een scheve grijns waar de charme van afspatte. 'Kom maar, ik help je wel met aantrekken.'

'Maar –'

'Tenzij je je liever zo een weg baant door een dik pak sneeuw dat tot je dijen reikt.'

Met een gekwelde zucht stak ze haar voet uit. Op het moment dat hij haar enkel vastpakte, stroomde er een warme golf door haar heen. Ze voelde zich plotseling enorm tot hem aangetrokken. Wellicht was het geen goed idee om alleen met hem de wildernis in te gaan. Het leek haar echter het beste om hem zijn zin te geven en hem te volgen door het besneeuwde bos, zodat ze zo snel mogelijk weer zou kunnen terugkeren naar haar warme huiskamer en haar katten en het foute maar o zo prikkelende romannetje dat ze aan het lezen was. Als ze protesteerde, zou dit hele gebeuren alleen maar langer gaan duren.

'Kom op,' zei hij, waarna hij haar voorging.

In de veel te grote sneeuwschoenen schoven haar voeten ongemakkelijk heen en weer, waardoor ze bij haar eerste stap al voorover met haar gezicht in de sneeuw viel.

'Ho, voorzichtig.' Eddie stond meteen naast haar, hielp haar overeind en klopte de sneeuw van haar af. 'Aan die schoenen moet je even wennen.'

'Bedankt voor de waarschuwing,' zei ze, terwijl ze wat gesmolten sneeuw van haar lippen likte.

'Rustig aan. Stap voor stap, dan krijg je het ritme vanzelf te pakken.'

Langzaam probeerde ze het nog een keer. Met haar benen wijd uit elkaar strompelde ze achter hem aan. Waarschijnlijk zag ze er extreem onaantrekkelijk uit, maar zo bleef ze tenminste wel overeind. Eddie bewoog zich uitermate soepel, hoewel ze merkte dat hij speciaal voor haar extra langzaam liep.

'Hoe ben je op het idee gekomen om een wandeling op sneeuwschoenen te gaan maken?' vroeg ze.

'Ik wilde iets nieuws doen. Iets wat je blij zou maken. Maar je ziet er niet zo blij uit.'

'Geef het wat tijd.' Ze kon een glimlach niet onderdrukken.

'Mijn vriend, Noah Shepherd, heeft me met al dit soort buitenactiviteiten kennis leren maken. Hij is enorm sportief. Doet ieder jaar van die winterse triatlons met sleeën, schaatsen en lopen op sneeuwschoenen. Ik ben gek op het buitenleven. Altijd al geweest, sinds ik als kind naar zomerkamp ging.'

'Was die commune niet ook een soort kamp?'

'Min of meer,' zei hij met een lach. 'Maar in de zomer traden mijn ouders veel op op festivals, waardoor het soms praktischer voor ze was om mij naar zomerkamp te sturen. Mijn grootouders traden op op Kioga in de jaren vijftig, dus ze kenden de Bellamy-familie al.'

'Dus de Havens zijn een echte showbusinessfamilie. Dat klinkt als The Sound of Music.'

'Het komt meer in de buurt van die ordinaire realityshow van de Osbournes,' mompelde hij.

Ze wist niet zeker of hij een grapje maakte. 'Dus dat kamp is jouw link met Avalon?' vroeg ze.

'Deels.' Bij een bocht in het pad haalde hij een flesje tevoorschijn en bood het haar aan.

'Nee, bedankt,' zei ze. 'Ik ben al klungelig genoeg op deze schoenen zonder dat ik drink.'

'Het is water,' zei hij met een grijns.

'O. In dat geval: graag.' Genietend van de korte pauze nam ze een grote slok. Het was niet gemakkelijk om op sneeuwschoenen te lopen. Nadat ze het flesje had teruggegeven, dronk hij eruit zonder het mondstuk schoon te vegen, iets wat ze ongelooflijk sexy vond. Maar blijkbaar vond ze alles aan hem ongelooflijk sexy, dus dat was niet zo bijzonder.

'Even dat je het weet, ik drink geen alcohol,' zei hij terwijl hij het flesje wegstopte. 'Niet meer.'

'Waarom niet?'

Hij glimlachte. 'Ik ben een alcoholist, Mo.'

Oeps. Wat kon ze daarop zeggen? 'Dat... is spijtig om te horen.'

Zijn glimlach ging over in een schaterlach. 'De crisis is voorbij. Ik ben al tien jaar nuchter. De laatste keer dat ik dronk, was toen ik mijn auto in de prak reed op het kerkplein. Daar voel ik me nog steeds schuldig over, maar ik ben heel blij dat ik op bevel van de rechter het stappenprogramma ben gaan volgen.'

'Dat snap ik.' Ze begonnen weer te lopen, richting Watch Hill, waar de wandeling zou eindigen, zo had hij haar verteld. Wat hij net met haar had gedeeld verbaasde haar; tegelijkertijd vond ze het fijn dat hij eerlijk tegen haar was geweest. Het maakte hem wat toegankelijker, menselijker. 'Wat herinner je je nog van die avond?' vroeg ze. 'De avond van het ongeluk. Als je het niet erg vindt om daarover te praten, tenminste.'

'Nee, hoor.'

'Je, eh... zei dat je het net had uitgemaakt met een meisje...' drong ze aan.

'Jep. Ik was van plan geweest om me te verloven op kerstavond, maar ze wees me af.'

'Dat is verschrikkelijk.'

'Vertel mij wat. Het was de juiste keuze, dat weet ik nu wel. We waren te jong en mijn hoofd lag niet op een lijn met mijn hart, hoewel het op dat moment voelde alsof gedumpt worden het ergste was dat me had kunnen overkomen. Ik zette haar af bij het station zodat ze de laatste trein naar Albany kon pakken, waar haar familie woonde. Ik was van plan om terug te keren naar het stadje en reed richting de snelweg. Daarna ontbreekt er een heel stuk in mijn geheugen, tot aan het moment waarop ik een ambulance in werd gedragen.'

Dus hij herinnerde zich niet dat zijn auto in vlammen was opgegaan, dat de kerkgangers hadden geschreeuwd, dat het licht van de sirenes de sneeuw een blauwe gloed had gegeven. Hij herinnerde zich niet dat hij door haar was gevonden. Even overwoog ze om het hem te vertellen, maar ze hield zich in.

'Ik realiseerde het me destijds niet, maar dat was kennelijk de bodem die ik moest bereiken om mijn leven weer op de rails te krijgen. Ik ben ontzettend dankbaar dat er niemand gewond is geraakt bij het ongeluk.'

Hoewel het nergens op sloeg, voelde ze zich verbonden met hem terwijl ze naar zijn kant van het verhaal luisterde. Ooit was zijn hart gebroken, net als het hare. En net als bij haar was de koers van zijn leven sindsdien veranderd. Hun paden hadden elkaar kort gekruist die avond, en nu, jaren later, kruisten ze elkaar weer.

Daar dacht ze aan terwijl ze het spoor door het bos volgden. Het was gewoonlijk niets voor haar om de schoonheid van de natuur te omarmen, maar hier, in de ongerepte wildernis, kon ze er niet omheen. Het licht was betoverend; de kleuren leken haarscherp. Het blauw van de lucht stak helder af tegen de sneeuw en de kale esdoorns. Zo nu en dan sprong er een haas over het spoor, die een eigen spoor van kuiltjes in de sneeuw achterliet.

Aangekomen op de top van de heuvel hield ze een hand boven haar ogen tegen de felle zon en genoot ze van het uitzicht. Eddie haalde een hippe zonnebril uit zijn zak. 'Mooi uitzicht,' merkte hij op.

'Zeker.' Het was bijna té mooi – zo mooi dat ze door een sterk nostalgisch gevoel werd overspoeld, iets wat haar een brok in haar keel bezorgde. De sneeuw lag over de bergen uitgespreid als een bruidssluier, bespikkeld met een ingewikkeld uitziend patroon van kale bomen. In de verte zag ze Willow Lake liggen, wit en ongerept. Het uitzicht en de bijbehorende stilte overrompelden haar. 'Het is ongelooflijk,' zei ze zachtjes. 'Bedankt dat je me hiernaartoe hebt gebracht.'

Hij kwam dichterbij staan en sloeg een arm om haar heen. Met zijn andere hand deed hij zijn zonnebril af. 'Bedankt dat je bent meegegaan en dat je je zo sportief hebt opgesteld.'

Ze durfde zich niet te bewegen, niet eens te ademen. De drang om zich naar hem toe te draaien, hem bij zijn jas te pakken en hem lang en hard te kussen – op klaarlichte dag! – was bijna te sterk. Het lag aan de omgeving, probeerde ze zichzelf wijs te maken. Al deze schoonheid vertroebelde haar heldere blik.

Uiteindelijk overwon de ratio. Dit was tenslotte Eddie Haven. Natuurlijk was hij met haar aan het flirten. Dat deed hij al dagen, maar daar bleef het dan ook bij: een doodgewone flirt. En zij was absoluut niet van plan haar emotionele stabiliteit, waarvoor ze zo hard had gewerkt, op te geven voor wat geflirt.

'Hé Mo,' zei hij op suggestieve toon terwijl hij haar steviger tegen zich aan drukte.

O, nee. Dit was het moment. Als ze nu niets deed, zou hij haar kussen op klaarlichte dag. 'Weet je,' zei ze. 'Ik wil niet moeilijk doen, maar volgens mij moeten we terug.'

'Waarom zo'n haast?' vroeg hij. 'Of nee. Wat ik me echt afvraag is wat jou zo'n pijn heeft gedaan dat je niemand meer toe wil laten.'

'Ik heb geen idee waar je het over hebt,' zei ze, bang voor de tranen die plotseling in haar ogen opwelden.

'Oké,' zei hij, waarna hij zijn zonnebril weer opzette. Hoewel hij nog steeds in een goede bui leek te zijn, had ze een scherp randje bij hem opgemerkt dat ze nog niet eerder had gezien. Hemel, had ze hem gekwetst? Dat was onmogelijk.

'Het zal een stuk eenvoudiger zijn om naar beneden te lopen dan om naar boven te klimmen,' probeerde ze op opgewekte toon het gesprek gaande te houden.

'Dat ligt eraan,' zei hij.

'Waaraan?'

'Waar we het over gaan hebben op weg naar beneden.'

Ze wierp een snelle blik op hem, maar de glazen van zijn zonnebril verborgen zijn gezichtsuitdrukking. 'Waar wil je het over hebben dan?'

'Over jou, voor de verandering. Je zus zei dat je een verleden hebt.'

Paniek welde op in haar borst. 'Wát zei ze?'

'Ze zei dat je een moeilijke periode hebt doorgemaakt in het verleden, en dat ze niet wilde dat iemand je nog eens zou kwetsen.'

Haar zus ook altijd met haar grote mond, dacht Maureen. Ze kon Renée wel wat doen.

'Is het waar?' vroeg hij.

'Iedereen heeft een verleden,' mompelde ze. Nee, dat was te cryptisch. Misschien kon ze hem iets vertellen over haar achtergrond, net genoeg om zijn nieuwsgierigheid te bevredigen. 'Renée had het over mijn derde jaar op de universiteit. Ik had mijn hele spaarrekening leeggehaald om in het buitenland te kunnen studeren, in Parijs. Ik volgde een theateropleiding. Toneel was mijn lust en mijn leven, en ik was van plan om na mijn studie naar New York te verhuizen, eerst als straatarme artiest te leven en vervolgens uit te groeien tot een beroemdheid. Toen daar iets tussenkwam, heb ik mijn droom opgegeven, mijn studie afgemaakt en ben ik terugverhuisd naar Avalon om bibliothecaresse te worden.'

'Nou, ik kan wel ergere dingen bedenken.'

'Ik zeg niet dat het erg was. Het was gewoon een hele overstap, van het theater naar de bibliotheek.'

'Dus, waarom ben je getransformeerd van een uitbundige actrice in een bibliothecaresse die liever op de achtergrond opereert? En waarom zijn die twee vakgebieden volgens jou onverenigbaar?'

'In principe kunnen ze naast elkaar bestaan, maar niet in mijn geval. Het is een lang verhaal.' Met opgetrokken schouders duwde ze haar kin in haar sjaal. Ze had al te veel gezegd. Wat haar was overkomen was niet zozeer een lang verhaal, als wel een heel persoonlijk verhaal. Een pijnlijk verhaal ook. Een verhaal dat ze nog nooit volledig aan iemand had verteld. Nog nooit.

Eenmaal bij het busje aangekomen, legde Eddie de sneeuwschoenen in de kofferbak. Tijdens de rit naar huis keek ze uit het raam, zich realiserend dat ze deze dag nooit meer zou vergeten: het prachtige uitzicht, de kou, de ongewone intimiteit tussen haar en Eddie.

Aan de rand van de stad hield hij stil bij een kraampje. 'Luister. Ik ga wat warme chocolademelk voor ons halen. En als ik terugkom, gaan we praten. Dan ga jíj praten, om precies te zijn.'

'Ik heb nooit gezegd –'

'Jawel, Mo. Ik ben zo terug.' Ze stonden geparkeerd in de berm van de weg die langs de rivier liep, om na de bocht het stadje in te draaien.

Deze man legde haar op een behoorlijk irritante manier woorden in de mond. Ze vroeg zich af of ze zich helemaal open zou durven stellen, of ze hem alles over haar leven zou durven vertellen. Vroeger was ze heel vrij in de omgang en open geweest; nooit had ze er moeite mee gehad om zaken met andere mensen te delen. Ze had immers voor theater gekozen; de flamboyantste en emotioneel risicovolste studie die ze maar had kunnen kiezen. Tijdens haar toneellessen hadden ze vaak oefeningen moeten doen die te maken hadden met vertrouwen en persoonlijke bekentenissen, iets waar ze van had genoten. Totdat er iets was gebeurd wat alles had veranderd.

Misschien kon ze haar geheimen wel bij Eddie kwijt. Hij was geen familie, zelfs geen vriend. Gewoon… een collega. Hun levens hadden elkaar twee keer gekruist. Verder had hij geen macht over haar. Aan hem haar verhaal vertellen zou hetzelfde zijn als een bekentenis afleggen aan een willekeurige maar geïnteresseerde vreemdeling. Wellicht zou hij iets van de emotionele last van haar schouders kunnen nemen. In die zin zou het hetzelfde zijn als een bezoekje aan een therapeut, maar dan goedkoper.

Het was echter geen therapeut die haar had gekust in de bibliotheek. Waarschijnlijk was het het beste om dat moment zo snel mogelijk te vergeten, net als het moment waarop ze op de top van de heuvel hadden gestaan en hij haar bijna weer had gekust.

Maar lieve help, waar moest ze beginnen? Misschien kon ze beginnen met het fysieke overblijfsel van haar geheim, dat alleen te zien was als ze naakt was of als ze een minuscule bikini droeg. Jaren geleden had ze in een impulsieve bui een tatoeage laten zetten, op aandringen van haar Franse minnaar.

Hoofdstuk 15

'Je moet hem hier laten zetten, waar ik je zo graag zoen,' had Jean-Luc gezegd, waarop hij het plekje had aangewezen met het puntje van zijn tong.

Het was zo spannend geweest om als studente voor het eerst in Parijs te zijn. Maureen was dan ook duizelig geworden van de aandacht die ze kreeg van een man die zo knap was, zo verfijnd, zo... Frans. Ze hadden elkaar ontmoet in de beeldentuin van Musée Rodin. Het was een mooie, heldere herfstdag geweest, zo'n dag uit romantische films die zich afspeelden in Parijs. De goudkleurige bladeren dwarrelden naar beneden in de tuin van het historische gebouw.

Er waren bijna geen andere bezoekers geweest in het museum, dat in een stille buurt lag, ver van het hectische stadscentrum. Maureen was helemaal weg geweest van het werk van Rodin. In tegenstelling tot de gepolijste precisie van de sculpturen uit de renaissance zat de kracht van Rodins werk juist in de afbeelding van rauwe emotie. Haar favoriete beeld was De Kus: het meest romantische kunststuk dat ze ooit had gezien. Ze was betoverd door de intense, overheersende passie tussen de verstrengelde geliefden.

Terwijl ze naar de prachtige bronzen sculptuur had staan kijken, had ze zich afgevraagd of ze ooit zo verliefd op iemand zou worden, met zó veel passie en overgave. Konden twee mensen echt zo in elkaar opgaan? Juist op dat moment – het was zo clichématig dat ze onmiddellijk op haar hoede had moeten zijn – was Jean-Luc haar leven binnengestapt.

'Je hebt mijn favoriete plekje ontdekt,' had hij gezegd, in het Engels met een heel licht accent. 'Hier kom ik om de wereld te ontvluchten.'

'Waarom wil je de wereld ontvluchten?' had ze gevraagd, onmiddellijk geïntrigeerd door deze man.

'Dat is een lang verhaal,' had hij geantwoord. Vanaf dat moment had ze geweten dat er iets tussen hen zou opbloeien.

Hun relatie was op dezelfde manier begonnen als ze was geeindigd: in een achtbaan van emoties. Binnen een paar tellen was ze voor hem gevallen – als een gewillig slachtoffer, dat wanhopig op zoek was geweest naar de nieuwe, spannende wereld die hij haar bood. Hij liet al haar fantasieën uitkomen. Parijs was veranderd in een schitterend herfstlandschap, dat ze tijdens haar verblijf met beide armen hadden omarmd. Ze hadden gedanst in de herfstbladeren op straat en hadden gekoelde Franse wijn gedronken op de terrasjes in Montmartre. Samen hadden ze lange wandelingen gemaakt, op iedere straathoek stilgestaan om te zoenen; totaal verloren in elkaar zoals alleen prille geliefden dat kunnen zijn. Of ze nu op de Pont Neuf hadden gestaan of een boottocht hadden gemaakt op de Bateaux Mouches; iedere kus had zo op een ansichtkaart kunnen worden gedrukt. Voor Maureen had het echter geenszins gevoeld alsof ze aan het poseren waren. Dit was leven, dit was passie – en wat was er heerlijker dan zich door het leven te laten omarmen?

Wanneer ze terugkeek, besefte ze dat het van het begin af aan gedoemd was geweest te mislukken. Natuurlijk, hij zag er ontzettend goed uit en was bijzonder charmant, met zijn donkere ogen, slanke figuur en dat tijdloze gezicht dat haar deed denken aan een advertentie voor een duur parfum in een modetijdschrift. Nooit eerder had ze zo'n flamboyante man ontmoet. Er was geen twijfel over mogelijk dat ze van hem zou gaan houden.

De vraag was echter of hij ook van haar zou gaan houden.

Gedurende die zalige weken hadden ze veel tijd doorgebracht in haar kleine studio in het zeventiende arrondissement; een buurt vol studenten en kunstenaars. Haar kamer bevond zich in een oud bakstenen gebouw met een trap ervoor, vroeger hadden er monniken gewoond. De ruimte was ingericht met veel te veel meubels, waaronder een bed met een donzen dekbed waarop ze tijdens zijn lunchpauzes de liefde bedreven.

Nog nooit was ze zo verliefd geweest, en daarom totaal niet voorbereid op het overweldigende gevoel dat Jean-Luc bij haar opriep. Een gevoel zo krachtig als de sterren, de planeten en de zon bij elkaar; een natuurlijke oerkracht waarover ze geen enkele controle had of wilde hebben.

Als de dag van gisteren herinnerde ze zich dat ze, gebogen over een toetsenbord in een klein internetcafé, had geprobeerd om een mail te schrijven aan haar zus: Lieve Renée, ik ben verliefd.

Die zin had ze verwijderd, net als iedere andere zin waarin ze probeerde uit te leggen wat er aan de hand was. Er waren simpelweg geen woorden geweest om te beschrijven hoe ze zich voelde, alsof ze in een droomwereld leefde – ze was zo dol op Jean-Luc dat ze niet meer helder kon denken. Haar colleges over Franse taal en literatuur kwamen nauwelijks bij haar binnen. Geen woord of begrip kon tot de veelkleurige zeepbel van haar geluk doordringen, met als resultaat dat haar gemiddelde cijfer flink omlaag was gegaan.

Het had haar niets kunnen schelen. Er was geen ruimte om je zorgen te maken over iets onbelangrijks als cijfers wanneer je een allesoverheersende liefde onderging, zoals die van haar en Jean-Luc.

Over zulke dingen hadden ze gepraat terwijl ze naakt in elkaars armen lagen. Het was altijd in de middag geweest en altijd bij haar thuis, omdat de bank waar hij werkte maar één metrohalte verderop was.

Ja, hij werkte bij een bank, maar hij had de ziel van een kunstenaar. Af en toe woonde hij een van haar lezingen of voorstellingen bij, waarna hij in haar oor fluisterde dat ze hem zo trots maakte.

Vele malen hadden ze in elkaars armen gelegen, terwijl de middagzon door het raam scheen, hun lichamen nog soezerig van het vrijen. Op zulke momenten hadden ze diepgaande gesprekken gevoerd over het wonder van hun liefde en het lot dat hen had samengebracht. Steeds wanneer ze in zijn ogen keek, had ze oneindig geluk gezien. Er was geen twijfel over waar ze samen zouden gaan wonen: hier in Parijs, waar een middagje in het museum al snel was uitgegroeid tot een relatie die voor altijd zou duren.

Hoewel ze het nog niet aan haar familie had verteld, wist ze dat zij het zouden begrijpen. Ze had een geweldige familie, die haar in alles steunde. Vaak had ze gefantaseerd over het moment waarop haar familieleden haar zouden komen opzoeken, zodat ze ze haar alle plekjes kon laten zien die zo bijzonder voor haar waren: de Tuileries, Jeu de Paume, Musée de Cluny en des Beaux Arts.

Jean-Luc had haar getransformeerd van iemand die altijd vrij bescheiden had geleefd in iemand die van ieder moment in volle glorie kon genieten. Ze had geleerd om rauwe oesters te eten, likeurtjes te drinken en dingen als 'Jij bent mijn alles' te zeggen zonder in lachen uit te barsten.

In die duizelende wervelwind van die eerste weken was ze alles om zich heen vergeten. Ook om hem naar zijn familie te vragen. Hoewel ze hem alles had verteld over haar ouders, zussen en broer, had hij haar niets over de zijne verteld, en ze had zich niet afgevraagd waarom. Zoals ze zich ook niet had afgevraagd waarom hij haar nooit meenam naar zijn huis en waarom hun afspraakjes altijd in de middag plaatsvonden.

Dat was allemaal niet belangrijk. Alleen Jean-Luc, haar liefde voor hem en Parijs in de herfst waren belangrijk geweest.

Zelfs toen ze hem op een dag op straat had gezien met een vrouw die er aardig uitzag en twee kleine kinderen, was het niet meteen tot haar doorgedrongen. Ze had gedacht dat het misschien familie van hem was, of een klant van de bank waar hij werkte.

Pas toen hij de vriendelijke vrouw op de mond had gekust en ze het oudste kind 'Adieu, papa!' had horen zeggen, was Maureen gedwongen geweest de waarheid onder ogen te zien.

Haar hart was in duizenden stukjes gebroken terwijl ze de straat over was gestoken om hem te confronteren. Eerst had hij haar niet eens gezien, omdat hij druk bezig was zijn vrouw en kinderen in een auto te helpen en ze uit te zwaaien. Iedere tel had voor Maureen als een mokerslag gevoeld.

Tegen de tijd dat ze voor hem op de stoep had gestaan, had ze zich zo kwetsbaar en rauw gevoeld als een slachtoffer van een ongeluk.

Jean-Luc had haar onbewogen aangestaard, met de gezichtsuitdrukking van een robot. Vervolgens had hij charmant geglimlacht. 'Maureen! Wat een verrassing.'

'Ja,' stemde ze in. 'Zeker een verrassing.'

'Ik neem aan dat je het hebt gezien,' zei hij, zonder een greintje spijt in zijn stem.

Even had ze gefantaseerd dat hij zich kapot van verdriet aan haar voeten zou werpen om snikkend te zeggen dat hij niet zonder haar kon, dat hij bereid was alles en iedereen in de steek te laten om bij haar te kunnen zijn. Ze fantaseerde dat hij zou zeggen dat hun liefde te sterk was om die nog langer te ontkennen.

In plaats daarvan had hij slechts gezegd: 'Ik wil je graag blijven zien.'

Woede had zich van haar meester gemaakt; ze was laaiend op hem en op zichzelf, omdat ze had gefantaseerd over een situatie waarin zijn kinderen niet eens voorkwamen. Hoe egoïstisch was ze geweest! Een deel van haar – en geen klein deel – had er echter naar verlangd om hun affaire voort te zetten, zoals hij haar had voorgesteld. Tot haar eeuwige spijt had ze een laatste sneue poging gedaan om haar fantasie te redden. 'Betekent dat dat je bij haar weggaat?'

Daar had hij geen antwoord op gegeven. Dat was ook niet nodig geweest. Zijn gezicht had boekdelen gesproken.

Hierna had hij zich omgedraaid en was weggelopen.

'Wacht,' had ze gezegd. 'Wacht!'

Bij het horen van die woorden was hij stil blijven staan en had zich omgedraaid.

Met haar handen afwerend opgeheven had ze hem belet nog iets te zeggen. Daarna was zij weggelopen, hem achterlatend op een stoep die nat was van de regen. Misschien was het een onbelangrijk detail geweest, maar zíj had degene willen zijn die wegliep.

Die dag had ze het gevoel gehad dat haar hart nooit meer te lijmen zou zijn. Deze pijn moest de allerergste pijn zijn die er was.

Dat bleek niet zo te zijn. De echte bodem bereikte ze pas enkele dagen later.

Een week nadat ze hem had betrapt, was ze op een buitengewoon warme, benauwde ochtend in paniek uit bed gestapt. Ze was nog steeds niet ongesteld geworden.

Na koortsachtig het aantal weken te hebben geteld na haar laatste menstruatie, was ze naar een apotheek gerend. Een zwangerschapstest had haar grootste angst bevestigd. Ze waren toch voorzichtig geweest? Ze hadden toch voorbehoedsmiddelen gebruikt? Hoe kon het dan dat er iets was misgegaan?

Meerdere keren had ze naar huis gebeld – naar haar zussen en haar stiefmoeder – maar iedere keer had ze opgehangen voor er iemand opnam. Ze had hen niet kunnen vertellen wat er was gebeurd; ze begreep het zelf amper. Steeds wanneer ze het hardop zei, klonk het zo ontzettend voorspelbaar en triest: 'Ik had een verhouding met een man van wie ik niet wist dat hij getrouwd was. En nu ben ik zwanger.'

Het was onmogelijk geweest om op te houden met huilen. Misschien hadden dat verdriet en die paniek in gang gezet wat er vervolgens gebeurde. Het was heel goed mogelijk dat de liters bittere tranen die ze had vergoten hadden geleid tot iets wat de dokter later een incomplete innesteling noemde – een veelvoorkomende oorzaak van een miskraam. Nog altijd huilend was ze naar het ziekenhuis gegaan vanwege bloedingen en krampen. Het nieuwe leven, dat nog niet veel meer was dan een aantal zich vermenigvuldigende cellen, was al meegesleurd in een zee van tranen, nog voordat ze helemaal had kunnen bevatten wat haar was overkomen.

Een paar uur later had de dokter haar iets gegeven tegen het bloeden en de pijn. Hij had, niet onvriendelijk, naar haar gekeken en gezegd: '*Il n'était pas destiné.*'

Nee, had ze instemmend gedacht, het had niet zo mogen zijn.

Daarna had ze als een zombie door Parijs gezworven. Daar was ze dan, in de mooiste, bruisendste stad op aarde... en ze was een wrak. Ze had niet in buurt willen komen van de plekken waar ze met Jean-Luc was geweest, en aangezien dat vrijwel overal was, had ze zo ongeveer nergens meer heen gedurfd.

Langzaamaan was ze losgeraakt van de realiteit. Psychisch was ze ingestort. Dus liet ze een bericht achter bij de administratie van haar opleiding, pakte haar spullen en vertrok naar huis. Haar leven lang had ze gespaard om in Parijs te kunnen studeren en nu verliet ze de stad volledig blut. Het geld was echter niet haar grootste verlies geweest. Bij lange na niet.

Nooit had ze het hele verhaal aan haar familie verteld. Het enige wat ze had gezegd was: 'Parijs was niet wat ik ervan had verwacht. Ik hoor hier thuis, in Avalon.' Renée had vermoed dat het om een mislukte liefde ging, maar Maureen had er zo weinig mogelijk over losgelaten; het was simpelweg te pijnlijk om over te praten.

Terug op de universiteit had ze haar studierichting en haar toekomstdromen omgegooid. Ze had een droom moeten vinden die beter in haar huidige leven paste; niet het leven zoals ze zich dat als tiener had voorgesteld, maar het leven van een volwassen vrouw met verloren illusies. Dat volwassen leven zou haar het gevoel geven dat ze weer zelf controle over de zaken had, zodat haar zelfwaardering niet langer afhankelijk zou zijn van anderen. Ze wilde niet meer optreden als actrice en beoordeeld worden – hemel, wat had haar bezield? Bij acteren moest je bepaalde gevoelens in jezelf oproepen; liefde, woede, euforie, spanning. Dat waren nu juist de gevoelens die ze niet wilde voelen. Ze zou zichzelf moeten afleren om iets te voelen. Het negeren van pijn hield automatisch in dat ze ook minder vreugde zou voelen, maar dat offer was het waard.

Dromen konden veranderen, had ze tegen zichzelf gezegd. Dat hadden die pijnlijke ervaringen haar wel geleerd. Haar liefde voor boeken en verhalen bleek de perfecte oplossing voor haar te zijn. Een verhaal lezen in een boek was een stuk veiliger dan het uitbeelden op een podium. Zodra ze dat had beseft, was de keuze eenvoudig geweest en had ze nooit meer omgekeken.

In de donkere krochten van haar wanhoop had ze nooit gedacht dat ze ooit weer zou lachen. Nooit had ze verwacht dat haar hart weer zou kunnen worden gelijmd.

En toen werd het kerst. Ze had dat jaar tegen de feestdagen opgezien, omdat haar familieleden ongetwijfeld allemaal naar Parijs zouden vragen, en ze geen idee had wat ze hen zou moeten vertellen.

Dat jaar had Stella Romano, de dirigente van het kerkkoor, haar gevraagd of ze in het koor wilde zingen op kerstavond.

Nee, had Maureen willen zeggen. Nee, ik zal nooit meer zingen. Maar om de een of andere reden had ze ermee ingestemd.

'Natuurlijk,' was haar antwoord geweest. 'Wat leuk dat je me vraagt.'

Dus had ze gedaan wat haar vader haar had geleerd: kracht halen uit het helpen van andere mensen. Rond de feestdagen was dat zo eenvoudig om te doen. Het zou zo egoïstisch zijn om te blijven treuren om haar eigen gebroken hart terwijl ze een familie kon helpen die haar huis moest verkopen, of een vrouw die in een gewelddadige relatie zat, of een tiener die zijn best deed om zijn verslaving te overwinnen. De problemen van andere mensen boden haar perspectief.

Voor haar was de verlossing niet een dramatisch musicalmoment geweest; ze was niet op een dag wakker geworden met het besef dat ze over hem heen was. Nee, het was het cumulatieve effect geweest van consequent over de paniek en de pijn in haar hart heen stappen en in plaats daarvan de mensen om haar heen helpen. Zo simpel was het. Hoewel het eerst onmogelijk had geleken, was de pijn langzaam maar zeker weggevaagd. Vooral met kerst voelde dat als een overwinning; kerst was immers dé tijd om andere mensen tot steun te zijn.

Ze had geleerd om dankbaar te zijn voor de eenvoudige en belangrijke dingen in haar leven. Haar familie had begrepen dat er iets met haar was gebeurd in Parijs, maar zette haar niet onder druk om te vertellen wat het was.

Haar vader had altijd gezegd: 'Wees onderdeel van iets wat groter is dan jijzelf.' En dat jaar had ze ontdekt hoezeer hij gelijk had. Het was onmogelijk om te blijven hangen in een mislukte liefde wanneer je koffie haalde voor een vrouw wier kind kanker had.

Dat was het ware geschenk van de feestdagen. Dat was waarom Maureen er zoveel van hield, waarom ze zo diep in de kracht van kerst geloofde. Als de kerstvoorstelling daar ook maar een klein deel van kon verbeelden, zou ze al tevreden zijn.

Zo was het wonder geschied. Het was een stil wonder geweest dat niemand had kunnen horen of zien, maar dat zij diep in haar hart had gevoeld: een gevoel van herstel en vrede.

Het licht was teruggekeerd in haar leven, als een klein vlammetje dat steeds verder oplaaide.

Kerst was een tijd van wonderen. En ieder jaar hield ze er weer iets meer van.

Hoofdstuk 16

'Hé, Mo.' Eddie knipte met zijn vingers voor Maureens gezicht. 'Deze warme chocolademelk vraagt om je aandacht.'

Hij overhandigde haar een beker warme chocolademelk met slagroom. 'Dank je,' zei ze, terwijl ze de pijnlijke herinneringen van zich af probeerde te schudden.

Afwachtend bleef hij zitten.

Kon ze het hem vertellen? Hij was zo open tegen haar geweest over zijn verleden, zijn ongeluk, zijn alcoholisme. Daardoor respecteerde ze hem alleen maar meer. Als ze het toch aan iemand wilde vertellen, waarom dan niet aan hem? Hij had zijn geheimen onthuld. Als zij nu hetzelfde deed, konden ze samen gaan zitten kniezen. Nee, verbeterde ze zichzelf. Dan konden ze er samen over praten.

Na een klein slokje warme chocolademelk te hebben gedronken zei ze: 'Ik probeer te bedenken hoe ik je dit verhaal kan vertellen zonder over te komen als een idioot.'

'Daar hoef je je geen zorgen over te maken,' verzekerde hij haar.

'Het is gewoon zo… voorspelbaar.'

'Niets aan jou is voorspelbaar,' zei hij. 'Je verrast me altijd weer.'

'Echt?' Daar dacht ze over na terwijl ze nog een paar slokken nam. Er leek geen haast te zijn, ze zaten daar rustig naast elkaar in de warme auto. Ze voelde zich prettig vermoeid na hun sneeuwschoenexpeditie, en vreemd genoeg ook ontspannen.

In de tuin aan de overkant van de straat probeerde de eigenaar zijn twee honden te leren dat ze niet van het terrein af mochten. Eén hond leek op een grote, onverzorgde poedel, de andere zag eruit als een gevaarlijke Duitse herder. Het enige wat zich tussen hen en de weg in bevond, was een onzichtbaar krachtveld dat de arme dieren een elektrische schok zou geven als ze er te dichtbij kwamen. De herder liep op en neer; steeds wanneer er een auto langsreed kwam hij in zijn opwinding te dichtbij, waarna hij een kort blafje uitstootte. Het beest bleef het maar proberen, zonder iets te leren van zijn vorige pogingen.

De poedel weigerde daarentegen in de val te lopen. Maureen zag dat de karamelkleurige hond precies wist waar de grenzen lagen en er niet buiten zou treden. Zelfs toen er twee joggers met een hond langsliepen, was het de Duitse herder die op hen afrende, terwijl de poedel zich niet van de wijs liet brengen. De herder werd kennelijk zodanig in de verleiding gebracht dat hij luid blaffend alle kanten op sprong. Zodra de joggers uit zicht waren, kalmeerde de herder en begon hij met de sneeuw te spelen. De poedel liep weg.

Op dat moment realiseerde ze zich dat Eddie nog steeds op haar verhaal zat te wachten. 'Geloof me,' zei ze. 'Ik ben erg voorspelbaar. Het is bijna triest.' En toen, bijna ondanks zichzelf, begon ze te vertellen, terwijl hij luisterde. Het was verbazingwekkend eenvoudig om op een lijn met hem te zitten. Ze vroeg zich af waarom. Zijn mening was belangrijk voor haar; misschien omdat hij zo onbevooroordeeld en ontspannen was dat ze hem volledig vertrouwde. Ze vertelde hem dat het van jongs af aan haar droom was geweest om op het podium te staan en dat ze haar hele leven had gespaard voor Parijs. Tegen haar verwachtingen in leek hij haar omschrijving van haar liefde voor Jean-Luc helemaal niet cliché te vinden.

Het voelde alsof er een oude en pijnlijke last van haar schouders viel. Ze vertelde over haar affaire met Jean-Luc; dat ze zo'n idioot was geweest, dat het verraad zoveel pijn had gedaan.

'Is dat het?' vroeg hij, waarna hij een slokje chocolademelk nam. De Duitse herder ijsbeerde inmiddels weer door de tuin aan de overkant.

'Zo'n beetje,' antwoordde ze. Over de miskraam had ze hem nog niet verteld. Misschien zou ze dat ooit nog vertellen, als er een geschikt moment voorbijkwam, maar nu nog niet. 'Ik voel me er nog steeds vreselijk over,' zei ze. 'Zo wil ik me nooit meer voelen.'

'Ik vind het heel naar voor je dat die sukkel je zoveel pijn heeft gedaan. Maar denk je dat je de enige bent die ooit een relatie heeft zien mislukken?' vroeg hij. 'Mensen bedriegen hun geliefden aan de lopende band. Kijk naar Anna Karenina, Hester Prynne, Major Scobie. Of wat dacht je van Yuri Zhivago?'

Het verraste haar dat hij naar de literatuur verwees. Zijn oprechtheid versterkte haar gevoelens voor hem, maar ze keek wel uit om dat aan hem kenbaar te maken. 'Met andere woorden, ik moet niet denken dat ik zo speciaal ben.'

'Kom op, Mo. Wat ik bedoel is dat er elke dag harten worden gebroken.'

'Mensen breken ook elke dag armen en benen. Dat het vaak voorkomt, wil nog niet zeggen dat het geen pijn doet. Of dat je er daarna niet alle reden toe hebt om te voorkomen dat het nog een keer gebeurt.'

'Dat is niet hetzelfde, en dat weet je.'

Ze was het niet met hem eens. Allebei hadden ze in het verleden een ongelukkige liefde meegemaakt en allebei hadden ze het overleefd, maar de manier waarop ze met de nasleep ervan waren omgegaan benadrukte hun verschillen. Hij ging verder met zijn leven en leefde iedere dag alsof het zijn laatste was. Zij was daarentegen juist in haar schulp gekropen en droeg een harnas om zichzelf tegen emoties te beschermen. Dus pasten ze absoluut niet bij elkaar. Toch?

De herdershond trok zich weer terug.

'Dit was leuk,' zei hij, zich niet bewust van haar gedachtegang, waarop hij de auto startte en de weg weer op draaide. 'Moeten we vaker doen.'

'Leuk?' vroeg ze. 'Je vond het leuk om hier met mij te zitten en oude wonden open te rijten?'

Daar moest hij om lachen. 'Hé, zo erg was het nu ook weer niet. De date niet, in ieder geval. We moeten dit echt vaker doen.'

'Dat lijkt me geen goed idee. Eén keer was meer dan genoeg.'

'Oké, dan noemen we het geen date. Morgenavond, na de repetitie.'

'Maar –'

'Niks te maren. We gaan nog een keertje samen uit. Wen er maar aan.'

Hoofdstuk 17

'Ben je klaar voor onze tweede date?' vroeg Eddie terwijl hij aan Maureens zijde de kerk uit liep na de repetitie.

'Ik heb nooit gezegd dat ik met jou op date wilde,' mompelde ze. 'Die wandeling op sneeuwschoenen, daar heb je me zo ongeveer toe gedwongen. Ik heb er nooit mee ingestemd.' Maar ze had ook geen nee gezegd, dacht ze in stilte.

'Goed, dan noemen we het geen date. Ik heb in ieder geval iets bedacht wat je vast leuker vindt.'

'Wat dan?'

'Winkelen.'

Even dacht ze dat ze hem verkeerd had verstaan. 'Je wilt gaan winkelen?'

'Dat is ook weer overdreven. Ik moet wel. Ik moet cadeautjes kopen voor mijn ouders,' antwoordde hij, waarop hij langzaam zijn hoofd schudde. 'Nog een reden om zo van kerst te houden.' Hij hield de deur van zijn busje voor haar open.

Na een korte aarzeling stapte ze in. 'Wat is er zo erg aan cadeautjes kopen voor je familie?' vroeg ze, stiekem toch nieuwsgierig. Het had iets heel spannends, en misschien ook wel iets romantisch, om cadeautjes te gaan kopen met een man. 'Het is een van mijn favoriete dingen van de feestdagen.'

'Het buitenissige consumentisme?'

'De liefdevolle gebaren. Iemand een cadeau geven gaat niet altijd om geld. Ik heb een grote familie en geen hoog salaris, maar ik probeer altijd een cadeau te geven dat de ontvanger zal waarderen. Soms koop ik niets, maar geef ik hen mijn tijd cadeau. Afgelopen oudejaarsavond heb ik bijvoorbeeld op de kinderen van mijn zus gepast, zodat zij en haar man een avondje uit konden gaan.'

'Dat is nogal een cadeau, je oudejaarsavond opgeven.'

'Ik deed het met plezier. Oké, ik weet wat je denkt. Je vindt het te triest voor woorden dat ik niets beters te doen had op oudejaarsavond.'

'Nee, ik dacht dat ik oudejaarsavond graag met jou zou willen doorbrengen.'

Een gevoel van opwinding nam bezit van haar. Oudejaarsavond met Eddie Haven. 'Ja, hoor.'

'Waarom ben je altijd zo sceptisch?'

'Ik ben niet altijd sceptisch,' zei ze. 'Alleen als het jou betreft.'

'Kun je me vertellen waarom?'

'Omdat ik je niet vertrouw. Ik probeer je geheime agenda te achterhalen.'

'Waarom ben je er zo van overtuigd dat ik een geheime agenda heb?'

'Mensen zoals jij gaan niet uit met mensen zoals ik,' zei ze. 'Vooral niet met oud en nieuw.'

'O nee?' vroeg hij met een grijns terwijl hij zijn auto op het drukke stadsplein parkeerde. 'Wat voor soort mens ben ik dan?'

Fijn, hij was vastberaden om het uit haar te trekken. 'Het soort dat uitgaat met oud en nieuw en de hele nacht wegblijft,' zei ze. 'Het soort waar iedereen vrienden mee wil zijn. Een enorm feestbeest.'

'En zo ben jij niet?'

Daar moest ze om lachen. 'Ik ben bibliothecaresse.'

'Stop jezelf niet in een hokje. Bibliothecaresses kunnen supersexy zijn. Bovendien heb je een mooie lach. Die zou je vaker moeten laten zien.'

'Het voelt goed om te lachen,' gaf ze toe. Het voelt goed om bij jou te zijn, dacht ze erachteraan. 'Maar je bent van onderwerp veranderd. We hadden het over wat je voor je ouders kunt kopen voor kerst.'

Het stadsplein baadde in een zee van kerstlichtjes. Toen Nina Romano nog burgemeester was, had ze de winkeliers aangespoord om hun versieringen op elkaar af te stemmen. Het resultaat was een winterwonderland dat de pracht van het feestseizoen benadrukte. Slingers met twinkelende sfeerverlichting sierden de straten en de etalages. Uit de luidsprekers klonk muziek en mensen liepen, dik ingepakt tegen de kou, van winkel naar winkel. Rond deze tijd van het jaar vond Maureen die drukte heerlijk. Ze liepen langs Kerstland, dat inmiddels volop sprankelde en waar het erg druk was. Kinderen stonden in een rij te wachten tot ze hun verlanglijstje aan de kerstman konden geven. Met een snelle blik op Eddie constateerde Maureen dat hij ongeveer net zo blij keek als iemand die een gaatje moest laten vullen bij de tandarts.

'Kijk ze daar toch eens staan,' zei ze, gebarend naar de rij kinderen, een aanblik die hem wel móést opvrolijken. 'Zij die er nog echt in geloven. Je maakt mij niet wijs dat jij niet in de Kerstman geloofde toen je klein was.'

'Ik geloofde niet in de Kerstman toen ik klein was. In ieder geval niet meer vanaf het moment dat ik hem om een puppy vroeg en hij mij om mijn handtekening vroeg.'

'Dat meen je niet,' zei ze ongelovig.

'Denk je dat ik dat verzin?'

Oké, genoeg over de Kerstman, besloot ze. 'Laten we het over je ouders hebben. Wat vinden ze leuk?' vroeg ze hem terwijl ze naar een cadeauwinkel liepen.

'Happy hour,' antwoordde hij. 'Wat bij hen zo rond drie uur 's middags begint.'

O, hemel. 'Oké,' ging ze opgewekt verder. 'Wat vinden ze nog meer leuk? Bordspellen? Dingen verzamelen? Muziek?' Er viel een korte stilte. 'Oude films?'

'Eén oude film in het bijzonder,' antwoordde hij verbitterd.

'Daar hebben we niets aan,' zei ze. 'Houden ze van boeken? Of hebben ze hobby's, zoals koken? Golfen? Handwerken –'

'Ik weet het niet, oké?' viel hij uit. 'Hou eens op.'

'Ik snap het niet,' reageerde ze fronsend. 'Hoe kun je dat nou niet weten?'

'Hou op, Maureen,' waarschuwde hij haar.

Blijkbaar was hij vergeten dat híj dit zo graag een date had willen noemen. Hoe beter ze hem leerde kennen, hoe meer ze in de war raakte. Waarom reageerde hij zo defensief? Het was haar ervaring dat mensen defensief werden als ze zich in een hoekje gedrukt voelden. Schuldig. Angstig. Natuurlijk, dat was logisch. Maar waar was Eddie Haven in 's hemelsnaam bang voor?

Nieuwsgierig vervolgde ze: 'Goed, laten we iets anders proberen. Probeer je je moeder voor te stellen op eerste kerstdag. Je hebt haar zojuist een ingepakt cadeautje gegeven. Wat wil ze dat erin zit?'

'Dit is belachelijk. Hoe moet ik nou weten wat zij denkt?'

'Ze is je moeder. Je kent haar al je hele leven. Hetzelfde geldt voor je vader. Als je hun huis binnenloopt op kerstochtend –'

'Oké, ik ben blijkbaar niet duidelijk genoeg geweest. Het idee is om iets voor mijn ouders te kopen, het in te laten pakken en op de post te doen, einde verhaal. Ik ga niet proberen om alle familieproblemen op te lossen.'

'Dus er zijn familieproblemen,' constateerde ze.

'Elke familie heeft problemen.'

'Moet je nagaan wat er zou kunnen gebeuren als je een bijzonder gebaar maakt. Dat is de magie van kerst.'

'Sorry, volgens mij heb ik zojuist diabetes gekregen van al die zoetsappigheid.'

'Eddie –'

'Wat hoor ik nu?' vroeg een bekende stem. 'Heeft hij diabetes? O, Maureen, en ik had nog zo gehoopt dat hij aan de koekjesbraderie zou deelnemen.'

'Wat een verrassing!' zei Maureen, die haar stiefmoeder een knuffel gaf.

'Ik ben inkopen aan het doen en daarna ga ik wat eten met je vader. Hannah Davenport,' stelde ze zich voor aan Eddie, na een zelfgebreide want te hebben uitgetrokken. 'En jij bent Eddie Haven. Ik kon bijna niet wachten om je te ontmoeten.'

'Ook leuk om u te ontmoeten. En ik heb geen diabetes. Ik plaag Mo maar een beetje.'

'Mo. Renée zei al dat je haar een bijnaam had gegeven. Geweldig!' Hannah keek hen stralend aan.

Fantastisch, dacht Maureen. Ze heeft de twinkeling van een koppelaarster in haar ogen.

'Ik hoop je zaterdag in de bibliotheek te zien,' ging haar stiefmoeder verder. 'Bij de koekjesbraderie.'

'Die zou ik voor geen goud willen missen,' zei hij.

Maureen wist vrij zeker dat hij geen idee had wat een koekjesbraderie was.

'Ik bedenk me net iets,' ging Hannah verder: 'Jij zou kunnen rondgaan met een dienblad om mensen koekjes te laten proeven. O, lieve hemel, dat moet je echt doen. De verkopen zullen de pan uit rijzen! Eddie, ontzettend bedankt dat je je voor ons wilt inzetten. Je bent een schat, echt waar.' Na een laatste blik op hem riep ze verschrikt uit: 'Help, ik ben ongelooflijk laat, Maureen, je vader vermoordt me.'

'Dan zie ik je vanavond wel op het nieuws,' zei ze, waarop ze haar stiefmoeder opnieuw omhelsde. Terwijl Hannah zich uit de voeten maakte, draaide Maureen zich om naar Eddie. 'Gefeliciteerd. Je bent zojuist "gehannaht". Zo noemen we dat in onze familie. Het betekent dat je ergens ja op hebt gezegd voor je goed en wel doorhebt waarmee je instemt.'

'Aha. Dus, waar heb ik zojuist mee ingestemd? Een dienblad met wát? Koekjes?'

'Ha. Dat zul je wel zien. Mensen die zichzelf laten "hannahen" staan er alleen voor. Kom zaterdagochtend maar naar de bibliotheek, dan zul je verrast worden.'

'Ik wil niet worden verrast.'

'Ik wilde niet op sneeuwschoenen lopen, dus dan staan we quitte. Trouwens, over dingen die je liever niet wil gesproken, we hebben nog steeds niets voor je ouders.' Ze wees op de etalage van Zuzu's Petals, waarin luxe cadeaus stonden uitgestald. Op het raam van de winkel was een opvallende sticker geplakt die erop wees dat een vast percentage van alle aankopen gebruikt zou worden om de bibliotheek te redden. 'Kasjmieren pantoffels?' suggereerde ze, terwijl ze de winkel binnenliep. 'Een pendule? Wat vind je van die foto, gemaakt door Daisy Bellamy?' Ze wees op een spectaculaire afbeelding van de Meerskill Falls, de bekende waterval die van grote hoogte de diepte in stortte.

'Nu komen we ergens. Waarom niet allemaal?' Met ongeduldige passen beende hij door de winkel en deed zijn aankopen.

Een paar minuten later liepen ze de winkel weer uit met een tas vol pakketjes. 'Hier is niets aan,' zei ze. 'Dit is geen winkelen, dit is... koelbloedig aanschaffen.'

'Het is efficiënt. Ik ben blij dat je bent meegegaan, Mo.'

Enigszins uitgeblust merkte ze op: 'Je bent een typische man. Weet je dan niet dat de helft van het plezier van winkelen hem zit in het zoeken?'

'En de andere helft?'

Er verscheen een glimlach op haar gezicht. 'Op eerste kerstdag het huis binnenlopen met je armen vol cadeaus. De gezichten van mensen zien terwijl ze hun pakjes uitpakken.'

'Dat gaat niet gebeuren,' zei hij toen ze weer buiten stonden.

'Wat bedoel je?'

'Het huis binnenlopen. Op kerstavond ben ik te druk met de voorstelling, dus kan ik niet naar mijn ouders.'

'Ja, maar op eerste kerstdag –'

'Dat gaat niet gebeuren,' zei hij kortaf. 'Wat is er nou?'

'Waarom ga je niet naar je ouders met kerst?'

'Laten we het erop houden dat mijn ouders andere ideeën over de feestdagen hebben dan ik.'

'Is er iets wat ik moet weten? Hebben ze je slecht behandeld? Hebben ze je gedwongen om in die film te spelen?'

'God, nee. Dat neem ik ze niet kwalijk. Ze hadden een kind dat goed kon acteren, iets waar zij wel brood zagen.'

'Waarom ga je dan niet naar huis?' vroeg ze stomverbaasd. 'Het is zo fijn om samen te zijn, om te ontspannen en van de feestdagen te genieten.'

‘Mo, ik ben blij dat je zo’n fijne familie hebt. Maar die van mij is anders.’

‘Dat is treurig, Eddie,’ flapte ze eruit. ‘Dat spijt me echt voor je.’

‘Nergens voor nodig.’ Leunend tegen het gebouw met zijn handen in zijn zakken staarde hij in de verte, voorbij de twinkelende lichtjes. Toen slaakte hij een diepe zucht van frustratie, waarbij zijn adem een wolkje vormde in de vrieskou. ‘Wil je weten waarom ik niet naar huis ga met kerst? Omdat ik er niet tegen kan om in dat gezelschap te verkeren terwijl zij herinneringen ophalen aan hoe fantastisch vroeger alles zogenaamd was. Ik kan het niet aan om nog een keer die film te moeten zien, en ik heb al helemaal geen zin om jubileum-dvd’s te signeren voor al hun vrienden.’

‘Maar wil je niet gewoon je ouders zien? Bij hen zijn?’

‘Dat is niet wat zij willen. We kunnen niet allemaal zo belachelijk perfect zijn als de Davenports, Mo.’

‘We zijn niet belachelijk.’

‘Oké, sorry. Ik wil alleen maar zeggen dat er een gigantisch verschil is in de manier waarop onze families met de feestdagen omgaan. Voor ons is het niet cruciaal om op die dag bij elkaar te zijn.’

‘Jawel,’ drong ze aan. ‘Dat is iedere dag belangrijk, maar vooral met kerst.’ Even aarzelde ze, want het was altijd moeilijk om haar familiesituatie uit te leggen aan andere mensen. ‘Hannah is mijn stiefmoeder,’ zei ze toen. ‘Ik ben gek op haar; ze is er voor me geweest in de moeilijkste periode van mijn leven.’ Aan zijn gezichtsuitdrukking kon ze zien dat hij nu terugdacht aan wat ze hem had verteld over Parijs.

‘Ik wist niet dat zij niet je biologische moeder was,’ zei hij.

'Hannah en mijn vader zijn al twintig jaar getrouwd. We zijn allemaal dol op haar; we hebben ontzettend veel geluk gehad dat zij deel is gaan uitmaken van ons leven.'

'Is je moeder...' Het was duidelijk dat hij het niet durfde te vragen.

'Ze is overleden toen ik vijf was. Een van ons had die winter een virus opgelopen – je weet wel, kinderen worden altijd wel een keer ziek – en stak haar aan. Het virus tastte haar hartspier aan en binnen een paar weken was ze dood. Het enige wat haar zou hebben kunnen redden was een transplantatie, en... nou ja, die krijg je nu eenmaal niet zomaar ineens. Als vijfjarige begreep ik hier heel weinig van. Ik wist alleen dat ik heel veel van mijn moeder hield, net als ieder ander kind. Toen ze overleed, brak dat al onze harten. Het is al meer dan twintig jaar geleden, maar ik mis haar nog iedere dag.'

'Hemel, dat spijt me. Dat is gewoon... shit. Het spijt me echt.' Met een beweging die volkomen natuurlijk leek en toch onverwacht was, trok hij haar tegen zich aan en drukte zijn warme lippen op haar voorhoofd.

Ze had niet verwacht dat zijn medeleven haar zo zou ontroeren. Daardoor vergat ze bijna het punt dat ze eigenlijk had willen maken, dus maakte ze zich van hem los en zei: 'Weet je, mijn moeder was niet perfect. Ze had haar tekortkomingen en maakte fouten, net als jouw moeder, neem ik aan. Maar wat maakt dat uit? Ik zou er alles voor overhebben om nog één dag met haar te kunnen doorbrengen.'

'En het zou je niets kunnen schelen of dat met kerst was of op een andere dag,' merkte Eddie op. 'Begrijp me niet verkeerd. Ik ga vaak genoeg op bezoek bij mijn ouders.'

'Kerst is speciaal.'

'Voor jou, misschien. Voor mij is het als iedere andere dag. En voor mijn ouders is het een excuus om een fles Cold Duck te ontkurken en dingen op te rakelen die ik nooit zo leuk heb gevonden.'

Zijn aversie intrigeerde haar. 'Dus jij zou alles doen – zelfs jarenlang een taakstraf uitvoeren – om ze op die specifieke dag te ontwijken.'

'Je hebt je roeping gemist, Maureen. Je had psychiater moeten worden.'

'Familietherapeut.'

'Wat jij wil.'

'Daisy, dit is waanzinnig,' zei Maureen terwijl ze de poster omhooghield.

Daisy was er nooit helemaal zeker van of mensen haar werk goed zouden vinden. Toen ze tranen in Maureens ogen zag, vroeg ze, nog steeds een beetje onzeker: 'Waanzinnig goed of waanzinnig slecht?'

'Hij is perfect,' verzekerde Maureen haar. 'Let maar niet op mij. Ik word overal emotioneel van rond deze tijd van het jaar. Heel erg bedankt. Iedereen die dit ziet, zal naar de voorstelling willen komen. Deze poster roept zoveel emotie op.'

Op de poster was indringend een donkere winterhemel afgebeeld. Helemaal onderaan, zo klein dat ze op speelgoedhuisjes leken, stonden de kerk en de verlichte kerststal. De foto was dromerig en magisch, bijna alsof het een schilderij was.

'Ik ben blij dat je hem mooi vindt.' Daisy was meteen naar de kerk gegaan nadat ze de foto's had laten printen. 'Ik ben Watch Hill op geklommen om die foto te maken.'

''s Avonds?' vroeg Maureen bezorgd. 'In de sneeuw?'

'Ik was met een vriend,' antwoordde Daisy vlug. Haar vriend Zach, ook een fotografiestudent aan de universiteit van New Paltz, had samen met haar de heuvel beklommen. Tot Zachs ergernis was hij ook Daisy's favoriete fotomodel. Ze vond zijn steile witblonde haar en Scandinavische trekjes uitermate boeiend. En ze vond het leuk om tijd met hem door te brengen, want in tegenstelling tot van de andere mannen in haar leven raakte ze van hem niet in de war.

'Hij ziet er prachtig uit,' zei Maureen, die haar vinger over haar naam liet glijden. In het hoekje van de poster stond: GEREGISSEERD DOOR MAUREEN DAVENPORT EN EDDIE HAVEN.

'Eigenlijk wilde ik vandaag nog een paar foto's maken,' zei Daisy, die haar favoriete camera had meegenomen. 'Als je het niet erg vindt.'

'Natuurlijk niet.' Met een onzekere uitdrukking op haar gezicht keek Maureen naar het podium. 'Al ben ik wel bang dat het een vrij chaotische toestand is hier.'

'Dat is haar beleefde manier om te zeggen dat het allemaal niet aan haar verwachtingen voldoet,' zei Eddie, die door een zijingang was binnengekomen. In zijn ene hand droeg hij een gitaarkoffer, in zijn andere een tas met geluidsapparatuur. 'Toch, Mo?'

Precies op dat moment richtte Daisy haar camera op Maureen om haar aantrekkelijke blos vast te leggen. Oké, dacht ze, ik snap wat hier aan de hand is. En toen Eddie naar Maureen grijnsde, maakte ze daar ook een foto van. Ik snap het helemaal, dacht ze. Hier hield ze van: het vastleggen van emoties, vooral de onverwachte authentieke momenten. Misschien was dat waarom ze zo'n goede bruiloftsfotograaf was. Het was enorm interessant om te zien wat foto's over mensen konden onthullen zodra ze eenmaal opgingen in een bepaald moment, zonder zich daar bewust van te zijn. In de lente en de zomer verdiende ze haar geld met huwelijksreportages. Veel fotografen hielden zich het liefst verre van bruiloften, maar zij was er gek op. De dramatische momenten, de intensiteit van emoties – de uitzinnige blijdschap en de opspelende zenuwen – dat alles inspireerde haar. Misschien hield ze zo van bruiloften omdat ze niet verwachtte er zelf ooit één te zullen meemaken. Geen traditionele, in ieder geval. Daar was haar verleden veel te gecompliceerd voor. En haar heden stond helemaal in het teken van Charlie. De kans dat ze zou trouwen, achtte ze daarom vrij klein. Maar dat deed haar interesse in anderen alleen maar toenemen. In Maureen en Eddie, bijvoorbeeld. Hun chemie was sterk. Ze zouden een fantastisch bruidspaar vormen, al leken ze dat zelf nog niet te beseffen.

'Niet waar,' sprak Maureen Eddie tegen. 'Het ligt niet alleen aan mij. Iedereen kan zien dat we in de problemen zitten.'

'Zie je waarmee ik opgescheept zit?' vroeg hij aan Daisy.

'Waar zijn de drie Wijzen?' ging Maureen verder. 'De afgelopen twee repetities heb ik ze niet gezien.'

'Ray is hard met ze aan het oefenen,' probeerde hij haar gerust te stellen. 'Dat komt wel goed.'

'En Cecil Byrne? Wie gaat er met hem oefenen?' Wanhopig keek ze Daisy aan. 'Het is een aardige jongen, maar soms komen er behoorlijk valse noten uit zijn keel.'

'Denk je dat extra oefening wat zal uitmaken?' vroeg Eddie.

'We zijn er!' De dubbele deur van de kerk werd opengegooid, waarop een groep kinderen binnenstroomde. 'We zijn klaar voor de repetitie,' riep een van de meisjes.

'En de repetitie is klaar voor jullie,' zei Eddie opgewekt. 'Kom maar binnen, laten we snel beginnen.' Kort beroerde hij Maureens arm. 'Ik regel het wel. Goed om je te zien, Daisy.'

‘Maak zoveel foto’s als je wilt,’ zei Maureen, die een lok haar van haar voorhoofd blies. ‘Die kleintjes zien er altijd schattig uit, wat ze ook doen.’

‘Ik weet het,’ zei Daisy. ‘Luister, Maureen, ik wilde je nog zeggen dat ik er niet bij kan zijn op kerstavond.’

‘Heb je andere plannen?’

‘Charlie en ik gaan naar Long Island. We zijn uitgenodigd bij Charlies vader en zijn familie.’ Toen ze het aan haar ouders had verteld, had ze een traantje moeten wegpinken, maar haar vader en moeder hadden het gelukkig volkomen begrepen.

‘Eddies ouders wonen ook op Long Island,’ zei Maureen, wier blik automatisch weer naar hem toe werd getrokken.

Jij bent smoorverliefd, dacht Daisy, met moeite een grijns onderdrukkend. ‘Hier heb ik nog wat printjes van de fotosessie voor de poster.’ Ze overhandigde haar portfolio. ‘Als je dat wilt, kunnen we ook voor een wat traditionelere foto gaan, hoor.’

‘Ik vind de foto die jij hebt uitgekozen fantastisch,’ zei Maureen, door de map bladerend. ‘Je bent echt goed. Dit is een heel indrukwekkend portfolio.’

‘Naast Charlie is dit sinds de middelbare school zo’n beetje mijn leven. Het is echt een geluk dat ik fotografie heb ontdekt. Op die manier voel ik me met de wereld verbonden.’

Maureen bestudeerde een foto van Daisy’s twee beste vrienden, Zach en Sonnet.

‘Ik herken deze twee uit de bibliotheek.’

‘Sonnet is mijn stiefzus, zij loopt momenteel stage in het buitenland. Ik mis haar heel erg. En Zach… Dat is Zach Alger. Hij woonde vroeger in Avalon, maar moest verhuizen.’

‘Ik heb het destijds gehoord. Ik had echt met hem te doen.’

'Het gaat nu prima met hem,' verzekerde Daisy haar. 'Hij woont en studeert in New Paltz.'

Bij het omslaan van de volgende bladzijde keek Maureen recht in het gezicht van Julian Gastineaux. 'O.'

Haar toon sprak boekdelen. Alle mensen zeiden op die manier 'o' wanneer ze Julian zagen.

'Dus dit is de koekjesbraderie,' zei Eddie, terwijl hij de bibliotheek binnenwandelde.

Maureen begroette hem bij de deur. 'Inderdaad. Heel fijn dat je wilt helpen.'

'Ik ben niet bekend met het concept.' Nadat hij een stapje achteruit had gedaan, bekeek hij Maureen nieuwsgierig van top tot teen. Ze had een takje hulst in haar haar en droeg een schort vol gekleurde handafdrukken van kinderen, waarop stond: MISS DAVENPORT IS DE LIEFSTE. De meeste vrouwen zouden te modebewust zijn om zo'n schort te dragen, maar haar stond het leuk. Eigenlijk vond hij alles aan haar leuk, maar steeds wanneer hij dat met haar probeerde te delen, werd ze wantrouwig. Gezien het verhaal over haar eerste relatie kon hij dat wel begrijpen – nou ja, soort van. Maar wat hij niet kon begrijpen was haar tegenzin om de liefde nog een kans te geven. Nooit eerder had hij een vrouw ontmoet die zo bang was dat haar hart weer zou worden gebroken. Wat zou hij haar graag bewijzen dat niet iedere relatie zo hoefde te eindigen, dat het nog steeds mogelijk was om te geloven in de eeuwige liefde. Waarom juist híj degene wilde zijn die haar dat bewees, was een vraag die hem al bezighield sinds die avond in de bibliotheek.

'Ik zal je even rondleiden,' zei ze, waarbij ze zijn hand vastgreep en hem de grote open ruimte in trok. Het bleek het grootste buurtevenement van het jaar te zijn. Ze stelde hem voor aan Jane en Charles Bellamy, die kortgeleden waren teruggekeerd in Avalon om van hun pensioen te genieten. Verder herkende hij Noah en Sophie met hun twee jonge kinderen, Maureens vriendin Olivia en Olivia's zus Jenny, die in de bakkerij werkte, Bo Crutchers schoonmoeder Mrs. Carminucci, die bij een gigantische doos koekjes stond. Greg en Nina Bellamy – Nina was burgemeester van Avalon geweest ten tijde van zijn ongeluk en had volledig achter het besluit van de rechter gestaan om hem een taakstraf te laten uitvoeren. Net als hijzelf, trouwens. Zonder die taakstraf zou hij geen plek hebben gehad om met de feestdagen naar terug te keren; grote kans dat hij dan vroeg of laat weer iets geks zou hebben gedaan.

Zich realiserend dat Maureen naar hem keek, zei hij: 'Ik realiseer me net dat ik meer mensen in Avalon ken dan in mijn eigen buurt in New York.'

'Misschien woon je dan in de verkeerde stad,' reageerde ze, waarop ze zich onmiddellijk van hem weg draaide, zodat hij niet kon zien of ze een grapje had gemaakt.

In het midden van de kamer stond de kerstboom in volle glorie. Kinderen van alle leeftijden stonden eromheen koekjes te eten en met glunderende ogen te kijken naar de lichtjes en de versieringen. Het deed hem denken aan Maureens ideeën over kinderen, magie en kerst. Ze wilde dat hij zich over zijn aversie heen zette, terwijl hij vond dat zij zich over haar overdreven romantische ideeën over kerst heen moest zetten.

'Ieder jaar organiseren we een koekjesbraderie om geld in te zamelen voor de bibliotheek,' zei ze. 'Dit jaar is het belangrijker dan ooit.'

'Niet zo treurig, Mo.'

'Ik heb het uitgerekend,' zei ze, wijzend op een grafiek die op een scherm stond afgebeeld. 'Tenzij we een bank overvallen, zie ik geen mogelijkheid om genoeg geld op te halen.'

'Je kunt ook op een andere manier naar deze grafiek kijken,' reageerde hij, gebarend naar het aantal bezoekers van de bibliotheek. 'Als iedereen die in het afgelopen jaar gebruik heeft gemaakt van de bibliotheek bijdraagt, zitten we goed.'

'Je hebt het wel over heel veel mensen,' zei ze. 'Duizenden.'

'Precies.'

'Zo werkt het niet. In een perfecte wereld misschien wel, maar de wereld is niet perfect.'

'Kom op, Mo,' mompelde hij. 'Je moet wat meer koekjes eten.'

Bij het zien van haar verlegen glimlach voelde hij de verleiding om haar stevig tegen zich aan te trekken. 'Ik zal aan mijn houding werken. Vandaag was geen goede dag,' gaf ze toe. 'Onze manager is plotseling opgestapt. Hij heeft een baan gevonden in Green Bay.'

'Laten we het over koekjes blijven hebben,' zei hij.

'Je hebt gelijk. Sorry.' Ze ging rechtop staan en streek haar kleurige schort glad. 'Ik zal ze je laten zien.'

Ze stapten het atrium binnen. Een zoete geur walmde hen tegemoet, een zwaar aroma van zelfgebakken koekjes; boter, suiker, kaneel, chocolade. Alles was uitgestald op lange tafels, vrijwilligers liepen rond met dienbladen vol lekkers dat gratis mochten worden geproefd; engelen van gember, citroencakejes, chocolade-mintkoekjes, pecanballetjes. Daisy Bellamy maakte ondertussen foto's van de festiviteiten: close-ups van chic opgemaakte dienbladen, foto's van kinderen met een begerige blik en lachende volwassenen. Zo hoorde kerst te zijn, dacht Eddie.

Maar zelfs al deze goede zielen bij elkaar zouden de bibliotheek niet kunnen redden.

'Het water loopt me in de mond, Maureen,' zei hij. 'Wat ruikt het hier heerlijk.'

'Moeilijk om te weerstaan, hè?' zei ze. 'Ik zal je de tafel van de Davenports laten zien.'

Het was alweer een hele tijd geleden dat een vrouw hem had voorgesteld aan haar familie. Meestal had hij het al verpest lang voordat ze dat punt hadden bereikt. Dat was het voordeel van samen met Maureen aan de kerstvoorstelling werken: ze zat met hem opgescheept, in ieder geval tot aan kerstavond.

De familie Davenport stond bij een lange tafel tegen de achterwand van de bibliotheek. Maureens vader, Stan, had zilverkleurig haar en droeg een rode geruite trui met opgerolde mouwen. Zijn vrouw Hannah had een vrolijke blos op haar wangen terwijl ze gratis stukjes noten- en rozijnenrepen uitdeelde. Dan waren er de zussen: Renée, die hij al had ontmoet, en Janet en Meredith, die een spontane en vrolijke indruk maakten. Tot slot was er de broer, Guy, die zich goedhartig liet commanderen door zijn vrouw Mindy.

'Probeer dit eens,' suggereerde Meredith. 'Naar een recept van onze oma.'

Hij nam een hapje uit een koekje gemaakt van witte en pure chocolade. 'Mijn god,' zei hij, 'dit is misschien wel het lekkerste wat ik ooit heb geproefd. Ooit.'

'O, en dit is nog maar het begin,' zei Janet. 'Rumchocolaatje?'

'Bedankt, maar ik blijf liever uit de buurt van rum,' zei hij. 'Misschien zo eentje? Wat is dit?'

'Een zacht stroopkoekje dat je leven zal veranderen,' zei Mindy.

Hij proefde er eentje. 'Als jullie hier geen fortuin mee binnenhalen, dan weet ik het ook niet meer.'

'Dat hopen we maar.'

'Ik meen het. Deze koekjes zouden absoluut de bibliotheek kunnen redden. Misschien zelfs de wereld.'

'Mensen halen hun beste recepten uit de kast voor de koekjesbraderie,' legde Janet uit. 'Er is vrij veel competitie.'

Maureen nam hem even apart. 'Dus, wat vind je van mijn belachelijk perfecte familie?'

'Daar bedoelde ik niets vervelends mee,' antwoordde hij met een grijns. 'Helemaal niet, zelfs. Ik ken niet veel families waarin iedereen het zo goed met elkaar kon vinden.'

'Dat is bij jou dus niet zo?' vroeg ze.

'Gaat wel,' zei hij. 'Het ligt een beetje ingewikkeld.'

Met een begripvolle blik keek ze hem aan. 'Daar zou je iets aan moeten doen,' zei ze zachtjes. 'Beter laat dan nooit.'

Heel kort streelde hij haar wang met de rug van zijn hand. De streling liet een blos achter. 'Daar zou ik niet op rekenen, Mo.'

'Maar –'

'We kijken er allemaal naar uit om je beter te leren kennen, Eddie,' zei Hannah, die erbij kwam staan. 'Maureen heeft ons al zoveel over je verteld.'

'O ja? Dat had ik niet verwacht,' reageerde hij geïntrigeerd.

'Hé, dat is helemaal niet waar,' sputterde Maureen tegen, waarbij haar gezicht nog roder werd.

'Onzin, natuurlijk wel. Ze heeft het al over je sinds Thanksgiving,' ging Hannah vrolijk door.

'Echt geweldig,' mompelde Maureen.

'Hij vindt jou vast ook geweldig. Nietwaar, Eddie?' babbelde haar stiefmoeder verder, terwijl ze een zilveren schaal met een duizelingwekkend aantal verschillende soorten koekjes erop vooruitstak. 'Neem een notencakeje.'

'Graag, dank u.' Tijdens het proeven sloot Eddie zijn ogen van genot, even blij met het cakeje als met Hannahs openhartigheid. 'Nu begin ik toch wel nieuwsgierig te worden naar wat Maureen allemaal heeft gezegd...'

Met een frons op haar gezicht keek Maureen van een afstandje toe terwijl Eddie haar familie moeiteloos inpalmde met zijn natuurlijke charme. Haar zussen, Hannah, de nichtjes en neefjes – ze lachten en kletsten met hem alsof ze hem al jaren kenden. Zelfs haar vader en broer leken prima met hem overweg te kunnen. Wat een ideaal plaatje, dacht ze. Zijn charme in combinatie met de hartelijkheid van haar familie – een perfecte match. Alleen zij paste er niet tussen. Om redenen die ze bijna niet onder ogen durfde te zien, voelde ze zich ongemakkelijk in zijn buurt. Ach, wie hield ze voor de gek? Ze was een beetje verliefd op deze man aan het worden. Meer dan een beetje, waarschijnlijk... Bovendien lieten haar gevoelens zich steeds moeilijker onderdrukken, wat toch echt noodzakelijk was. Het was simpelweg te riskant om zich daardoor te laten meeslepen.

De aanblik van haar familie bezorgde haar een warm en gelukkig gevoel. Zoals altijd nam haar stiefmoeder de leiding. Hannah was zielsgelukkig in haar huwelijk en geloofde er heilig in dat er voor iedereen op de wereld een wederhelft te vinden was.

Daarnaast zag ze het niet alleen als een recht om zich te bemoeien met de levens van haar stiefkinderen, maar als haar plicht. 'Toen ik jonger was, was ik een trotse vrijgezel,' vertelde ze aan Eddie, altijd blij om haar verhaal weer met een nieuw slachtoffer te kunnen delen. 'Ik wilde niets met het huwelijk te maken hebben. En kinderen? Vergeet het maar. Maar toen kwam ik deze man tegen.' Ze gebaarde naar Maureens vader. 'Een weduwnaar met vijf kinderen. Wie rekende daar nog op?'

'Nou, ik in ieder geval wel,' zei Stan met een knipoog naar Eddie, 'aangezien ik haar al ruim een jaar aan het stalken was. Deze geweldige vrouw besloot vol vertrouwen met mij de sprong in het diepe te wagen, terwijl er toch een gerede kans bestond dat ik enigszins beschadigd zou zijn door het plotselinge verlies van mijn vrouw. Om eerlijk te zijn was ons hele gezin een beetje beschadigd. Juist op dat moment kwam Hannah langs, en ze redde onze familie.'

'Daar hebben we allemaal hard voor gewerkt,' zei Hannah teder. 'Daarom gun ik jou dit zo, Maureen. Ik ben blij dat je het naar je zin hebt met Eddie. Hij is een blijvertje.'

Maureens wangen voelden aan alsof ze in brand stonden. 'Hannah! Word je er nooit moe van om zulke dingen te zeggen? Hoe kom je er toch steeds mee weg?' Ze wendde zich tot Eddie. 'Sorry daarvoor.'

'Ben je gek? Ik wil alleen maar meer horen.'

Zuchtend stelde ze vast: 'Luister, zij heeft koekjes om te verkopen. En jij moet gaan rondlopen om ervoor zorgen dat mensen gigantische donaties doen.'

'Kom maar op met dat dienblad,' zei hij, waarna hij zich als een professionele ober onder de mensen begaf. Binnen de kortste keren had hij een hele groep mensen om zich heen verzameld. Vooral vrouwen, viel haar op. Ze kon het hen niet kwalijk nemen; hij had een magnetische aantrekkingskracht. Terwijl er vele foto's van hem werden gemaakt, verdween zijn lach geen moment van zijn gezicht. Dat was het probleem met een man die kon acteren: je wist nooit zeker of hij oprecht was. Hoe dan ook, zijn uitbundige aanprijzing van de koekjes had tot gevolg dat Hannahs tafel druk werd bezocht en haar baksels over de geïmproviseerde toonbank vlogen.

Mr. Shannon, de bestuursvoorzitter, knoopte een praatje met Eddie aan. Daarna stapte hij het podium op, tikte tegen de microfoon om ieders aandacht te krijgen en legde toen in het kort de wanhopige situatie van de bibliotheek uit. Tot slot zei hij: 'Graag verwelkom ik nu Eddie Haven, die op muzikale wijze een eerbetoon aan de bibliotheek zal brengen.'

Met de kenmerkende grijns op zijn gezicht stapte Eddie het podium op; een en al witte tanden en blauwe ogen. 'Bedankt,' begon hij. 'Ik moet toegeven dat dit de eerste keer is dat ik me op een koekjesbraderie bevind, maar nu ik weet wat het inhoudt, moet ik jullie waarschuwen dat jullie nooit meer van me afkomen. Toen ik klein was, trok ik veel rond met mijn ouders. Rond de kerstdagen traden we iedere avond in een ander stadje op.'

Maureen werd ze overvallen door een gevoel van droefheid toen ze zich daar een voorstelling van probeerde te maken. Ze keek om zich heen hoe de andere mensen erop reageerden en zag tot haar verrassing een onverwacht groepje bezoekers: de Veltry-broers, Jabez en Cecil Byrne. Kennelijk was er een onverwachte vriendschap ontstaan tussen deze jongens, die van elkaar verschilden als dag en nacht. Met een glimlach liep ze op hen af om ze te verwelkomen en flyers uit te delen met informatie over de koekjesbraderie.

'We hebben geen koekjes meegebracht om die te verkopen,' fluisterde Randy Veltry, terwijl Eddie nog aan het woord was.

'Dan geven we toch gewoon geld,' fluisterde Cecil, die zijn portemonnee uit de achterzak van zijn jeans haalde.

Even werd Maureen overvallen door schuldgevoel. Had ze een

fout gemaakt door Cecil niet de hoofdrol te geven in het kerstspel, zoals zijn grootvader had gewild? Dat was echter inmiddels allemaal achter de rug, en Cecil was een aardige jongen die dik tevreden leek met zijn rol. Hopelijk zou hij dat ook zijn grootvader duidelijk kunnen maken.

Jabez was stil, hij concentreerde zich op Eddies toespraak. Alsof hij merkte dat ze naar hem keek, draaide hij zich toen echter plotseling om en knikte haar toe. 'Het is wel een beetje verdrietig, hè?' merkte hij op. 'Dat gedoe met zijn familie.'

'Inderdaad,' beaamde ze, waarna ze de jongen nog eens goed bekeek. Ook al kende ze hem niet goed, hij was al snel een van haar favorieten geworden. 'Hoe zit het met jouw familie, Jabez?' vroeg ze, hopend dat ze niet te nieuwsgierig overkwam.

Hoewel zijn blik op het podium gericht bleef, zag ze dat zijn gezichtsuitdrukking zacht werd. 'Iedereen zou rond kerst bij familie moeten zijn,' zei hij. 'Mensen die denken dat ze alleen willen zijn tijdens de feestdagen, hebben hun familie juist het hardst nodig.'

Zo was Jabez, bedacht ze. Hij formuleerde dingen zo dat hij daarbij niets over zichzelf onthulde. Wat hij zojuist had gezegd, leek meer over Eddie te gaan dan over hemzelf. Zijn woorden klonken verrassend wijs voor iemand die nog zo jong was. Hannah zou zeggen dat hij een oude ziel was, met zijn kalme uitstraling en stille zelfverzekerdheid, waarmee hij iedereen om zich heen vredig leek te stemmen. Het leek belangrijker voor Jabez om andere mensen te laten glimlachen dan om zich druk te maken om zijn eigen leven.

'In iedere stad die we bezochten,' ging Eddie ondertussen verder, 'was wel een bibliotheek te vinden. Een plek waar je als kind je fantasie de vrije loop kunt laten gaan; waar ruimte is voor intellectuele vrijheid. Daar kun je geen prijskaartje opplakken, maar er zijn wel kosten aan verbonden. Zoals het er nu voorstaat, zal deze bibliotheek aan het einde van dit jaar moeten sluiten. Dit kan alleen worden voorkomen door voldoende bijdragen van de buurtbewoners. Daar gaat het vandaag dan ook om. En om de koekjes, uiteraard. Geniet ervan, allemaal. En als u vrijgevig wilt zijn dit jaar, denk dan aan de bibliotheek.'

'Jeetje, Hannah had dit keer gelijk,' fluisterde Janet in Maureens oor. 'Ik ben nu al helemaal weg van hem.'

Ik ook, dacht Maureen met tegenzin. Ondertussen was haar blik gericht op een vrouw die verleidelijk met haar ogen knipperde terwijl ze een koekje van Eddies schaal pakte.

'Ik vraag me af hoe het is om zo populair te zijn,' mompelde ze.

'Vraag het hem,' stelde haar zus schouderophalend voor.

'Wat moet ze hem vragen?' vroeg Meredith, die erbij was komen staan.

'Ik stond me net te bedenken hoe moeilijk het moet zijn om een relatie met zo iemand te hebben,' zei Maureen eerlijk. 'Iemand die zo aantrekkelijk en populair is. Wanneer zou hij tijd hebben voor zijn partner? Ik zou altijd het gevoel hebben dat ik met de rest van de wereld om zijn aandacht moest strijden.'

'Schrijf je hem af omdat hij te populair is?'

'Nee, omdat we niet bij elkaar passen.'

Iemand trok aan haar rok – het bleek een van de jongste bezoekers van de bibliotheek te zijn, een kleuter die Toby heette. 'Hallo, Ms. Davenport,' zei hij, vol aanbidding naar haar opkijkend. 'Dit is voor u.' Hij overhandigde haar een koekje dat bedekt was met neonkleurig glazuur en spikkeltjes.

'Dank je, Toby.' Ze gaf hem een knuffel. 'Een heel fijne kerst gewenst.'

'Zie je, je bekijkt het helemaal verkeerd,' merkte Meredith op terwijl het kleine jongetje wegliep. 'Jij bent net zo populair als hij, alleen zijn jouw fans kleiner.'

'Aha.' Het was moeilijk om een glimlach te onderdrukken.

'Daar had Hannah trouwens ook gelijk in,' zei Janet. 'Ooit zul je een fantastische moeder worden.'

'Hé, rustig aan. Hoe zijn we zojuist van het verkopen van koekjes bij het moederschap aangekomen?'

'Wil je dan geen moeder worden?'

'Jawel, hoor. En ik wil ook best miljonair worden, maar dat betekent niet dat het ook echt gaat gebeuren.'

In een poging haar toon luchtig te houden, probeerde ze het verleden uit haar hoofd te zetten. Haar zussen wisten het niet. Niemand wist het. Vreemd genoeg had ze het na hun wandeling bijna aan Eddie verteld. Om de een of andere reden had het die dag gevoeld alsof hij haar beste vriend was.

'Je bent te jong om al zo cynisch te zijn,' verweet Meredith haar.

'Ik ben te jong om over kinderen na te denken.'

'Maar je bent zo goed met kinderen,' zei Janet.

'Ik kan ook een paar deuntjes op de piano spelen, maar dat wil nog niet zeggen dat ik er klaar voor ben om concertpianist te worden.' De richting waarin het gesprek werd gestuurd, begon op haar zenuwen te werken. 'Waarom gelooft niemand dat je geen huwelijk en kinderen nodig hebt om tevreden te zijn met je leven?'

'Dat geloof ik best,' zei Janet, 'maar dat is dus echt je plan?' Er klonk twijfel door in haar stem.

'Ik heb vrienden,' antwoordde Maureen. 'Ik heb mijn boekenclub. Een wekelijks spelletje mahjong en meer dan genoeg tijd om door te brengen met mijn nichtjes en neefjes. Ik ben een actief lid van de kerk, ik heb een abonnement op het Metropolitan Museum. Heus, ik heb een goed gevuld leven. Deze week geef ik een lezing op een symposium voor bibliotheekmedewerkers op Long Island.' Dat die bijeenkomst zou plaatsvinden in Seaview, waar Eddies ouders woonden, liet ze voor het gemak weg. Mensen die ze trouwens heel graag eens zou willen ontmoeten. Waarschijnlijk hadden zijn ouders, net als zijzelf, geen flauw idee waarom hun zoon hen niet wilde bezoeken met kerst. Er was misschien sprake van een simpel misverstand dat eenvoudig kon worden rechtgezet.

'Het is bevrijdend, of niet?' vroeg Meredith, die op een koekje met poedersuiker knabbelde. 'Om te weten dat je geen man nodig hebt in je leven? Dat je je gewoon kunt richten op de dingen die belangrijk zijn.'

Zoals cardiologie, dacht Maureen. Dat was Merediths passie. Haar oudste zus was een fantastische vrouw, maar zeker niet zorgeloos. Hoewel ze het er nooit rechtstreeks met haar familieleden over had gehad, had Meredith nooit kunnen vergeten dat zij degene was die al die jaren geleden ziek was thuisgekomen, besmet met het virus dat later hun moeder had gedood.

'Ja, maar ze wil helemaal niet bevrijd worden van Eddie Haven,' merkte Janet op.

Nu begon ook Renée zich er mee te bemoeien. 'Hij heeft iets verdrietigs over zich, vinden jullie ook niet?'

'Hij gaat nooit naar huis met kerst,' zei Maureen.

Er verscheen een afkeurende blik op het gezicht van haar zussen. 'Dat is vreselijk,' zei Renée.

'Het is… ingewikkeld.' Maureen voelde een steek in haar hart toen ze dacht aan wat hij haar had verteld.

'Het is gewoon fout,' zei Janet. 'Daar moet je iets aan doen.'

'Ik heb geprobeerd om er met hem over te praten, maar hij had er geen oren naar.'

'Nee, je moet iets dóén.'

'Zoals wat?' Maureen keek haar zussen aan en had direct spijt als haren op haar hoofd dat ze over Eddie was begonnen. De glinstering in de ogen van haar zussen verraadde dat ze een plan hadden.

Hoofdstuk 18

Een van de dingen die Maureen fijn vond aan de winter was dat het zo vroeg donker werd. Er waren mensen die daar gek van werden. Soms zelfs letterlijk; door het gebrek aan zonlicht gingen ze zich vreemd gedragen.

Maureen niet. Zij verwelkomde de duisternis omdat het betekende dat ze zich kon ontspannen en de avond vroeg kon laten beginnen. Meestal kwam ze thuis vlak voor het helemaal donker was. Soms liep ze dan Carolyn, de postbezorgster, tegen het lijf, aangezien Maureens appartement het laatste was op haar route. Het bevond zich in een oud gebouw met vier appartementen. In een van de woningen woonden Mr. en Mrs. Greer, het langst getrouwde echtpaar van Avalon; ze waren al zevenenzestig jaar samen. Ernaast woonden Chip en zijn partner Gordon. Ze werkten allebei als brandweerman in de plaatselijke kazerne en waren dol op koken. Het derde appartement werd bewoond door Trent en Dee, een pasgetrouwd koppel dat zó onafscheidelijk was dat ze samen werden aangeduid als Trendy.

En dan was er Maureen, die haar appartement deelde met Franklin en Eloise, die toevallig ook een stelletje waren. Ze had Franklin geadopteerd als zwerfkatje en hem vernoemd naar Benjamin Franklin, oprichter van de eerste openbare bibliotheek in de Verenigde Staten. Uit schuldgevoel, omdat ze hem altijd alleen moest achterlaten wanneer ze ging werken, had ze later het lokale asiel bezocht en een schattig katje met grijze strepen uitgezocht. Voor Eloise en Franklin was het liefde op het eerste gezicht geweest. Met zijn drieën vormden ze een fijn huishouden.

Inrichten was niet haar sterkste kant, maar er hoefde gelukkig ook niet veel aan haar woning te worden veranderd toen ze hem betrok, aangezien hij van zichzelf al een ouderwetse charme uitstraalde. Boekenkasten van donker eikenhout stonden tegen praktisch iedere muur aan. Het raam aan de voorkant bood uitzicht over Rotary Park en Willow Lake en op de diepe vensterbank lagen comfortabele kussens. Het was de favoriete plek van de katten. Daar konden ze urenlang zitten, schouder aan schouder, starend uit het raam.

Net als iedere vrijdag was de bibliotheek vandaag vroeg gesloten. Veel kinderen hadden die avond zwemles of andere sociale bezigheden, dus was er ook geen repetitie voor de voorstelling gepland. Die extra tijd kwam haar goed uit. De volgende dag zou ze een presentatie geven op Long Island, en ze zou al vroeg de trein moeten pakken. Dit vrije avondje bood haar bovendien de kans om in de nieuwe boeken te duiken die ze had meegenomen van haar werk. Met die stapel boeken voelde ze zich als een kind met een voorraad splinternieuw speelgoed. Waarmee zou ze beginnen? Een duistere thriller die haar ongetwijfeld de hele nacht wakker zou houden? Het boek dat Oprah Winfrey laatst had aanbevolen? De memoires van een vrouw die uit een sekte was ontsnapt? Een niet erg literair maar ontzettend populair romannetje over de seksuele avonturen van een vrouw in een ver land? Stuk voor stuk zagen ze er verleidelijk uit.

Zo verleidelijk zelfs, dat ze besloot het avondeten over te slaan. In plaats daarvan koos ze voor een van haar favoriete leesplekjes: haar bad. Het appartement was uitgerust met een ouderwetse diepe badkuip op krulpoten. Er was niets fijners dan in een berg naar vanille geurend schuim wegzakken en je verliezen in een goed boek. In het warme water bracht ze een luxueus uurtje door met het boek van Oprah; een duister, emotioneel verhaal in vergelijking waarmee haar eigen leven op een dagje pretpark leek. Misschien was dat wel wat het boek zo goed maakte; het bood de lezer een blik op een worsteling met het leven die veel zwaarder was dan de meeste mensen ooit hoefden te doorstaan. Terwijl ze het boek verslond, werd het water lauwwarm en verdween het schuim. Daarom stapte ze er met tegenzin uit. Ze rolde haar haar in een handdoek en schoot een badjas aan. Het was pas halfacht, te vroeg om naar bed te gaan, maar het leek haar overbodig om zich nog aan te kleden, en dus trok ze haar favoriete flanellen pyjama – met katten erop – en haar pluizige pantoffels aan. Hoewel ze niet vaak magnetronmaaltijden at, maakte ze voor die avond een uitzondering.

Zonder op te kijken van haar boek, schonk ze even later voor zichzelf een glas melk in en haalde haar eten uit de magnetron. Het was een pastamaaltijd die er in de supermarkt redelijk culinair had uitgezien, maar bij nader inzien simpelweg uit macaroni met kaas bleek te bestaan.

Met het boek voor zich open op de keukentafel las ze terwijl ze at, waarbij ze alleen af en toe een blik op de katten wierp. Die zaten op hun gebruikelijke plek voor het raam en boden een snoezige aanblik in het licht van de kerstlichtjes die ze daar had opgehangen. Ook had ze een kleine kerstboom neergezet, versierd met lichtjes en een paar sierlijke kerstballen.

'Als ik met een camera overweg kon, zou ik een foto van jullie gebruiken voor mijn jaarlijkse kerstkaart,' zei ze tegen haar katten. 'Misschien ook maar beter van niet, want de mensen zouden doodgaan van schattigheid.'

Ze richtte zich weer op haar boek, maar het verhaal had een punt bereikt waarop het wat trager verliep, waardoor haar aandacht verslapte. 'Ik weet niet wat ik heb de laatste tijd,' liet ze haar huisdieren weten. 'Ik voel me gewoon zo vrijgezél. Het lijkt wel alsof iedereen deel is van een stelletje. Wat is dat toch? Zelfs Meredith heeft nu iets met die ene chirurg. De enige andere vrijgezel die ik ken is –'

De deurbel onderbrak haar klaagzang. Waarschijnlijk was dat een van haar buren, die iets wilde lenen. Toen ze de deur opendeed, stond Eddie Haven echter voor haar neus.

'O,' zei ze. Het was het enige geluid dat ze op dat moment wist te produceren. Haar mond bleef openstaan, alsof ze niet helemaal goed bij haar verstand was.

'Hé, Maureen,' zei hij. 'Mag ik binnenkomen?'

Het maakte niet veel uit of dat mocht van haar, aangezien ze toch niets meer kon uitbrengen.

Ze keek toe terwijl hij naar binnen liep. Wauw, wat zag hij er geweldig uit; de koude lucht had een blos gevormd op zijn wangen, zijn ogen twinkelden. 'Dus,' zei hij, 'hier woon je.'

Ineens bekeek ze haar appartement door zijn ogen: twee katten, te veel boeken, de magnetronmaaltijd die nog op tafel stond, naast een glas melk en een opengeslagen boek.

Uiteindelijk liet hij zijn ogen rusten op haar verwassen flanellen pyjama, pluizige pantoffels en natte, sliertige haar. Iedere cel in haar lichaam leek te smelten van schaamte.

Op de een of andere manier wist ze toch haar stem terug te vinden. 'Ik, eh… verwachtte je niet.'

'Ja, ik besloot op het laatste moment om even langs te wippen. Natuurlijk had ik je eerst kunnen bellen, maar dan had je me waarschijnlijk afgepoeierd.'

Adem diep in, sprak ze zichzelf toe. Het maakt niet uit wat hij van jou vindt. Desalniettemin voelde ze zich… betrapt. Hij trof haar alleen aan in haar appartement, totaal niet voorbereid op gezelschap op een vrijdagavond. Ze had net zo goed een T-shirt kunnen dragen waar LOSER op stond.

'Wat, eh… kan ik voor je doen?' vroeg ze sukkelig. Klonk dat niet te veel als 'ga alsjeblieft weg'?

'Ik zit vast,' flapte hij eruit. 'Je wilt dat ik een nieuwe nummer voor de voorstelling schrijf en nu zit ik vast.'

'En je bent hier omdat…'

'Omdat ik je niet kan geven wat je wil.' Hij overhandigde haar de cd die ze hem had geleend ter inspiratie. 'Als ik iets ga schrijven, moet het ergens anders vandaan komen.'

Moest je me dat persoonlijk komen vertellen, dacht ze. 'Wat wil je van me, Eddie?'

Hij wees op de cd in haar hand. 'Ik heb naar jouw soort muziek geluisterd. Misschien wil jij nu eens naar mijn soort muziek luisteren?'

'Oké,' stemde ze in. 'Dat zal ik doen.'

'Vanavond,' drong hij aan.

'Oké,' herhaalde ze, waarna ze de cd bestudeerde. 'Heb je het hierop gezet?'

'Ik heb het over livemuziek.' Met een overdreven radiostem zei hij: 'Alleen vanavond, live: de band Inner Child in de Hilltop Tavern.'

Haar laatste bezoek aan de Hilltop was extreem ongemakkelijk geweest. Ze had zich een buitenbeentje gevoeld tussen de vaste bezoekers – de vrouwen in hun strakke truitjes, de mannen die liters bier dronken. Het was gewoon niet haar soort plek. Wat moesten mensen toch ook in cafés?

'Ik heb het druk,' zei ze met haar armen over elkaar geslagen.

Hij keek naar het open boek op de tafel en de half opgegeten magnetronmaaltijd. 'Verkies je een boek boven mijn muziek? Nu voel ik me gekwetst.'

'Het heeft een belangrijke prijs gewonnen,' sputterde ze tegen.

'O, dan is het goed,' zei hij sarcastisch. 'Kom op, Maureen. Waar ben je zo bang voor?'

Voor jou, dacht ze. Voor alles. Haar smoesjes waren echter op, en als ze hier met hem bleef staan kibbelen, zou hij alleen maar langer in haar appartement blijven, waardoor het gênante moment alleen maar zou worden gerekt.

'Oké dan,' zei ze. 'Ik zie je daar.'

'Mooi. We beginnen rond negen uur.'

'Ik kan niet wachten.' Nadat ze de deur achter hem had gesloten, leunde ze ertegenaan alsof hij anders zou open waaien. Daarna liet ze zich langzaam op de vloer zakken, haar voorhoofd schaamtevol tegen haar knieën gedrukt. Uiteindelijk herpakte ze zichzelf en kwam in actie. Ze snelde haar slaapkamer in om iets te vinden om aan te trekken. Nadat ze wat kleren uit haar kledingkast op haar bed had gegooid, voelde ze steeds meer frustratie opborrelen bij het zien van al die sullige outfits op haar bed. Hemel, wanneer was ze voor het laatst gaan winkelen? Haar kleding was te saai voor woorden.

Een kwartier later stond ze op de stoep bij haar vriendin Olivia, de wanhoop nabij. Olivia was de stijlvolste vrouw die ze kende. Ze vond het erg vervelend om Olivia en Connor te moeten storen op een vrijdagavond, maar ze kon niet anders. Door het raam zag ze Olivia en Connor tegenover elkaar aan de eettafel zitten, geconcentreerd bezig met een potje scrabble. Connor zei iets waar Olivia om moest lachen; haar blik was warm en gelukkig.

Even voelde Maureen een steek, zoals wel vaker wanneer ze een gelukkig stelletje zag. Het was geen gevoel van afgunst, maar gewoon... leegte.

Zet je eroverheen, dacht ze. Vanavond gaat het niet om alleenzijn. Ze klopte op de deur en werd door Connor binnengelaten. Met een flauwe glimlach begroette ze hem, waarna ze zich wanhopig tot Olivia richtte. 'Sorry dat ik jullie avond kom verpesten,' zei ze. 'Maar ik heb je hulp nodig.'

'Natuurlijk, zeg het eens,' zei haar vriendin meteen.

'Ik heb een geweldige outfit nodig.'

'Komt voor de bakker,' zei Connor.

Olivia sloeg hem plagerig op zijn arm. 'Erg grappig.'

Met zijn handen in de lucht deed hij een stap achteruit. 'Oké, ik ben hier weg.'

'Connor, het spijt me,' zei Maureen. 'Echt, als ik dit alleen zou kunnen, had ik het gedaan.'

'Geen probleem, Maureen,' zei hij goedhartig, waarna hij zijn vrouw een kus op haar wang gaf. 'Ik vermaak me wel met een biertje en een ijshockeywedstrijd op tv.'

'Dat is sportief van je,' zei ze glimlachend. Terwijl hij de kamer uit liep om zich naar de kelder te begeven, waar zijn grote televisie stond, staarde ze naar het scrabblebord. De meeste woorden waren sterk seksueel getint.

Als reactie op haar geschrokken blik schoot Olivia in de lach. 'Schat, ik ben acht maanden zwanger. Dit komt op dit moment voor ons het dichtst in de buurt van seks. Over seks gesproken, ik ga ervan uit dat je de geweldige outfit nodig hebt om indruk te maken op een geweldige man?'

Maureen knikte. 'Klopt, en ik heb ook wat goed te maken.' Omdat Olivia haar vriendin was, vertelde ze haar eerlijk over Eddie Haven, over de pyjama, de katten, de magnetronmaaltijd en de pluizige pantoffels. 'En toch voelt het zo oppervlakkig om me zo op te tutten voor een man.'

'Dat is niet oppervlakkig. Het toont aan dat je een gezond gevoel van eigenwaarde hebt.' Olivia greep haar arm vast en trok haar mee naar de slaapkamer. 'Dit wordt leuk,' zei ze terwijl ze de lichten van haar inloopkast aanknipte. 'De meeste kleding hierin heb ik niet meer gezien sinds ik een dikke buik kreeg.'

Voordat ze naar Avalon verhuisde, had Olivia als vastgoedstylist gewerkt in Manhattan. Haar unieke stijl was ook terug te zien in haar kleding. Het duurde dan ook niet lang voordat Olivia een outfit voor haar had uitgezocht, die bestond uit een nauwsluitende modieuze spijkerbroek, een strak kasjmieren truitje en laarzen met naaldhakken.

Het truitje en de spijkerbroek konden Maureens goedkeuring wel wegdragen, maar vol afschuw bekeek ze de laarzen. 'Die kan ik niet dragen, dan sla ik te pletter.'

'Onzin. Ze zijn alleen voor vanavond. Trek ze aan en wen eraan terwijl ik je haar en make-up doe. Doe het gewoon. Weerstand bieden heeft geen zin. O, en je hebt je lenzen meegenomen, toch?'

'Toch maar wel,' gaf ze toe.

Olivia ging met een stijltang aan de slag. Daarna bracht ze wat make-up aan, waarbij ze zo precies te werk ging als een plastisch chirurg.

'Heel erg fijn dat je me helpt,' zei Maureen. Gewoonlijk hield ze er niet van om zich op te laten doffen, maar dit keer voelde het goed.

'Ik vind het leuk,' verzekerde Olivia haar. 'En het zal voor jou straks nog leuker zijn om jezelf in de spiegel te zien, maar pas als ik helemaal klaar met je ben.' Na nog tien minuten ingespannen bezig te zijn geweest, nam ze haar vriendin bij de hand en zette haar met haar rug naar de grote spiegel. 'Klaar?' vroeg ze. 'Draai je maar om.'

Maureen draaide zich om, knipperde met haar ogen – waarvoor dit keer de brillenglazen ontbraken – en wist pas na een tijdje iets uit te brengen: 'Wauw.'

Terwijl hij zijn spullen klaarzette in een hoekje van de Hilltop Tavern, bedacht Eddie dat hij Maureen eerst had moeten bellen, in plaats van zomaar bij haar langs te gaan. Hoewel ze haar gêne had willen verbergen, had ze zich overduidelijk ongemakkelijk gevoeld.

Wat ze zich waarschijnlijk niet had gerealiseerd, was dat hij haar ongelooflijk sexy had gevonden, zo alleen in haar zacht verlichte appartement, net uit bad, heerlijk geurend.

'Waarom kijk jij zo blij?' vroeg Ray, die bezig was met zijn keyboard. 'Heb je iemand het bed in weten te krijgen, of zo?'

'Nee, hoor. Mag een man er niet gewoon blij uitzien?'

'Niet op deze manier, zonder iemand het bed in te hebben gepraat. Wie is het? Kom op, vertel.'

Ray was een van de weinige mensen die wist dat Eddies taakstraf er allang opzat. Waarschijnlijk begreep hij niet helemaal waarom Eddie keer op keer weer vrijwillig meehielp met het kerstspel, maar hij had er nooit wat van gezegd. Weten wanneer je je mond moest houden, was wat Eddie betrof ontzettend belangrijk in een vriendschap.

Deze ondervraging was ook niets voor Ray. 'Wie is het?' drong hij aan.

Eddie schudde zijn hoofd. 'Je zou het niet geloven als ik het je vertelde.'

'Probeer maar.'

'Ik wed dat het die bibliothecaresse is, Maureen Davenport!' riep Bo Crutcher, die verderop bij zijn bas stond.

Ray drukte wat toetsen in op zijn keyboard. 'Ik geloof er niets van dat jij het doet met mevrouw-de-bibliothecaresse-met-haar-haar-in-een-knot.'

'Zo zit het niet.' Hij kon echter niet uitleggen hoe het wel zat, want hij had zich nog nooit eerder op deze manier aangetrokken gevoeld tot iemand. 'Ik bedoel, ik hoop uiteindelijk wel dat het daartoe zal leiden.'

'Uiteraard. Elke man wil dat een relatie daartoe leidt. Vertel me iets wat ik nog niet weet.'

'Je snapt niet…' Hij zweeg toen een vrouw de kroeg binnenkwam. De blauw-witte neon gloed van het logo verlichtte haar toen ze even in de deuropening bleef stilstaan. Het was een supersexy vrouw in een strakke spijkerbroek en een truitje dat al haar rondingen accentueerde, in laarzen met hoge hakken en haar lange haar los. De mannen bij de pooltafel vergaten dat ze met een spelletje bezig waren, terwijl de mannen aan de bar hun hoofd omdraaiden om haar aan te staren. Toen Eddie haar herkende, was hij zo verrast dat hij even niets wist uit te brengen.

Na een grote slok water te hebben genomen liep hij op haar af. 'Maureen.'

Omdat ze een beetje wiebelde op haar laarzen toen ze een stap naar voren deed, sloeg hij een arm om haar heen zodat ze niet zou vallen.

'Sorry,' zei ze, waarop ze zich meteen uit zijn greep los wurmde. 'Met deze hakken zou je haast denken dat ik *wíl* vallen. Maar wat maakt het ook uit. Ik mag ook wel eens op het randje leven, toch?'

Hij kon niets anders dan haar aanstaren. Het contrast tussen de vrouw in de badjas die hij eerder in haar appartement had gezien en de vrouw die nu voor hem stond, was gewoonweg overweldigend. Dat was nu het bijzondere aan Maureen. Ze beschikte over meerdere lagen; juist wanneer hij dacht dat hij haar helemaal doorhad, liet ze hem weer iets nieuws zien.

'Ik vond je er prima uitzien op je pluizige pantoffels,' zei hij.

'Geloof me, die gaan meteen weer aan zodra ik thuiskom.'

Ah, de oude Maureen bestond nog. 'Nou, ik waardeer het erg dat je bent gekomen, Mo.'

'Ik ben hier om je te zien spelen,' herinnerde ze hem. 'Dat wilde je toch?'

'Het is een begin,' antwoordde hij met een grijns. 'Ik zal je even aan iedereen voorstellen.' Terwijl hij achter haar aan liep naar de hoektafel, kon hij zijn ogen niet van haar afhouden. Ze zou echt vaker een strakke spijkerbroek moeten dragen.

Aangekomen bij de tafel begroette ze Kim Crutcher en Noahs vrouw Sophie, die van een zeldzaam avondje uit genoot terwijl haar oudste kinderen op de jongste pasten. Kim en Sophie mochten haar meteen, binnen een mum van tijd hadden ze haar betrokken bij hun meidenpraat. Het was interessant om te zien hoe ook de rest van Maureens voorkomen door haar kledingstijl was veranderd. De verlegen bibliothecaresse was verdwenen, deze meid was gezellig en sociaal. Bijna zelfverzekerd. Bo zette zijn bas aan de kant en ging naast zijn vrouw zitten, die met een verliefde blik naar hem opkeek.

'Wat zou jij ervoor overhebben om iemand te hebben die zo naar je keek?' vroeg Ray aan Eddie, wijzend op Bo en Kim. Het stel was nog niet zo lang geleden getrouwd en was onafscheidelijk. 'Je hoektand?'

'Ja, hoor. Wat heb je aan hoektanden?'

'Je linkerbal?'

'Au. Hou je mond en ga wat spelen, Tolley.'

Nadat ze Bo bij zijn vrouw hadden weggetrokken, gaven ze een optreden van een halfuur voor een klein maar enthousiast publiek, waarbij ze een aantal populaire covers en een aantal zelfgeschreven liedjes speelden. Terwijl hij speelde, probeerde Eddie zo onopvallend mogelijk naar Maureen te kijken. Een of andere man, die duidelijk een biertje te veel ophad, liep op haar af, boog zich naar haar toe en fluisterde iets in haar oor. Eddies eerste neiging was om van het podium te springen om haar te beschermen, maar dat leek ze helemaal niet nodig te hebben; met een gefronste blik en een kort 'nee, dank je' schudde ze hem van zich af, ogenschijnlijk zonder in de gaten te hebben dat hij met haar aan het flirten was. Man, wat was het toch een aparte meid.

En wat was hij gek op haar. Hoe was dat mogelijk?

In de pauze bestelde hij een kop koffie en nam naast haar plaats. 'En?'

'Jij en je vrienden zijn fantastisch. En die zelfgeschreven liedjes... je bent echt een geweldige songwriter. Ik bedoel, dat wist ik al, maar nu ik zo naar je luister... Nou ja, nu voel ik me er schuldig over dat ik je heb gevraagd om een liedje te schrijven voor de voorstelling.' Ongemakkelijk schoof ze heen en weer op haar stoel.

'Wat bedoel je? Waarom voel je je daar schuldig over?'

'Ik realiseerde me niet wat ik van je vroeg. Jouw liedjes komen recht uit je hart.'

'Ja? Denk je?'

Ze knikte. 'Het liedje dat je zong in de bibliotheek... Het was verkeerd van mij om dat te bekritiseren.'

'Maakt niet uit. Echt niet. Dat liedje ging over jou, niet over het kerstspel. Ik ben al iets anders aan het schrijven voor de voorstelling.'

Met een geschrokken blik keek ze hem aan. 'Over mij?'

'Jep. Maureen...'

'Eddie...' De blik in haar ogen sloeg om van schrik in paniek.

In een poging haar op haar gemak te stellen glimlachte hij. 'We hoeven het er nu niet over te hebben.'

'Bedankt,' zei ze, waarna ze ietwat opgelucht tegen de rugleuning van haar stoel leunde en nerveus een slokje van haar drankje nam.

Vrolijk hief hij zijn glas. 'Proost. Op muziek en songteksten.'

Ze tikte haar glas tegen het zijne. Haar drankje zag er meisjesachtig uit, met een kers erin. 'Mag ik je iets... persoonlijks vragen?'

'Dat mag, maar ik kan niet beloven dat je antwoord krijgt.'

'O. Nou ja, dan –'

'Grapje, Maureen.' Hij vond het grappig hoe serieus ze alles opvatte. 'Vraag maar. Ik heb niets te verbergen.'

'Ik vroeg me af of je het niet vervelend vindt om naar een kroeg te gaan, aangezien je niet drinkt.'

'Aangezien ik een herstellend alcoholist bent,' verbeterde hij haar. 'Dat is iets anders dan gewoon niet drinken. En nee, ik vind het niet erg om het daarover te hebben.' Ooit was het een dagelijkse worsteling voor hem geweest om nuchter te blijven, maar dat was niet langer het geval. Nu voelde het als een dagelijkse zegening om met een helder hoofd op te staan en zich de hele dag scherp te voelen. Sommige mensen namen hun nuchterheid voor lief, maar hij niet. Daarvoor had hij te vaak op de rand van de afgrond te staan. 'Als je wilt, kun je op internet genoeg artikelen over me lezen.'

'Ik heb je toch gezegd dat ik dat soort dingen niet opzoek,' zei ze.

Nog iets om leuk te vinden aan haar: ze was loyaal en integer. 'Bedankt, Mo. Ik zou willen dat die roddelende sukkels meer waren zoals jij.' Online was genoeg te vinden over zijn alcoholgebruik, maar veel sites bevatten ook materiaal dat maar voor een klein gedeelte op de waarheid was gebaseerd. Er waren artikelen van twijfelachtige kwaliteit, foto's van hem, zijn ex-vriendinnetjes en familie. 'Haven veroorzaakte dronken een ongeluk en werd veroordeeld tot een taakstraf...' Steeds wanneer hij las hoezeer ze het verhaal uit zijn verband hadden gerukt, kromp hij ineen.

'Na al die tijd,' zei hij tegen Maureen, 'is het geen probleem meer. Het is meer alsof ik een winkel binnenloop waarin niets wordt verkocht wat ik wil hebben.'

'Echt?'

'Echt.'

Ze keek hem lang en onderzoekend aan.

'Wat?' vroeg hij.

'Je mag trots op jezelf zijn, Eddie.'

'Omdat ik mijn eigen leven gered heb? Gezien het alternatief lijkt me dat niet echt iets om trots op te zijn.'

'Volgens mij laat je het eenvoudiger klinken dan het was. Ik denk dat je ouders ook erg trots op je zijn.'

Als reactie daarop haalde hij zijn schouders op. 'Ze hebben

het er nooit echt over willen hebben. Ik denk dat het te dichtbij komt voor ze. Zelf hebben ze vroeger ook nogal wilde feestjes gehad, ik vermoed dat een alcoholistische zoon hen daar te veel aan herinnert.'

Met een blik vol afschuw keek ze hem aan. 'Hebben ze dat tegen je gezegd?'

'Nee, dat gok ik maar.'

'Nou ja, je moet er duidelijk een keer met ze over praten.'

Er verscheen een glimlach op zijn gezicht. 'Alles is in jouw ogen zo simpel, Mo.'

'Praat met ze. Probeer je demonen uit het verleden onder ogen te komen, zodat de weg vrij is voor de toekomst.'

'Wat ben jij filosofisch vanavond.'

Ze roerde met de kers in haar drankje. 'Dat heb ik een keer gelezen in een boek. Soms haal ik een trucje uit met boeken... Laat maar. Je vindt het vast stom.'

'Vast niet,' zei hij, blij dat ze niet meer over zijn familie hoefden te praten.

'Oké, soms doe ik mijn ogen dicht en wijs ik een willekeurige zin in een willekeurig boek aan, en wat daar staat volg ik dan op. Het is maar een spelletje.' Om te verhullen dat ze bloosde, stopte ze snel de kers in haar mond. Toen ze zag dat hij haar aankeek, werd ze echter nog roder.

'Nog een drankje?' bood hij aan.

'Oké.'

'Wat drink je?'

'Het is een, eh... Shirley Temple.'

'Een Shirley Temple,' riep hij naar Maggie Lynn. 'Met twee kersen.'

'Bedankt,' zei Maureen. Er was zowel iets argeloos als charmants aan de manier waarop ze naar hem keek. Nee, niet charmant. Ongelooflijk sexy.

Man, hij had deze gevoelens voor een vrouw niet meer gehad sinds... Nooit, eigenlijk. Zelfs niet voor vrouwen tegen wie hij had gezegd dat hij van ze hield; zelfs niet voor de vrouw die hij ten huwelijk had gevraagd.

Wie had dat gedacht, stelde hij verwonderd vast. Van alle vrouwen op de wereld, viel hij op een bibliothecaresse.

Was hij verlíéfd op haar geworden, zonder te begrijpen waarom.

'Ik geloof echt niet dat het gemakkelijk voor je is,' zei ze, 'maar je gaat er bewonderenswaardig goed mee om.'

Op dat moment moest hij zichzelf verbeteren; hij wist wél waarom hij verliefd was geworden op haar.

Maureen stond bij de deur van haar appartement en wenste dat ze iets sterkers had gedronken in de bar dan cocktails waar maar weinig alcohol in zat. Nee, dat was niet waar. Het zou niet goed hebben gevoeld om sterke drank te bestellen terwijl Eddie zo zijn best deed om nuchter te blijven. Toch voelde ze zich ongelooflijk nerveus. Aan het einde van de avond had hij erop gestaan om met haar mee naar huis te gaan, al haar protesten ten spijt.

'Ik hoef niet thuis te worden gebracht,' had ze tegengesputterd.

'Weet ik. Ik wíl mee,' had hij gezegd.

En nu stonden ze tegenover elkaar op de bovenste tree van het trapje voor haar huis en voelde ze zich verschrompelen tot een trillend hoopje zenuwen. 'Nou,' zei ze. 'Bedankt.'

'Ga je me niet vragen of ik nog even mee naar binnen ga?' vroeg hij.

'O, ik denk niet –'

'Goed plan. Laten we niet denken. Nodig me gewoon uit en dan zien we wel wat er gebeurt.'

Ze wilde het wel. Hoewel het volkomen onlogisch en dwaas was, wilde ze het liever dan wat dan ook ter wereld. Voordat ze in zou storten van de zenuwen, stak ze haar sleutel in het slot en ging ze hem voor. Haar appartement zag er precies zo uit als ze het haastig had achtergelaten: haar boek lag opengeslagen op de keukentafel, er stonden borden in de gootsteen, de overblijfselen van haar magnetronmaaltijd lagen in de prullenbak. Ze had haar huis dan ook eerder die avond niet achtergelaten met het idee dat het later op de avond een verleidelijk decor zou moeten vormen.

'Ik vind je appartement leuk,' zei Eddie terwijl hij zijn jas uittrok en die over de rug van een stoel drapeerde. Vervolgens hielp hij haar uit haar jas. 'Ik vind jou leuk. Ik denk dat ik verliefd op je ben.'

Haar adem stokte, totdat ze besefte dat ze hem inhield, waarna ze zichzelf dwong om uit te ademen. 'Echt?' vroeg ze met een klein stemmetje.

Misschien was het dwaas om hem te geloven, maar ze deed het toch. Toen hij haar bij haar hand pakte, liet ze zich gewillig meevoeren naar de slaapkamer.

Het licht van haar nachtlampje deed hem fronsen. 'Te fel,' mompelde hij.

'Ik lees mezelf elke avond in slaap,' legde ze uit.

'Vanavond niet.'

De klank van zijn stem vervulde haar met een vurig verlangen. 'Eddie –'

'Wacht,' zei hij. 'Blijf daar staan.' Hij ging in de woonkamer een snoer kerstlichtjes halen en liep ermee de slaapkamer in.

'Kijk,' zei hij, 'ik ben een professional'. Nadat hij de stekker in het stopcontact had gestoken, drapeerde hij de lichtjes over het hoofdeinde van haar bed, waardoor de kamer in een zachte bonte gloed baadde. 'Beter,' zei hij, waarop hij zijn spijkerbroek uittrok alsof het de normaalste zaak van de wereld was.

Haar ogen werden groot als schoteltjes. 'Zijn dat... kerstmannen op je boxershort?' Haar aanvankelijke gegiechel ging door zijn hartstochtelijke kussen al snel over in een zacht gekreun, waarop ze zich vol overgave liet meeslepen door haar verlangen. Toen hij haar kleren uittrok terwijl hij haar sensueel bleef kussen, voelde ze dat ze begon te smelten. Eenmaal op het bed gelegen, twinkelde een zee van kleuren boven hun hoofd.

Eerst aarzelend, maar al snel vastberaden, streelden ze elkaars lichaam. Dit was beter dan in haar stoutste dromen – hij was teder, langzaam, attent en wist haar volkomen op haar gemak te stellen, alsof vrijen met haar de natuurlijkste zaak van de wereld was.

Ze genoot van al zijn aanrakingen – een perfect geplaatste kus, de onweerstaanbare streling van zijn vingers, het suggestieve fluisteren in haar oor. De opgebouwde spanning kwam uiteindelijk spectaculair tot ontlading. Hoewel hij niets van haar vroeg, gaf ze hem alles: hartstocht die diep in haar binnenste verstopt zat, op een geheim plekje dat alleen hij had weten te vinden. Alle twijfel, alle weerstand van haar kant was verdwenen. Daarbij liet hij haar keer op keer weten dat ze geweldig was, dat ze hem opwond, dat hij hier zo lang op had gewacht... Ondertussen vloog de tijd voorbij. Een uur werd twee uur, en nog veel langer...

'Een tatoeage,' zei hij ineens met een grijns terwijl zijn vingers over haar onderrug gleden. 'De bibliothecaresse heeft een tatoeage. Jeetje, Maureen, dat is echt... wauw.'

'Had je niet verwacht, hè,' zei ze loom. Ze kon nog steeds niet geloven wat ze zojuist hadden gedaan; dat ze hem had meegenomen naar haar huis, dat ze de liefde hadden bedreven totdat ze bijna had moeten huilen.

Maar wacht, ze kon het wél geloven, want ze stonden op het punt om het weer te doen.

De volgende ochtend moesten ze allebei vroeg op, Eddie om naar het radiostation te gaan en Maureen om een vroege trein te halen. Het voelde een beetje ongemakkelijk, in ieder geval voor haar. Ze probeerde zich te gedragen alsof wakker worden naast een warme, aantrekkelijke man iets was wat ze dagelijks deed. In tegenstelling tot haar leek hij volkomen op zijn gemak. Grommend rekte hij zich uit voordat hij met tegenzin uit bed stapte.

'Ik moet gaan,' liet ze hem weten. 'Naar het jaarlijkse symposium voor bibliotheekmedewerkers.' Even overwoog ze om de kerstlichtjes uit het stopcontact te trekken, maar besloot toen om ze gewoon te laten branden. Waarom ook niet?

'Kun je het niet een keer overslaan?' vroeg hij.

'Nee, vooral niet dit jaar. Binnenkort moet ik misschien op zoek naar een nieuwe baan, dus ik moet mijn netwerk zien te onderhouden.'

'Het zekere voor het onzekere.' Daar stond hij dan in zijn kerstmanboxershort, zo aantrekkelijk dat ze serieus overwoog om alles af te blazen en bij hem te blijven.

'Ik moet realistisch zijn,' zei ze. 'Ik weet dat we alles op alles aan het zetten zijn voor de bibliotheek, maar de tijd verstrijkt en we zitten nog niet eens in de buurt van het bedrag dat we nodig hebben.'

'Ja, nou, we hebben nog tijd. Blijf hier,' eiste hij, waarna hij haar zachtjes tegen de muur drukte om haar in haar nek te kussen. 'Dan vraag ik de meiden op het radiostation wel om een vooraf opgenomen show te draaien.'

Bijna gaf ze toe; zijn stoppelbaard bezorgde haar kriebels in haar buik. 'Ik moet gaan,' herhaalde ze toen echter, terwijl ze hem ontweek. 'De bijeenkomst wordt in Seaview gehouden dit jaar.' Met een veelzeggende blik keek ze hem aan.

'Woonplaats van de Havens,' zei hij met zijn radiostem. 'Maar ik geloof niet dat mijn ouders bibliotheekbezoekers zijn.'

'Misschien ga ik nog even bij ze langs, om ze uit te nodigen voor kerst.'

'Juist,' zei hij met een grijns. 'Dat zouden ze geweldig vinden. Nee, geloof me, lieverd, ze hebben al andere plannen.'

'Heb je ze ooit uitgenodigd?'

'Ze hoeven nu eindelijk niet meer te reizen met kerst. Volgens mij zijn ze daar wel blij mee.'

'Maar je hebt ze nog nooit uitgenodigd.'

'Ik weet toch al wat ze zouden zeggen.'

'Dat zou je misschien nog verbazen.'

'Mo, ik begrijp je punt,' zei hij terwijl hij haar naar zich toe trok. 'En ik stel je bezorgdheid op prijs. Maar geloof me, ik hoef kerst niet door te brengen met mijn ouders, en zij hoeven die dag zeker niet met mij door te brengen. We hebben het geprobeerd toen ik een kind was, en dat is niet zo goed verlopen.'

Daarna gaf hij haar een heerlijke, suikerzoete kus. 'Voor het geval je het nog niet doorhebt, ik heb nu wel wat beters te doen met kerst.'

Hoofdstuk 19

Eddie droomde weer eens over de engel. Dit keer verliep de droom echter anders dan anders. In tegenstelling tot zijn andere dromen, die leken te zijn opgebouwd uit vervormde herinneringen en abstracte gedachten, waren deze beelden zo helder als een wolkeloze winternacht. Het eerste deel van de droom was hetzelfde als altijd: hij lag na het ongeluk in een dikke hoop sneeuw, niet in staat om te praten vanwege de pijn en de schok, half bevroren, niet opgemerkt door de mensen die de kerk uit waren gestroomd… en toen stond de engel daar. Wat deze droom anders dan de andere maakte, was dat hij nu het gezicht van de engel kon zien.

Met een schok werd hij wakker, liep meteen naar zijn gitaar en schreef zijn nummer voor de kerstvoorstelling. Zonder aarzeling en zonder een enkele kladversie. In zijn leven had hij al honderden liedjes geschreven, maar nooit eerder met zoveel inzicht en overtuiging. Hij kon niet wachten om het aan Maureen te laten horen; het zou zijn cadeau voor haar zijn. Een soort belofte.

Jammer genoeg zou hij nog even moeten wachten voordat hij het aan haar kon presenteren. Ze zou het weekend doorbrengen op een of andere bibliotheekbijeenkomst op Long Island. De vierentwintig uur zonder haar hingen als een donkere wolk boven zijn hoofd. Hij nam zich voor om na haar terugkomst elke vrije minuut aan haar te wijden, zodat ze geen andere keus had dan ook verliefd op hem te worden. Misschien zou hij haar meenemen naar de Apple Tree Inn en… nee. Die plek riep nog steeds nare associaties bij hem op. Oké, misschien zou hij haar dan meenemen naar het huis waarin hij tijdelijk verbleef, aan het meer. Misschien zou hij zelfs voor haar koken. In ieder geval zou hij weer de liefde met haar bedrijven. Hoewel ze al vol verrassingen had gezeten sinds hij haar had ontmoet, had ze hem het meest verrast toen hij met haar naar bed was geweest. Ze was lief, niet bang om kwetsbaar te zijn en ze haalde een tederheid in hem naar boven waarvan hij niet had geweten dat hij die bezat.

Ook op andere gebieden had ze hem steeds uitgedaagd; nooit had ze het hem gemakkelijk gemaakt. In tegenstelling tot de vrouwen die hem op straat om een handtekening vroegen, interesseerde zijn oppervlakkige charme haar niet; wat haar interesseerde was hoe iemand vanbinnen in elkaar stak. En voor het eerst in een heel lange tijd schrikte hem dat niet af.

Na uit bed te zijn gesprongen besloot hij om het huis op te ruimen. Zo'n rommel was het niet, maar hij wilde dat ze zich hier volledig op haar gemak zou voelen. Hij wilde een liedje voor haar spelen op zijn antieke gitaar, die hij van zijn grootvader had gekregen. Hij wilde dingen tegen haar zeggen die misschien zoetsappig klonken maar oprecht gemeend waren – woorden die haar zouden laten glimlachen. Hij wilde haar een cadeau geven – hoewel er maar één ding was wat ze echt wilde, en juist dat kon hij haar niet geven. Kon hij maar een manier bedenken om de bibliotheek te redden…

Het bleef maar door zijn hoofd spoken. Uiteindelijk belde hij zijn advocaat. Als de jubileum-dvd echt zo goed verkocht als de cijfers deden geloven, zou hij misschien wat extra tijd voor de bibliotheek kunnen kopen. Hemel, volgens zijn advocaat werden de fragmenten op internet tig keer per uur bekeken; er moest toch iets zijn wat hij kon doen met deze hernieuwde populariteit? Weer beroemd worden was absoluut niet zijn doel, maar misschien kon hij zijn bekendheid aanwenden voor het redden van de bibliotheek. Daar zou Maureen zielsgelukkig mee zijn.

Terwijl hij naar zijn favoriete rockalbum luisterde, verschoonde hij zijn bed. Het kon immers geen kwaad om hoop te houden.

Tussen twee liedjes in klonk de doordringende klank van de deurbel.

'Momentje,' riep hij. 'Ik kom eraan.' Hij verwachtte niemand. Misschien was het Maureen, dacht ze er hetzelfde over als hij.

'Verrassing!' riepen zijn ouders in koor.

O, god. 'Barb. Larry. Wat doen jullie hier?' vroeg hij.

'We wilden je zien, bovendien is het al zo lang geleden sinds we Avalon voor het laatst hebben bezocht. Ik was al weer helemaal vergeten hoe kerstachtig het hier is.' Zijn moeder zag er net zo prachtig uit als altijd, haar haar stijlvol geknipt, gekleed in een lange jas die er duur uitzag, met een riem die bij haar laarzen paste. Toch leek hij tranen te zien opwellen in haar ogen toen ze naar hem opkeek, en haar mond leek een beetje te trillen. Zijn vader, die er jonger uitzag dan een man van in de vijftig, schudde hem de hand en omhelsde hem hartelijk.

'Je moeder heeft gelijk, zoon,' zei hij. 'Het is al veel te lang geleden.'

'Het was een impulsief besluit,' voegde Barb eraan toe. 'We zijn hier om kerst met je te vieren.'

O nee, nee, nee, nee. 'Eh... ja. Daarover gesproken –'

'Maak je geen zorgen, we zullen je niet tot last zijn.' Een kille windvlaag joeg zijn ouders naar binnen. 'We verblijven in de Inn bij Willow Lake. Een heel schattig zaakje, ken je het? Maureen heeft het voor ons geregeld.'

'Maureen? Hoe kennen jullie Maureen? Wat heeft zij hiermee te maken?'

'Ze kwam langs om zich voor te stellen. Ze had een symposium in Seaview, en nam de tijd om ons te bellen en even langs te wippen. Wij vinden haar fantastisch, Eddie, ze is zo oprecht en zit vol ideeën.'

Hij deed een poging om net zo opgewekt te lijken als zij, en iets te zeggen als: 'Leuk dat jullie er zijn.' Of: 'Fijn om jullie te zien.' Maar toen hij zijn mond opendeed, was het enige wat eruit kwam: 'Jullie bellen en uitnodigen... was Maureen Davenports idee? Ik had geen idee dat ze dat aan het regelen was.'

Zijn moeder gaf hem een kneepje in zijn arm. 'Ik zal haar nogmaals bedanken na de voorstelling op kerstavond. Ze lijkt me een erg lieve meid.'

'Dat lijkt iedereen te denken,' mompelde hij, zich afvragend wat Maureen in 's hemelsnaam had bezield.

'Wist je dat ze bij de Christmas Belles heeft gezeten?' vroeg Barb.

'Wat?'

Zijn moeder overhandigde hem een cd. 'Deze hebben we voor je meegenomen. Haar naam staat tussen die van de zangeressen: Maureen Davenport. Is het niet geweldig dat zij in het zanggroepje zat dat jouw indrukwekkendste lied zo prachtig heeft gecoverd?'

'Dat is niet mijn... O, hemel. Dat is niet mijn indrukwekkendste lied. Ik heb geen indrukwekkende liedjes, maar als ik die had, dan zou dit zeker niet het indrukwekkendste zijn.'

'Nou, je hoeft niet zo geïrriteerd te doen,' zei zijn moeder. 'In ieder geval, we hadden het over Maureen. Zoals ik al zei, lijkt ze me een fantastische meid. Met zijn drieën hebben we dit bekokstoofd. Als verrassing voor jou. En, ben je verrast?'

'Zeker weten. Volkomen verrast,' antwoordde hij met een geforceerde glimlach.

'Het is zo fijn om weer terug te zijn in Avalon na al die jaren,' zei zijn moeder. Met een glimlach keek ze naar zijn vader. 'Weet je nog de eerste keer dat we hier waren, Larry? We waren nog maar kinderen en onze families kwamen hier samen voor het Kioga-zomerkamp.'

Larry's ogen glommen. 'Hoe zou ik dat kunnen vergeten? Destijds was het een kamp voor hele families, om in de zomer aan de drukte van de stad te ontsnappen. Eddie, jouw grootvader en grootmoeder hebben op allerlei kampen opgetreden, maar Kioga was hun favoriet.' Met een warme blik keek hij naar zijn vrouw. 'En ook de onze.'

Zijn ouders waren elkaars beste vrienden. Aangezien ze op hun achttiende waren getrouwd, hadden ze elkaar praktisch opgevoed. Het was bijzonder dat ze nog steeds bij elkaar waren; hun hectische levens werden om de paar jaar compleet omgegooid, maar hun huwelijk was altijd de stabiele factor geweest. Aangezien ze waren opgegroeid in de chaotische showbusiness, hadden ze het echte leven nooit gekend. Misschien hadden ze juist daarom niet altijd de juiste keuzes gemaakt, vooral niet waar het hun zoon betrof. Er was echter geen twijfel over mogelijk dat ze van elkaar hielden.

'We zijn zo blij dat je van gedachten bent veranderd over kerst,' zei zijn moeder. 'En die Maureen. Ik kan haar niet genoeg de hemel in prijzen. Wat een leuke meid.'

'Ja,' mompelde Eddie, 'heel leuk.'

Woedend begaf hij zich op weg naar de kerk voor de repetitie, maar door alle drukte kreeg hij geen kans om Maureen te spreken. Over twee dagen zou de voorstelling plaatsvinden en er was van alles aan de hand: kinderen werden plotseling ziek, er vond een sneeuwstorm plaats, ze ontdekten dat alle kostuums in de opslagruimte bespoten waren met een of ander giftig goedje tegen insecten – en nu ondraagbaar waren. Maureen zag eruit alsof ze op het punt stond om een zenuwinzinking te krijgen. Na een repetitie die niet veel voorstelde, vertrokken de meeste mensen weer naar huis.

Hij zag dat zij in de kerk bleef zitten, starend naar het decor dat nog maar half af was. Ze keek naar hem op, waardoor hij even wilde vergeten wat ze had gedaan. Of beter nog, hij wilde even doen alsof het geen pijn deed. Ze was zo verdomd... aardig. Oprecht. Maar ze had een nieuwe kant van zichzelf laten zien, een kant die hij niet kon vertrouwen. Zijn woede moest zichtbaar zijn geweest op zijn gezicht, want ze draaide zich onmiddellijk weg van hem, een verwarde blik in haar ogen.

'Je hebt mijn ouders hiernaartoe gehaald,' zei hij.

'Ik heb ze uitgenodigd,' verbeterde ze hem. 'Ze zijn zelf gekomen.'

'Ze zijn gekomen dankzij jou,' viel hij uit.

'Nee,' reageerde ze kalm. 'Dankzij jou.'

'Jezus, Maureen, ik heb je verteld hoe het zit. Er is een reden dat ik kerst niet doorbreng met mijn ouders. Ik dacht dat je dat inmiddels wel doorhad.'

'Families horen samen te zijn met kerst, zei ze op een opstandig toontje, dat hem deed denken aan de stugge, bevooroordeelde vrouw met wie hij in het begin zo had gekibbeld.

'Niet iedere familie kan zo perfect zijn als die van jou tijdens de feestdagen.'

'Perfect?' herhaalde ze ongelovig. 'Is dat nog steeds wat je van mijn familie vindt?'

Zo'n beetje, dacht hij, terwijl hij Hannah en Maureens vader voor zich zag; de zussen en broer; de neefjes en nichtjes. 'Je had het recht niet om je ermee te bemoeien.'

'Ik dacht gewoon –'

'Nee, Maureen, je dacht niet na. Je hebt een ideaalplaatje in je hoofd van hoe je wilt dat kerst eruitziet, en de rest van de wereld moet zich daar maar aan aanpassen. Maar weet je, zo werkt het niet.'

'Het zal nooit werken zolang je het niet probeert.'

'Heb je niet genoeg hooi op je vork, met deze show en de bibliotheek?' snauwde hij. 'Weet je wat, laten we ons gewoon door de voorstelling heen slepen. Daarna hoef je niets meer te maken te hebben met mij en hoef je je niet meer te bekommeren om mijn familie. Word je daar blij van?'

'Het maakt jou niets uit waar ik blij van word,' constateerde ze. 'Dat verwacht ik ook niet van je. Het is jouw taak niet om mij gelukkig te maken. Net als dat het mijn taak niet is om op te lossen wat er speelt in jouw familie. Ik heb ze alleen maar uitgenodigd. Iedereen is welkom op kerstavond.' Ze liet zich van haar stoel glijden, waarna ze met een vreemd soort zelfverzekerdheid langs hem heen de kerk uit liep.

Hij moest zichzelf ervan weerhouden om haar terug te roepen. Het was beter zo, dacht hij. Het was beter om hier niet mee door te gaan, het zou immers toch op niets uitlopen. Het was idioot van hem geweest om te denken dat hij iets zou kunnen beginnen met een vrouw als Maureen; een vrouw die zo serieus was, zo betrokken bij de gemeenschap en de levens van haar familieleden. Ze zouden het samen nooit hebben gered. Waarom zou hij in 's hemelsnaam met iemand samen willen zijn die hem voortdurend op zijn fouten wees?

Snel begaf hij zich naar zijn busje, stapte in en reed te snel naar huis, waarbij de wielen een slordig spoor achterlieten in de sneeuw. Voor zijn deur lag een pakketje op hem te wachten, waar BREEKBAAR op stond. In de doos zat een kleine envelop met een kaart die erop wees dat het cadeau afkomstig was van 'Je vrienden bij Silver Creek Productions'; het bedrijf dat de oorspronkelijke Christmas Caper-film en de nieuwe dvd had geproduceerd. Blijkbaar was het de bestverkochte dvd van het land, waardoor hij een vette bonus in zijn zak kon steken. Na in het piepschuim te hebben gegrabbeld haalde hij een fles champagne uit de doos, die al gekoeld was omdat de doos een tijd buiten had gestaan.

De moed zonk hem in de schoenen. Hij wist nog hoe champagne smaakte. O, wat wist hij dat nog goed. Alsof je de sterren proefde, zoals Dom Perignon het formuleerde.

Hoofdstuk 20

Op de dag voor kerst was Daisy klaar voor de treinreis naar Long Island, om kerstavond bij de O'Donnells door te brengen. Het was belangrijk voor kleine Charlie dat ze een goede band met al zijn grootouders onderhield, en een feestdag met hen doorbrengen leek haar een goed begin. Met een brok in haar keel zei ze haar eigen familie gedag, hoewel ze natuurlijk maar een nachtje weg zou zijn. 'Het is gewoon zo'n speciale avond,' zei ze tegen Charlie terwijl ze nogmaals checkte of alle spullen in zijn luiertas had gedaan. 'Ik ben nog nooit weggeweest van mijn familie met kerst. Het voelt als een hele stap, om eerlijk te zijn.'

'Jep,' zei de peuter, waarmee hij een glimlach op haar gezicht toverde.

'Het is een soort overgangsfase waar ik doorheen moet. Dit is een transformatie van een kind met een kind naar een echte volwassene. Het feit dat ik de feestdagen niet met mijn ouders doorbreng, betekent dat ik er echt alleen voor sta, snap je?'

'Jep,' zei Charlie weer.

'En dat is misschien niet eens zo slecht,' voegde ze eraan toe terwijl ze de buggy inklapte. Soms had ze het vreemde gevoel dat ze in een fantasiewereldje leefde; een veilige wereld waarin ze braaf het geëffende pad volgde. Die dag had ze echter het gevoel dat dit patroon wel eens zou kunnen worden doorbroken.

Zoals vaker in onzekere situaties telde ze haar zegeningen. Ze was gezegend met de steun van haar familie, zowel financieel als emotioneel, en natuurlijk was Charlie zelf de grootste zegening.

Hoewel ze niet veel vergelijkingsmateriaal had, leek hij haar een gemakkelijk kind; hij at goed, sliep veel en was zelden ziek.

Eten had hij altijd goed gedaan en gelukkig maakte hij er ook niet vaak een probleem van als hij moest slapen. Heel soms werd hij 's nachts wakker, maar eigenlijk alleen als hij niet tegen haar aan gekruld in bed lag. Ze wist dat dat een omstreden kwestie was; sommige mensen waren van mening dat een baby nooit in het bed van zijn moeder zou moeten slapen, dan zou hij immers nooit leren om onafhankelijk te worden. Andere mensen beweerden juist het tegenovergestelde: dat kleine kinderen ervoor waren gemaakt om bij hun moeder te slapen. De zekerheid die hij kreeg van haar warmte zou hem later tot een evenwichtig persoon maken. Daisy kon beide theorieën onderschrijven, afhankelijk van haar bui.

Op het moment was Charlie bezig van blokken een fantasierijk bouwwerk te maken. Toen er op de deur werd geklopt, verscheen er een grote glimlach op zijn gezicht.

'Papaaa!' Hij liet zijn bouwwerk voor wat het was en stormde naar de deur.

Na een laatste blik op de kamer besloot Daisy genoegen te nemen met staat waarin deze zich bevond. Zoals gewoonlijk lag de ruimte vol speelgoed, schoolboeken, ongeopende post en andere rommel. Hoe hielden andere mensen met kinderen hun huis schoon en opgeruimd, vroeg ze zich af. Hoe vonden ze de tijd om nog andere dingen te doen?

Ze draaide de deur van het slot. Een jaar eerder, toen Charlie nog maar net had kunnen lopen, had hij zichzelf naar buiten gelaten terwijl het vroor dat het kraakte. Binnen een paar seconden had hij buiten op de stoep gestaan; een ijzige windvlaag was haar enige waarschuwing geweest. Zo ging dat met kinderen, ongelukken zaten in een klein hoekje. Sindsdien zat de deur altijd op slot.

Voor iemand die toch niet dom was, had ze veel gekke dingen gedaan. De persoon die nu voor de deur stond, zou dat volmondig kunnen beamen.

'Hoi Logan,' begroette ze hem.

Rillend van de koud stapte hij naar binnen. 'Hoi Daisy.'

'Papa, papa, papa!' Uitbundig klampte Charlie zich vast aan Logans been en keek smekend omhoog, als een engel die opkeek naar de hemel.

'Charlie, Charlie, Charlie.' Logan trok zijn handschoenen uit en tilde hem op. 'Hoe gaat het met jou, kleine man?'

'Goed, grote man.'

Met een grote glimlach op zijn gezicht trok Logan hem zijn skipak aan.

Bewonderend keek Daisy toe. Het was moeilijk te geloven dat zij en Logan nog maar drie jaar geleden een stel rebelse tieners waren geweest, die in een onbewaakt ogenblik roekeloze seks met elkaar hadden gehad.

En nu waren ze een gezin.

Wat prima was, besloot ze. Ze had geen reden om te klagen of te wensen dat alles anders was verlopen.

Al vroeg ze zich af en toe wel af hoe haar leven er anders zou hebben uitgezien. Dan keek ze naar haar beste vriendin en stiefzus Sonnet, een slimme meid die zich aan het voorbereiden was op een carrière in de internationale zakenwereld, en dan dacht ze: Wat als ik meer mijn best had gedaan op school? Of ze keek naar haar nichten, Olivia en Jenny, die nu allebei gelukkig waren getrouwd, en dan dacht ze: Wat als ik met kinderen had gewacht tot ik echt verliefd was? Ze wist dat spijt als vergif kon werken, maar soms sloop het er toch in, vooral als ze over haar liefdesleven nadacht. Of over het gebrek daaraan.

Na haar wilde weekend met Logan O'Donnell had ze de illusie opgegeven dat ze zomaar zorgeloos haar hart kon volgen. Nu had Charlie de hoogste prioriteit. Toch kon ze zichzelf niet beschermen tegen de 'wat als?'-vragen die ze op kwetsbare momenten op zichzelf afvuurde. En die vragen gingen maar wat vaak over Julian Gastineaux.

Waarom kwamen die gedachten toch altijd in haar hoofd op wanneer ze bij Logan was? Ze moest ophouden te verlangen naar iets wat onbereikbaar was.

'Ben je er klaar voor?' vroeg Logan met zijn zoontje op zijn arm. 'Laten we gaan.'

'Ja,' zei Charlie.

Daisy gooide de gigantische luiertas over haar schouder en keek nog een laatste keer of alle ramen goed dichtzaten. Hoewel ze maar een nacht weg zou zijn, voelde het alsof ze nooit meer zou terugkomen. Maf, dacht ze, terwijl ze nogmaals een knagend gevoel van spijt onderdrukte. Daarna pakte ze de buggy op en volgde Logan naar buiten.

Charlie zou het fantastisch vinden, sprak ze zichzelf op weg naar het treinstation moed in. En als hij gelukkig was, was zij dat ook. Dat was hoe ze haar keuzes maakte als moeder. Ze reden naar het station, waar ze alle spullen weer uit de auto laadden. Reizen met een peuter was intensief. 'Zo moeten de pioniers zich hebben gevoeld toen ze naar het Westen trokken,' zei ze terwijl ze kruimels van het peuterzitje veegde.

'Het mannetje heeft gewoon veel spullen,' reageerde Logan vrolijk. Hij zette Charlie in de buggy, hing de tassen eraan en duwde hem in de richting van het station. Daar aangekomen dook Daisy de damestoiletten in en bleef een paar minuten voor de spiegel staan, zichzelf dwingend om niet in paniek te raken. Het zou prima gaan vanavond, stelde ze zichzelf gerust. Helemaal prima. Dankzij Charlie waren de O'Donnells haar gaan mogen. Hoewel ze de baby eerst niet hadden willen zien of erkennen, waren ze nu veranderd in oprecht betrokken grootouders. Logans zussen waren ook gek op Charlie. Ze zou dit jaar gewoon een wat andere kerst beleven, te midden van een andere familie – eentje waarvan ze alleen deel uitmaakte dankzij een zeer onverwachte samenloop van omstandigheden. Het zou echter allemaal goed komen. Ze zou het zo druk hebben met de festiviteiten dat ze geen tijd zou hebben om stil te staan bij het feit dat ze de kerstvoorstelling in de kerk moest missen. In plaats daarvan zou ze met de O'Donnells de nachtmis bijwonen, iets wat ze nog nooit eerder had gedaan. Het gaf haar het gevoel een antropologiestudente te zijn die onderzoek deed naar een exotische cultuur.

Oké, dacht ze. Adem in en uit.

Na haar gezicht te hebben gedept met een vochtig doekje liep ze naar het perron. Boven aan de trap zag ze een meisje staan met een frambooskleurige panty, hippe laarsjes en een geruit rokje, dat stond te flirten met Logan en te gluren naar Charlie. Ja, ze was echt aan het flirten. Hoewel Daisy dat zelf al een hele tijd niet meer had gedaan, kon ze zich de lichaamstaal nog goed herinneren: je leunde naar voren, hield je hoofd op een schattige manier schuin, streek misschien even met je vinger over je lip. Als er een baby aanwezig was, zoals in dit geval, liet je merken hoe dol je daar op was, zodat je eigen charme nog meer werd benadrukt. Het flirtende meisje was erg knap en deed haar uiterste best om indruk te maken. Ze zag eruit als een fotomodel.

Daisy moest erkennen dat ze werd overvallen door een gevoel van jaloezie. Hoewel ze wist dat ze het recht niet had om jaloers te zijn op een of ander meisje dat met Logan flirtte, kon ze het niet helpen. Misschien, probeerde ze de situatie te rationaliseren, maakte ze zich gewoon zorgen om Charlie. Wat als Logan iets zou beginnen met een meisje dat niet van kinderen hield? Dat zou compleet onacceptabel zijn.

O, Daisy, verzuchtte ze. Wees niet zo'n controlfreak.

Met een geforceerde glimlach op haar gezicht liep ze op Logan af. 'Hé, jongens,' zei ze. Oké, misschien leunde ze wat dichter naar Logan toe dan gewoonlijk. En misschien was de manier waarop ze naar het andere meisje glimlachte nogal bezitterig, maar het ging vanzelf.

'Fijne kerst, jongens,' zei het meisje, waarna ze zich omdraaide om weg te lopen.

'Jij ook,' reageerde Logan, vriendelijk als altijd. Nadat ze was verdwenen legde hij uit: 'Ik volg een college met haar.' Bij het zien van Daisy's gespannen gezicht vroeg hij: 'Is er iets mis?'

Haar wangen verschoten van kleur. 'Nee, waarom vraag je dat?'

'Je wierp dat meisje een nogal boze blik toe.'

'O, leek dat zo?'

'Dat was zo.'

'Ze was overduidelijk met je aan het flirten,' zei ze.

Dat leek hem oprecht te verrassen. 'Nee hoor. Ze vond Charlie leuk. Dat jochie is een meidenmagneet.'

Blijkbaar was het onderwerp voor hem daarmee afgesloten. Toen hij hun zoontje uit de buggy tilde, liet ze dat toe. Ten eerste omdat ze geen controlfreak wilde zijn, ten tweede omdat ze wist dat het een lange treinrit zou worden en Charlie wat energie kwijt moest.

Terwijl Logan en Charlie hun zelfbedachte spelletje speelden op het perron, bleef ze naar hen kijken. Het spelletje bestond eruit dat een hysterisch giechelende Charlie rondjes rende en Logan hem achternazat en af en toe dreigend gromde. Het enige doel van het spel was om Charlie te vermaken. Dit besloot ze te zien als een teken dat ze een juiste keuze had gemaakt. Spelend met zijn vader leek Charlie immers in de zevende hemel te zijn, en dat was het enige wat telde. Aangezien hij vandaag nog geen dutje had gedaan, werd hij al snel moe. Daarom zette Logan hem na een tijdje weer terug in de buggy en legde een dekentje over hem heen. Al snel viel hij in slaap.

'Mooi, hij slaapt,' zei ze vertederd. 'Goed gedaan, Logan.'

Met samengeknepen ogen tuurde hij in de verte. 'Daar komt de trein.'

'Daar zal hij waarschijnlijk niet eens wakker van worden. Hij wordt nergens wakker van zodra hij eenmaal slaapt,' zei ze. Op dat moment piepte haar telefoon. Ze wierp een blik op het scherm en zag dat ze een sms had ontvangen, afkomstig van Julian. Haar hart sloeg een slag over, waarop ze de telefoon snel wegstopte.

'Alles goed?' vroeg Logan.

'Prima.' Ze zou het berichtje wel lezen en beantwoorden zodra ze wat tijd voor zichzelf had.

Logan boog zich voorover om het dekentje strakker om Charlie heen te trekken; het ventje was inmiddels compleet van de wereld. In de verte kwam de trein aanrijden, maar hij stopte een eindje voor het station. 'Hij wisselt van spoor, volgens mij,' zei Logan. 'Er komt nog een trein aan vanuit de andere richting.'

'Heb je al je inkopen al gedaan?' vroeg ze, meer om de stilte op te vullen dan uit echte nieuwsgierigheid.

Tot haar verrassing sloeg hij zijn arm om haar middel. 'Ja,' zei hij. 'Ik heb alles wat ik nodig heb.'

Daarna zei hij nog iets, maar zijn woorden waren onverstaanbaar doordat de trein op het perron tegenover hen piepend tot stilstand kwam.

'Mooi,' zei ze, lichtelijk verbijsterd over het feit dat hij zijn arm om haar middel had gelegd. Sinds hij haar die ene keer had gekust, betrapte ze zichzelf erop dat ze soms een heel andere 'wat als?'-vraag stelde, namelijk: wat als Logan en ik...

Ondanks het lawaai op het spoor sliep Charlie rustig verder.

Aan de overkant sloot de trein zijn deuren om weer verder te rijden. Op hetzelfde moment naderde hun trein het perron, eveneens met een hoop gepiep en lawaai.

Op het moment dat de andere trein wegreed, kon ze nog net de passagiers zien die op het perron tegenover haar waren uitgestapt. Ze zag mensen die grote tassen droegen, volgepropt met felgekleurde pakjes.

Ineens stond ze oog in oog met een jonge man die alleen op het perron stond, een olijfkleurige sporttas aan zijn voeten en een blauwe boodschappentas in zijn hand. Brede schouders, trotse uitstraling. Een legerpetje op zijn gemillimeterde haar. Een prachtig gebruind gezicht, dat veel te vaak in haar dromen verscheen.

Ze kon niets uitbrengen, zo verbaasd was ze. Haar lippen vormden zijn naam: Julian.

Het was niet mogelijk en toch stond hij daar, met een verwarde uitdrukking op zijn gezicht. Ineens voelde ze Logans arm om haar heen, waarop het zicht op Julian haar werd ontnomen door de arriverende trein.

'Daar gaan we dan,' zei Logan vrolijk. Het hele weerzien was blijkbaar aan hem voorbijgegaan. Hij trok zijn arm terug. 'Allemaal aan boord. Kun je me even helpen, Daisy?'

Haar ledematen voelden slap aan en haar hersenen draaiden overuren. Voor het dichtstbijzijnde treinstel stond een rij, dus moesten ze even wachten. Ze bleef rondkijken, zich afvragend of ze zich dingen had verbeeld. Maar nee. Julian had daar echt gestaan. Wat deed hij hier, nadat hij had gezegd dat hij niet zou komen en daar een aantal keer zijn verontschuldigingen voor had aangeboden? Wat dacht hij wel niet?

Ze stond naast Logan te wachten tot ze de trein in konden stappen met al hun bagage, Charlie en de buggy. Toen er door de omroepinstallatie een vertraging werd aangekondigd, liep ze een stukje opzij en staarde naar het perron tegenover hen, dat nu leeg was. Waar was Julian naartoe gegaan?

Ze graaide haar telefoon uit haar zak en las het berichtje: Verrassing, ik kom toch met kerst! Trein komt rond het middaguur aan. Zie je snel. Liefs, J.

Paniekerig keek ze op de klok. O, nee. O, god. O, nee.

Op dat moment, alsof ze erin was geslaagd om hem door middel van telepathie op te roepen, verscheen Julian op het perron, buiten adem van het rennen. 'Daisy!' zei hij.

'Ik dacht dat je niet thuis zou komen met kerst.'

'Ik heb besloten mijn verlof van achtenveertig uur toch hiervoor te gebruiken,' zei hij. 'Maar… waar ga jij naartoe?'

'Gaat je niets aan,' viel Logan uit, die op hen af kwam lopen. 'Ga weg, maat. Ze is hier met mij.'

'Hé,' riep Daisy fel uit. 'Je kunt Charlie daar niet alleen in zijn buggy laten staan!' Woedend op beide mannen rende ze naar de buggy en keerde hem om. Toen ze terugkwam, zag ze dat de mannen als twee kemphanen tegenover elkaar stonden, wat duidelijk de nieuwsgierigheid van andere reizigers opwekte. Geweldig, dacht ze. Geweldig, dit. Allebei zagen ze er dreigend uit; Julian in zijn legeruniform, als een knappe soldaat op een wervingsposter voor het leger, en Logan die zijn gezin wilde beschermen, terwijl de zon op zijn vuurrode haar scheen. Ze leken alles om zich heen te zijn vergeten, zelfs haar.

'...heb al een probleem met jou sinds dag één,' hoorde ze Julian zeggen.

'Denk je dat mij dat wat uitmaakt?' riep Logan terug.

Het was achteraf moeilijk te bepalen wie de eerste duw gaf. Ze botsten als twee stuurloze goederentreinen tegen elkaar op, omgeven door opstuivende sneeuw, terwijl een klein groepje mensen zich om hen heen verzamelde. Daisy wurmde zich er onmiddellijk tussen, waarbij ze bijna een vuist in haar gezicht kreeg. 'Stop!' riep ze uit. 'Jullie gedragen je allebei als idioten.'

'Stop!' echode Charlie, die net wakker was geworden.

Logan bewoog zich lenig om Daisy heen in een poging om nog een keer aan te vallen. Julian stapte echter net op tijd opzij, waardoor Logan doorschoot naar de rand van het platform. Daar wankelde hij, zijn armen in de lucht maaiend. Daisy schreeuwde en zag al voor zich hoe Logan door de trein verpletterd zou worden. In een flits greep Julian Logans jas vast en trok hem terug. De snelle redding zorgde ervoor dat ze allebei omvielen, maar dat was kennelijk geen reden om het gevecht te beëindigen. Logan maakte zich los uit Julians greep, waarop de twee elkaar weer te lijf gingen. Kleren scheurden en er kwam van alles uit hun zakken rollen: muntgeld, sleutels, een zakmes, een metrokaartje, een leren handschoen.

'Genoeg,' zei Daisy, die weer tussen hen in sprong, zo vol adrenaline dat ze erin slaagde een vuist tegen te houden. Beide jongens deden een stap achteruit, hijgend en zwetend, ondanks de kou.

Tijdens het gevecht was er een klein fluwelen doosje op de grond opengevallen. Het felle licht van een lamp boven hen bescheen de inhoud: een ring met een diamant, die naar haar leek te knipogen.

'O,' zei Daisy, die verward van de ene naar de andere man keek. 'O,' herhaalde ze. 'Jullie hebben iets laten vallen.'

Hoofdstuk 21

Het was bijna een soort ritueel, de wijze waarop de champagnefles werd geopend. Nadat het folie eraf was gepeld en het ijzerdraadje was losgemaakt, kwam de kurk langzaam naar boven. Je wist nooit zeker wanneer hij er precies uit zou knallen, maar je moest de hals van de fles in ieder geval altijd weghouden van je gezicht. Het hele ritueel duurde ongeveer drieëntwintig seconden, realiseerde Eddie zich, want om de een of andere reden was hij in zijn hoofd aan het tellen. Na drieëntwintig seconden zouden jaren van nuchterheid worden weggespoeld.

Met een bevredigende plop vloog de kurk van de fles, tegen het plafond van de keuken. Hij had geen champagneglas, dus schonk hij de drank in een limonadeglas uit het kastje boven de gootsteen. De bubbeltjes bruisten omhoog in het glas, als kleine sprankjes van een belofte.

Op momenten als deze hoorde hij eigenlijk Terry Davis te bellen, zijn buddy hier in Avalon. Maar het was een feestdag en hij wilde niemand tot last zijn. Vooral dit jaar zou Terry het druk hebben met andere dingen; zijn schoondochter Olivia was zwanger en Terry's kleinzoon werd op zeer korte termijn verwacht. Stiekem wist Eddie heel goed dat het buddyprogramma niet zo werkte. Als je op het punt stond om te gaan drinken, belde je je buddy, en daarmee uit. Je zette de volgende stap niet, je pakte dat koude, heerlijke glas vergetelheid niet op en je bracht het zeker niet naar je lippen –

Een indringend geklop op de deur onderbrak het moment.

Hij zette zijn glas neer, wierp een blik op de klok en ging opendoen. De voorstelling zou over een paar uur pas beginnen...

'Hé Eddie,' zei Omar Veltry, die naar binnen liep zonder te wachten op een uitnodiging. 'Moet je kijken. We willen je iets laten zien.' Zijn twee broers volgden hem naar binnen, met Jabez en Cecil in hun kielzog.

'Wat moet ik zien?' vroeg hij.

'Heb je hier internet?' vroeg Randy, die meteen op Eddies laptop afliep.

Zijn laptop was een droom voor iedere muzikant en componist, met alle toeters en bellen die gebruikt konden worden voor muziekproductie. Hij ging er beschermend voor staan. 'Ho, rustig aan. Wat moet je met mijn laptop?'

'Dit moet je horen,' zei Moby. 'Cecil heeft dit gemaakt na onze sessie gisteren.'

'Cecil, je bent echt een genie, man,' zei Omar, terwijl hij een internetadres intikte.

'Hé,' protesteerde Eddie.

'Luister maar,' zei Jabez.

Daar klonk zijn lied door de luidsprekers – het lied dat hij voor Maureen had geschreven. Nee, voor de voorstelling, corrigeerde hij zichzelf. Er hoorde ook een filmpje bij: beelden van de repetities gecombineerd met stillevens van winterlandschappen, gefotografeerd door Daisy Bellamy. En met studio-opnamen van hemzelf. Het was een verrassend professionele productie geworden, gemonteerd op een manier die echt indruk maakte.

'Heb jij dit gemaakt?' vroeg hij aan Cecil.

'Jep,' zei die met een verlegen grijns.

'Hij is een echte computernerd,' zei Omar. 'Een genie.'

'Moet je de kijkcijfers zien,' zei Randy. 'Al die hits. Het is een megasucces, man.'

'Je wordt weer net zo beroemd als vroeger,' voegde Omar eraan toe.

Hij voelde zich misselijk worden. Dat was helemaal niet wat hij wilde. 'Haal het weg,' zei hij tegen Cecil. 'Serieus –'

'Wacht, moet je dit zien,' zei Moby. 'Hij heeft ervoor gezorgd dat mensen het kunnen downloaden.'

'Voor de bibliotheek,' legde Cecil uit. 'Elke download levert geld op voor de bibliotheek.'

'Dat meen je niet,' zei Eddie. 'Dat is te gek.'

'Zo gaat dat op internet, man,' zei Omar.

Ongelovig deed Eddie een stap achteruit. 'Weet je zeker dat het zo werkt?'

'Zeker weten,' zei Jabez.

'Wacht maar tot Miss Davenport dit ziet,' zei Randy. 'Ze zal je eeuwig dankbaar zijn, man.'

'Dat betwijfel ik,' mompelde hij.

'Ze hebben ruzie,' constateerde Omar.

'Hoe weet jij dat?' vroeg Eddie hem.

'Gokje,' antwoordde hij schouderophalend.

Eddie haalde zijn vingers door zijn haar. 'Ik heb het verpest,' gaf hij toe.

'Inderdaad,' beaamden de broers.

'Ik heb een hoop goed te maken.'

Ze knikten alle drie. 'Wat ga je nu doen?' vroeg Randy.

'Ik?' vroeg hij. 'Er is niets wat ik kan doen.'

Jabez grinnikte. 'Wij moeten ons klaarmaken voor vanavond. Tot later, Eddie.'

Ze vertrokken net zo snel en chaotisch als ze waren binnengekomen. Hij bleef nog even staan luisteren naar de muziek op de computer. Die jongens hadden iets fantastisch geproduceerd met het weinige materiaal dat ze hadden. Er was een totaal onwaarschijnlijke vriendschap ontstaan tussen de stoere Veltrybroers, Jabez en de bolleboos Cecil Byrne. Zonder de kerstvoorstelling zouden ze waarschijnlijk nooit vrienden zijn geworden, maar nu ze elkaar hadden gevonden, hadden ze dit… geheel gemaakt waardoor mensen over de hele wereld aan het downloaden waren.

Hij las een paar van de duizenden reacties die mensen onder het filmpje hadden geplaatst. O, man, hij stond weer helemaal in de belangstelling. Dat was niet wat hij had gewild, maar als de jongens gelijk hadden, was dit precies wat de bibliotheek nodig had. Niet te geloven, dacht hij. Het was zijn eigen kerstwonder.

Daarna liep hij vastberaden terug naar de keuken, nam de champagnefles in zijn ene hand en het glas in zijn andere, en tikte ze tegen elkaar. 'Proost,' zei hij, voordat hij beide leeggoot in de gootsteen.

Hoofdstuk 22

Maureen was trots op het feit dat ze niet was ingestort door de situatie met Eddie. Ze had van het begin af aan geweten dat ze een fout maakte door iets met hem te beginnen, maar ze had zich laten meeslepen. Even was ze de pijn en de schaamte vergeten die erbij kwamen kijken wanneer je je hart aan iemand schonk. Ze had de lessen uit het verleden genegeerd en weer over een toekomst durven dromen. Hoe had ze zo dwaas kunnen zijn? Ze had beter moeten weten. Eddie had haar echter met zijn charmes verblind.

De deurbel ging, waardoor haar hart een sprongetje maakte. Het was wel duidelijk dat een klein – dwaas – deel van haar nog steeds hoop had, ook al was het voorbij tussen haar en Eddie. Ze haalde een hand door haar haar, trok haar trui recht en deed open.

'O,' zei ze. 'Mr. Shannon.' Aan zijn gezichtsuitdrukking zag ze meteen dat het helemaal mis was.

'Ik wilde je dit persoonlijk komen vertellen.' Het hoofd van het bibliotheekbestuur deed zijn gebreide petje af. 'Het heeft te maken met de financiën.'

De moed zonk haar in de schoenen. 'We hebben ons doel niet bereikt.'

Met een bleek gezicht knikte hij. 'Sorry dat ik je dit op kerstavond moet komen vertellen. Ik ga echter morgenavond op vakantie en dan zie ik je niet meer totdat... we moeten sluiten, en ik wilde het je persoonlijk vertellen.'

'Dus dit houdt in dat de bibliotheek voorgoed zal worden gesloten.'

'Maureen, het spijt me zo. Ik weet niet wat ik moet zeggen.'

Er was niets meer om te zeggen. Ze kon alleen nog maar gelaten knikken. Eerst de emotionele achtbaan met Eddie en nu de ondergang van de bibliotheek, het werd haar even te veel. Toch lukte het haar op de een of andere manier nog om zich staande te houden, hem een schaal met kerstkoekjes mee te geven en hem fijne feestdagen te wensen.

Als je de voorstelling vanavond maar doorkomt, zei ze tegen zichzelf. Daarna zou ze al haar energie steken in het vinden van een nieuwe baan. En hoefde ze niets meer te maken te hebben met Eddie Haven. De beste therapie op dit moment was om bezig te blijven.

Dat was niet zo moeilijk, want ze had nog wat cadeautjes in te pakken. Waaronder de kerstkoekjes voor de postbezorgster, waar ze extra haar best op deed. Op kerstavond zou Carolyn haar laatste post bezorgen bij Maureen voordat de feestdagen voor haar officieel begonnen. Een zoete traktatie aan het einde van de dag zou perfect zijn voor Carolyn. Maureen koos citroencakejes, chocolade-mintkoekjes, zachte stroopkoekjes en gemberkoek voor haar uit.

Nadat ze ieder koekje in bakpapier had gewikkeld, deed ze ze samen in een mooi mandje, waar ze ook een cd met haar favoriete kerstliedjes in stopte. De katten leken verveeld te raken door haar tranen en liepen weg om tegen de verwarming aan te gaan liggen. Tranen? Hemel, ze was aan de slag gegaan terwijl de tranen over haar wangen stroomden. Misschien stortte ze toch in? Raap jezelf bij elkaar, beval ze zichzelf. In een poging wat afleiding te zoeken deed ze de tv aan terwijl ze verder werkte.

Toen ze de bekende openingsmuziek van The Christmas Caper hoorde, liep ze met grote stappen naar de tv om te zappen… maar deed het vervolgens toch niet. Dat het voorbij was tussen haar en Eddie betekende nog niet dat ze alles wat met hem te maken had hoefde te ontlopen. Ze zou alsnog in een wereld moeten leven waarin deze film op tv kwam, waarin zijn foto af en toe in een tijdschrift stond en waarin ze zijn stem zou horen op de radio. Daar kon ze zich niet voor verstoppen.

Om die pijn te doorstaan, zou ze hem eerst echt moeten voelen. Ze zou moeten erkennen dat haar hart een flinke deuk had opgelopen, zodat ze daarna verder kon leven.

Demonstratief zette ze het geluid harder om Jimmy Kringle te horen zeggen: 'Ik blijf hopen, dat zweer ik.'

'Blijf jij maar hopen, jochie, je zult zien dat het toch nergens toe leidt,' zei de cynische Beasley, de directeur van het weeshuis.

Het waren eigenlijk nogal flauwe dialogen, maar binnen de context van deze hartverwarmende film hadden ze het gewenste effect. Een paar seconden lang staarde Maureen naar het gezicht van het jongetje op het beeldscherm. Dat jongetje verbeeldde ieder kind dat zich ooit bang en eenzaam had gevoeld. Dat was zijn kracht. Het verlangen in zijn grote ogen was voelbaar. Hij toonde een soort kwetsbaarheid die de meeste mensen verborgen hielden. Eddie liet het allemaal zien; als kind, en nu nog steeds. Zelfs op zo'n jonge leeftijd was hij al emotioneel onverschrokken geweest. Ze wist dat zijn talent hem pieken en dalen had opgeleverd, dat hij meerdere keren verliefd was geworden, dat hij zo'n diepe pijn had gevoeld dat hij die had geprobeerd te verdoven met drank, en dat hij de moed had gehad om uit dat dal te klimmen.

Hij beweerde dat zij nooit een sprong in het diepe had gemaakt, dat ze zichzelf altijd indekte. Was dat waar? Misschien wel, maar het was gewoon niets voor haar om zomaar ergens in te duiken – of het nou ging om muziek, liefde of... Ze kon niet veranderen wie ze was, maar ze geloofde wel dat er een manier was om haar leven weer zin te geven, ondanks haar gebroken hart. Dat zou haar project worden, dacht ze; op die manier zou ze over hem heen komen.

Hoewel hij ontegenzeglijk een heel speciale man was, was ze niet zo verblind geweest dat ze zijn zwakke plekken niet had gezien. Net als iedereen maakte hij fouten, ook hij was maar een mens. De problemen die hij met zijn ouders had gingen vrij diep. Natuurlijk had ze nooit moeten vallen voor een man die niet eens bij zijn eigen ouders wilde zijn. Zo'n man kon nooit goed voor haar zijn. Toch?

Nadat ze het laatste koekje in het mandje voor haar postbezorgster had gestopt, gaf ze Franklin en Eloise een krullerig lintje om mee te spelen. De katten kwamen erop af alsof het verse makreel was. Opnieuw keek ze naar het gezicht op haar tv-scherm. Zo gek was het niet dat ze verliefd was geworden op Eddie. Ze dacht aan de pijn die hij had moeten doorstaan op die leeftijd en zijn ongelukkige herinneringen aan kerst. 'Het spijt me,' zei ze. 'Ik wist niet dat het je zoveel pijn zou doen. Ik wist niet dat het zou verpesten wat wij samen hadden.'

Deze dingen zou ze tegen de echte Eddie moeten zeggen, besefte ze. Dat zou ook wel gaan gebeuren, maar nu nog niet; het was nu nog te vers. Ze gaf te veel om hem, ze voelde te veel voor hem. Misschien had ze daarom contact opgenomen met zijn ouders. Misschien was ze op zoek geweest naar een obstakel en waren zij het perfecte excuus geweest. Zich bemoeien met zaken die haar niets aangingen – was dat immers niet de beste manier om een relatie te saboteren? Nee. Dat was niet haar beweegreden geweest en dat wist ze. De werkelijke reden waarom ze had geprobeerd de band tussen hem en zijn ouders te herstellen, was dat ze van hem hield. Tegen al haar gezonde verstand in hield ze van hem en wilde ze dat hij gelukkig was.

Haar belangrijkste taak was nu echter om een kerstvoorstelling neer te zetten die niet op een complete ramp zou uitlopen. Daarna zou ze weer terugkruipen in haar emotionele harnas, in de hoop dat het niet al te erg beschadigd zou zijn.

Terwijl het buiten begon te schemeren, zag ze de postbezorgster aankomen in een wervelwind van sneeuwvlokjes, waarop ze zich naar beneden haastte met het mandje met koekjes. Ondanks de sneeuw liep Carolyn met verende pas, waarschijnlijk omdat haar werkdag er bijna opzat.

'Ruilen?' vroeg Maureen, terwijl ze het mandje omhooghield.

Carolyns gezicht lichtte op. 'Zijn die van de koekjesbraderie?'

'Klopt.'

'Je bent een engel,' zei ze, waarop ze Maureen een stapel post overhandigde.

'Jij ook,' zei Maureen, met een vlugge blik op de enveloppen. Voornamelijk reclame; folders vol sexy lingeriesetjes die ze nooit zou dragen, vol plaatsen waar ze nooit naartoe zou gaan. Er zaten ook een paar late kerstkaarten bij van kennissen die ver weg woonden. En onder op de stapel bevond zich een envelop die er officieel uitzag. 'O,' zei ze.

'Alles in orde?' vroeg Carolyn.

'Jawel.' Ze draaide de envelop om en wees met haar duim op het retouradres. 'Dit is een van die dingen die je verwacht maar toch vreest. Volgens mij is het een contract voor een nieuwe baan.'

'Ga je weg?'

‘Ik heb geen keuze. Iedereen heeft zo hard gewerkt om de bibliotheek open te houden, maar we zijn tekortgeschoten. We zullen nooit op tijd genoeg geld inzamelen.’

‘Verandering is altijd moeilijk,’ zei Carolyn begripvol. ‘Maar er komt meestal wel iets goeds uit voort, toch?’

‘Juist, ja.’

‘Fijne kerst. Nogmaals bedankt voor de koekjes. Ik zie je vanavond bij de voorstelling.’

Maureen wist een flauwe glimlach op haar gezicht te toveren. Toen rende ze naar boven en scheurde de envelop open. Daar was het dan, zwart op wit: een aanbod van een beveiligingsbedrijf in Boston om daar te komen werken. Daar zou ze bedrijfsbibliothecaresse worden en de leiding krijgen over de archivering van bedrijfsdocumenten. Het salaris was hoger dan ze ooit had durven dromen. En de timing was perfect. Een beveiligingsbedrijf. Zelfs de naam klonk… nou ja, veilig. Dus waarom voelde ze zich dan niet opgelucht, maar verslagen?

Voor die avond koos ze een outfit die ze bij een regisseur vond passen: een donkergrijze wollen trui, donkere legging en hoge laarzen met lage hakken. Kleding die paste bij iemand die achter de schermen werkte, niet op het podium stond. Iemand die onzichtbaar was.

Sieraden droeg ze niet, afgezien van de kerstoorbellen die de kleintjes haar hadden gegeven. Even overwoog ze om haar lange haar los te dragen, net als die avond in het café. Maar nee. Ze wilde geen verkeerde boodschap afgeven, bovendien zou het haar alleen maar in de weg hangen.

‘Ik heb helemaal geen tijd om te lang na te denken over hoe ik eruitzie,’ liet ze haar katten weten, waarop ze haar haar in een knot draaide. ‘Wens me succes. De show gaat beginnen.’

Hoofdstuk 23

In iedere boom op de parkeerplaats van de Inn bij Willow Lake hingen twinkelende lichtjes. Langs het pad naar de ingang stonden lantaarns, terwijl de ramen van het historische gebouw werden verlicht door elektrische kaarsjes. Achter een van de ramen was een gigantische kerstboom te zien. Er was iets ontroerend moois aan de plek; iets warms dat Eddie met nostalgie vervulde. Vreemd, want het was geen hang naar een bestaand verleden, maar naar een verleden dat hij nooit had gehad. De sfeer hier zou Maureen dolgelukkig hebben gemaakt, maar ze wilde niets meer met hem te maken hebben.

Na zijn auto te hebben geparkeerd liep hij naar de deur, zijn kraag hoog optrokken tegen de snijdende wind die uit de richting van het bevroren meer kwam waaien. Binnen aangekomen liep hij de ruimte met de kerstboom in: een grote victoriaanse zaal met een open haard van wit marmer waarin een laaiend vuur brandde.

Er waren een aantal gasten, die luisterden naar muziek of bordspelletjes speelden aan de tafels in de zaal. Twee vrouwen bogen zich onmiddellijk naar elkaar toe om over hem te fluisteren toen ze hem zagen. Opzettelijk probeerde hij oogcontact te vermijden. Zijn ouders stonden te wachten bij het grote haardvuur in het midden, beiden met een grote glimlach op hun gezicht. Op hun vrolijke gezichtsuitdrukking was zo hard geoefend dat Eddie waarschijnlijk als enige vermoedde dat die geen echte vreugde uitstraalde.

‘O, Eddie,’ zei zijn moeder, en ze sloeg haar armen om hem heen. ‘Laten we gaan zitten.’ Ze trok hem mee naar een chique sofa bij het vuur. Hij voelde dat er naar hen gekeken werd door enkele andere gasten. Voor buitenstaanders leken de drie Havens waarschijnlijk de ideale Amerikaanse familie: vader, moeder en hun knappe zoon, die vlak voor kerst een kleine reünie hielden.

‘We hadden net een kop koffie besteld,’ zei zijn vader. ‘Wil je ook wat?’

‘Nee, dank je,’ antwoordde hij enigszins verrast. Er was iets anders aan zijn ouders. Ze leken… meer betrokken. Ook hing die scherpe geur van cocktails niet meer om hen heen; een geur die hij voor altijd zou associëren met de middagen uit zijn jeugd.

‘Ik kan niet wachten om Maureen Davenport beter te leren kennen. Het was zo aardig van haar om ons een bezoekje te brengen. We hoopten al langere tijd dat je een speciaal iemand zou ontmoeten,’ zei zijn moeder.

Hij vroeg zich af hoe hij de relatie tussen Maureen en hemzelf zou moeten uitleggen. Tot voor kort had hij gedacht dat ze iets moois hadden – totdat Maureen achter zijn rug om de deur naar zijn verleden had heropend. Wat had ze in ’s hemelsnaam verwacht te bereiken? Nu wist hij niet meer wat hij moest denken, of wat hij zijn ouders moest vertellen.

‘Ze is inderdaad speciaal, maar –’

‘En ze is helemaal weg van je,’ maakte zijn moeder zijn zin af. ‘Eindelijk, Eddie.’

‘Dat is niet meer zo,’ bekende hij. ‘Ik heb het een beetje verpest.’

‘Waarom, omdat ze ons hier heeft uitgenodigd?’ vroeg Larry.

Hij staarde zijn vader aan. Shit. Had Maureen –

'Ze heeft ons niets verteld,' zei zijn moeder, alsof ze zijn gedachten kon lezen.

'Kijk niet zo geschrokken,' liet Larry hem met een grijns weten. 'We weten meer dan jij denkt.'

De glimlach van zijn moeder was voorzichtiger. 'We begrijpen dat dit niet jouw favoriete tijd van het jaar is en daar willen we het graag met je over hebben, om het uit te leggen.'

'Ik hoef geen uitleg, Barb,' zei hij. 'Ik heb een manier gevonden om de kerstdagen door te komen die prima werkt voor mij.'

'We hopen dat we een manier kunnen vinden die voor ons allemaal werkt. Als familie. O, Eddie, we deden zo ons best. Toegegeven, het was lang niet altijd goed genoeg. Die jaren dat we optraden met kerst, dat deden we voor jou.'

Juist, dacht hij, het was altijd hartstikke leuk voor mij. Maar hij zei niets.

'Wij dachten dat dat de beste manier was om je af te leiden van alles wat we niet hadden en we je dus niet konden geven. We waren blut, Eddie en we wilden niet dat je dat wist.'

'Wat in vredesnaam...' Hij zweeg zodra hij zich realiseerde dat hij zijn stem had verheven. 'Hoe bedoel je, blut?' vroeg hij toen.

Zijn ouders wisselden een veelzeggende blik uit. 'Je grootouders waren allebei ziek geworden en de verzekering vergoedde lang niet alles,' legde zijn vader uit. 'Het verzorgingstehuis waarin ze woonden, en waar we vaak op bezoek gingen, werd zelfs helemaal niet vergoed. Vrijwel al ons geld ging eraan op. Meestal betekende dat dat we ook niet genoeg geld hadden om de feestdagen uitbundig te vieren. We dachten dat het minder pijnlijk voor je zou zijn om onderweg te zijn, zodat je minder het gevoel zou hebben dat je iets zou missen. Je was zo'n stil jochie, je klaagde nooit. En op het podium straalde je altijd als een kerstboom, echt waar. We hadden geen idee dat je het zo rot vond.'

Eddie plofte neer op een stoel. 'Jullie hadden het me moeten vertellen. Ik zou het hebben begrepen.' Hij vroeg zich af of zijn leven er anders zou hebben uitgezien als zijn ouders gewoon eerlijk tegen hem waren geweest. Misschien had hij dan niet zo'n hekel gehad aan de feestdagen. Misschien zou hij zich dan niet zo chronisch boos hebben gevoeld tijdens zijn studietijd, zo wanhopig graag ergens bij hebben willen horen dat hij iedere kans had aangegrepen om zich de vergetelheid in te drinken.

Nee, besloot hij toen. Het had geen zin om langer na te denken over hoe het zou zijn geweest. Naar het verleden kijken had geen zin. Hij moest zijn blik op de toekomst richten.

Zwijgend staarde hij naar zijn handen. Diep in zijn ziel voelde hij iets loskomen: oude wrok, waarover hij nooit had gepraat tijdens zijn AA-bijeenkomsten omdat hij niet had willen erkennen dat die gevoelens er waren. Toen hief hij zijn hoofd en keek hij zijn ouders aan – zijn ouders, die niet perfect waren, maar van hem hielden – waarop een vredig gevoel van berusting hem overviel. 'Het is al goed,' zei hij zachtjes. 'Het is al goed.'

'Jongen,' zei Larry, 'ik was trots. Te trots. Trouwens, ik wil dat je weet dat jij zelf nooit in zo'n situatie terecht zal komen. Je moeder en ik hebben een goede verzekering afgesloten.'

'Dat hadden jullie niet hoeven doen.'

'We hebben het voor jou gedaan. Is het weer goed tussen ons, jongen?'

'Ja,' zei hij. 'Het is goed.' Het was in ieder geval een goed begin. Ze wisten allemaal dat hun problemen niet in een avond op te lossen waren, maar de stap was gezet.

Zijn moeder slaakte een zucht van opluchting. 'Vertel ons nu eens iets over Maureen Davenport. Ze vertelde ons dat je een lied hebt geschreven voor de kerstshow.'

'Het is fijn dat je je talent laat zien,' voegde Larry eraan toe, 'in plaats van te verstoppen wie je echt bent.'

'Het wordt vast een heel bijzondere voorstelling,' zei zijn moeder, die haar handen ineensloeg van verrukking.

Eddie keek naar zijn ouders en voelde alle jaren van zijn jeugd samenkomen in dit moment. Met zijn drieën waren ze geen traditioneel gezin geweest, maar absoluut wel een gezin. Ze hadden voor elkaar gezorgd en samen muziek gemaakt, ruziegemaakt en gelachen, hun dagen doorgebracht in elkaars gezelschap. Hij herinnerde zich een jeugd waarin hij van plek naar plek reisde, steeds met de wens ergens thuis te horen. Maureen had hem weer herinnerd aan de goede dingen uit zijn jeugd; aan het plezier en de genegenheid, aan het feit dat hij zich altijd veilig en geliefd had gevoeld, zelfs wanneer ze in het busje chips zaten te eten, zelfs wanneer hij vanaf de achterbank naar vreemde mensen had gestaard, in stadjes die hij niet kende. Als hij nu naar zijn ouders keek, zag hij niet meer alles wat hij niet wilde zijn. Hij zag mensen die fouten hadden gemaakt, maar oprecht wilden dat hij gelukkig was.

Met Maureen zou hij gelukkig kunnen zijn. Dat wist hij en daarom had hij haar weggeduwd, als een idioot. Iets in hem was van mening geweest dat hij haar niet verdiende.

'Ja,' zei hij. 'Over Maureen gesproken, ik wil jullie om een gunst vragen.'

Maureen maakte nog één stop onderweg naar de voorstelling. Het zou maar een paar minuten duren en ze was toch belachelijk vroeg voor de show, dus er was geen reden om zich te haasten. Ze parkeerde haar auto bij de bibliotheek. Het gebouw was volkomen verlaten; een stille en sombere plek. Ze herinnerde zich een van haar favoriete verhalen, over een paar kinderen die na sluitingstijd vast kwamen te zitten in een bibliotheek. Eerst waren ze bang, maar uiteindelijk vonden ze wijsheid en verlossing in de boeken die ze lazen.

Met het voornemen om nog één keer haar ritueel uit te voeren, liep ze naar de boekenplanken. Met haar ogen dicht liet ze haar hand over de ruggen van de boeken glijden en stopte bij een willekeurig boek. Ze trok het boek uit de kast en liet het openvallen op een pagina. Daarna opende ze haar ogen.

'Was kledingstukken op de manier waarop ze gedragen worden: met de ritsen, het klittenband en de knoopjes dicht, de zakken geleegd en de manchetknopen uitgerold,' las ze hardop voor. 'De eenvoudigste manier om vlekken te verwijderen zonder giftige middeltjes te gebruiken is met koud water en ijs. – Martha Stewart.' Dus dat had de bibliotheek haar te vertellen. Ze sloeg het boek dicht en mompelde: 'Goed om te weten.'

Er waren hier geen onthullingen te vinden; geen simpele antwoorden. Het was slechts een oud, prestigieus en gedoemd instituut. Haar blik viel op de laatste editie van het lokale krantje. Lonnie had zich aan zijn belofte gehouden en een brief geschreven.

Aan de redactie en de inwoners van Avalon. Dit is de eerste keer in mijn leven dat ik zo'n brief schrijf, dus sorry als ik fouten maak. Twee jaar geleden kon ik bijna helemaal niks schrijven, behalve mijn naam. Daar schaamde ik me voor, en ik durfde eigenlijk niks te doen met mijn leven. Ik heb niet leren lezen in groep drie zoals de meeste mensen. Ik heb het op mijn vierentwintigste geleerd, dankzij Miss Maureen Davenport in de bibliotheek. Ik ga de algemene kennistoets doen en vorig jaar ben ik mijn eigen vrachtbedrijf begonnen. Zonder de bibliotheek was dat nooit gelukt. Hoeveel mensen zullen dit mislopen als de bibliotheek dichtgaat? Ik kan je het precieze aantal niet geven, want de meesten zijn net als ik bang dat ze dom en zwak overkomen. Maureen heeft me niet lezen geleerd. Ze heeft me mijn dromen teruggegeven. De bibliotheek mag niet sluiten. Anders hebben mensen geen toegang meer tot hun dromen. Hugo Lonigan.

'Het spijt me zo,' mompelde ze tegen de geesten en de echo's die in de marmeren zalen rondspookten. 'Het zal moeilijk zijn om afscheid te nemen.' Het was waarschijnlijk maar beter dat ze zou verhuizen. Als ze eenmaal in Boston woonde, zou ze niet hoeven toezien hoe dit gebouw en het omliggende terrein veranderde in een winkelcentrum of hotel.

Toen ze naar de uitgang liep, viel het haar op dat de retourneerbak propvol boeken zat; waarschijnlijk omdat mensen op het laatste moment nog boeken hadden teruggebracht voor de feestdagen. Er lagen er zelfs een paar op de vloer. Uit gewoonte bukte ze om ze op te rapen. Het laatste boek viel open bij de tekst:

Tenzij je van richting verandert, zul je terechtkomen waar je naar op weg was.

Hoofdstuk 24

Buiten was de sneeuwstorm gaan liggen. Het schemerde en hier en daar stonden al een paar vroege sterren aan de hemel. Voor zover Maureen wist, was zij de eerste die bij de kerk aankwam. Ze had de ouders van de kleintjes gewaarschuwd om niet te vroeg te komen; dan zouden de kinderen zich gaan vervelen, waardoor ze zouden gaan rondrennen en hun kostuums zouden verpesten. Niet dat er echt kostuums waren om te verpesten. Daar was in de opslag al voor gezorgd. Aangezien het zo kort dag was geweest, had ze aan de ouders gevraagd of ze zelf met iets creatiefs konden komen.

Op de parkeerplaats keek ze omhoog. Dat moest ze onthouden: altijd omhoogkijken, om zo de wereld om haar heen te relativeren. De donkere hemel herinnerde haar aan het eindeloze onbekende, van daaruit gezien waren haar problemen slechts een onzichtbaar stipje.

Concentreer je, dacht ze toen ze naar binnen liep en een paar lichten aanknipte. Probeer niet te denken aan het feit dat jullie er niet klaar voor zijn; dat de voorstelling waarschijnlijk op een ramp zal uitlopen. Ze had zo veel grootse ideeën gehad toen ze hieraan begon, ze had een spektakel voor ogen gehad waarvan ieders mond zou openvallen. In plaats daarvan stelden de kostuums niks voor, kenden de kleintjes amper de tekst van hun liedjes en zat het programma vol obstakels. De generale repetitie was een nachtmerrie geweest. Ze kromp ineen als ze dacht aan de voicemailberichten die ze deze ochtend had ontvangen; twee van de vier muzikanten uit het ensemble hadden zich ziek gemeld. In paniek had ze Ray Tolley opgebeld, die weliswaar had geprobeerd om haar te kalmeren, maar niet echt blij had geklonken. Daar kwam nog bij dat de hele ramp zou worden gefilmd en op televisie zou worden uitgezonden. De filmploeg had haar ervan overtuigd dat ze het zo zouden monteren dat de voorstelling er hoe dan ook prima zou komen uit te zien, maar dat stelde haar niet erg gerust als ze dacht aan de show die hen te wachten stond.

Ook in de zaal deed ze de lichten aan. In ieder geval was het podium gereed en rook het er naar de dennentakken waarmee de hele ruimte was versierd. Koperen vaasjes met hulsttakjes en kerststerren versierden de stoelen aan het gangpad. In de hoek voor de muzikanten stonden Rays keyboard, een aantal speakers en andere geluidsapparatuur klaar. Tot haar verrassing was er ook een drumstel aan toegevoegd.

Diep ademhalen, sprak ze zichzelf toe. Ze probeerde een sprankje hoop naar boven te halen. Kerst had tenslotte altijd een magisch effect gehad op haar en haar leven. Het maakte niet uit hoe slecht het met haar ging; er was altijd ruimte voor hoop en genezing met kerst. De warme feestsfeer was helend voor de ziel.

Dit zou haar moment moeten zijn; een avond vol muziek en toneelspel door haar geregisseerd, iets waar ze altijd van had gedroomd.

Misschien had Eddie echter wel gelijk wat kerst betreft, dacht ze cynisch. Ondanks de moeite die ze in de voorstelling had gestoken, had ze er een hard hoofd in. De sluiting van de bibliotheek spookte constant door haar hoofd, net als haar gebroken hart en de slechtste generale repetitie ooit. Dus misschien bestond er wel geen magie, zoals Eddie had beweerd. Op dit moment leek hij in ieder geval gelijk te hebben.

'Fijn dat je gekomen bent,' zei ze tegen Olivia, die achter de schermen als haar assistent meehielp. 'Het is nu of nooit.'

'Ontspan je,' zei haar vriendin. 'Het komt wel goed.'

'Hoeveel rampen hebben er wel niet plaatsgevonden na die woorden?' vroeg Maureen zich hardop af. 'Dat zeiden de mensen op de Titanic waarschijnlijk ook, vlak voordat die de ijsberg raakte.' Ze leunde naar voren om door een kiertje in het gordijn te gluren. Bijna de hele zaal zat vol. De filmploeg stond klaar, overal lagen kabels. Er hing een prettig opgewonden sfeer, waar ze zich ondanks haar vele zorgen even door liet meeslepen. Zelfs de gewoonlijk verbitterde Mr. Byrne was er, samen met zijn vrouw, zoon en schoondochter. Ze vroeg zich af of het er anders zou hebben uitgezien voor de bibliotheek als ze zijn verzoek had ingewilligd en Cecil de rol van de Engel had gegeven. Dat betwijfelde ze echter. Als ze dat had gedaan, zou ze zich nu nog slechter hebben gevoeld, omdat ze dan voor intimidatie zou zijn gezwicht.

'Nog vijf minuten,' zei ze tegen Ray Tolley, die op het punt stond om achter zijn keyboard plaats te nemen. 'Gaat het lukken?'

'Geen zorgen,' zei hij met een grijns. 'Hulp is onderweg.'

'Die hulp zou er nu al moeten zijn,' reageerde ze gespannen.

'Zoals ik al zei, geen zorgen. Het komt wel goed. Gaat het wel?'

Als reactie daarop kon ze enkel schamper lachen.

'Misschien moeten jij en Eddie na de show samen even –'

'Eddie en ik moeten helemaal niets samen,' onderbrak ze hem. 'Sorry, maar het werkt gewoon niet tussen ons. Als dit vanavond allemaal voorbij is, ga ik naar de rechtbank om aan te geven dat zijn taakstraf er wat mij betreft opzit.'

Ray glimlachte. 'Wist je dat dan niet? Hij is al jaren klaar met zijn taakstraf.' Hij liep naar zijn keyboard, haar in verwarring achterlatend.

Het duurde even voordat zijn woorden tot haar doordrongen. Eddie had haar laten geloven dat hij van de rechter aan de kerstvoorstelling móést meewerken. Maar eigenlijk deed hij het... Ja, waarom? Waarom in 's hemelsnaam zou meneertje Ik-haatkerst zich ieder jaar weer bezighouden met dat feest?

Toen ze hem aan de andere kant van het podium zag staan, ving ze zijn blik op. Die was moeilijk te interpreteren, maar hij stak evenwel zijn duim op alsof er niets aan de hand was.

Hoe kon hij nu zijn duim opsteken?

Ze liep naar Jabez, die zich aan het voorbereiden was op zijn rol. 'Hou je dít aan?' vroeg ze.

Nonchalant haalde hij zijn schouders op; hij leek zich prima op zijn gemak te voelen in zijn spijkerbroek en trui met capuchon. 'Ik ben een bijzondere engel,' zei hij. 'Maak je maar geen zorgen. Het komt wel goed.'

Er was geen tijd om met hem in discussie te gaan. De muziek was aarzelend begonnen, maar vulde inmiddels krachtig de hele ruimte en vermengde zich met de subtiele geur van wierook. Verrast door het prachtige geluid leunde ze naar voren, om met open mond vast te stellen dat Ray niet alleen op zijn keyboard aan het spelen was, maar dat Noah drumde en Bo basgitaar speelde. Daarnaast stonden – ze knipperde met haar ogen, maar het was echt zo – Eddies vader met een gitaar en zijn moeder met een tamboerijn. Zij verzorgden de achtergrondzang bij de eerste paar nummers. De kleine herdertjes en engeltjes hadden inderdaad geïmproviseerd met hun kostuums, en droegen allemaal pyjama's. Pyjama's. Het zou er belachelijk uit moeten zien, maar het was eigenlijk heel schattig. En dat was nog maar het begin. Niets was wat ze ervan had verwacht. Op dat moment verscheen de Engel des Heren op het podium om de magie over te nemen.

Jabez' stem klonk overal bovenuit en hield het hele publiek in zijn greep. De heilige familie droeg gewone vrijetijdskleding, al zorgde Jozef, gespeeld door Cecil Byrne, voor hilariteit omdat hij een T-shirt droeg van een fastfoodrestaurant dat Joe's heette. Ze was zo druk met alles wat zich achter de schermen afspeelde, dat ze Eddie niet het podium op zag komen met zijn akoestische gitaar. Op een kruk in het midden van het podium, verlicht door slechts een enkele kaars, bracht hij zijn lied ten gehore. Het was een prachtig lied, niet in de laatste plaats door de schitterende achtergrondzang van zijn eigen ouders. Allerlei emoties borrelden in haar op. Zijn optreden was intiem maar tegelijkertijd groots, en het raakte iedereen op een andere manier.

Tranen welden op in haar ogen. Ze was net zo betoverd door de show als het publiek, dat met stralende gezichten meezong met het laatste lied, wat een harmonieuze samenzang opleverde waarvan Maureen alleen maar had durven dromen. Wat was het een onvergetelijke voorstelling geworden; het applaus aan het einde was overweldigend. Natuurlijk had ze er nooit aan moeten twijfelen.

Tijdens de staande ovatie keek ze naar Jabez, die grijnsde van oor tot oor. Ze raakte zijn arm aan. 'Het is een wonder dat het ons is gelukt.'

Zijn grijns veranderde in een verlegen glimlachje. 'Nee, dat zou ik niet zo zeggen.'

'Goed punt. Er zat een hoop werk in dat wonder.'

Hij knikte. 'Veel dingen zouden nooit gebeurd zijn als mensen hartstochtelijk hadden zitten wachten op een wonder.'

Ze bestudeerde hem even. Het was zo'n aparte jongen, zo oprecht maar tegelijkertijd zo gesloten. 'Zijn ze erbij vanavond?' vroeg ze hem. 'Je familie?'

Met zijn ogen gericht op het juichende publiek knikte hij bescheiden. 'Ja, ze zijn er allemaal bij.'

Net toen ze wilde vragen wie hij bedoelde, werden ze gescheiden door een stroom passerende mensen. Al snel werd ze overladen met cadeautjes. Mensen gaven haar bloemen, kaartjes, zelfgemaakt gebak in glinsterende cadeautasjes. 'Dat was schitterend,' zei iemand tegen haar. 'Ik kon het diep in mijn hart voelen,' zei iemand anders.

'Ik ook,' mompelde ze, terwijl ze met een tevreden gevoel naar de menigte keek. De kerk liep snel leeg; iedereen ging naar huis om kerstavond te vieren. Ze had geen zin om het euforische gevoel te verpesten door met Eddie te ruziën. Het was verkeerd geweest om zijn ouders uit te nodigen in Avalon, ze realiseerde zich nu de blunder die ze had begaan. Maar ze had het gedaan, net als dat ze iets met Eddie was begonnen. Het was nutteloos om daarover te blijven treuren, maar gelukkig had ze het afgekapt voordat het echt serieus was geworden.

Ze baande zich een weg door de menigte en liep richting de achterdeur. Voordat ze naar buiten liep, wierp ze nog een blik op de prachtige decoraties en telde in stilte al haar zegeningen. Haar lieve familie, vrienden, haar katten en haar goede gezondheid. En ze had wel degelijk een toekomst; misschien niet de toekomst die ze had verwacht, maar een nieuw leven waar ze stapje voor stapje aan zou wennen.

Daarna verliet ze de kerk en trok de deur stevig achter zich dicht.

Hoofdstuk 25

Maureen kon niet goed in slaap komen die avond. Het hoofdeinde van haar bed was nog steeds versierd met de gekleurde lichtjes die Eddie er had opgehangen voordat hij de liefde met haar had bedreven. Ze rolde zich op tot een bal en probeerde er niet aan te denken, maar het was onmogelijk om de herinneringen aan die avond uit haar hoofd te zetten. Iedere aanraking, iedere kus, iedere gefluisterde belofte stond in haar geheugen gegrift.

Laat het los, zei ze tegen zichzelf. Laat het los. Het zou toch nooit hebben gewerkt. Ze waren nu eenmaal te verschillend, dat zou ze moeten accepteren. Dat lukte haar echter niet. Hij had plezier en liefde in haar leven gebracht, en nu was dat allemaal weg. Ze voelde zich leeg vanbinnen, terwijl ze zich afvroeg of Eddie dan toch gelijk had gehad wat kerst betrof.

Nee, dacht ze, de dekens over haar hoofd trekkend. Dat mocht niet zo zijn. Dat ze hem haar hart had laten breken, betekende niet dat hij ook kerst voor haar kon verpesten. In de verte hoorde ze het geroezemoes van stemmen en zacht gezongen kerstliedjes; ze besloot dat op te vatten als een teken dat de wereld het met haar eens was.

De volgende ochtend werd ze langzaam wakker, knuffelde haar katten en ging met een kop thee voor het raam zitten. De wereld zag er altijd anders uit op kerstochtend. Het licht leek anders, er hing een sprankje magie in de lucht – de zeldzame gewaarwording dat alles fris en nieuw was. Vrolijk en licht.

Kinderen probeerden hun nieuwe speelgoed uit dat ze van de

Kerstman hadden gekregen: sleetjes en schaatsen, langlaufski's, sneeuwschoenen. Nadat ze zich had aangekleed, legde ze al haar zorgvuldig ingepakte cadeaus in de auto en reed naar het huis van haar ouders, dat tegen de middag gevuld zou zijn met mensen. Omringd door haar familieleden zou ze genieten van het plezier en alle liefde; ze zou de gezichten van haar nichtje en haar neefjes zien terwijl ze hun cadeautjes openmaakten, waarop ze haar moeder zou helpen met het bereiden van een uitgebreid feestmaal. Langzaam en voorzichtig reed ze langs wandelende stelletjes en gezinnen met uitgelaten kinderen, terwijl ze in de verte klokken hoorde beieren.

Haar familie vloog op haar af zodra ze binnenkwam lopen. Haar nichtje en neefjes hadden bijna niet kunnen wachten om haar hun cadeautjes te laten zien. Toen ze bezig waren Maureens cadeautjes uit te pakken, werd er aangebeld.

'Maureen, kun jij even opendoen?' vroeg Hannah.

Voor de deur stond Eddie, die er moe maar gelukkig uitzag. 'Fijne kerst, Mo,' zei hij.

Deze man was slecht voor haar gezondheid. Een simpele begroeting en haar hart sprong bijna uit haar borstkas. 'Eh... jij ook.'

'Ik heb iets voor je meegenomen.' Van zijn glimlach zouden ijspegels nog smelten.

'O! Ik heb niets voor jou, Eddie, ik –'

'Sst. Dat maakt me niets uit.' Hij deed een stap opzij en trok de deur helemaal open.

Daar, op de straat voor het huis, stond Lonnies dieplader, versierd met dennentakken en vol passagiers, bibliotheekbezoekers die ze stuk voor stuk herkende, van jong tot oud. Andere bezoekers verzamelden zich op het besneeuwde gras voor het huis. Het leek alsof het hele stadje hier voor de deur stond. Kerstmuziek kwam uit de speakers.

'Luister,' klonk de stem van Mr. Shannon boven de muziek uit. 'De Avalon Free Library blijft open. Net na middernacht hebben we het benodigde bedrag bereikt.'

Iedereen begon te juichen zodra Maureen naar buiten kwam, samen met haar familie. 'De bibliotheek blijft bestaan!' riepen mensen.

Ze draaide zich naar Eddie toe. 'Wat heb je gedaan?'

Hij legde uit dat ze de hele nacht in Lonnies truck hadden rondgereden om iedereen op te roepen de bibliotheek te redden. Andere mensen waren langs de deuren gegaan om te collecteren. Kinderen en ouders – ze hadden allemaal een steentje bijgedragen. Er waren talloze mails verstuurd, en een aantal vrijwilligers had zelfs een heuse telefonische hulplijn opgezet. De jongens van de voorstelling, onder leiding van Cecil Byrne, hadden een versie van Eddies kerstlied op internet aangeboden en ervoor gezorgd dat iedere download een donatie aan de bibliotheek betekende. Door de moeite die iedereen erin had gestoken, was het doel bereikt. De bibliotheek was veilig.

Even was ze te verbijsterd om iets te zeggen. Daarna omhelsde ze iedereen, moest ze huilen, en toen weer lachen. 'We hebben onze bibliotheek gered!' riep ze opgetogen uit. Een spontaan feest barstte los voor de deur.

Eddie pakte haar hand en trok haar mee naar binnen, naar een stil hoekje bij het haardvuur. Ze wilde hem smeken om haar niet aan te raken, om haar er niet aan te herinneren dat sommige dingen niet meer goed konden komen, zelfs niet nu de hele buurt feestvierde. Een ander deel van haar wilde hem echter vastpakken om hem nooit meer te laten gaan. Voorzichtig trok ze haar hand uit de zijne.

'Wat jij hebt gedaan, wat iedereen heeft gedaan, is zo groots, Eddie. Hoe kan ik je ooit bedanken?'

Met een grijns op zijn gezicht streelde hij teder over haar wang en ving een traan op met zijn duim. 'Dat heb je zojuist gedaan.'

Haar dankbaarheid was één ding, maar daarmee waren hun problemen nog niet uit de wereld. Zijn woede over het feit dat ze zijn ouders had uitgenodigd stond in haar geheugen gegrift. 'En je ouders dan?'

'Ik was behoorlijk kwaad toen ik hoorde dat je ze had uitgenodigd voor de kerst.'

'Dat was stom van me, het spijt me. Ik had me er niet mee moeten bemoeien. '

'Kun je het nog steeds een fout noemen als het allemaal goed is gekomen?'

'Wat bedoel je?'

Met zijn handen op haar schouders leidde hij haar naar de keuken, waar haar vader en Hannah koffie aan het inschenken waren voor de Havens. 'Er valt je niets te vergeven,' fluisterde hij in haar oor. 'Ik was een sukkel, en je had gelijk over mijn ouders. Vergeef me, maar ik heb nog nooit iets gehad met een vrouw die me er ertoe dwong het beste uit mezelf te halen. Iemand die oprecht om me gaf. Daarom raakte ik in paniek en duwde ik je weg.'

Ze probeerde zich niet te laten meeslepen door hoop en ze vertrouwde nog steeds niet wat haar hart haar wilde vertellen. De herinnering aan de vorige avond, toen ze zich zo eenzaam en leeg had gevoeld, bleef door haar hoofd spoken. Nog zo'n avond zou ze niet overleven. 'Ik ben blij voor je, Eddie. En voor je familie. Maar wij samen… dat zie ik gewoon niet werken.'

'Bullshit,' zei hij. 'Sorry. Onzin. Je verstopt je achter die oude pijn of je gebruikt hem als excuus, een van de twee. En vertel me niet dat je niet nog een keer verliefd kunt worden omdat iemand dan misschien je hart zal breken. Want raad eens, Maureen? Dat zou zomaar kunnen gebeuren. Je zou niet de eerste of de laatste zijn die dat overkomt. Je oude pijn kan er echter ook door verdreven worden – misschien is dit wel precies waar je al die tijd op hebt gewacht. Waarom ben je zo bang om een keuze te maken?'

'Sinds wanneer ben jij zo'n expert?' vroeg ze.

'Ik ben eerder verliefd geweest,' zei hij. 'Maar dat was niet voor eeuwig. Deze keer is het anders.'

'Hoe weet je dat?'

'Ik kan het je niet garanderen. Dat kan niemand. Maar ik geloof in ons. Neem een sprong in het diepe, Mo. Wij kunnen dit.'

Zijn woorden verwarmden haar hart; voor het eerst stopte ze met het opsommen van alle manieren waarop hij haar pijn zou kunnen doen. Eddie had al zoveel voor haar gedaan. Hij had de voorstelling gered door op het laatste moment de bandleden in te schakelen. Hij had ervoor gezorgd dat Lonnie met zijn truck de hele stad door was gereden om geld in te zamelen voor de bibliotheek. Ze kon hem met heel haar hart vertrouwen, dat realiseerde ze zich ineens met een zekerheid die haar de adem benam. Dus sloeg ze haar armen om zijn nek en drukte ze een kus op zijn wang. 'Het is een fantastische kerst, of niet?'

'Zeker.'

'Ik zal nog vaak terugdenken aan Jabez. Die mysterieuze jongen.'

'Volgens mij gaat het helemaal goed komen met hem. En met ons ook, Mo.' Hij pakte een maretak, hield hem boven haar hoofd en kuste haar. 'Met ons ook.'

Epiloog

Een jaar later

'Blijf daar staan,' zei Eddie. 'En nu lachen.' Hierop maakte hij een foto van haar terwijl ze een bordje op de deur van haar nieuwe kantoor hing: M. DAVENPORT – FILIAALMANAGER.

Tegenwoordig had Maureen genoeg reden om te lachen. Omdat de bibliotheek nu financieel gezond was, had ze het kleine hokje waar voorheen haar bureau had gestaan, kunnen inruilen voor een ruimer kantoor. Eddie en zij waren op dit moment een grote ongebruikte kamer op de bovenste verdieping aan het schoonmaken en inrichten. Het zou een prachtig ruim kantoor worden, helemaal alleen voor haar.

Los van de bibliotheek waren er genoeg andere redenen om dankbaar en gelukkig te zijn. Na de verrassendste en geweldigste kerst van haar leven, had ze ook nog eens een heerlijk jaar achter de rug. Haar persoonlijke leven was op zijn kop gezet en ze kon niet gelukkiger zijn dan ze nu was.

Of ja... eigenlijk wel. Die laatste zet was echter aan Eddie, en ze wilde hem zeker niet dwingen. Hij woonde nu in Avalon, en het afgelopen jaar waren ze bijna onafscheidelijk geweest. Ze hadden elkaar nieuwe geheimen verteld, hadden samen gelachen, soms ruziegemaakt, maar elkaar altijd weer vergeven. Iedere dag begroette ze als was het een liefdevol cadeautje.

Lange tijd had ze gedacht dat ze wist wat romantische liefde inhield. De echte passie had ze al in haar studententijd ervaren, zo dacht ze, en die was haar veel te riskant en overweldigend geweest. Toen was Eddie echter in haar leven verschenen, waardoor alles was veranderd. Zijn aanwezigheid was als een liefdesliedje in haar hart – krachtig en overtuigend, met een aanstekelijk ritme. Wanneer ze bij Eddie was, voelde ze vlinders in haar buik, maar het ging dieper dan dat. Het was een splinternieuw gevoel, maar tegelijkertijd oud en vertrouwd. Het was gewoon onvoorstelbaar dat ze haar leven ooit nog zonder hem zou moeten doorbrengen.

Die gedachte toverde een glimlach op haar gezicht, omdat ze zich, slechts een jaar geleden, niet had kunnen voorstellen dat ze het ook maar één ochtend met deze man zou kunnen uithouden.

Met alles wat hij deed verraste hij haar en bewees hij dat hij een man van zijn woord was, die alles voor anderen overhad, ook al moest hij daarvoor zijn eigen verdriet verbergen. Hij was haar intiemste vriend geworden, aan wie ze zonder enige aarzeling haar diepste geheimen toevertrouwde. Toen ze hem over haar miskraam had verteld, had hij haar vastgehouden terwijl ze huilde, om daarna in haar oor te fluisteren dat hij ooit met haar een baby zou willen. Soms droomde ze van hem. Met dat rommelige kapsel, die intense ogen en dat atletische lichaam was hij gewoon onweerstaanbaar sexy.

Hoe sexy precies, daar was ze het afgelopen jaar achter gekomen, maar er viel nog veel meer te ontdekken.

'Oké, zo is het wel genoeg,' merkte hij scherp op terwijl hij een krat met oude dossiers op de grond zette.

'Wat is genoeg?' vroeg ze.

'Dat je me zo uitgebreid aanstaart,' antwoordde hij terwijl hij haar naar zich toe trok. 'Als je dat blijft doen, komt er helemaal niets meer uit mijn handen.'

Glimlachend keek ze hem aan. 'Ik denk ook dat we een korte pauze hebben verdiend.'

'Goed idee,' mompelde hij, waarop hij haar licht kuste en zo een zucht aan haar lippen ontlokte.

Het enige wat haar geluk zou kunnen optimaliseren, was de zekerheid dat ze altijd samen zouden blijven, dat dit nooit zou hoeven eindigen. Haar stiefmoeders geduld met de situatie begon al op te raken. 'Sjonge, Maureen, als jij niet met hem trouwt, ga ík het doen, hoor,' had Hannah onlangs nog gezegd, waarbij ze nog nèt niet had gestampvoet van frustratie.

Maureen weigerde echter om zich gefrustreerd te voelen. Eddie was er kennelijk nog niet klaar voor, dus zou zij niet gaan aandringen. Wanneer er een vleugje teleurstelling daarover boven kwam drijven, wuifde ze dat weg en hield ze zichzelf voor dat ze niet zo ongeduldig moest zijn.

Al deze gedachten hield ze wijselijk voor zichzelf. Als hij zou beseffen wat haar bezighield, zou hij er waarschijnlijk gillend vandoor gaan.

'Wauw, kijk eens naar buiten,' fluisterde hij terwijl hij haar naar het raam toe draaide.

Sneeuw kwam in dikke vlokken naar beneden vallen, om vervolgens te blijven liggen op de dakpannen en het gazon van de bibliotheek. De buitenwereld werd omgetoverd tot een winterwonderland.

'De eerste sneeuw van het jaar,' zei ze zacht. 'Voordat het maart is, ben ik het waarschijnlijk spuugzat, maar de eerste sneeuw maakt me altijd blij.'

'Weet je wat mij altijd blij maakt?' vroeg hij. 'Jij. Dat is altijd al zo geweest.'

Op haar tenen staand sloeg ze haar armen om zijn nek. Het

was bijna onvoorstelbaar dat ze dit eerder niet had gedurfd, bang als ze was om te veel voor hem te gaan voelen. De tijd dat ze zich achter boeken verschool om zich niet kwetsbaar te voelen, was voorbij. Nu wilde ze juist álles voelen – het hele leven, in al zijn facetten en intensiteit. Ongetwijfeld zou ze nog wel eens struikelen of vallen, maar nu was Eddie er om haar in te laten zien dat dat helemaal niet erg was. Dat je pijn niet altijd hoefde te ontlopen. Hoofdzaak was dat je ieder moment beleefde, goed of slecht.

Wat eenvoudig eigenlijk, dacht ze. Dat was nu het wonderlijke van Eddie. Het was –

Een scherpe windvlaag trok door een kier in het houtwerk, waardoor het glas in de sponning trilde en de bovenste van de stapel kranten op de grond ritselde. Haar blik viel op de oude vergeelde krant van meer dan een eeuw geleden. De kop meldde in een ouderwets lettertype: ONGEÏDENTIFICEERDE JONGEN KOMT OM IN BIBLIOTHEEKBRAND.

'Kijk,' zei ze, 'het is een artikel over de eerste bibliotheek. Ik wist dat hij honderd jaar geleden was afgebrand, maar ik had er nog nooit iets over gelezen uit die tijd.' Ze boog zich voorover om de vergeelde krant op te rapen, droog als een herfstblad. Voorzichtig hield ze het artikel tegen het licht.

Het was voorpaginanieuws, met een korrelige foto van het uitgebrande gebouw erbij. Het artikel meldde dat een zwerfjongere kennelijk laat in de avond in de kelder van de bibliotheek had geschuild tegen de kou. Mr. Jeramiah Byrne werd geciteerd: 'Ik betreur dit verloren leven ten zeerste. Ik zie het dan ook als mijn plicht om een nieuwe bibliotheek te bouwen.'

Haar aandacht werd getrokken door een van de foto's bij het artikel. Het onderschrift luidde: ZIJN LEVEN WERD BEËINDIGD

DOOR HET VUUR. Haar hart sloeg een slag over en ze keek op naar Eddie.

'Is dat…' Ze wist niet goed hoe ze de vraag moest stellen. 'Zie jij wat ik zie?'

'Ja,' was zijn antwoord. 'Die gozer lijkt sprekend op Jabez.'

'Het lijkt wel een wonder.' Het feit dat ze naar een foto van honderd jaar oud keek en daarin de trekken van een jongen herkende die ze voor het laatst tijdens de uitvoering op kerstavond vorig jaar had gezien, bezorgde haar een vreemd gevoel. Na de voorstelling was hij ertussenuit geglipt en sindsdien had niemand hem nog gezien. Echt nergens meer. Toen ze door de foto's van Daisy Bellamy van vorig jaar had gebladerd, had ze geen één foto van Jabez kunnen vinden. De PBS-documentaire, genaamd Small Town Christmas, was pas nog op televisie geweest, maar daar kwam Jabez niet in voor. Josie, de producer, had laten weten dat sommige opnamen beschadigd waren.

'Ik wist dat er iets was met Jabez,' zei Maureen bedachtzaam. 'Hij was… geloof jij in engelen?'

Met een glimlach keek Eddie haar aan. 'Zeker weten, dame.'

'Ik maak geen grapje. Ik –'

Hij trok haar naar zich toe. 'Ze komen in alle soorten en maten. Zoals jij er was toen ik dat ongeluk kreeg.'

Zwijgend keek ze hem aan. Hier hadden ze nooit eerder over gepraat.

'Ik dacht dat je een engel was,' vervolgde Eddie. 'En ik bleek gelijk te hebben.'

'Dat is onmogelijk,' reageerde ze beduusd. 'Absoluut ontegenzeglijk onmogelijk.'

'Klinkt grappig uit de mond van een vrouw die de bibliotheek heeft gered.'

'Nu geef je me veel te veel eer. Jíj was degene, Eddie –'

'Nee hoor, mensen zijn heus geen geld gaan geven vanwege mij. Dat deden ze vanwege jou.'

'Ik wil helemaal niet zo'n belangrijke rol toebedeeld krijgen,' hield ze vol.

'Mo.' Hij streelde teder met zijn vingers over haar mond en ving een traan op, die ongemerkt over haar wang rolde. 'Die beslissing is helemaal niet aan jou.'

'Het echte wonder is wat kerst teweeg heeft gebracht in dit stadje,' zei ze. 'En wat het jaar in, jaar uit weer teweegbrengt in de harten van mensen over de hele wereld. Je weet dat ik gelijk heb.'

'Oké, je hebt gelijk. Goed, nu even iets heel anders.'

Haar adem stokte in haar keel. Op de een of andere manier wist ze het. Ze durfde het alleen niet serieus te overwegen, bang dat ze het bij het verkeerde eind had. Toch kon ze het niet helpen hoop te blijven houden, dus deed ze in stilte een schietgebedje. O, alsjeblieft, dacht ze. Vraag het me alsjeblieft.

Lachend boog hij zich voorover om een kus op haar voorhoofd te drukken. 'Daar kom ik zo op terug.'

O. Ze had ze niet gerealiseerd dat ze hardop had gesproken. Gedurende het afgelopen jaar was ze steeds minder voorzichtig geworden en had ze er meer dan eens zomaar iets uitgeflapt. Toch moest ze nu hevig blozen, al ging haar blos gepaard met een schaapachtige verliefde grijns. 'Waar kom je op terug?'

'Je wil echt dat ik het zeg, hè?'

'Ieder woord.'

'Dan kan dit nog wel even gaan duren, want weet je, eigenlijk wilde ik je al veel eerder vragen. Ik heb het er zelfs al met je vader over gehad en hij vond het goed. Niet dat het me zou hebben tegengehouden als hij het er niet mee eens was geweest.'

‘Mijn vader zou nooit iets afkeuren waarvan hij weet dat ik het met heel mijn hart wil.’

‘Nu ben je me voor,’ zei Eddie. ‘Ik had een lange toespraak voorbereid en had zelfs al een liedje voor je geschreven, speciaal voor jou.’

‘Echt? Heb je een liedje voor me geschreven?’

‘Alleen voor jou. Volgens mij ga je het mooi vinden.’

‘Nou, ik hoop dat je je EHBO-diploma hebt, want volgens mij ga ik hier ter plekke flauwvallen.’

‘Goed, in dat geval doe ik de korte versie.’ Hij ging op één knie zitten. ‘Ik hou van je, Maureen Davenport. Dat was al zo toen je me in de bibliotheek opsloot om dat liedje te schrijven. Het was... Jij was ongelooflijk, Mo. Jij was de eerste die me liet zien wie ik werkelijk was. Toen je mijn familie hiernaartoe bracht, wist ik dat mijn liefde eeuwig was. Ook al begreep ik niet waarom je dat had gedaan, ik wist wel dat je het had gedaan omdat je om me gaf. Jij gaf genoeg om me om de confrontatie met me aan te gaan en me zo tot een beter mens te maken. Ik kan alleen maar wensen dat het altijd zo zal blijven. Dus... wat denk je ervan?’

Haar stem was helemaal verdwenen, weggespoeld door de tranen in haar keel.

‘Alleen ja is genoeg,’ drong hij aan, waarna hij opstond om haar in zijn armen te nemen.

‘Ja,’ wist ze uit te brengen. ‘Ja, voor altijd.’

Lees ook

De *Avalon*-serie van Susan Wiggs: gelaagd en hartverwarmend